L'ÉTRANGE MONSIEUR JOSEPH

DU MÊME AUTEUR

Aux Éditions de la Table ronde
L'Hôpital
La Cerise (Prix Sainte-Beuve 1963)
Cinoche
Bleubite
Les Combattants du petit bonheur (Prix Renaudot 1977)
Le Corbillard de Jules
Le Banquet des léopards
La Métamorphose des cloportes
Le Café du pauvre
Théâtre : *Les Sales Mômes*

À la librairie Flammarion
Les Enfants de chœur

Collection « Livre de Poche »
Le Café du pauvre
La Métamorphose des cloportes
La Cerise
L'Hôpital
Cinoche
La Fermeture
Bleubite
Le Corbillard de Jules
Les Grands Criminels
L'Éducation d'Alphonse

Collection « Folio »
Les Enfants de chœur

Aux Éditions Robert Laffont
La Fermeture
Mourir d'enfance (Grand prix du roman de l'Académie française 1995)

Aux Éditions Grasset
L'Éducation d'Alphonse

Aux Éditions Albin Michel
L'Age d'or des maisons closes
(En collaboration avec Romi)

Aux Éditions Presses de la Cité
Hors collection
Sur le bout de la langue
(Illustrations de Dubout)

Aux Éditions Pierre Bordas
Paris la nuit

Aux Éditions du Rocher
Madame de Saint-Sulpice
Revenir à Liancourt
Quels romans que nos crimes
La Méthode à Mimile
(En collaboration avec Luc Étienne)

Alphonse
Boudard

L'étrange Monsieur Joseph

récit

ROBERT LAFFONT

M. Joseph Joanovici est décédé sans descendance mâle. Les personnes vivant en France portant le même nom ou un nom homophone nous demandent de préciser qu'elles n'ont aucun lien de parenté, proche ou lointaine, avec lui.

ISBN 2-221-08489-6

Pour Raoul Mille
en hommage à son talent
et avec mon amitié.

« C'est nous qui décidons qui est juif et qui ne l'est pas. »

Joseph Goebbels à Fritz Lang

Trente-six carreaux

Pour bien comprendre toute cette affaire, comme toujours, il faut la replacer dans son contexte. 1947. Une paye ! Plus de cinquante ans. Au train T.G.V. où vont les choses ça devient presque aussi lointain de mœurs, us, coutumes et mentalités que Louis quatorzième ou Fanfan la Tulipe Ier. Certes, à grands coups de procès, on nous ramène plus souvent l'époque de l'Occupation. Les médias à la rescousse. Ça donne une idée plutôt simpliste avec les bons et les méchants, les héros et les traîtres.

J'ai, au sujet de mon parcours, l'inconvénient d'être dans la zone de viocardise... le seul avantage... une petite expérience, mon petit bout de lorgnette d'où j'ai vu les choses. Plus j'avance, plus ça se complique et plus tout ça devient mystère et boules de loto.

Avant de vous attaquer Monsieur Joseph, il vaut mieux que je vous résume un peu mon itinéraire. Essentiel pour me faire comprendre. Sans remonter à ma prime enfance, je me situe donc vers 1943 à peu près. Dix-huit ans, je traînais ma carcasse et ma flemme dans une fonderie de caractères typographiques. Apprenti... je racle pénible, même pas mon bœuf, mais mon pain noir du rationnement. Y a les Allemands, bien sûr, qui claquent leurs bottes sur nos bitumes. Ils nous prennent tout, dit-on. Je ne les vois guère que le dimanche lorsque je vais me divertir bon marché, flâner sur les grands boulevards... les boîtes à musique, le ciné, les filles à semelles de bois qu'on drague sans beaucoup de succès avec les copains. Nous n'en sommes pas encore aux femmes libérées qui vous attaquent directo à la braguette. Faut se transpirer de la chansonnette pour séduire, se gominer la chevelure... un toutime qui vous permet de rêvasser, et c'est peut-être le principal.

On les appelle les fritz, les chleus, les boches. Dans mon quartier de Choisy Italie, mon XIIIe loquedu, ils s'aventurent rare. C'est pas la joie garantie pour leurs permes. Les radasses du coin, celles de la rue Godefroy et de la rue Fagon, à culbuter dans leurs turnes, elles coûtent pas cher vu le change du mark, mais elles sont si déjetées, si laides, maritornes et vioques que ça leur donne plutôt l'envie de rejoindre, repartir à la conquête des plaines, ô ma plaine de papa Staline...

On se demande un jour pourquoi on s'est glissé dans cette galère...

Résistance, maquis, soldat de l'ombre. On se parlait les uns les autres, on bouffait du boche à défaut de steak frites. On entendait parler des combats lointains... l'Angleterre... l'Algérie... Certains passaient en Espagne pour aller s'inscrire chez de Gaulle. L'aventure, l'envie de participer à tout ça, jouer son existence à quitte ou double, de sortir du train-train de ce que nos enfants appelleront métro, boulot, dodo.

Bien bel de se projeter dans le cirque, d'aller maquiser, terroriser... ami si tu tombes... faut-il encore être au bon endroit, en situation. Dans des régions de forêts, dans les montagnes qui se prêtent aux embuscades... on vous racole au coin des bois. À Paris faut tomber sur l'occase. Je vous la fais courte... ce fut pour mézig les ouvriers de mon atelier, pour les aider avec leurs tracts... l'impression de nuit... le transport, la distribution. Le doigt dans l'engrenage qui va me mener à la bataille... la cartoucherie... les petits exploits où l'inconscience vous guide bien plus que le courage. La gloriole. Combien se firent étendre par vanité. Paix à leurs âmes fanfaronnes !

Un an plus tard, après un séjour maquisard, je me suis retrouvé libérateur de Paris... et puis combattant volontaire en

Lorraine et en Alsace. Blessé au cul, on fait ce qu'on peut... Et décoré et la bibise du général qu'on murmurait qu'il en était celui-là, qu'il aimait le jeune guerrier au choix : dans son plumard ou étendu sur le champ d'honneur.

Tout ça, comme le reste, s'est passé vite, je fus un soldat démobilisé, un travailleur sans le goût de transpirer sur les besognes ardues, un ramasse-miettes, un tire-la-dalle et obsédé de la juponnerie. On m'avait appris à vivre à la foire d'empoigne, à la sten, à la va-je-te-fous ! J'avais les yeux plus gros que la bite, des crocs aiguisés comme des baïonnettes, un gourdin en froc prêt à défoncer toutes les plus belles miaoutes en chaleur.

Mouais ! Tout ça se résume par le carbure. Remonter la monnaie en des opérations pendables. On fait de si bonnes mauvaises rencontres dans les rues le soir à Paris. On se bourre le mou, le bourrichon, les tordus, les autres foldingues. Plaf ! Je vous ai détaillé ailleurs. Un jour au soleil du quai des Orfèvres cliquettent les menottes de l'inspecteur Dugudu... imper amerloque, chapeau mou, pompes des surplus... style Borniche. On se valdingue en carrosse pénitentiaire à la Santuche. C'est ainsi qu'on désigne en notre argot la prison sise 42, rue de la Santé. Murs d'enceinte hauts de six mètres. À votre bon cœur les champions de saut à la perche.

À la Santuche en ces jours d'après guerre on la pète de froid... de chaud quand arrive l'été et tout le temps la dalle. Sept par cellote... l'humidité... la tinette, les poux, les rats, les morbacs, la gale et les hommes. Les hommes, les pires, affirmatif mon capitaine !

Et voilà que j'aperçois Monsieur Joseph sur la coursive. Un matin pour la promenade. On y a droit trois fois par semaine, une plombe dans les camemberts... les petites cours triangulaires. Ça fait du remous Monsieur Joseph qui sort de sa cellule. Sa silhouette, on peut pas se gourer... sa grosse tronche qu'on découvre hilare en s'approchant. Il se marre toujours Monsieur Joseph. Pourtant, il vient d'aboutir en cabane comme nous autres. Il partage le froid et la saumâtre gamelle.

Il avance comme une vedette, entouré de matons et de détenus qui le saluent aimables... presque déférents. Pas depuis longtemps au placard il a encore le teint vif... rubicond. Il serre quelques pognes... il se dirige vers l'escalier. Malheureusement je ne vais pas me trouver dans sa cour de promenade. On nous sépare par paquets de dix.

– Il fait fumer tout le monde, dit un petit malfrat miteux devant moi, un voleur de roues de brouette comme il en est de nombreux dans nos hôtels pénitentiaires. Eux, ils admirent des vedettes maison... Jo Attia... Boucheseiche... Mimile Buisson. Comme escroc de haut-vol on a eu Dillasser, l'homme qui a vendu le poumon d'acier à la République française, et puis maintenant ce gros Joanovici qui vient de débarquer. Il m'est parvenu d'abord par la rumeur... radio prison... ceux qui entrent, qui sortent... les avocats, les matons qui veulent bien ragoter avec les taulards. Joano ça fait déjà quelque temps qu'on en parle. Il a échappé aux recherches. S'est planqué en Allemagne chez les ricains, dans leur zone d'occupation. On charrie de tout à son propos... Juif, chiffonnier milliardaire, ferrailleur... qu'il s'est sucré avec les chleuhs, la Gestapo et qu'il s'est tiré des pattes en entrant dans la Résistance... qu'il a armé les flics à la Préfecture pour déclencher l'insurrection. Ça devrait me toucher, j'y étais... en face sur la place Saint-Michel avec une petite pétoire. Tout ça est confus. Je le perçois flou ce Monsieur Joseph. La presse se déchaîne contre lui depuis son inculpation... Ce qui ressort à présent, c'est qu'il n'est pas poursuivi pour intelligence avec l'ennemi, sinon il serait à Fresnes avec les collabos. On raconte qu'il ne s'est rendu aux autorités françaises qu'en posant ses conditions... qu'il ne répondrait devant la justice que pour ses magouilles, ses trafics et bénéfices avec les Allemands.

Ici on le respecte, c'est un malin, ça se lit sur son visage. S'il a réussi à baiser tout le monde, les boches et les résistants, c'est qu'il est fortiche. Chapeau ! Casquette ! Béret ! Casque !

Bast, je n'y prête pas, à ce Monsieur Joseph, une attention particulière sur le moment. J'ai d'autres chats fourrés à fouetter. Je cherche des trucs et des machins et des astuces de procédure pour me sortir des cacateries où je me suis enfoncé, pauvre nave ! Ça me tarabuste la tronche. Pour tuer le temps, je lis quand je peux... quand j'ai un bon livre et que mes voisins de cellule cessent de jacter, péter, chantonner, se gratter, chier ou pleurnicher. Puisqu'il faut pointer les « i », je rappelle qu'en ce temps-là sous M. Vincent Auriol, dans les taules, il était pas question de radio, de journaux et que la télé n'existait qu'en prototype je ne sais où. On était coupé du monde. Dehors la IVe République faisait ses premiers pas. C'était la guerre d'Indochine où j'avais quelques potes dans le corps expéditionnaire. C'étaient les grèves insurrectionnelles depuis que les communistes avaient été virés du gouvernement. C'était l'affaire Hardy, la grande énigme de la Résistance. Hardy je vais le rencontrer plus tard quand j'aurai découvert ma vocation plumitive. Je perçois les événements au jour le jour, sans trop me passionner. Ça se mélange... il me faudra du temps pour y revenir... On rencontre des gens, comme ça, sans savoir qu'ils vont jouer un rôle dans votre existence. On regrette alors de ne pas les avoir cernés de plus près. Monsieur Joseph, j'aurais dû me glisser pour être dans la même cour de promenade afin de l'écouter. Il avait un accent à la Elvire Popesco... roumain... il jactait un sabir plutôt marrant. Ceux qui l'approchaient disaient qu'il était constamment d'humeur optimiste. Il allait prouver aux *jouges* qu'il n'avait fait que du bien autour de lui... qu'il aimait surtout la France... que ceux qui lui en voulaient étaient *jalouses*. Ça me venait ses propos de seconde bouche, seconde oreille. On parlait de Joano puisqu'il était la star du moment au 42... Que le moindre de ses déplacements provoquait tout un tintouin de flicailles autour du panier à salade. Les motards comme pour un condamné à mort... sirène fortissimo... pour atteindre le Palais de justice.

Une autre fois je vais le voir un peu plus longuement aux « Trente-six carreaux ». On désignait ainsi le secteur du dépôt à la Préfecture où l'on fait attendre les détenus qui sont convoqués pour l'instruction ou leur comparution devant les tribunaux. Un endroit putride, les sentines du châtiment. D'étroites cellules avec une tinette et la porte grillagée de quatre carreaux sur neuf. D'où trente-six carreaux. On attendait depuis les aurores d'être conduits devant les guignols... tassés à dix douze, selon. Ça gueulait d'une cellule l'autre. Un véritable pandémonium.

Joano, tout Monsieur Joseph qu'il était, il se respirait les odeurs avec nous. Je l'ai vu... admiré de très près, très calme, très serein. Il en avait respiré d'autres dans sa jeunesse au ghetto de Kichinev en Bessarabie. Au temps des tsars tous ces Juifs étaient considérés au-dessous du clébard. Par la suite ça a semblé s'arranger, mais la Bessarabie devenue roumaine conserva les traditions du pogrom. Il avait vécu, après le massacre de sa famille, dans un trou sous une cabane en planches, à même la boue.

Il s'était assis, les autres lui avaient fait de la place sur l'étroite banquette fixée au mur. On était plutôt silencieux, à le regarder. Tout de suite il nous a mis à l'aise... il a sorti un paquet de gauloises. C'étaient encore les restrictions dehors, la carte de tabac... la cigarette représentait donc la valeur-or au placard. Voilà... la distribution. « Merci m'sieu Joseph ! » Rien qu'une pipe et nos âmes lui sont acquises. Il a l'habitude, il sait qu'il faut distribuer pour être admis sinon aimé. Il y a toujours été dans la distribution depuis qu'il a débarqué à Paris en 1925. La clef pour résoudre tous les plus épineux problèmes... ouvrir sa bourse... payer à boire, à becter... glisser les piécettes et les biffetons en lousdoc à celui-ci, celle-là... flic ou malfrat, clodo, prolo... préfet... terroriste et même nos chers occupants de vert vêtus, bottes et schlague... et de tout ça il n'en a cure. Toujours jovial. Là dans l'obscurité de notre cage des « Trente-six carreaux », ça lui illumine la face cette jovialité. Faut qu'il compense. Premier abord, il est pas du tout avantagé question physique. Il est gras de partout, du bide... les bajoues, les doigts en petits boudins. Porcin, diront les chroniqueurs malveillants. Mais ils seront tous à lui reconnaître, même ses pires détracteurs, que la ruse, l'intelligence sortaient de ses petits yeux un peu bridés, noyés dans la graisse. Finalement la plupart du temps tout est dans les châsses. Certaines nanas ce sont leurs yeux qui vous font perdre le nord, la tête, tomber le froc, le portefeuille, rôtir en enfer... *T'as de beaux yeux, tu sais !*

Monsieur Joseph il balançait son regard rapidos autour de lui. Apparemment, il en avait rien à foutre des pauvres mecs qui l'entouraient. Le plus valeureux avait cambriolé une charcuterie... on avait là un échantillonnage des plus pauvres malfaisances de la capitale. Quelques détrousseurs de pissotière, tireurs de sacs à main, quelques escrocs de concierges, bonneteurs, et des attentats à la pudeur à la sortie de l'école des filles rue Vandrezanne. Pourtant, il se met en gentillesse Joseph, à l'heure du casse-dalle, il ouvre un paquet où il a de quoi nous améliorer la demi-boule de pain distribuée ce matin avant notre embarquement pour Thémis. Un sifflard, du pâté en croûte, un morceau de gruyère et une grosse tablette de chocolat. On y va tous, on est morfales, c'est l'essentiel du taulard la bouffe. On n'aura plus tellement idée en nos sociétés de supermarché. Il ouvre son paqueson, le Joseph, malgré le clair-obscur de la turne... plus obscure que claire... on aperçoit tous le pâté en croûte. Il est né le divin enfant. Communion solennelle.

Ça vous améliore l'ambiance. Joseph il a dû briffer avant de partir, il nous laisse sa part. Il parle pas lerche, il doit se réserver pour le *jouge*. En tout cas, il nous fait rire quand il profère une vérité... qu'il parle du froid, des restrictions... que c'est une honte ce gouvernement qui ne gouverne rien et que ceci ou cela... Il laisse entendre que s'il était lui le *Première* ministre tout le monde il aurait de quoi manger. J'en suis presque convaincu... enfin j'en croque à ce moment.... les miettes du pâté en croûte. Quelqu'un lui pose la question, s'il espère s'en tirer bientôt, on dit tellement de choses à son sujet n'est-ce pas.

– *Jé souis innocent et je vais le prouve.*

Prouve, il dit sans accent. Voilà. Ça paraît simpliste mais ça résume sa défense. On n'en saura pas davantage. Si on évoque les Allemands, il se bidonne carrément. Ceux-là il les a possédés, il se les ai achetés tous, les gestapistes et les Abwehr... Il a fait libérer des tas de gens, des autres *jouifs* bien sûr et puis des gaullistes. Il a caché tous les parachutistes anglais qui lui ont été adressés.

Récompense... on l'emplacarde et des tas de salauds veulent

le *touer*. C'est pour ça qu'à tout prendre, en ce moment, il est mieux ici dans la puanteur des Trente-six carreaux qu'au boulevard des allongés du Père-Lachaise.

Ainsi nous devisâmes. Faut que je me pressure le cigare pour faire sortir le jus noir des souvenirs. Phénomène étrange que je songe aujourd'hui à ressusciter Monsieur Joseph pour les besoins d'un livre. Pourquoi un jour m'est-il revenu à la mémoire, s'est-il imposé au point que je me suis mis en tête de me faire son biographe ? Aucun lien, d'aucune sorte, si ce n'est nos brèves rencontres taulardes.

Chez le dentiste

Il était déjà aux oubliettes de ma mémoire lorsque je fus propulsé à Fresnes quelque temps après. Une décision des autorités pénitentiaires. Fresnes se dégarnissait de ses prisonniers politiques alors il a été décidé que les détenus dont le nom commençait par les lettres A, B, C, D seraient transférés de la Santé à Rungis. Deuxième division, la première restant aux collabos. Un voyage dépourvu d'agréments en voitures cellulaires.

Fresnes de prime abord ce fut le palace par comparaison. Les fenêtres grandes ouvertes et trois par cellote. On imagine mal que ce fut le quasi-bonheur pendant trois jours... jusqu'à ce que la carcasse se place, se déplace... trouve ses nouvelles marques. Question galtouse et chauffage aucune amélioration. La fenêtre on pouvait se l'ouvrir, certes, pour l'aération, virer nos odeurs animales le matin... et lorsque le chieur a terminé son moulage de bronze. Je pourrais faire une étude là-dessus... les diverses défécations... il en est qui vous dégagent une pestilence que vos narines ont du mal à imaginer. Imaginer, le mot est impropre, mais dans ce domaine particulier le propre n'a rien à voir.

La fenêtre quand on l'ouvrait, elle donnait sur la première division où croupissaient toutes sortes de collabos... ministres, amiraux, préfets, scribouilleux, toute la piétaille, surtout des L.V.F. et miliciens, doriotistes, bucaristes... mes ennemis d'avant-hier... ceux qui m'auraient volontiers flingué à la ferme du By en Sologne... et que j'aurais allumés joyeux à la même époque. Ironie du sort, on se retrouve rivés dans la même galère. Juste nous séparaient les cours de promenade... cinquante mètres à vol de piaf. Ça se balançait des vannes, quolibets, insultes entre les voleurs, les assassins et les enfants du Maréchal. « Pourris ! Ordures ! Fumiers ! Traîtres ! Boches ! » xétéra..., puis ça se calmait, s'échangeaient alors des tuyaux, des nouvelles. « Paraît que va y avoir une amnistie ! » « Et mon zob, il sera amnistié ! » rétorquait le sceptique de toujours. Je passe, ça me ferait tout un volume et savoir si à l'Académie française ils regretteraient pas alors de m'avoir couronné de leurs lauriers.

Tous les textes, les prétextes sont bons pour sortir, se faire délourder... les douches, la promenade, le parloir, l'avocat, la distribution des colis... les soins médicaux. On se fait porter pâle comme au régiment et on se trouve dans le grand couloir en troisième division... dix, vingt, trente... alignés contre le mur avec le maton de service pour veiller au mauvais grain. Plus souvent, on lui adoucit les mœurs, à cézig, avec quelques cigarettes. Certains détenus, riches maquereaux ou voyous d'haut vol, ont des combines pour les rendre gracieux. On colporte que les dames de ces messieurs, non seulement leur glissent quelques billets bleus de la Banque de France, mais se les appliquent sur leurs peaux soyeuses... Une simple turlutte en fond de gogues vous résout parfois d'épineux problèmes mieux que la fée Mélusine ou la Vierge Marie.

Le dentiste vient officier le jeudi. Ceux qu'ont du pognon à leur compte sont soignés normaux, la roulette, plombage et autres gâteries... Les pauvres, les sans un petit flèche... relégués, semi-clodos, coups et blessures, s'il leur prend une rage de dents, l'extraction est gratuite sans anesthésie... style grand siècle. Après tout, Louis XV non plus il avait pas de piquouse de novocaïne pour lui calmer la douleur.

Les pauvres mecs qui passent à ce genre de moulinette, on les entend gueuler jusqu'à la quatrième coursive.

Chez le dentiste

– Y font chier, dit un condamné à mort.

J'ai bien écrit condamné à mort. Ils sont trois ce matin, chaînes aux pieds, aux mains... en tenue mexicaine. C'est-à-dire un costard pénitentiaire en droguet (un tissu de lainage grossier fabriqué spécial pour les taulards) avec un boutonnage sur les côtés extérieurs des jambes pour qu'on puisse se déloquer sans avoir besoin de se faire retirer les entraves. Belle invention, pour amoindrir la rigueur du règlement, dieu souverain de la détention. Il est affiché sur la porte de toutes les cellules le sacro-saint règlement... ce qu'on a pas droit, presque tout... ce qu'on a droit, presque rien.

Les condamnés à mort, ils sont quarante ou cinquante en permanence au rez-de-chaussée chez les politiques. La plupart sont des voyous de la Carlingue. C'est ainsi qu'on appelle dans le Milieu la Gestapo ou plus précisément les officines d'auxiliaires français de la police allemande. Dans l'ensemble ce sont des malfrats que les Fritz ont fait sortir de prison pour les servir. Ils y ont fait florès, on peut dire... les coupes sombres dans les mouvements de Résistance. Souvent plus cruels, plus terribles que les chleuhs pour faire avouer la planque d'armes, les complicités et en plus le magot, la combinaison du coffre. Ils ont fait main basse sur les biens juifs, même en doublant les boches. Les choses, on le sait, ont tourné vinaigre pour beaucoup d'entre eux et les revoilà à la case départ, entravés, sapés mexicains. On les entend arriver de loin... le bruit des chaînes sur le plancher toujours ciré, luisant à Fresnes par l'ardeur des détenus classés à l'entretien. Ça évoque un peu les fantômes tels qu'on les imaginait dans nos livres d'enfance, dans je ne sais quel film avec Fernandel.

Ça doit être une consigne tacite, les visites médicales sont le rendez-vous de tous les plus beaux spécimens malfrats de la maison. Et là, il y a pléthore aussi bien chez les Carlingue que chez nous. Toute l'équipe de Pierrot le Fou, les hommes des tractions avant sont en haute surveillance... Jo Attia, Boucheseiche, Fefeu, Jean Cantal, quelques autres dont le blaze aujourd'hui n'évoque plus rien pour le lecteur lambda et à plus forte raison la lecteuse.

Mon étonnement ce fut... que tout ce beau monde jactait la

même langue. Et plutôt dans la cordialité. Y avait pourtant chez les droicos des zèbres réputés résistants. Ne serait-ce que le grand Jo... Brahim Attia qui s'était fait balluchonner à Mauthausen où sa conduite lui valait aujourd'hui des amitiés jusque dans les hautes sphères de la République... ministres, professeur de ceci... et même le père Riquet, je crois... le prédicateur de Notre-Dame. Jo, je l'ai pratiqué vers la suite, nous fûmes encellulés ensemble une dizaine d'années plus tard. C'était Gueule d'amour... balèze, le bagout, la cote auprès des dames, l'admiration de toute la voyoucratie. Tout ça fut proclamé jusque dans la presse et c'était vrai dans les grandes lignes.

Il venait souvent au rendez-vous médical. On trouve toujours à se faire soigner pour peu qu'on ait de l'imagination. Il portait ses un mètre quatre-vingt-cinq ou six comme une armoire normande. Personne lui cherchait le moindre suif. En dehors des braquages et sans doute des règlements de comptes, c'est un homme des plus affables. Le mot pour rire... le quolibet. Il prenait aussi des nouvelles des uns et des autres.

– Tu l'auras ta grâce, Gégène, c'est dans la poche de ton bavard.

Le Gégène enchaîné devait faire partie d'une équipe de gestapistes. Une tronche pas si avenante, cézig.

– Je sais pas pourquoi tu viens te faire soigner les ratiches. Elles vont pas te servir pour becter les astibloches.

Je traduis pour les ignorants de l'argot, surtout celui de cette époque... les ratiches c'est les dents et les astibloches les asticots. Voilà, on mesure la malignité de la réflexion. Elle est proférée par un petit noiraud à face de rat d'égout. Il se marre de sa vanne. Contre le mur, bien appuyé, je suis comme on dit dans les bons romans tout ouïe... tout yeux aussi. Je m'en bouche un coin. La petite tête de rat d'égout, il pavanait tout à l'heure dans des souvenirs de maquis... qu'il avait libéré presque à lui seul le Limousin au bel août 1944. Décoré et le toutime par Guingoin, qui fut une haute figure de la Résistance communiste. Là, certes, il chambre le Gégène gestape, mais ça semble qu'ils se connaissaient d'assez vieille date, qu'ils avaient gardé ensemble leur troupeau de dames à brouter les asperges sur les coteaux de Montmartre. J'avais vécu quelques petites aventures après la Libération qui m'avaient donné à gamberger sur le comportement des uns et des autres sous la botte. Là c'était franco... une espèce de camaraderie. Très vite ça fusait quasi joyeux, les blagues. Les enchaînés prenaient tout ça en goguenardise. Certains pourtant, d'après ce que je m'étais laissé dire, n'avaient pas tellement de chance d'apitoyer le président Auriol lorsque les bons maîtres Isorni, Naud et autres Floriot iraient quémander leur grâce. J'essaie de m'imaginer à leur place, comment je serais plongé dans la trouille permanente à l'idée d'aller me faire flinguer un petit matin qui ne pouvait être que blême à Montrouge.

Ça se pratiquait à la quinzaine, trois semaines, un mois, l'embarquement des condamnés aux aurores. On le savait, ce matin-là, le petit déj' était servi en retard. Je vous dis petit déj' pour vous rajeunir mon vocabulaire, faire un peu branché, nouvelle jactance. Mais c'était simplement une louche d'un liquide noirâtre, baptisé café par l'administration. S'il était chaud, qu'on était au début des distributions, fallait s'estimer béni du bon Dieu. Ici, il se manifestait comme ça, juste par des petites choses, le bon Dieu.

S'il s'agissait d'un milicien, d'une célébrité quelconque de la Collaboration, les politiques prévenus par radio Fresnes se mettaient aux fenêtres pour chanter... *ce n'est qu'un au revoir mes frères.* Le silence qui suivait, ça vous filait un coup de bourdon. Quand on embarquait des gestapistes, en dehors de leurs potes du Milieu qui avaient mieux choisi leur camp, on voyait pas bien qui aurait pu souhaiter les revoir dans l'au-delà avec la Vierge Marie et les angelots du paradis.

Tout ouïe, j'ai tracé plus haut... c'est ça exact. For intérieur, je perdais mes marques pour autant qu'elles fussent tracées indélébiles. À Fresnes, je côtoyais chaque jour mes anciens ennemis. Dans les services généraux, tous les travaux intérieurs de la taule, régnaient les collabos. Un échantillonnage, faut dire, des plus hétéroclites. Les boy-scouts de la Carlingue étaient une minorité. Très rapidos ils étaient balluchonnés en haute surveillance, puis un soir en revenant du Palais, clac ! On les enchaînait pieds et paluches et on les mettait en réserve pour le peloton d'exécution.

Traînaient sur les coursives les gameleurs, les balayeurs, les réparateurs de chiottes, les plombiers, électriciens, auxiliaires de ceci, cela pour la matonnerie qui du coup n'en branlait pas une rame. C'étaient ces petits larbins pénitentiaires, la piétaille de Vichy, du fascisme, de l'idéologie race des seigneurs. Savoir de quoi ils étaient coupables les uns, les autres... coton ! À les entendre ils n'avaient fait que se coiffer d'un béret bleu, lever de temps en temps le bras pour saluer Doriot ou Marcel Déat. Certains poussaient jusqu'à s'avouer des faiblesses pour un israélite de leur voisinage qu'ils avaient fait fuir par les égouts tel Jean Valjean dans *Les Misérables.*

Comme chez nous, les malfaisants patentés, fallait faire le tri de toutes ces confessions, fariboles et tartarinades. Les innocents dans les prisons sont aussi nombreux que les morbacs.

Enfin, j'écoutais. J'avais encore vingt ans... vingt-deux plus précisément. On a des tas de choses à apprendre à cet âge. À l'école, la règle de trois, le participe passé avec avoir et l'incendie de Jeanne d'Arc, ça vous arme pas lerche pour affronter l'existence. Surtout quand on traverse une pareille époque où ça flingue et explose et trahit et renie et torture à qui mieux mieux. Les fous furieux embrigadés dans l'idéal c'est tout de même un spectacle qu'il vaut mieux admirer de loin.

Ce qui me paraissait évident... que les uns, les autres ne savaient pas bien au juste ce qu'ils avaient foutu dans cette galère. Certains, et ils étaient dehors, avaient tiré les marrons du feu et c'étaient pas forcément les purs héros ou les victimes innocentes de la répression nazie. Sur le moment, dans mon petit coin de taule, à me soucier de m'améliorer un peu l'ordinaire de la gamelle, de me réchauffer les arpions en bougeant le plus possible, je ne voyais pas bien où tout ce que j'emmagasinais dans ma petite tête pouvait me mener. À douter de tout sans doute, ce qui vous avance pas à grand-chose. Alors... la curiosité... J'ai voulu en savoir le plus possible sur cette période de ma jeunesse où tout et tant d'événements s'entrechoquaient. Pourquoi à un moment donné je me suis fixé sur ce

Monsieur Joseph que je n'avais fréquenté que quelques heures au fond d'un trou noir au dépôt ? Il m'a paru résumer à lui tout seul toutes les complexités de l'époque.

– Si on me laisse parler, il viendra nous rejoindre, Joanovici.

Ainsi dit un enchaîné... un matin que je suis encore à attendre pour les soins dentaires. L'enchaîné en question c'est un petit famélique... il est vrai qu'ils sont pas très gras du bide, les condamnés à mort, on les gave pas aux reliefs d'ortolan comme le rat de la fable. Celui-là, son blase va me frapper. Roger Nicolas. Après la guerre, il avait un homonyme célèbre, le Roger Nicolas vedette de music-hall... un comique style zazou avec un petit chapeau sur le sommet d'une crinière frisottée. Il donnait dans le genre argomuche. *Mon petit pote !*, s'intitulait une de ses revues.

Plus tard dans certains textes, j'ai lu d'autres prénoms pour ce Nicolas... Henri, René... mais il me reste en souvenir cet homonyme qui m'avait frappé. Il venait se faire plomber une dent avant de se faire plomber la carcasse. C'était un homme de l'avenue Foch, le siège central de la Gestapo à Paris. Tous les services du général Oberg fonctionnaient là et une partie du bâtiment était réservée aux auxiliaires français. Nicolas travaillait avec un certain René Launay qui jouissait d'une terrible réputation. Je vais apprendre tout ça plus tard au cours de mon enquête, je n'en suis à cet instant qu'à saisir au vol quelques bribes... Comme Nicolas a prononcé le nom de Joanovici, ça a mis en éveil mon attention. Il jacte à la cantonade, aux dix douze qui poireautent dans les courants d'air froid du couloir. Le maton de service est un peu à l'écart sur un tabouret, il lit un journal.

– C'est grâce à moi qu'il a fait sortir la mère Campinchi... ouais, la femme du ministre, merde ! Moi on me condamne à mort et lui, il a la médaille de la Résistance, l'enfoiré !

Je vous rapporte ses propos autant que mémoire je peux. Un peu moins triviaux, je les retrouverai dans la presse, dans les comptes rendus du procès.

– Et on lui a rendu ses tableaux. Des tableaux qu'on pouvait refourguer aux Allemands.

– Il a bien dû te graisser un peu la patte. T'as pas fait tout ça juste pour sa bonne frime.

C'est un des nôtres, enfin un de notre division, une bonne gâchette de droit commun, qui intervient. La façon dont ils s'entretiennent indique qu'ils se connaissaient de belles burnes, qu'ils fréquentaient les mêmes bars naguère à Pigalle, à Clichy ou autres hauts lieux de truandaille. Il se marre le Nicolas, il a des yeux de batracien injectés de rouge... vinasse sans doute. Ici il est privé de picton, mais ça doit être indélébile cette teinture dans le blanc de l'œil.

J'éprouve un sentiment curieux, la prison nous crée une espèce de connivence. Sûr, si je suis dans cette galère c'est que je me suis mis en situation de me faire étriller par la sainte justice. Je n'oublie pourtant pas que j'étais trois ans plus tôt à jouer au petit soldat pour la patrie, le général de Gaulle et sa croix de Lorraine. Me voilà plongé avec les pires crapules et je vais m'apercevoir peu à peu que si on remonte aux événements de 1943-44, on les retrouve et ils jouent sur tellement de tableaux que c'est à y perdre tout sens normal... je dis pas moral.

Je connais pas les tenants et aboutissants de ce qu'ils évoquent... la libération de Mme Campinchi. Je suppose qu'elle faisait partie d'un réseau de Résistance cette dame. Ça serait Joseph qui serait intervenu pour la faire relarguer des griffes de la Gestapo. Et ça s'embrouille leurs propos... deux autres clients du dentiste s'en mêlent. C'est Joanovici le sujet central de leur débat.

– S'il est pas ici, c'est qu'il sera pas jugé comme collabo.

Ce que dit une voix. Juste, si Monsieur Joseph était inculpé de trahison, il serait pas à la Santé avec les escrocs et les voleurs.

– N'empêche que je l'ai connu avec Launay. Avenue Niel aux Deux Cocottes. À sa table y avait du beau linge... Lafont, Rudy et les fritz des bureaux Otto.

La première fois que j'entendais parler de tout ça. Un monde dont je n'avais pas bien idée jusque-là. Au fur à mesure de mes rencontres, relations, des confidences plus ou moins authentiques des uns et des autres, je vais finir par m'y intéresser de plus en plus, ce qui me mènera dans les années 70 à entreprendre des recherches plus approfondies pour avoir matière d'un bouquin. Tout ça ne m'intéresse que lorsque j'ai la conviction que je peux raconter ce qui n'est pas dit... ce qui n'a pas été dit. Par volonté politique ou autre. Sans parler de l'histoire officielle, celle pour le tout venant, les plaques de rue, les monuments... on se heurte partout à des idées reçues, des schémas pratiques pour conforter une ligne qui ne dérange personne.

Aujourd'hui on s'intéresse, on braque les projecteurs au sujet de la dernière guerre, surtout par rapport à la question raciste... les crimes nazis, la déportation, la Shoah. Au lendemain de la Libération, on ne mettait l'accent que sur l'héroïsme des combattants de l'ombre et de Londres. L'histoire était écrite par les gaullistes et les staliniens. On a eu ensuite pléthore de bouquins de témoignages des vichyssois, ministres... de fascistes, volontaires du front de l'Est... rescapés de l'épuration. Pendant mes séjours forcés derrière les barreaux ou dans les sanatoriums, j'ai pu m'instruire, comparer, me confectionner mon opinion. Mitigée d'ailleurs. Mis à part les quelques points qui avaient déterminé mon engagement surtout d'une façon instinctive, j'étais devenu ouvert à tout. Entendu suffisamment de témoins de droite ou de gauche, aussi convaincus les uns et les autres, pour relativiser les choses. Y avait bien sûr derrière tout ça, en dehors des intérêts matériels, la férocité des hommes. Elle se nourrit de phrases, de slogans... ça finit par dominer le reste. Des actes sanglants, parfois gratuits, j'en avais vu dans mon camp. De nature, je me penche pas de ce côté-là. Je me tire pas des bottes disant cela. Très vite, je m'étais fait une conviction bien ancrée dans ma tête... que jamais je ne participerais par exemple à un peloton d'exécution. Bien entendu, si l'éventualité s'était produite, que je sois désigné fusilleur, j'aurais sûrement tout d'abord cherché à me défiler en lousdoc... me faire porter pâle, me tordre la cheville. Je m'imaginais pas trop dans le refus d'obéissance caractérisé, c'est pas tellement dans mon style. Je louvoie, je me glisse... affronter l'autorité lorsqu'elle est portée à l'incandescence en temps de guerre plus ou moins civile relève un peu du suicide. Toujours est-il que j'ai jamais eu à jouer ainsi dans un orchestre de flingueurs. On m'a refilé une médaille pour avoir morflé, nuance !

Elle m'a bien servi par la suite lorsque j'eus à répondre de mes quelques erreurs devant les tribunaux. Mon avocat brodait là-dessus ainsi que sur ma naissance douteuse. Mais je me suis déjà trop étendu sur le sujet. J'avais simplement la pogne facile sur le bien d'autrui... voilà tout... un peu fripouillard, coquin de bande et surtout ramier... Je ne voyais pas l'avenir rose à l'usine, dans les ateliers bruyants, les turbins ponctuels... C'était en rien ma vocation. Vous m'auriez demandé à l'époque, précisément celle dont je vous parle... dans ce couloir à grelotter avec les tueurs de la Carlingue, le club des amis de la traction avant, j'aurais pas su vous répondre, si ce n'est des banalités à l'usage de ceux qui voulaient me remettre sur les rails du bon tramway nommé boulot. Que dalle... la petite semaine, le vagabondage sexuel, les rencontres plus mauvaises que bonnes. Un peu, toutes proportions gardées, ce que nous rime l'écolier François en ses poèmes, *Il n'est trésor que de vivre à son aise.* Certes, mais on dépend de la grosse Margot en son bordeau... C'est dire la profession de l'artiste.

Des mois et des années se sont écoulés. De mouscaille, de barabille... chtourbe de toute sorte, tant pis si vous ne comprenez pas ces termes, vous pouvez tout de même les situer dans le négatif. Les bons moments venaient toujours après la pluie... en petite culotte, jupon brodé... les plus beaux yeux du monde sont ceux de l'amour. Et je parle surtout du physique, ce par quoi tout commence et tout s'achève.

Pour me situer tout à l'opposé d'un convaincu, d'un va-de-la-morale, d'un réformateur du monde, on s'en doute. Je me suis mis à gamberger après ces dialogues de Fresnes... ce dernier couloir où l'on jacte. Tout de même une drôle d'expérience que d'écouter ces promis au poteau, tous ces rejetés de partout. Ceux que les politiques eux-mêmes refusaient d'admettre dans leur camp. Curieux, ils étaient plutôt stoïques, ces lascars. Pas le genre à gémir. C'était pas permis en ces temps de pleurnicher sur son sort. On payait voilà tout. La morale du tatouage « Pas vu pas pris ».

Chez le dentiste

Pas pris, le Monsieur Joseph, le roi des marles, on risquait difficile de le coincer d'après ce que j'entrevoyais, j'entendais. Ça se résumait, d'après ce Roger Nicolas et les autres, qu'il en avait croqué de partout, qu'il s'était gavé à toutes les gamelles... bouffé avec le diable, les diablotins, les flics, les malfrats, les pouilleux de Saint-Ouen, les sanguinaires d'outre-Rhin obsédés de l'extermination et qu'il s'en était toujours sorti... toujours hilare comme dans la cellote des Trente-six carreaux. Ça m'a paru un personnage tout à fait exceptionnel, qui méritait vraiment le détour.

Saint-Monsieur Joseph

Je vous passe un certain nombre d'années où je me suis rétabli, réhabilité comme on dit, dans les lettres plus ou moins belles. Je suis tombé que c'était plutôt bien vu de sortir de galère... victime et tout... enfant du malheur. Malgré moi d'ailleurs... si on me lit un peu attentif, on me rencontrera pas si souvent dans les revendications de justice. Toujours est-il que je me suis tiré des sentines pénitentiaires. Rescapé aussi de la tubardise. Je vous ramène maintenant dans les années 70 où, par hasard, en déjeunant avec un éditeur, la conversation, je ne sais trop pourquoi, dévia sur Monsieur Joseph. Ce que j'en savais alors me permettait de l'évoquer dans les grandes lignes. Il était mort depuis une dizaine d'années. On l'oubliait. Toujours se pose la question de la mémoire collective qui retient ceci et pas cela... davantage Landru, parce qu'il a une barbe et qu'il brûle des mémères dans sa cuisinière, que Petiot un assassin beaucoup plus considérable, lié à son époque dont il fut vraiment un produit typique quant à la criminalité.

On évoque toujours en tant qu'escroc d'envergure, mêlé au monde politique, Stavisky, le bel Alexandre, et pourtant le cas de Monsieur Joseph est infiniment plus riche, plus complexe, plus fantastique. Je vais y revenir mais pour l'instant cet éditeur il en vient à me proposer d'écrire un livre sur Joanovici. Il peut me casquer pendant mon enquête et la rédaction de l'ouvrage. Fil en aiguille, il en sort un contrat bonne et due forme... un peu d'oseille pour mes faux frais... vogue la galère.

Une nouvelle forme pour moi de boulot écrivassier. Je divise un peu mes travaux en deux sortes... Quelques livres qui me tiennent à cœur et à plume. Que je m'efforce d'écrire sans penser trop aux lecteurs... s'ils seront heureux et aligneront leur petite monnaie chez les libraires... advienne que voudra ! L'autre versant de ma production, c'est l'alimentaire. L'idéal serait d'avoir des rentes, une gonzesse riche qui vous entretient au caviar d'Iran, au brut de brut millésimé et les pompes sur mesures en croco. On y rêve tous plus ou moins, la réalité plus saumâtre vous expédie les mots d'amour du Trésor public, que si vous n'envoyez pas la scudure le 15, on vous fourgue jusqu'au pot de chambre de votre ancêtre.

Je me suis donc appliqué à des besognes cinématographiques... Naguère ça vous payait de vos transpirations plumitives, des rabroueries, toutes les salades des clowns en crise d'amour... les affronts du producteur qui vous tient valetaille, pire que le plus racorni aristocrate de la Restauration, le manant républicain... les lubies du metteur en scène toujours génial, naturellement. Enfin je fus heureux de toucher le chèqueton... le chef-d'œuvre promis s'il ramenait les pékins et pékines aux guichets, déjà ça. Ces chefs-d'œuvre, surtout au cinoche, on les retrouve souvent dix quinze ans plus tard au rebut.

Joanovici ça me bottait sérieux comme ouvrage. Je me suis plongé dans la documentation. L'évidence qu'avant mars 1947 on ne retrouvait rien dans la presse. Il avait su se faire des plus discrets durant l'Occupe, et même par la suite, après la Libération lorsqu'il régnait dans les coulisses, en cheville avec les flics, des tas de magistrats et hommes politiques. L'affaire Joanovici ne commençait qu'à partir de 1947. Alors la presse y alla bon train... le déchaînement. On découvrait le pot aux roses... roses à l'engrais du pire purin, fumiers réunis. Après sa mise en accusation... Monsieur Joseph s'était fait la paire en des circonstances rocambolesques qu'on verra plus loin. Planqué en Bavière, en zone américaine. Protégé on ne sait pourquoi par les autorités de tutelle. Ici, il était devenu le chiffonnier milliardaire. On lui attribuait toutes les horreurs possibles, qu'il était agent de la Gestapo, qu'il travaillait depuis l'avant-guerre pour la cinquième colonne, qu'il avait vendu père et mère... une bande de truands à ses ordres, les ministres mouillés, le préfet... toute la P.J. Ça menaçait l'édifice fragile de la IVe République. Les rescapés vichyssois pavoisaient... un Juif traître à se planter dans la fourchette... une aubaine ! La presse communiste l'accusait de toutes les vilenies possibles. « A-t-il empoisonné un de ses complices ? »

Tout de même intéressant d'aller voir d'un peu plus près de quoi il retournait. Je vais vous conduire page à page à la découverte du monstre, mais déjà, pendant l'enquête que je m'efforçais de mener au mieux, je rencontrais de drôles de choses, les témoignages les plus contradictoires. L'évidence que certains avaient voulu l'envoyer au poteau à Montrouge avec les voyous de la rue Lauriston alors que d'autres le portaient au pinacle... qu'il leur avait sauvé la vie... que sans lui l'insurrection parisienne n'aurait pas démarré de la Préfecture de police... Xétéra. Quelques mois j'ai pataugé... j'ai traversé la France en biais... fallait que j'aille voir ce qu'il avait magouillé à La Rochelle et puis à Mende après sa sortie de taule... à Marseille où il avait séjourné aux Baumettes. Jusqu'en Israël je me suis propulsé, rencontré l'ancien ministre qui l'avait rejeté. Ce dernier point s'inscrivait en noir dans son pedigree, on n'avait pas voulu lui appliquer la loi du retour comme à tous ses coreligionnaires qui en exprimaient le désir. Éjecté le cher Monsieur Joseph, refourgué aux autorités françaises ! Tout ça, je vais vous le raconter fur et à mesure. Ça vous demandera un peu de patience, une attention soutenue pour vous y retrouver dans tous les recoins, les chemins de traverse, les pièges, les mensonges, les quatre vérités truquées.

Ce qui peut surprendre c'est que j'aie attendu si longtemps, vingt-cinq ans pour vous livrer cette belle histoire. Tout simple. Je me suis aperçu peu à peu en rencontrant certains témoins qu'ils attendaient de ma plume une réhabilitation de leur ami... Certes il avait échappé au pire... une comparution devant la Cour de justice pour trahison... crime de guerre... à propos de ses relations évidentes avec les fritz les plus marquants de la répression. Condamné seulement pour commerce avec l'ennemi, il s'en était tiré avec cinq piges de prison, mais ses plus acharnés défenseurs ça leur restait en travers de la glotte, ils voulaient en quelque sorte que je l'acquitte posthume... que j'écrive la vie de saint Monsieur Joseph. Ils m'avaient ouvert, il faut dire, bien des portes. Pu interviewer des gens qui ne parlaient plus à personne depuis longtemps. Toute la partie favorable du dossier était copieuse, des certificats de patriotisme et de bienfaisance en pile. Derrière tout ça une tierce d'anciens flics plus ou moins révoqués, des ferrailleurs, des malfrats... J'ai respiré, comme ça, une odeur détestable. Il faut, dans un pareil travail, une liberté de plume pleine et entière. Je n'avais pas l'intention non plus de charger le personnage. Les faits rien que les faits. Les paroles des témoins rapportées strictes.

L'air de rien on m'a fait savoir que... n'est-ce pas, il était préférable que je sois bien docile, que j'aille pas trop déconner dans les paragraphes.

Un rendez-vous... quelques menaces à peine voilées... j'ai posé le stylo, remboursé l'éditeur, rangé ma documentation pour attendre que tout ça se tasse... que meurent les uns, gâtifient les autres, se jaunissent les pages de l'acte d'accusation. Je me suis mis à d'autres exercices... et voilà, j'y reviens alors que cette fois il est tombé aux oubliettes Monsieur Joseph. Mais il ne me paraît pas tout à fait inutile de le ramener dans l'actualité historique. Presque un devoir au moment où l'on juge encore des affaires de ces temps engloutis. De toute façon c'est un héros – blanc ou noir n'importe – d'une dimension peu ordinaire. Qu'on vienne pas nous amuser avec des gugusses comme Tapie. Il aurait tout juste ouvert la portière de la traction avant de Monsieur Joseph, Tapie, heureux du poste... une promotion.

Jours tranquilles à Clichy

– Je suis né à Kichinev en 1905 le 20 février...

Ainsi commence sa déposition devant le juge Gagne, le 5 décembre 1947. J'ai le document, le double, sur papier pelure comme on l'utilisait alors avant l'usage intensif de la photocopie. « Sieur Joanovici Joseph. L'assiste Me Delaunay. » L'autre bavard Henry Torrès, un ténor du barreau, s'est excusé.

Voilà l'entrée en matière, et dès cette première phrase, il faut que je m'arrête. Le médecin-chef de la prison des Baumettes qui a soigné Monsieur Joseph en 1960 après son expulsion d'Israël avait la conviction que son patient trichait sur son âge, qu'il avait à ce moment peut-être dix ans de plus que les cinquante-cinq ans qu'il prétendait. Né alors aux alentours de 1895. Pourquoi ce mensonge ? Monsieur Joseph n'avait pas le genre à se rajeunir comme une vieille coquette. Tout ce qu'on sait de lui indique qu'il n'avait par exemple aucun souci vestimentaire. Jusqu'à ce qu'il soit obligé d'aller rencontrer quelques pontes français ou allemands, il était plutôt négligé de sa tenue. Des petits témoins, employés ou prolos... certains peu favorables diront carrément qu'il était « cradingue »... vieux mot du langage populaire.

Mystère entier sur ce rajeunissement qui n'est pas conditionné par un changement de nationalité comme on verra plus loin. Aussi bien en 1895 qu'en 1905 Kichinev en Bessarabie appartenait à l'empire tsariste. Elle ne passera à la Roumanie qu'après les traités de 1919.

Joseph se dit de nationalité russe de par sa naissance. Bémol. Un Russe de seconde catégorie... une sorte d'intouchable. Kichinev est une grande ville de deux cent mille habitants à cette époque, mais il y a au cœur (ou dans la banlieue de la ville) une enclave où les Juifs sont forcés de résider... ghetto ça s'appelle et de temps en temps, les Russes, les Cosaques ou les Turcs venaient se livrer à cet exercice hautement civilisateur : le pogrom... le massacre de la population... viol de femmes, pillage... un véritable ouragan. Ça se pratiquait depuis la nuit des rois et des empereurs le pogrom. En 1903, pendant la Pâque juive, on avait tué à qui mieux mieux puisque Kichinev fut appelée la ville du massacre. Les Juifs considéraient ça parmi les fléaux naturels, comme les inondations ou les incendies. D'ailleurs les soudards, les reîtres foutaient souvent le feu aux maisons pour finir la fête. Comme elles étaient en bois dans ces régions, elles flambaient magnifiquement. Je dis ces régions parce que le pogrom était une spécialité slave. Il devait se justifier au nom du Christ crucifié par la race maudite. En pays musulman il se pratiquait aussi... sous un prétexte encore religieux. Je me demande si le fond du problème n'est pas là... la religion. Les races se diluent, se dispersent... toutes les coucheries édulcorent les épidermes. Les Arabes sont sémites. Alors ? On verra bientôt que les hitlériens vont innover dans la pratique, mais si on y réfléchit bien, ils tentaient d'instaurer une nouvelle religion ni plus ni moins. Comme les communistes. Rien de plus semblable qu'un militant marxiste et un catholique ou un protestant pratiquants.

– Nous étions trois ou quatre frères, poursuit Joseph devant le juge.

Il dit que son père était garde-chasse et que sa mère s'occupait du ménage. Sans plus puisqu'il précise que ses parents ont été massacrés en 1905, pendant la première révolution russe. Celle du cuirassé *Potemkine*. Les auteurs de ce pogrom, on ne sait au juste si c'étaient des tsaristes ou des anti... Tout ça se mélange. En tout cas si Joseph est né en 1905, il a été sauvé à l'état de bébé par des amis de ses parents.

Ce qui donne à croire qu'il était déjà un enfant en âge de comprendre les choses en 1905, c'est qu'il racontera plus tard, lorsqu'il sera devenu le Monsieur Joseph fortuné, qu'il a échappé au massacre du ghetto de Kichinev avec une petite fille... qu'il est resté plusieurs jours planqué sous un baraquement... dans la boue, le froid. Il dit ça avec une conviction intérieure qui ne trompe pas. De ses frères et sœurs, il précise qu'il n'a eu de relation qu'avec Marcel son aîné qui se retrouvera un jour avec lui dans le box de la Cour de justice. Pourtant lorsqu'il tentera de se faire admettre en Israël, il ira chercher refuge chez une sœur à Haïfa. Sœur qui ne pouvait renier ses liens de parenté avec lui. Carrément son sosie en jupon. Une grosse mama, saucissonnée dans une robe un peu crasseuse colorée genre haïtien... en savates... le bide en avant, dans une H.L.M. au milieu d'un grouillement de mômes. Mais alors tout à fait la même bouille, le nez, les petits yeux malins, les bajoues et le même sourire.

Le petit Joseph est donc élevé par les uns, les autres. Une sorte de solidarité entre pauvres. Il cite parmi ses parents adoptifs une blanchisseuse.

– Mes parents nourriciers n'avaient pas jugé utile de m'envoyer à l'école.

Et quelle école ? Les petits Juifs n'étaient pas admis au collège religieux orthodoxe. Peut-être le rabbin de la communauté aurait-il pu se charger du gosse ? Pas question, et ça implique le peu de rapports que notre bonhomme aura durant son existence avec les exercices et les pratiquants de sa religion. Certes, il se mariera selon le rite hébraïque. On aperçoit un chandelier à sept branches sur une photo prise à son domicile à Clichy... en famille. Il lui restera toujours un lien quasi sacré qui lui imposera d'aller au sauvetage de ses frères de race lorsque les Allemands pratiqueront un pogrom technique à l'échelle européenne.

Pas d'école, donc il n'apprendra à lire et un peu à écrire que beaucoup plus tard en prison pour tuer le temps et mieux préparer sa défense. Lorsqu'on a des manques, comme ça depuis l'enfance, on les compense j'ai pu remarquer. J'ai côtoyé certains primitifs qui comprenaient tout d'instinct... devenaient amis ou ennemis sur-le-champ, flairaient les flics, les intempéries sociales. Tout le monde va s'accorder pour me dire que Monsieur Joseph était d'une intelligence hors norme. Dans sa tête il retenait tout. Une machine à calculer. Et l'œil qui vous jaugeait, devinait vos intentions. Et même il usait, abusait de son illettrisme pour posséder mieux ses concurrents, ses adversaires, ses ennemis. Son avocat maître Delaunay me dira : « S'il avait fait des études, il aurait joué un grand rôle, comme haut fonctionnaire, ministre, quelque chose comme ça. »

Ce qui le fascinait... la police, les flics. Il les admirait. « J'aime l'odeur des commissariats », dira-t-il à l'inspecteur Piednoir qui me l'a rapporté.

D'un autre homme que Joano, ça participerait d'une espèce de masochisme. De lui, c'est un aveu curieux. Il a la bosse du commerce d'une façon phénoménale, mais dans le fond il aurait voulu être poulet. D'ailleurs à la Libération pour le récompenser de ses services, le préfet Luizet lui offrira, comme une gourmandise, un bureau quai des Orfèvres.

Il a douze ans lorsqu'il entre comme apprenti à l'arsenal de Nikolaïev. Apprenti de quoi, il ne le précise pas. Il dira d'ailleurs avoir été serrurier. En tout cas il doit toucher à la ferraille dès sa plus tendre jeunesse. C'est dans les métaux, ferreux ou non, qu'il va s'accomplir. Expert redoutable. Connaisseur au premier regard. Il soupèse, il mordille le morceau... son opinion est faite. Après quatre ans à l'Arsenal il retourne, dit-il, dans sa ville natale. Où était l'arsenal de Nikolaïev ? N'importe, mais c'était ailleurs... loin du ghetto de Kichinev. Où logeait-il entre douze et seize ans ? Il ne précise pas. Ça me paraît pas l'avoir marqué cette enfance ballottée, sans parents. Si je compte bien, il serait à l'arsenal Nikolaïev au moment de la révolution d'octobre. Elle ne le touche pas. Il retourne à Kichinev en 1921 et il trouve de l'embauche aux ateliers de réparation des chemins de fer.

– J'avais seize ans et je vivais seul.

On se doute. Comment se l'imaginer à ce moment-là. Malingre puisque mal nourri, logé Dieu sait où... mal ficelé dans ses frusques d'ouvrier. Rêvant de quoi... eh bien d'Amérique comme tous les paumés d'Europe ! Juifs, Italiens, Hongrois ne voient que les États-Unis pour s'en sortir, s'arracher à cette misère qui leur colle à la peau. On se monte le bourrichon... qu'un parent, un voisin a fait fortune à New York, à San Francisco, à La Nouvelle-Orléans. Dans ces vocations d'immigrant, il y a toujours la part des mensonges des uns et des autres. Certains se font des éconocroques, un petit magot dans une chaussette pour se payer le voyage. C'est loin l'Amérique et à l'arrivée on est parfois reçu comme dans le film de Charlie Chaplin. Ça, ils ne le savent pas ou plutôt, on a beau le leur dire, les vieux, les méfiants, les mettre en garde, ils n'écoutent pas plus que la fillette qui va s'embrocher sur le phallus du maquereau joli qui l'expédiera ensuite chez Mme Hortense au bordel à Clermont-Ferrand.

Il rêve peut-être le maigre Joseph, mais il rêvasse pas. S'il débarque un jour au Nouveau Monde, gageons qu'il aura bien pesé le pour, le contre... il observera attentif autour de lui, pour bien saisir l'occase, l'ouverture où il va se glisser... se faufiler... surtout ne rien brusquer... passer le plus inaperçu possible.

Il s'initie à la plomberie en 1921. Il travaille dur. A-t-il des petits flirts, des aventures ?... Peu probable, il n'a pas de loisirs, si peu de fric et il est pas bien beau avec ses petits yeux porcins. On le dira par la suite séduisant, mais pas de cette séduction qui fait tomber les femmes. Au milieu de sa vie, gras et rose et hilare, il joue d'une espèce de séduction qui s'apparente à celle des politiques, à celle de certains acteurs qui transforme leur laideur en une attirance un peu démoniaque.

Oh, il y a bien quelques putes qui traînent près des usines, des ateliers. Il racontera à quelques copains ou complices qu'il allait parfois se soulager dans un bobinard miteux. Tout ça n'a pas grande importance, la vie sexuelle de Monsieur Joseph est tout à fait secondaire. Le freudisme nous a persuadés que la libido était la clef de tout. On en reviendra un peu comme de beaucoup de sciences politiques qui devaient nous assurer le bonheur sur terre.

Joseph, je n'ai aucun mal à supposer qu'au temps de l'arsenal Nikolaïev, il devait pour se distraire manier les brèmes, les dés... prendre ses copains à la partie de cartes, au 421 ou quelque chose de kif... la passe anglaise. Et là, il est magicien inné, le petit Joano, il gagne, il décourage les adversaires... il les plume ces pauvres oiselets ! Ça et les flics ça va lui remplir la vie. Il va jouer, jouer à l'infini. Il jouera avec Oberg le grand prêtre de la Gestapo en France, il jouera avec les tortionnaires, les libérateurs... avec toute la poulaille de l'île de la Cité... avec les ministres, et on verra qu'il gagnera parce que, selon les circonstances, il saura perdre. Il jouera avec le Dieu d'Israël et avec le Diable des nazis.

Nous arrivons en 1925. L'année de ma naissance d'enfant naturel. Lui il a vingt ans... n'est-ce pas si je reste sur ce qu'il affirme... sa naissance en 1905. Il est ouvrier quoi... plombier ? serrurier ? Il rentre dans le ghetto le soir. Depuis 1920, il est devenu roumain. Il n'a pas tellement eu le temps d'apprécier le nouveau régime en Russie. Ça ne l'a pas marqué beaucoup de devenir roumain, il n'en dit rien au juge Gagne. On ne sait trop comment ça se passe en Russie devenue soviétique pour les Juifs, mais en Roumanie ils sont toujours dans leur ghetto. L'histoire ne rapporte pas de pogrom dans ces années-là mais il y a tout lieu de supposer que le régime en place ne s'occupa pas tellement du sort des minorités juives. On est en royauté constitutionnelle, mais les partis de droite, la Garde de fer font leurs choux gras avec l'antisémitisme. Ça aussi va peut-être déterminer Joseph à s'exiler.

Il rencontre Eva Schwartz avec laquelle il va se marier. Elle est couturière mais il semble qu'on a un peu de biens dans sa famille. Le rêve américain s'était réalisé pour la grand-mère d'Eva et elle est revenue spécial, la mémé, pour assister au mariage de sa petite fille. On a quelques portraits d'Eva au cours de sa vie, jusqu'à peu de temps avant sa mort tragique. Ça semble une femme assez bien tournée, un visage régulier. Belle, c'est difficile d'apprécier mais en tout cas d'un physique plus avantageux que son mari. Grand amour ? On ne saurait dire, ce n'est pas le style de la maison. On se marie parce ce que c'est le mieux pour avoir des enfants, pour n'être pas seul le soir, s'offrir des parties de bête à deux dos économiques. Un peu comme chez les paysans. Les songeries, le bovarysme c'est du luxe, on n'y accède qu'à un certain niveau de revenus. Le romantisme est une invention dangereuse. Notre Joseph a dû faire sa cour à Eva en lui parlant d'un avenir où ils pourraient devenir un peu moins pauvres... peut-être riches, pourquoi pas ? Elle apprécie sûrement qu'il soit si travailleur, si attentif à faire du fric. Et lui sans doute... je dis sous toutes réserves qu'il n'a pas été insensible à ce que pouvait leur apporter cette grand-mère des Amériques.

– Elle nous a donné un peu d'argent afin de nous permettre de venir en France.

Ce qu'il déclare au juge, mais en réalité la vieille voulait qu'ils aillent aux U.S.A. Là-bas, elle avait des relations, à New York les Juifs commençaient à se défendre dans le commerce et la petite industrie. Mais voilà, pour aller de Roumanie en Amérique, fallait passer par la France. Joseph et Eva débarquent en juin à Clichy avec tout de même 30 000 dollars. Je ne me rends pas bien compte de ce que ça représentait à ce moment comme moyens, mais ça détruit la légende de Monsieur Joseph débutant en guenilles avec pour toute fortune un crochet pour fouiller dans les poubelles.

Pourquoi Joseph et son épouse arrivent-ils à Clichy ? Parce que Eva est la cousine d'un nommé Krugh. Écoutez-bien... il est marchand de vieux métaux, ce Krugh... Ce n'est qu'un début, continuons le combat. Joseph confie ses 30 000 dollars à ce cousin accueillant, parce que, dit-il au juge :

– Je ne savais pas encore ce que c'était qu'une banque.

Il le saura bientôt, soyez sans crainte, mais il s'en méfiera toujours un peu des banques. Il placera cependant à droite à gauche... en Suisse, en Italie, en Angleterre... un compte à New York lorsqu'il sera en mesure de jouer plusieurs parties de concert. En principe il n'était en France qu'en transit... le but c'était le bateau au Havre pour admirer enfin la statue de la Liberté dans le port de New York.

Pourquoi change-t-il d'avis alors que la grand-mère d'Eva les attend ? Il ne le dit pas. Et c'est là que commencent les suppositions, les thèses de tous ceux qui se sont penchés sur la carrière de Joanovici. On en fait entre autres un agent des Soviétiques, envoyé pour harponner et faire du fric afin d'aider l'infiltration des rouges en France. Nous verrons plus loin les liens tout à fait évidents que Joano aura avec les Russes, mais lorsqu'il débarque à Clichy avec sa femme, il a vingt ans dit-il, il ne sait pas parler français, il n'a pas de métier... les 30 000 dollars de la grand-mère ne constituent pas un pactole pour s'implanter sérieusement à l'étranger. Et pour récolter quoi ? Clichy en 1925 n'est pas une base industrielle et guerrière, on y vit chichement comme dans toutes les banlieues du nord de Paris. Les électeurs votent à gauche et toute une population marginale vivote misérablement. Les gitans, des arménouches, Portugais, Espagnols et une communauté juive qui va aider le couple Joanovici à s'intégrer peu à peu.

Krugh doit être un brave type, il loge le couple et prend Joseph dans sa petite entreprise de récupération de vieux métaux, 7, rue Martre, à Clichy. Ça veut dire qu'il part dès les aurores avec une charrette à bras ou à cheval, plus tard une camionnette, prospecter les chantiers, les dépôts de ferraille au rebut. On achète à très bas prix ou on débarrasse le terrain gratos. Après ça on trie et ce qui compte, ce qui se revend aux usines c'est les non-ferreux, surtout le cuivre et ses dérivés.

L'ambiance, je m'appesantis pas, la zone avec sa crasse, ses sentiers de mâchefer, ses cabanes branlantes... clébards à la traîne, les rats, les flaques d'eau putride... les tas d'ordures. Ici tout est noir, triste, gluant, sale... les êtres et les choses.

Je suppose que notre Joseph nourrit dans sa tête le désir de sortir de là. Très vite il est performant dans son boulot. À Kichinev il a déjà tâté de la plomberie, de la serrurerie et je suppose qu'à l'arsenal Nikolaïev il devait pas être employé aux cuisines ou aux bureaux de la direction. Contact avec le métal.

Il va s'initier avec ce cousin Krugh pendant dix mois. Il apprendra en même temps à baragouiner le français... juste la base qui va lui suffire pour se défendre. Les rudiments pour vendre, acheter, revendre... les formules de politesse. Il n'a pas le temps de pousser plus loin sa formation linguistique. Il sera toujours comme ces émigrés, ces types qui passent trente-six frontières et trente-six misères au cours de leur existence, ils savent l'essentiel pour circuler dans un pays. Chez lui avec Eva, il devait parler roumain... un sabir de roumain et de yiddish, je ne sais. De toute façon il sait très bien s'expliquer avec concurrents, acheteurs et fournisseurs.

Sur cette période où il travaille avec Krugh, journalistes et chroniqueurs ont romancé sur une pente facile lorsque fut venu le temps où on lui demandera des comptes. Tentant de noircir le personnage... que petit à petit il a étranglé commercialement son bienfaiteur, qu'il lui a détourné ses meilleures affaires et fini par l'acculer à lui refourguer son entreprise.

Simple supposition qui ne repose sur aucun renseignement sérieux. Au juge il déclare qu'au bout de dix mois son apprentissage était accompli, qu'il en savait assez pour voler de ses propres ailes. Il s'installe donc à son compte, 35, rue de Paris, où il loge au-dessus de ses ateliers et hangars.

– Mes débuts furent modestes. J'ai d'abord travaillé avec une voiture d'occasion que je pilotais seul.

On sait qu'il a son permis de conduire mais ce qu'il ne raconte pas au juge c'est toutes les difficultés qu'il rencontre entre Saint-Ouen et Clichy. On dit qu'il est en butte aux persécutions des chiftirs gitans et arménouches. Plus que probable. Ce monde en bordure de la grande ville qui vit des déchets, des rebuts de la société industrielle en plein développement est impitoyable. On y vole, on s'y déchire, on s'y assassine sans trop émouvoir les autorités. En ce temps-là, la police laissait ce genre de sous-citoyens faire le ménage entre eux. La loi du plus fort, du plus malin. Et le plus malin on va s'apercevoir bientôt qu'il s'appelle Joseph Joanovici.

Lui, il évite les affrontements violents, il s'esbigne quand l'orage menace. Il se fait conciliant. Bien sûr on l'insulte, on le traite de sale youpin. Les Arabes déjà nombreux dans le secteur pratiquent un antisémitisme à eux. Rien à voir avec celui des ligues d'Action française. Après avoir bien commercé, trafiqué avec les Juifs, un beau matin ils s'estiment lésés et décident de se venger, ce qui leur permet de piller les magasins, les dépôts de marchandises. L'essentiel de l'opération.

À Clichy, Joseph va mettre très vite tout le monde dans sa fouille. Déjà il se montre généreux. On a su qu'il aidait ses coreligionnaires qui sont en délicatesse avec la Préfecture de police. Les étrangers sont fichés avec le maximum de renseignements. Tout de suite, Joano s'est appliqué à amadouer la flicaille. À quel moment devient-il carrément copain avec le commissaire de police de Clichy ? Je ne sais dire exact, mais il va pénétrer dans la place en versant son obole aux bonnes œuvres de la Grande Maison comme on l'appelle familièrement. Il cotise à une association d'aide aux blessés en services commandés... il envoie des jouets pour l'arbre de Noël. Les enveloppes ça sera pour une phase ultérieure, quand il sera à tu et à toi avec les fonctionnaires de police. En tout cas, il va trouver au commissariat une espèce de protection et il pourra arranger les petits problèmes de ses amis. Apparaissent les noms de Milner, Klebanetz, Moscovici, Rabinovici que nous retrouverons dans la suite de sa biographie.

Il bosse Joseph, il trime depuis le lever du soleil jusqu'à la nuit déjà noire, par tous les temps. Il est sur tous les coups, les bonnes affaires.

– J'ai eu le bonheur de voir mon travail récompensé et dès l'année suivante je pouvais déjà embaucher deux ouvriers.

Cette année suivante c'est 1928 et, entre-temps, Eva lui a donné une petite fille qu'il prénomme Thérèse. Ça se fête une naissance. On arrose ça avec les amis Rabinovici, Milner... M. et Mme Chaït qui font eux dans les peaux de lapin... On oublie surtout pas les braves agents, ceux à roulettes, les cyclistes... et m'sieu le commissaire qui vous fait l'honneur de venir lever son verre à la santé et prospérité de la nouvellement-née.

Joseph a grossi, depuis qu'Eva prend soin de son ménage, il bouffe mieux... il est gourmand et peu à peu il va prendre la forme sous laquelle il sera célèbre. On dirait qu'il attend que son look soit bien au point pour entrer en scène.

Enfin il n'entrera véritablement en scène qu'au son des fifres et des tambours de l'armée d'un certain *Herr* Adolf Hitler qui commence déjà à s'agiter sur les tribunes électorales de la République de Weimar. On n'y prend pas trop garde en 1927-28. On en a vu d'autres et bien souvent les banquiers juifs eux-mêmes ont aidé leurs ennemis à gagner quelques strapontins vers le pouvoir, ce qui devrait les rendre quasi inoffensifs lorsqu'ils auront goûté aux dînettes du gouvernement. Du moins le pensent-ils.

En France, à Clichy, on lui fout la paix à Monsieur Joseph. Il débarrasse le plancher de saloperies qui déshonorent le paysage. On le trouve toujours cordial, un sourire de compétition aux lèvres. Il entraîne l'acheteur, le vendeur, même le récalcitrant, l'emmerdeur imputrescible au café du coin. Il est devenu « Café du coin » Joano, c'est là qu'on commence à l'appeler m'sieur Joseph. Il amuse les Auvergnats qui règnent dans la limonade. Dans le non-ferreux qui est déjà un grand marché en France, ils sont en concurrence avec les Juifs et les arménouches. Tous ces gens parlent un même langage de chiffres, de poids, de différence, de pourcentage et se tapent dans la main pour signifier leurs accords. Ça vaut tous les contrats bonne et due forme.

Plus tard lorsque Joseph sera en résidence surveillée à Mende au cœur de la Lozère, il y sera très vite adopté... adapté... copain cochon avec l'hôtelier, l'hôtelière et les hôtelireaux.

À Clichy, les loisirs que se permet notre homme se passent aux rades des bistrots. On y rencontre tout le monde, on fraternise au coup de rouge, au blanc cassis. À l'époque l'apéro c'était Dubo Dubon Dubonnet... la Suze... vermouth... Il y a aux comptoirs des modes comme partout. Elles font loi, elles ruinent brusquement une marque, une autre au hasard. Le whisky a conquis la France plus sûrement, plus durablement que la Wehrmacht. Je me permets cette comparaison oiseuse pour vous égayer la page. Trop de sérieux tue le sérieux...

Dans les troquets encore éclairés au gaz à la fin des années 20, on tapait la belote et re. Joseph, ça le reposait la belote, il y était comme sur tous les tapis un flambeur sans égal. Quand il avait gagné, il casquait la tournée. Les travailleurs du coin, pensez s'ils appréciaient. « Il est peut-être juif, mais j'en connais des Juifs qui sont plus juifs que lui. » Ainsi s'exprimait un antisémitisme de comptoir qui ne prêtait pas à conséquence. On disait des choses de même acabit sur les ritals, les Polonais et même les Bretons avec leur tête de mule.

Rentré chez lui, Joseph il cajole un peu la petite Thérèse comme tous les pères de partout. Je peux pas vous accrocher des scènes précises. Nous sommes dans la banalité de la vie quotidienne.

Mais il commence à gagner du fric, s'il se permet beaucoup de générosité, bakchichs de toutes sortes, ça fait partie de ses affaires et ne veut pas dire qu'il jette l'argent par les fenêtres. Eva fait une modeste popote, on mange les restes de la veille et on coupe le vin à l'eau du robinet. On vivait tous un peu à la même enseigne en ces temps. La moindre bricole était entourée de soins multiples pour durer.

1929. Ça va être le début de la grande crise et ça prouve qu'il a eu raison, ce cher Joseph, de pas aller user ses godasses sur le sol américain. C'est là que ça commence la tourmente monétaire. Eh bien, pour notre ami Joseph les affaires sont en telle progression qu'il fonde une société à responsabilité limitée, les établissements J.B.M. C'est à dire Joanovici, Bitnik et Milner fils. Capital 100 000 frs. Bien entendu Joseph est majoritaire avec cinquante parts. En 1931 son frère aîné Marcel viendra le rejoindre et travailler dans l'entreprise. Ce frangin ça va être son ombre. On le verra souvent derrière lui, maintien modeste, de petites lunettes fines d'intellectuel. Ce qu'il n'est pas. Pas plus cultivé que Joseph, et surtout moins intelligent, sans envergure. Il n'aura que l'astuce de se tirer des pattes le mieux possible lorsque les choses tourneront vinaigre.

Siège de la société toujours à Clichy, 29, rue de Paris. Joseph sera fidèle à Clichy, c'est là qu'il viendra finir ses jours... sa seconde, et moins ingrate patrie que Kichinev. Il fait édifier de grands hangars et vogue la galère.

– Nous avons fait de bonnes affaires. C'est permis, m'sieur le *jouge*...

Le greffier note. En 1931 Milner part faire son service militaire, ce qui indique qu'il vient d'être naturalisé français. On ne sait trop pourquoi, Joseph lui ne le sera jamais. Il liquide la J.B.M. et avec Bitnik seul, il fonde la Société de triage et récupération... Soixante parts pour cézig. Les locaux et hangars de Clichy étant trop petits, maintenant, à nous deux Paris. Il déménage pour la rue Saint-Just près du cimetière des Batignolles dans le XVIIe arrondissement. Cette fois c'est parti ! En deux coups les gros il va devenir un ferrailleur qui compte sur la place de Paris. Il a une douzaine d'employés et ses camions sillonnent la France. Joseph se déplace beaucoup, il va en Belgique, en Suisse, en Hollande... d'où les soupçons qui pèseront sur lui d'avoir rencontré en territoire neutre des agents de l'Abwehr, les services secrets de l'armée allemande. Possible qu'il ait déjà fourni du cuivre ou du tungstène aux Allemands. Mais on n'en a jamais eu la preuve évidente.

Juste avant 36, il reconnaît un chiffre d'affaires de 6 millions. Bitnik se sépare de Joseph et celui-ci le remplace par son frère. Désormais la société s'appellera Joanovici frères tout simplement.

1931-1940 c'est peut-être les plus belles années de Monsieur Joseph. Il emploie plus de vingt ouvriers, deux comptables et une secrétaire. Il ne précise pas dans sa déposition s'il s'agit déjà de Lucie Schmidt qui deviendra sa maîtresse, sa fidèle des fidèles jusqu'au bout.

En tout cas, il affirme au juge en 1947 qu'il était absurde de prétendre qu'il était dénué de ressources à la veille de la guerre. Il est déjà parmi les dix plus gros ferrailleurs de France. Le fric rentre de partout. On a dit qu'à ses débuts à Clichy, dans ses premières années, il avait fait le fourgue... le receleur. Possible, mais je n'en suis pas très convaincu, il était beaucoup trop prudent pour se risquer dans ce genre de carrière. Si le fourgue ne finit pas en taule, invariablement il devient indic et de là peuvent découler des ennuis sanglants.

Joseph fréquente les flics ce qui ne veut pas dire qu'il est un auxiliaire de renseignements. Non, il se couvre à l'avance et il a besoin de protection parce qu'il est toujours étranger. Il a sa fiche. Donc il investit la place forte du quai des Orfèvres. À force de cadeaux, d'invitations, il va devenir de plus en plus indispensable aux bonnes œuvres du 36, quai des Orfèvres. Et copain avec M. Verdier, le sous-directeur qui s'occupe précisément des étrangers. Ça va devenir très important après la déclaration de guerre.

Pour l'instant nous n'en sommes pas encore là. Les événements du Front populaire n'ont pas l'air d'avoir eu des répercussions aux établissements Joanovici frères. Le business continue... les camions partent et rentrent, dans les ateliers on trie la ferraille et Joseph rencontre les acheteurs et les fournisseurs si possible devant une bonne table. Il s'agit pas d'affaires bien classiques. Régulières, elles le sont autant que faire se peut. Il y a ce qu'on déclare au fisc et le reste. Dans la ferraille, les contrôles sont difficiles. C'est avec ce reste que Joseph huile les rouages de sa machine. Le Front populaire a dû lui envoyer ses quêteurs et puis les autres, les nationaux de droite. À tous il a donné avec toujours son large sourire.

À signaler l'arrivée d'un certain Herman Chaït, comme acheteur représentant dans la société, mais aussi dans le cercle familial qui s'est agrandi puisque Thérèse a une petite sœur, Hélène, née en 1929.

Eva et ses filles ne manquent de rien à présent, sauf peut-être de leur père. C'est ce que me dira Thérèse lors d'une rencontre en 1973. Elle vénérait son père et elle a souffert de son absence. Pendant les grandes vacances que la famille passait dans une villa à Dinard, au Touquet ou à Deauville, papa Joseph venait les rejoindre pour le week-end. On logeait Chaït et le frère Marcel qui était plus souvent là que le père. « En fait, dit Thérèse, notre père c'était Marcel. C'était lui qui s'occupait de tout, il réglait les problèmes d'argent. » Argent, on se doute, fourni par Joseph. Tout ça devait l'arranger puisque c'est l'époque où il s'amourache de sa secrétaire Lucie Schmidt. Ça explique le rôle de Marcel. Thérèse rapporte que sa mère supportait très mal cette liaison. Elle, elle était juive traditionaliste, elle pratiquait, elle allait prier à la synagogue.

Je ne possède pas une chronologie bien exacte de la vie privée de Monsieur Joseph. Lucie n'apparaît pas brusquement dans son existence comme une créature de rêve qui va lui foutre le cœur à l'envers. D'abord elle est embauchée comme secrétaire sténodactylo aux établissements Joanovici frères. Quel genre de femme était-ce à la trentaine ? J'ai rencontré une sexagénaire, les traits réguliers, un peu épaisse, cloîtrée dans un petit logement à Clichy. Du charme dans le sourire, mais rien qui laisse supposer que cette dame était vingt-cinq ans auparavant une jolie fille. Il serait abusif, même en romancier, de vous reconstituer, faire revivre ce que furent les prémices, les échanges de regards, les bribes de dialogues amoureux entre Monsieur Joseph et Lucie. Tout me laisse penser que notre bonhomme fut d'abord séduit par le sérieux de cette secrétaire dans son travail, sa vivacité d'esprit pour acquérir les connaissances indispensables à son poste.

Pratique, Joseph s'est dit qu'en joignant l'utile à l'agréable, il gagnait sur tous les tableaux.

À quel moment situer le début de leur liaison ? Juste avant la guerre, d'après ce que suppose Thérèse, lorsqu'il aura deux domiciles : l'officiel rue Blanche avec Eva et ses filles et un autre au 5, rue Albert-Samain dans le XVIIe pour *recevoir*, se lier avec une nouvelle couche de la société, des industriels, des commerçants, des fonctionnaires, en attendant les Allemands.

Ils ne sauraient tarder ceux-là. De part et d'autre, on se prépare à la guerre et la société Joanovici frères traite de bons marchés avec le ministère de l'Armement. Soupçon... Joseph par le biais de ferrailleurs belges ou hollandais approvisionnerait en non-ferreux l'Allemagne hitlérienne. Ça apporte de l'eau au moulin de ses futurs accusateurs qui soutiendront que s'il a pu traiter si facilement avec les autorités d'occupation dès l'été 1940, c'est qu'il était déjà en terrain de connaissance. Rien de très facile à démêler. Les suppositions vont bon train et on va découvrir plus tard un rapport de la Sûreté belge datant de 1935 qui signale de curieuses rencontres entre un certain Joseph Joanovici et des hommes de l'appareil communiste à Anvers. Là, on met le doigt dans l'engrenage d'une explication de toute la trajectoire de notre Bessarabien. Prématuré, je vous l'ai dit, de penser qu'il a débarqué en France en mission, en quelque sorte agent de l'espionnage soviétique, mais à partir du moment où il brasse beaucoup de fric, il est vraisemblable qu'il intéresse les services du Komintern. Il aide déjà quelques-uns de ses coreligionnaires qui fuient l'Europe centrale. Parmi eux il y a bien sûr des communistes. Il est facile de lui faire comprendre qu'il se doit de participer à la Cause. Ce que font tous les groupements terroristes.

On ne lui connaît pas d'opinion politique. Sa fille nous dit que le Front populaire, la guerre d'Espagne, il s'en foutait. Ça ne l'intéressait pas *apparemment*. Je souligne. Certains prétendent qu'il a fricoté avec la société France-Navigation spécialisée dans l'expédition d'armes soviétiques à l'Espagne républicaine. Philippe Robrieux, le grand spécialiste, l'historien du parti communiste, affirme que les gens affiliés à France-Navigation étaient automatiquement des agents du Komintern. Difficile de conclure, d'affirmer... la piste est tout de même assez sérieuse. Dans ce cas bien des choses seraient plus claires, même si Joseph ne s'est jamais exprimé sur la question.

Hors son boulot, il ne connaît que sa famille. Ce qu'il déclare à qui veut l'entendre. « La famille d'abord, les autres peuvent crever ! » Texte rapporté par Thérèse. Il y a aussi les cartes, tous ceux qui l'ont approché ont dit qu'il était un fabuleux joueur de poker. Il flambe avec d'autres ferrailleurs... avec les flics... toujours les flics. Ils seront là jusqu'à la fin de son parcours.

Lorsque la guerre éclate, sujet du roi de Roumanie, on ne l'inquiète pas. La Roumanie est encore neutre. Au juge d'instruction, il affirme qu'il s'est engagé dans l'armée française. Nuance, en tant qu'étranger, il ne pouvait s'enrôler qu'à la Légion. Il déclare qu'on ne le convoquera au conseil de révision qu'en mai 40, c'est-à-dire au moment où la France explose littéralement. Peut-être a-t-il été rejeté pour constitution physique non conforme. Il a passé l'âge pour faire un bon légionnaire... sable chaud et tatouages adéquats. Joseph est un petit homme lourd... qu'on imagine mal en baroudeur avec le képi blanc.

Toutefois, il rend beaucoup plus de services à la France en restant sur place puisque sa maison est réquisitionnée avec tout le personnel par le ministère de l'Armement.

Soyons sans crainte, cette situation ne le prive pas de ses bénéfices durant toute cette période que Roland Dorgelès a baptisée la « drôle de guerre », celle où les Français attendaient derrière leur belle ligne Maginot sans que les Allemands se donnent la peine de les attaquer. Joseph et ses employés recherchent inlassablement les vieux métaux, les trient et les rendent consommables aux usines d'armement.

– Mon chiffre d'affaires fut alors important. La comptabilité de cette époque existe toujours, il vous sera facile de vérifier.

Déclaration au juge, lue, approuvée et signée en décembre 1947. Rien n'indique par la suite que les enquêteurs de justice se soient donné la peine de vérifier.

Tout à l'avenant. Ce qui permet ensuite de bâtir des légendes.

La débâcle

On célèbre, on commémore des tas d'événements glorieux ou tristes mais on passe, et pour cause, à côté du 10 mai. La France est morte ce jour-là, en 1940, où les armées allemandes sont passées à l'offensive et nous ont mis échec et mat en trois jours. Une nation pulvérisée. Tout s'effondre... Une catastrophe dont on n'avait pas idée. Je crois qu'on ne s'en est jamais remis. Tout ce qu'on a raconté ensuite... Pétain, de Gaulle, les durs, les mous... sauver les meubles ou l'honneur... tout ça que dalle. Plus de France, finie, râpée. *On a joué* les prolongations en fiction, on a joué à, mais on est devenu autre chose... un demi-siècle plus tard, une colonie de Mickeyland... autoroutes... tourisme... boustife... le pouvoir à la téloche.

On se figure encore que ce 10 mai 1940, on peut se l'effacer, qu'il n'a pas plus d'importance que le désastre de Pavie ou d'Azincourt. Au finish qu'on a été sauvé sinon par nous-mêmes du moins par les ricains. Et de toute façon, comme on jouait sur tous les tableaux, certains en ont déduit que si Hitler l'avait emporté, on aurait été préservé du pire par Laval ou par Doriot. D'autres ont pensé qu'au cas où les Russes auraient déferlé... les cosaques de Toulboukine, les chars de Joukov jusqu'à Gibraltar, Aragon nous aurait écrit des poèmes pour les accueillir en libérateurs... les exorciser, ces chéris.

La France ne peut pas mourir, disait notre chef du gouvernement sous l'ouragan de mai 40. Elle est pourtant morte, et M. Paul Reynaud est revenu quelques années plus tard comme si de rien n'avait été se présenter aux électeurs de Dunkerque. Il disait aussi : « Si seul un miracle peut sauver la France, je dirais je crois au miracle parce que je crois à la France. » Balpeau miracle ! ... Les Allemands entrent dans Paris. Le peuple se débande sur les routes. La belle, l'invincible armée française est faite aux pattes. En certains endroits des régiments entiers se rendent par téléphone... Une voix à l'accent de teuton qui demande le général commandant la place. Je vous reçois cinq sur cinq. La consigne : « Attendez-nous. Jetez vos armes, nous serons là demain matin. » Au bout du fil il esquisse un salut en tremblant le général, il obtempère.

Tout ce qui va suivre, chères lectrices jolies fin de siècle, chers lecteurs automobilistes rageurs, c'est du pipeau. On va faire semblant. C'est tellement vrai que le plus grand bluffeur de poker de toute cette histoire, celui qui va faire figure de libérateur, de vainqueur, bâtira tout sur cet énorme mensonge... Que la France a gagné la guerre. Garde à vous ! Et nous allons tenir vaille que pousse sur cette légende. Cette victoire bidon, certes, il se l'est payée notre grand général avec le sang de ses quelques soldats presque aussi perdus que ceux qui avaient joué la mauvaise carte et qui erraient revêtus de honteuses défroques vert-de-gris sur les routes de l'Allemagne anéantie sous les carpet bombing de l'Air Force.

Il nous faut bien encore revenir à ce soleil de juin 40. Ce défilé de la Wehrmacht sur les Champs-Elysées qu'on ne finira jamais de nous repasser sur les écrans de nos télévisions. Paris est vide, les Parisiens qui n'ont pas cédé à la panique regardent tristement leurs vainqueurs paradant.

Et Joseph qu'est-ce qu'il devient dans tout ça notre Joseph ? Je suis pas là pour vous interpréter l'Histoire de France à ma façon pessimiste. Et tant mieux si je me trompe, si je suis un merdailleux croquant qui se permet des excès de plume.

Je ne vous oublie pas Joano... que non, je vais plus vous le lâcher à présent. Avec l'arrivée à Paris des boches, c'est là qu'il va devenir intéressant. Je vous le reprends donc en train de s'expliquer en 1947.

Puisque nous parlons de cette période 1939-1940, je tiens à signaler que M. Daladier ayant lancé un appel aux possesseurs de devises à l'étranger pour les mettre à la disposition du gouvernement, Joano lui a immédiatement adressé un chèque de 4 000 dollars prélevé sur un compte qu'il avait ouvert aux États-Unis. Cela témoigne de ses sentiments tout à fait patriotiques.

Et par la même occase on apprend que ses affaires marchaient on ne peut plus rondement. Le chèque à Daladier, il en fera sa gorge chaude souventes fois. Ce qu'il déchait ailleurs... domaine réservé... motus, bouche cousue... Pas si nature, il ne devait tout de même pas avaler la propagande officielle... qu'on allait vaincre parce que nous étions les plus forts... que Hitler n'avait déjà plus un poil de sec en sa tanière de Berchtesgaden.

Alors ?... Tout devient trouble. En avril 40, le ministère donne ordre de repli aux établissements Joanovici frères. Chaït, le fidèle de Joseph, s'est mis en quête de locaux à La Rochelle pour y abriter la marchandise. Et ça se précipite... Fin mai en pleine débâcle, Joano reçoit l'ordre d'évacuer tout son stock de vieux métaux à La Rochelle. On commence les expéditions par voie ferrée puis en fin de compte avec tous les véhicules disponibles. Seulement l'armée allemande n'attend pas, elle est aux portes de Clichy et Joseph qui se rend à la gare des Batignolles pour surveiller les opérations apprend par ses employés que les boches seront à Paris le lendemain matin. On a déclaré la capitale ville ouverte, donc c'était encore une rodomontade que Paris serait défendu pierre par pierre. Joseph se précipite à ses entrepôts de Clichy pour fermer boutique. Il donne leur compte à ses ouvriers, en leur laissant la possibilité de le rejoindre en camion à La Rochelle. Et lui, il part à la recherche d'instructions. Au ministère de l'Armement, plus personne... portes ouvertes et bureaux vides... Tout le monde fout le camp sauf les flics. Les bienveillants flics comme M. Verdier, le sous-directeur de la Préfecture de police, qui prend la peine d'appeler Joseph au téléphone pour lui conseiller de déguerpir au plus vite.

On s'interroge sur l'indécision de Joseph. Il doit pourtant être au courant des mauvaises intentions allemandes à l'égard des Juifs. Hitler a ouvert de sinistres clubs de vacances à leur intention. Notons que Joanovici est sujet roumain et à ce titre il est sous la protection de son ambassade. Ne jamais oublier, non plus, qu'à cette date de juin 40 les Soviétiques sont en période de non-agression avec l'Allemagne. Un flirt poussé qui les conduit à livrer des tas de fournitures industrielles et guerrières au Reich. Ils se sont partagé la Pologne sans que ça émeuve les Alliés qui sont entrés en guerre pour lui garantir le couloir de Dantzig. Sans non plus lever la moindre baïonnette pour lui venir en aide efficacement. Rien. La nullité sur toute la ligne... morale, politique, militaire. Pas une parcelle d'intelligence dans tout ça. Un jeu de cons comme on n'oserait pas imaginer à l'école primaire.

Toute la tribu Joano est depuis un mois dans une villa à Foras près de La Rochelle. Joseph se décide tout de même à les rejoindre en compagnie d'un de ses collaborateurs d'origine italienne, Scandroglio, qui fera partie de l'équipe et l'équipée Joanovici jusqu'à la Cour de justice.

Pourquoi ne se rend-il pas directement à La Rochelle ? Il roule en traction avant et il a une réserve d'essence. Il n'a pas l'air d'avoir de problème de circulation malgré l'exode qui fout un bordel effroyable sur toutes les routes de France. Il se rend à Bouéssé près du Mans chez un industriel avec lequel il est en affaires, un certain Lego qui possède une usine d'étiage de laiton. Des industriels de ce genre de spécialité, on se doute que Joseph en connaît un peu partout. Mais celui-là il a été arrêté par la police militaire pour sabotage. Je précise qu'il ne s'agit pas encore de sabotage contre l'armée allemande mais contre l'armée française. Joseph est au courant de cette arrestation, il vient bien sûr réconforter Mme Lego et en profiter pour sauver toutes ses marchandises disponibles en les expédiant à son dépôt de La Rochelle.

Étrange anecdote. Joseph a donc fait le nécessaire pour évacuer la marchandise et il a repris la route de La Rochelle avec

Scandroglio et une fille de Lego chargée dans sa voiture à la demande de sa maman.

Qu'est devenu M. Lego ? A-t-il été condamné par la justice militaire ? On ne sait. Il va réapparaître plus tard dans les affaires de Joseph. Toujours est-il qu'il est curieux que Joano raconte ça très limpidement à son juge sans provoquer la moindre question. Lorsqu'il quitte Paris il sait que Lego a été mis au trou, mais il n'écoute que son bon cœur pour aller consoler son épouse tout en récupérant de la marchandise. Quelle marchandise ? Quelle quantité ? Et comment déplace-t-il cette marchandise qui ne paraît pas être facile à transporter en plein exode ?... On ne comprend pas grand-chose à cette opération.

À La Rochelle, Joseph retrouve sa petite famille, ses employés, et il mentionne un ami, Armand Bravo, directeur commercial à la banque Rothschild dans laquelle il avait aussi un compte.

Joseph indique à l'instruction qu'il pense que Bravo va l'aider à embarquer sur un bateau grec pour aller rejoindre les Anglais. C'est la seule fois où il parle de ses intentions de quitter la France au moment de la débâcle.

Très brève allusion. Le fameux bateau grec reste à quai et Joseph aussi. Il attend les Allemands en famille sans trop se cailler la laitance. Mme Lucie Schmidt, la charmante secrétaire, est dans les parages, il l'a fait évacuer avec la ferraille. Sans doute règle-t-elle des problèmes de paperasses qui restent toujours en suspens même pendant les pires catastrophes.

Les Allemands occupent La Rochelle... sans coup férir... d'abord les motards puis l'infanterie, les chars et bientôt la Kriegsmarine. Le maréchal n'a plus qu'à faire le don de sa personne à la France.

Armistice. Quelque temps, tout le monde croit que tout va rentrer dans l'ordre au prix sans doute d'une ablation d'Alsace-Lorraine. Les prisonniers vont revenir et petit à petit on va réparer nos ruines dans l'honneur et la dignité. Le hic c'est que l'Angleterre persiste à faire la guerre. Comme elle ne peut pas s'attaquer de front aux forces du Reich, elle va ratatiner une partie de la flotte française en rade de Mers el-Kébir en Algérie. On est à un doigt de se renverser les alliances et de passer carrément dans le camp ennemi. On a du mal à imaginer ce qui aurait pu se passer ensuite. L'issue de la guerre en aurait-elle été changée ? Ça participe de l'histoire-fiction. De quoi s'irriter en vain la matière grise.

Les Allemands annoncent au début juillet à La Rochelle et ailleurs que les réfugiés peuvent regagner leurs pénates. *Populations abandonnées, faites confiance au soldat allemand,* déclare une affiche colorée. Ni une ni deux, Joseph, accompagné de Bravo et de Lucie Schmidt, grimpe en camion direction Paris-Clichy.

La famille, le frère Marcel, le nommé Scandroglio restent à La Rochelle. On verra plus tard que les liens de Joseph avec La Rochelle sont sérieux.

Coup d'œil nécessaire sur la situation générale au moment où Monsieur Joseph retrouve le pavé de Clichy. Peu à peu les réfugiés regagnent leur ville, leur bled... Parfois ce qu'il en reste lorsque les stukas ont ratiboisé le terrain. Des morts, des blessés, des captifs par milliers. On a brossé cent fois le tableau. Durant les premiers mois de l'Occupation, même jusqu'en juin 1941, la victoire allemande paraît certaine. On sait qu'en Angleterre des hommes politiques importants étaient prêts à traiter. Hitler le leur avait proposé dans un grand discours. On sait aussi que, si traité il y avait eu, il se serait fait sur nos os... nos ressources, nos belles colonies (dans un sens, ça nous aurait évité des complications guerrières par la suite). C'est un aspect qu'on oublie volontiers lorsqu'on étudie cette période. On connaît la suite du film à épisodes. Les bravaches fin de siècle nous disent de concert qu'ils seraient tous partis rejoindre de Gaulle... tout du moins qu'ils auraient pris le maquis... comme ça dès le mois d'août... *Ami, entends-tu le vol noir des corbeaux* !... Seulement si on a vécu les événements au jour le jour, ça chantait pas les mêmes chansons. On ne voyait pas d'où pouvait nous venir la délivrance. À signaler aux oublieux que l'Amérique de M. Roosevelt n'avait pas cru bon d'intervenir pour sauver la Pologne et garantir les droits de l'homme en Europe. Il faudra que les Japonais attaquent à Pearl Harbor l'escadre des U.S. pour qu'ils daignent se bouger les torpilleurs. En ce qui concerne l'Europe, c'est Hitler lui-même, le fou, qui a pris l'initiative de leur déclarer la guerre. Et pourtant les gens bien informés outre-Atlantique savaient, documents en main, qu'il existait à Dachau, à Buchenwald, à Mauthausen, à Auschwitz, des camps de concentration. Jusqu'au mois de juin 1941, notre bon et vénéré camarade Staline était d'une neutralité si bienveillante à l'égard de son homologue dictateur allemand qu'il lui envoyait des télégrammes de félicitations pour ses fulgurantes victoires. Là encore c'est le Führer lui-même qui prit la décision de rompre cette charmante bluette.

Alors, dites-moi, qui pouvait parier sur l'effondrement de l'Allemagne hormis le général de Gaulle que personne n'entendait dans nos chaumières ?

Ce climat des débuts de l'Occupation explique beaucoup de choses. Abasourdis qu'ils étaient, mes compatriotes. On ne savait plus rien sauf qu'il fallait impérativement se garnir un peu l'estomac pour tenir le choc.

Sur mon vélo, je sillonnais Paris à la recherche de quelques légumes, d'un peu de pain... j'allais attendre devant des dépôts où l'armée française avait laissé des conserves que les Allemands abandonnaient aux affamés. Des boîtes de singe... une par personne. On distribuait à droite à gauche des secours, des galetouses de soupe, des crèmes de gruyère Vache qui rit, tout ça en attendant que la famine s'organise avec des cartes d'alimentation, des tickets pour le moindre bout de fromage à zéro pour cent de matière grasse. Les Allemands, c'était leur période de correction. Place aux dames et aux vieillards dans le métro... les marchandises payées rubis sur croix gammée dans les magasins.

Et à ce sujet, un petit souvenir personnel. Avec ma grand-mère nous avions habité au début des années 30, dans le XVe arrondissement, un hôtel meublé où les autres locataires étaient des Juifs qui vendaient des fripes au Village suisse voisin. Ma grand-mère s'était liée avec quelques Rachel ou Sarah, des dames de l'immeuble, épouses de Jacob ou Samuel. Par la suite, elles ne manquaient pas de se rendre visite, prendre le thé, grignoter des petits gâteaux. Début de l'Occupe, l'une d'elles est venue jusque dans notre XIIIe et je me souviens de sa visite. Pas du tout effrayée par les fritz. Ils venaient au Village acheter des fringues, des bricoles soyeuses pour leurs épouses, leurs fiancées. Très polis et qui payaient sans discuter. Alors ? On avait exagéré... tout allait bien... Elle est repartie souriante Mme Cofino, son blase me revient, et son mari c'était Léon, un grand maigre avec une mâchoire fernandélienne. Quatre ans plus tard, on ne savait plus ce qu'ils étaient devenus M. et Mme Cofino. Sur le moment, ils étaient confiants. Loin d'imaginer que ces aimables clients pouvaient devenir des anges exterminateurs.

Cela pour en revenir à Monsieur Joseph. Début juillet il rentre à Clichy... À son entrepôt 13, rue Morice, sur le portail d'entrée, il se heurte à une affiche en français et en allemand indiquant qu'il était interdit de toucher aux marchandises se trouvant à l'intérieur et de s'adresser pour plus amples renseignements à la Chambre des députés.

Ladite Chambre, désertée par les députés fuyant vers Bordeaux puis Vichy, était devenue une officine de la Wehrmacht... quelque chose de ce genre, enfin, des bureaux administratifs. Joseph s'y pointe sans peur et sans reproche, accompagné d'un ami, courtier en métaux, qui parlait l'allemand. Celui-là il ne donne pas son blase.

On peut s'étonner aussi que Joseph Joanovici, natif d'un ghetto bessarabien, fasse ainsi des démarches auprès des occupants nazis sans prendre aucune précaution. Deux choses l'une comme explication, ou comme le prétendront ses ennemis les plus acharnés il a de bonnes raisons d'agir de la sorte puisqu'il travaille plus ou moins pour l'Abwehr, qu'il a déjà fourni de la marchandise au Reich via la Belgique et la Hollande, ou tout simplement il ne flaire aucun danger. Joanovici jusque-là sujet roumain, jouit on le sait de la protection de son ambassade. Quelque temps plus tard, l'Allemagne ayant fait pression sur la Roumanie, celle-ci va céder la Bessarabie à la Russie soviétique. Mais notre héros se tirera très bien de cette situation en devenant citoyen russe.

J'anticipe. Il est donc en train de tâter le terrain auprès des scribouillards allemands de la Chambre des députés en vue de rouvrir son entreprise. Le hasard faisant bien les choses, Joseph rencontre à la Chambre un ami... enfin une relation. Un mec avec lequel il a traité des affaires autrefois et qui occupe dans la place un joli bureau. Un Allemand bien sûr en uniforme avec de belles bottes.

On n'a pas plus de détails sur ce fritz. Joseph n'en donne pas puisque le juge ne lui en demande pas. (On peut être surpris de la façon dont le juge Gagne mène son interrogatoire : ou il est acquis à Joseph ou il est d'une nullité incroyable.) Par cet Allemand ami ou client, on ne sait, Joseph obtient la permission de rentrer dans ses entrepôts, mais pas le droit de disposer de sa camelote provisoirement. Donc aucune possibilité de reprendre le travail.

Ça ne le gêne pas trop, il a des réserves, du fric planqué partout, il a le temps de se retourner et de voir venir.

Il bricole en lousdé et il embauche – preuve que les choses ne vont pas si mal – deux amis pour le dépanner. Deux flics révoqués, Milcent et Gaget. On ne sait trop pourquoi ils ont été éjectés de la police mais les entreprises de Monsieur Joseph seront toujours une position de repli pour les fonctionnaires de la Grande Maison en difficulté.

Autre flic... M. Cornet, le commissaire de police de Clichy, un déjà vieux pote, celui-là, qui convoque Joseph et lui confie une mission de ravitaillement pour la commune. Puisqu'il a encore quelques véhicules à sa disposition, il va le charger d'aller en province chercher de la bouffe. Mission accomplie par Chaït et Milcent. Durant quelques mois, ils vont drainer l'Île-de-France et le Calvados pour récupérer fruits, légumes, beurre et viande afin de nourrir les populations laborieuses. Opération humanitaire en quelque sorte.

– Ça ne m'a rapporté aucun bénéfice.

Joseph se faisait juste rembourser ses frais. Pieux mensonge sans doute, puisque les autorités s'en mêlent. On l'interroge. Il prouve sa bonne foi, appuyé par le commissaire Cornet, mais toutefois il est prié de cesser ses voyages de bienfaisance en Normandie.

Nous arrivons à peu près, d'après les propres déclarations de Joanovici, en septembre-octobre 1940. Pour le moment on ne remarque pas, à part cette insolite visite à la Chambre des députés, de rapports avec les Allemands. Que Joano avec sa combine de ravitaillement à Clichy se soit sucré, tout à fait possible, et sinon lui, en tout cas les flics révoqués qui lui servaient de commissionnaires. C'est le début de l'ère du marché noir. Il va régner pendant près de dix ans sur le pays. Ce fut quelque chose de considérable dans la vie des Français... quelque chose qui pourrait s'apparenter au commerce de l'alcool pendant la Prohibition aux États-Unis.

Quand on parle de l'Occupation allemande en France, il faut distinguer plusieurs périodes. La première, appelons-la celle de la Wehrmacht. Le haut commandement de l'armée tient la barre. On imagine que le pouvoir en Allemagne était d'un bloc, que les hommes du Parti national socialiste dirigeaient les choses sans partage... On oublie que l'armée, soumise certes à Hitler, gardait de grandes prérogatives. C'est elle qui venait de ratatiner la France. Si elle ne l'avait occupée qu'aux deux tiers, c'est que le Führer l'avait voulu ainsi. Lui, qui avait imposé l'armistice et le territoire du gouvernement de Vichy. Le haut commandement de style et mentalité encore très prussiens avait la haute main sur la zone occupée. Au point que les gens de la police politique, ceux qu'on désigne en gros comme la Gestapo, mais plus précisément le S.D... *Sicherheitsdienst*, les services de sécurité des S.S., sont entrés dans Paris sur la pointe des bottes. Ils sont en concurrence avec l'Abwehr. Rivalité sournoise qui éclatera au grand jour lors de l'attentat contre Hitler, le 20 juillet 1944.

Le S.D. c'est le royaume de Reinhard Heydrich, l'adjoint de Himmler. Un personnage redoutable, qui sait attendre et qui tisse sa toile. Rien brusquer en France pour le moment. S'implanter, certes, et pour cela Heydrich envoie le colonel Knochen à Paris avec quelques hommes qui connaissent le terrain. Ils s'installent rue des Saussaies, sans troubler l'ordre établi par la Wehrmacht. Viendra le jour où ils seront les maîtres absolus. Pour l'instant l'Abwehr, émanation de l'armée, s'implante à l'hôtel Lutétia. Une politique a été décidée par le maréchal Göring, il s'agit de recruter le plus possible de Français susceptibles de les aider dans leur plan d'exploitation économique du pays. Le langage vichyssois de la Collaboration dans l'honneur et la dignité n'a plus cours ici. On doit pomper tout ce qu'on peut en matières premières, en produits agricoles... en œuvres d'art aussi... enfin toutes les richesses possibles.

Les conventions d'armistice prévoient que les frais d'entretien des troupes d'occupation sont à la charge du gouvernement français. Une rançon quotidienne de 400 millions. En monnaie d'aujourd'hui (1998) ça représente au pif 8 milliards de nouveaux francs (à réviser prochainement en euro). Une ponction épouvantable, de quoi nous réduire en pays sous-développé. Et le change s'établit avec le *Reichsmark* à 20 francs alors qu'en réalité il en vaut 10.

L'affaire est bien ficelée, ceux qui s'efforcent de croire qu'on peut espérer quoi que ce soit du vainqueur ont bonne mine. La Collaboration première, la seule vraiment efficace, commence avec les « bureaux d'achat ». Une initiative géniale de Hermann Brandl qui sera plus connu sous le nom d'Otto. On dira même les bureaux Otto. C'est un fonctionnaire de l'Abwehr, pas spécialement nazi, qui s'avérera extrêmement vénal et qui va réussir son opération. Les bureaux Otto sont chargés de drainer en douceur toutes les marchandises possibles. Par la réquisition, la brutalité des décisions du haut commandement, on obtient des résultats médiocres. Les paysans, tous les producteurs de la terre ou des villes se débrouillent pour tricher, planquer la marchandise... c'est une résistance passive et c'est peut-être la plus sérieuse, en tout cas au début de l'Occupation. Dans les bureaux d'achat on va tout payer n'importe quel prix... c'est-à-dire aux cours fluctuants du marché noir, et la grande astuce de Hermann Brandl sera de confier ces opérations à des Français. Eux savent où trouver la camelote et ils sauront appâter le client avec la musique des fafiots qu'on froisse. Prix le plus intéressant possible et on refourgue ensuite la camelote aux amis allemands en prenant au passage la dîme. Ça évite à nos protecteurs verts de se rendre désagréables, de se farcir des missions fatigantes et qui pourraient devenir dangereuses au cœur du pays.

Des années plus tard quand on enquêtera, interviewera certains témoins de l'époque, les taulières de bordel, certains commerçants ou industriels, ils diront tous avec un peu de nostalgie dans le gosier que ces *messieurs* étaient d'excellents clients qui payaient toujours tout en temps et en heure. Mais c'était l'État français qui réglait finalement la note.

Durant toute la guerre, la propagande par voix de presse ou de radio vitupérait le marché noir et pourtant l'essentiel de ce marché noir était organisé par les Allemands eux-mêmes. On ne pourchassait, traquait et envoyait en taule que les minables, ceux qui traversaient Paris avec les valises pleines de cochonnailles comme dans la nouvelle de Marcel Aymé, filmée par Autant-Lara.

Mais comme toujours, comme partout, à un certain niveau, tout s'arrangeait.

Problème du choix des hommes qui vont tenir les bureaux d'achat. Quelques commerçants en difficulté, quelques gens comme on dit sans aveu. Des truands de plus en plus nombreux qui vont s'engouffrer dans le système. En échange, ils vont se trouver dans un engrenage qui les mènera à devenir des auxiliaires de la police allemande.

Voilà le schéma. Nous verrons plus loin les hommes de la Gestapo, dite française, à l'œuvre, les équipes de Lafont, Rudy de Mérode, Masuy, René Launay, autres Berger et leurs chiens.

À quel moment Joseph Joanovici va-t-il être en contact avec les Allemands de l'Abwehr et partant leurs serviteurs français ? On est encore dans le cirage à ce propos. Les fabricants de légende ont colporté l'information qu'il était dès les premiers jours à l'hôtel Lutétia, que Hermann Brandl lui avait ouvert les bras pour l'étreindre d'amitié. Faux. Les choses se sont passées plus tard lorsque l'organisation était déjà bien huilée.

Retrouvons-le, Joseph, en octobre 40. Il est aux prises avec les lois antisémites de Vichy qui s'appliquent bien entendu sur tout le territoire. Il doit se rendre au commissariat pour se déclarer en tant que Juif. Heureusement Joseph est, comme on l'a vu, un ami du commissaire Cornet. (Oh ! comme il a eu raison de l'entretenir de petits cadeaux depuis des années !) Il consigne une déclaration de Joseph sur le registre de la main courante du commissariat et ceci, lui explique le commissaire, afin de faire état de sa bonne foi... qu'il n'a pas cherché à dissimuler ses origines.

Restent les établissements Joanovici frères. Comment pourront-ils échapper à la législation raciale ? Les boches occupent mais Vichy administre. Tout simple, il procède à une augmentation de capital qu'il porte à 200 000 francs. M. Verdier et Gaget deviennent majoritaires. Gaget étant gérant. Soulignons au passage que Verdier est fonctionnaire à la Préfecture de police et que Gaget est le flic révoqué réinséré chez Joano.

Ça n'empêche qu'un inspecteur zélé du Commissariat aux questions juives vienne encore le titiller sur la situation raciale de l'entreprise. Les choses s'arrangent grâce à Gaget, ancien collègue de l'inspecteur. Chez le juge d'instruction Monsieur Joseph précise que l'inspecteur en question, le zélé de la Question juive, est encore en fonction en 1947 et qu'il a même pris du galon en tant que résistant. Comme quoi !... et en tout cas, Joseph, gentleman, se refuse à le dénoncer, à donner son nom.

Au dossier de ses activités patriotiques, Monsieur Joseph signale que dès cette époque... septembre 1940, il intervenait auprès de la police pour aider des gens en délicatesse avec les autorités. Il a fait, témoignage écrit à l'appui, régulariser la situation d'un prisonnier évadé, mari d'une marchande de quatre-saisons de son quartier. Il lui a fait obtenir des papiers de démobilisation légale par le chef de la brigade de gendarmerie de Clichy. Chef qui se trouve être le gendre d'un chiftir, vieille connaissance de ses débuts lorsqu'il chinait sa ferraille dans la zone de Saint-Ouen. C'est ça aussi Joano, un type qui a une réelle affection pour des tas de petites gens qu'il fréquente quotidiennement. Les affaires n'empêchent rien. Il les fait avec le plus de dureté possible. À part ça, il est le brave mec qui parle avec n'importe qui au zinc du bistrot le plus minable.

Tout de même ils arrivent chez lui nos occupants. Enfin un Allemand parlant mieux le français que Monsieur Joseph. Un civil fonctionnaire de la WIFO (Wirtschaftliche Forschungsgesellschaft), une société d'études économiques allemande qui a détaché en France deux sections chargées de récupérer et réquisitionner plus particulièrement de vieux métaux. Il est suivi de militaires qui inspectent ses bâtiments, ses stocks... fourrent le nez dans ses cahiers de comptabilité tenus par les soins attentifs de Lucie Schmidt qui est toujours là. Joseph a une confiance absolue en elle. Puisqu'il ne sait ni lire ni écrire, elle pallie ses insuffisances. Certes, Joano a tout dans sa tête-ordinateur, mais il vaut tout de même mieux quelqu'un auprès de lui pour s'occuper de la paperasse, régler les détails secondaires.

Pas question de truquer, Joseph préfère jouer cartes sur table avec ces messieurs de la WIFO. Bien obligé de leur fournir ce qu'ils demandent. Et ils sont avides... ils réclament toujours de plus en plus de non-ferreux. D'où un assouplissement des règles qui lui interdisaient jusque-là de faire son métier. L'assouplissement, on le verra, ira très loin.

Et, là, on est forcé de faire un rapprochement entre la WIFO et les bureaux d'achat contrôlés par l'Abwehr. L'Allemand qui traite avec Joseph, le civil, s'appelle Theodore Prill. Un homme avec lequel on peut s'entendre, d'autant qu'il est corruptible. Chez lui en Allemagne, il a des charges de famille et peut-être une petite amie à entretenir, Joseph va travailler avec lui sans penser à mal, dit-il. S'il voulait faire autrement le pourrait-il ? Est-ce durant cette période qu'il rencontre Hermann Brandl ? Lucie Schmidt ne s'en souvenait plus trente ans plus tard. En tout cas, les argousins du Commissariat aux questions juives ne vont plus l'emmerder. Il a contourné tous les obstacles. Tout d'abord M. Redon, chef du service des étrangers à la Préfecture de police, un ami sérieux, lui fait une nouvelle fiche indiquant qu'il est de religion orthodoxe, donc il n'est plus considéré comme juif. Le plus intéressant va venir de l'ambassade de Russie. La Bessarabie étant annexée par Staline, Joano était donc citoyen soviétique. Et curieusement cette prérogative va être refusée à son frère. Le voilà couvert par les services du camarade Molotov. Ça va mettre un peu de temps pour s'officialiser mais, en mars 1941, un arrêté du Conseil suprême de l'U.R.S.S. lui confère la nationalité soviétique. Il n'aura pas trop de temps pour s'en prévaloir, trois mois plus tard, le Führer va lancer ses chars dans les plaines russes. Tour de passe-passe, Joseph sera à nouveau roumain, la Roumanie étant devenue entre-temps alliée de l'Allemagne.

C'est là qu'on se pose de drôles de questions. Le sort des Juifs en Europe est déjà en passe de se résoudre final à Auschwichtz et autres lieux d'extermination et Monsieur Joseph entre dans un circuit très particulier si l'on considère ses origines. On peut l'accuser de ne considérer que les bénéfices qu'il va tirer de ce commerce avec les fritz. Il dira pour sa défense qu'il a accepté toutes les compromissions les plus brûlantes pour être en état de rendre service à ses coreligionnaires et à la Résistance par la suite.

On est surpris tout de même de la facilité avec laquelle il obtient la citoyenneté soviétique. Ça apporte de l'eau au moulin à ceux qui voient en lui un agent de Moscou. Reste qu'après le 22 juin 1941, lorsque l'Allemagne est en guerre avec l'U.R.S.S., il se tire de ce que sa citoyenneté soviétique pourrait lui valoir d'ennuis en redevenant roumain et toujours orthodoxe sans que les gens de l'Abwehr ni ceux de la Gestapo poussent plus loin les investigations à son endroit. Les nazis épargnaient momentanément ceux qu'ils appelaient les Juifs utiles. L'évidence en son cas. Étant l'un des plus grands ferrailleurs de la place, il est en mesure de leur fournir des quantités de marchandises qu'ils seraient bien en peine de se procurer eux-mêmes.

Sans que le juge s'y arrête davantage, Joseph reconnaît être en affaires avec la WIFO dès octobre 1940 et on peut supposer que les gens de cet organisme interviennent pour qu'il soit considéré comme soviétique puis comme roumain alors qu'à l'évidence il est juif.

Sa famille et son frère sont restés à La Rochelle ainsi que quelques-uns de ses employés, parmi ceux-ci Georges et Jean Gardenne (le père et le fils), représentants qui travaillaient sous les ordres de Chaït.

Joano continue donc à diriger par l'entremise de Chaït ses affaires de La Rochelle. Fin 40, il apprend que Gardenne père et fils organisent des passages en Angleterre. Acte de résistance s'il en est. Ils ont besoin de bateaux discrets pour transporter les candidats à la France libre.

Joseph n'écoute que ses sentiments patriotiques, il donne de quoi acheter les bateaux. C'est ce qu'il va affirmer au juge Gagne. On ne recherche pas de preuves, mais l'affaire de La Rochelle aura des suites qui authentifient sa première déclaration.

En suivant l'itinéraire de notre personnage durant cette période, on est face à des mystères inexplicables autrement que par une appartenance à des services secrets, les russes en particulier, mais il est tout à fait possible qu'il se diversifie beaucoup dans ses actions. Voit-il une contradiction entre le fait qu'il gagne du fric avec la WIFO et qu'il casque d'un autre côté pour une filière de fuite en Angleterre ? Il a des sincérités successives et il juge toujours les gens non sur leurs uniformes, leurs appartenances politiques mais sur une impression. Analphabète, il marche au pif, à l'instinct. Il lui arrivera de dire à propos de gestapistes : « C'était un brave type ! » Il sait surtout qu'avec le pognon il peut presque tout et que ces nazis si redoutables sont souvent, avant tout, corruptibles.

Monsieur Henri

Août 1940, le système Otto se met en place. Monsieur Joseph, lui, travaille pour la WIFO. Quelle quantité de métaux lui livre-t-il ? On globalisera avec une période suivante où il sera cette fois branché directement avec l'organisation Otto aux docks de Saint-Ouen.

L'homme qui va s'imposer avec les bureaux d'achat c'est Henri Chamberlin, dit Lafont, et qu'on appellera surtout Monsieur Henri. Lui c'est un voyou patenté. Il s'est évadé au cours de l'exode d'un camp de l'administration pénitentiaire en compagnie de deux membres de l'Abwehr. Ayant écopé de nombreuses condamnations, il était relégué. Cette peine accessoire a disparu de notre arsenal judiciaire, elle était appliquée à la quatrième condamnation dans la loi, c'est-à-dire à plus de trois mois et un jour de prison. Le but des législateurs était de bannir les récidivistes. On les expédiait en Guyane avec les bagnards, où ils finissaient par crever de faim. Époque où la république ne s'embarrassait pas d'humanitarisme. Lafont est un modèle (si on peut dire) du truand d'avant-guerre. Orphelin, maisons de correction, prisons, évasions, cambriolages, re-prison... braquages, carambouilles..., etc.

À trente-huit ans il n'est pourtant pas un caïd du Milieu, mais au moment où il se fait la cavale avec les deux Allemands de ce qu'on appelait la cinquième colonne, les agents infiltrés pour désorganiser les forces françaises, il n'a plus rien à perdre. Il est sans patrie, sans foyer, sans autres attaches que deux enfants d'une femme qui l'a plaqué.

Il entre au service des Allemands sans état d'âme. Il n'a guère le choix. Il va se révéler alors une espèce de policier-truand tout à fait exceptionnel... du même genre d'acabit, de gabarit que Vidocq.

Obligé de m'étendre un peu sur son cas, qui mériterait d'ailleurs une étude, un fort volume où seraient étalées ses actions toutes noires sans oublier quand même ce qui peut constituer quelques pages blanches... Il va être mêlé d'assez près à la trajectoire de Joanovici. Ça ne va peut-être pas jusqu'à la complicité mais ça peut le paraître.

Au physique aucune ressemblance, Lafont est un colosse baraqué, gueule de l'emploi de grand voyou, désavantagé par une voix fluette... de gonzesse, disent même ses meilleurs amis. À son procès, cette voix créera la surprise. L'affreux, le tortionnaire intraitable, l'ordure intégrale s'exprime avec des intonations de Blanche-Neige.

Pour le tester, Hermann Brandl, qui pourtant s'occupe surtout de trafics commerciaux, lui confie mission de décapiter un réseau de résistance belge qui s'est formé dès le mois de juillet à Bordeaux à l'initiative d'un certain Lambrecht, colonel des services secrets belges. Une espèce d'entêté comme de Gaulle qui veut poursuivre la lutte envers et contre boche.

L'Abwehr a des antennes, des agents de renseignements un peu partout, elle a eu vent de cette initiative. Un Français assez habile pour s'introduire dans cet embryon d'armée clandestine permettrait de la liquider.

Ce Français, c'est Lafont, il descend à Bordeaux où il a quelques relations dans la pègre locale. C'est en cela que les gens du Milieu sont efficaces, ils ont des relais de bars en tripots, de tripots en maisons closes dans toutes les grandes villes. Jeu d'enfant pour Lafont, devenu M'sieur Henri, que d'entrer en contact avec des réfugiés belges qui sont encore nombreux à Bordeaux à ce moment-là.

Le plus clair dans tout ça, c'est qu'on parle, qu'on ragote, qu'on se confie... toutes les cagades, toutes les catastrophes arrivent par la jactance. Lafont se présente comme un antiboche viscéral, un Belge qui cherche son colonel perdu dans la débâcle. Il paye à boire, il laisse entendre qu'il connaît des planques d'armes... des filières pour passer en Espagne, d'où on peut rejoindre Londres. Malgré sa gueule de boucanier, cette voix qui surprend, il est de ces gens qui savent vous mettre en confiance. Il met dans sa poche un flic de Montauban, un nommé Savy. Celui-là, sa faiblesse c'est qu'il devient bavard devant un comptoir de bistrot. Lafont l'arrose comme il faut et Savy, qui se veut patriote mais qui est surtout naïf, va mener assez rapidement Lafont sur la piste du colonel Lambrecht qui se planque à Toulouse.

Précision d'importance, Toulouse est en zone libre, Bordeaux en zone occupée. Je rappelle à ceux qui sont pas au courant que la France, de par les conventions d'armistice de juin 40, était divisée en deux. La zone libre étant le royaume du maréchal Pétain, chef du gouvernement de Vichy.

Pour aller de Bordeaux à Toulouse, Lafont doit passer une nouvelle frontière : la ligne de démarcation. Pas de problème, il a un laissez-passer. À Toulouse, il s'informe. Le colonel Lambrecht y a trouvé refuge sans prendre trop de précautions puisqu'il est en zone non occupée. Lafont appelle en renfort quelques malfrats du cru. Entre autres le Basque Adrien Estébéteguy qui va devenir un de ses lieutenants avant de finir dans la chaudière du docteur Petiot, que nous apercevrons un peu plus tard dans ce récit. On alpague le colonel Lambrecht un matin au sortir de sa planque et on le transfère à Bordeaux dans le coffre d'une traction avant.

Il suffirait ensuite de le livrer aux Allemands, mais Lafont prend l'initiative de travailler au corps son gibier, afin de le servir cuit à point à ses commanditaires. Ça fera ensuite partie de ses prérogatives lorsqu'il aura sa propre officine, il fournira à la Gestapo des clients avec leurs aveux... juste à faire réchauffer à feu doux, si je puis dire.

À Bordeaux, on descend le colonel Lambrecht à la cave d'un bar de voyous où on le soigne à coups de cravache et autres joyeusetés. Pendant trois jours et trois nuits, les petits copains de Lafont vont retrousser leurs manches et s'activer. Le colonel est un dur, mais on en vient à bout. Mise à table complète. Il donne ses correspondants, ses relais à Paris, Bruxelles, Anvers. Tout le réseau va être démantelé.

Monsieur Henri a réussi sa première opération d'envergure. Il apporte le colonel Lambrecht dans sa corbeille de marié avec l'Abwehr. Félicitations chaleureuses du colonel Reil, grand ponte à l'hôtel Lutétia, siège des services de renseignements de la Wehrmacht. Il va pouvoir disposer d'un bureau d'achat et ensuite obtiendra le feu vert pour ouvrir une officine de police auxiliaire, tout d'abord quai des États-Unis, puis au 93, rue Lauriston, adresse qui lui devra sa triste célébrité.

Comme il a besoin de personnel, M'sieur Henri a une idée, on peut dire géniale à la façon de mes jeunes contemporains, il va faire libérer de prison des malfrats de grosse pointure qui n'ont rien à perdre. Ils échangent des dix, quinze, vingt ans de taule contre la liberté avec une carte de police allemande et la possibilité de voler, racketter, escroquer sans aucun risque.

Ça commence très tôt cette équipée qu'on peut bien dire sauvage. On va trouver chez Lafont toute la voyoucratie du moment. Certains, bien sûr, laisseront leur peau dans l'affaire, mais d'autres feront les plus belles pages des faits divers d'après-guerre... Pierre Loutrel dit Pierrot le Fou, entre autres, le plus beau fleuron du gang des tractions avant.

Nous aurons l'occasion d'en voir quelques spécimens à l'œuvre au cours de ce récit. Joseph jusque-là n'avait jamais eu de rapports avec la truanderie. D'instinct, il avait su garder les distances qu'il fallait avec les gens qui ne pouvaient lui attirer que les pires emmerdes. D'ailleurs ses relations assidues avec les flics le rendaient suspect à tout ce qui gravite autour du Milieu. Les circonstances vont le conduire à rencontrer Lafont ainsi que ses homologues qui vont surgir dans le cloaque... Rudy de Mérode, René Launay, Masuy, etc., qui vont faire fonctionner les bureaux d'achat de la Kriegsmarine, de la Luftwaffe, de la S.S.

Tout ça se met en place sans bruit, si on peut dire... personne n'est au courant. En tout cas pas dans le populo uniquement absorbé par les problèmes de bouffe. Aujourd'hui on met l'accent, par exemple, sur la loi du gouvernement de Vichy du 3 octobre 1940 concernant la limitation des droits civiques des Juifs. Sur le moment elle passa presque inaperçue. L'antisémitisme ne s'exprimait pour les simples citoyens que par voie d'affiches. Touchaient-elles vraiment leurs cibles ? Peu probable. En tout cas jusqu'au décret en zone occupée instituant le port de l'étoile jaune, le problème juif était secondaire pour la plupart des Français.

Bien sûr Joano, lui, est au courant. La WIFO n'exige rien d'autre que de la marchandise. Joseph est un bon récupérateur. Tout irait pour le mieux dans cette foutue époque si Chaït à La Rochelle ne se mêlait d'introduire des métaux défectueux dans ses livraisons, ce qui constitue un acte de sabotage caractérisé.

En juillet 1941, les Allemands viennent appréhender Gaget. On ne sait de quoi il est soupçonné mais Joseph se renseigne au commissariat de Clichy et les informations qu'il récolte indiquent que l'affaire paraît sérieuse. Gaget est un vieil ami de Joseph. Un frère, dit-il. Joseph interroge les gens de la WIFO qui ne sont pas au courant. Finalement, par l'entremise d'un avocat accrédité auprès des tribunaux allemands, Joseph apprend que Gaget a été arrêté pour attentat contre la sûreté du Reich. Et au même moment, à La Rochelle, les fritz ont mis au trou Chaït, Georges et Jean Gardenne et un Joanovici Avraïli, un neveu, dont il n'avait jamais parlé jusqu'ici.

Fin mot de l'histoire, Chaït et ses employés ont été victimes d'un agent provocateur. Un jeune homme nommé Heyraud s'est présenté à La Rochelle avec une recommandation de Gaget pour qu'on l'aide à passer en Angleterre. Rendez-vous avec Gaget et ses amis dans un restaurant. Là, on prépare l'expédition et, bien sûr, on tient des propos antiallemands. Le lendemain tout ce gentil monde était arrêté et expédié à Paris dans les fourgons de la Wehrmacht.

Histoire embrouillée, rapportée par Joano au juge qui n'y comprend pas grand-chose. Un premier temps Joseph est hors du coup. Puis quelques jours plus tard, alors qu'il travaillait à son entrepôt de Clichy, les boches font une descente surprise et il est embarqué avec son frère Marcel, deux amis, M. Cohen et Guth, ainsi que le comptable Abramovici. Tous sont juifs, ce qui ne manque pas d'aggraver la situation.

Interrogatoire sommaire à l'hôtel Édouard VII où siège un service de police allemande, suivi de leur incarcération au Cherche-Midi. Il s'agissait d'une prison militaire détruite depuis, sise à l'angle de la rue du Cherche-Midi et du boulevard Raspail. Les Allemands bien sûr en avaient la direction et beaucoup de Juifs, gaullistes, communistes, résistants de tout poil ont pu goûter les joies de l'établissement avant leur dernier transfert pour le poteau du Mont Valérien.

Monsieur Joseph ne s'étend pas dans ses réponses à l'instruction sur le confort et la restauration du Cherche-Midi. Il y reste un peu plus de deux mois sans être interrogé ni informé de ce qu'on lui reproche. Seulement Joseph a des amis fidèles et des complicités. De l'extérieur la vaillante Lucie Schmidt parvient à lui faire rentrer du fric. Quelle somme ? Il ne précise pas mais il sait qu'au Cherche-Midi comme ailleurs, en y mettant le prix tout est possible. Les geôliers sont de la race des seigneurs et cependant aussi corruptibles que les Français. D'où possibilité de communiquer avec ses codétenus et par lettres avec l'extérieur. On ne sait qui lui écrit les lettres puisqu'il est incapable d'aligner deux mots sur le papier. En tout cas, il donne des instructions à Lucie pour rencontrer les gens susceptibles de le sortir de ce mauvais pas et aussi, ne perdant pas le nord, pour continuer à gérer son entreprise.

Fin novembre, un officier allemand vient l'interroger sur place.

– Un homme qui me parut loyal..., dit-il au juge Gagne.

Joseph lui jure tous les grands dieux qu'il n'est pas juif. L'officier paraît convaincu... impressionné, dit Joano, par ses protestations. Il va poursuivre son enquête auprès de son personnel à Clichy. Tout le monde bien sûr lui confirme que Monsieur Joanovici n'est pas juif, mais roumain de religion orthodoxe... la preuve, il se rend tous les dimanches à la messe rue Daru. Maître Schloesser, l'avocat accrédité auprès des tribunaux de la Wehrmarcht et qui est devenu le défenseur de Joseph, intervient. Il rencontre l'officier allemand et réussit à le convaincre de l'innocence de son client et de ses amis.

Résultat miraculeux quinze jours plus tard, les frères Joanovici, Cohen, Guth et Abramovici sont libérés. Tous aryens et bons serviteurs de l'économie du Reich. Les autres, ceux arrêtés à La Rochelle, seront lourdement frappés. Gardenne père, Chaït et un certain commandant Filliol seront fusillés, Gaget condamné à perpétuité et Avraïli, le neveu, à cinq ans de travaux forcés.

Il est permis maintenant de douter de cette belle histoire en ce qui concerne le sort de Joseph et de ses amis arrêtés à Clichy. Derrière tout ça, il est évident qu'il y a sans doute Theodore Prill ou d'autres de ses collègues de la WIFO, peut-être le *Herr Doktor* Alfred Fuchs ou Hermann Brandl lui-même qui sont intervenus, avertis par la sainte Lucie Schmidt, surnommée déjà Lucie Fer. Sinon, comment est-il concevable que cet officier allemand qui travaille pour un service de police se soit laissé abuser de la sorte ? On est donc en droit de se dire que vraisemblablement les billets de banque ont joué un rôle pour mettre du beurre dans le plat d'épinards de la liberté.

Les lecteurs d'aujourd'hui auront du mal à croire cette anecdote. Il est convenu dans nos films, nos romans, que les gens soupçonnés de Résistance, d'actes de sabotage caractérisés étaient torturés jour et nuit et que s'ils étaient juifs ils prenaient la direction de Drancy via Auschwitz.

C'était souvent le cas, mais Monsieur Joseph est l'exception qui confirme la règle. Il tourne tous les obstacles, il défie les lois de la pesanteur nazie.

Durant son séjour au placard, il a attrapé une maladie de peau... gale, impétigo, pelade... on ne sait au juste. C'était monnaie courante à l'époque, la malnutrition nous exposait à toutes sortes de vermine. En tout cas, Lucie qui est aussi son infirmière le soigne, chez son ami le ferrailleur Martial Scandroglio. Il a élu domicile rue Balzac dans le quartier des Champs-Élysées, ce qui prouve que le métier est lucratif. Joseph n'ose pas encore, prétend-il, retourner à Clichy où on pourrait le dénoncer.

Dénoncer en tant que juif ? On se demande ce qu'il craint puisqu'il vient de se sortir carrément des griffes de la police allemande.

Bon. Durant cette période les services Otto vont bon train. Tous les truands ratissent toutes sortes de marchandises. On ouvre de nouveaux bureaux d'achat, et partout on embauche, à tour de levée d'écrou la main-d'œuvre de truanderie. Nous arrivons en 1942 dans la période d'efficacité maximale pour le service Otto. Brandl pour les questions concernant la récupération des métaux laisse toute initiative au docteur Fuchs, beau-frère du capitaine Radecke, personnage de première importance à l'Abwehr.

Lorsqu'on se penche sur le personnel qui gravite autour de l'hôtel Lutétia, on est frappé par les origines les plus diverses qui le composent. Des Français bien sûr et plutôt recrutés dans la racaille... des Italiens, des Grecs, des Polonais et par exemple Mary, la secrétaire d'Otto. Il l'a connue à Bruxelles en 1935 cette ravissante, c'est une Anglaise devenue allemande par le remariage de sa mère. Elle parle quatre langues et elle est un peu la Lucie Fer du bel Otto. Je le qualifie de bel, ce Hermann Brandl dit Otto, parce que tous les témoignages concordent à ce sujet. C'est une sorte de gentleman boche. Grand, belle gueule, plus souvent en civil qu'en cet uniforme qui rehausse pourtant sa prestance. Il séduit, il aura plusieurs secrétaires maîtresses et parmi elles quelques-unes d'origine juive qu'il protège de la grande persécution raciale avec de vrais faux papiers. Lucie Schmidt, me parlant de lui trente ans plus tard, se gargarisait encore à propos de sa distinction, ses bonnes manières. Ça la changeait de l'entourage de Joseph et des brutes nazies qu'elle était bien obligée de rencontrer. Elle raconte qu'il arrivait à l'improviste. J'anticipe un peu... Ça, ça se passait en 1944 lorsqu'elle cachait chez elle deux parachutistes anglais. Otto s'est pointé sans crier *Achtung* et elle a fait fissa pour les planquer à la cuisine. Ils avaient fumé, les cons, du tabac blond. Otto qui comprenait peut-être et qui ne voulait rien savoir, ça l'a fait sourire cette odeur dans l'appartement. Lucie, bien éduquée par M'sieur Joseph, a eu la présence d'esprit de sortir d'un tiroir de commode une cartouche de cigarettes américaines. Un petit cadeau pour son visiteur si charmant. Pas d'explication, c'eût été de mauvais goût.

– En partant, il m'a fait le baisemain.

Elle en était encore toute chose, la vieille Lucie Fer. Peut-être avait-elle folâtré un jour, un soir avec ce bel Aryen blond ? J'incline presque à le croire... nous n'avons tous que le bon temps qu'on peut happer au passage.

En tout cas l'Otto, il va devenir un grand pote de Monsieur Joseph. Il est vrai qu'avec lui il va s'en mettre plein les fouilles, s'ouvrir un joli compte en Suisse dont il n'aura pas le temps de profiter. Arrêté en août 1945 à Munich, on le retrouvera pendu dans sa cellule le 24 mars 47. Suicide ? Assassinat maquillé suicide ? On a le choix. Il en savait tellement Hermann Brandl... ça vous joue parfois des tours d'en savoir trop.

Touchez pas au grisbi

« Il n'y a pas de principes,
il n'y a que des circonstances. »

Talleyrand

1942. L'apogée de la puissance allemande. Bien sûr, l'hiver russe a donné un coup de frein à sa guerre éclair, mais n'empêche que ses armées occupent presque toute l'Europe, que ses sous-marins coulent des tonnages impressionnants de navires alliés dans l'Atlantique... et que Rommel arrive aux portes d'Alexandrie. On ne voit pas bien ce qui peut renverser la situasse. En tout cas, nous, pauvres minables français réduits à la soupe du Secours national, on se sent dépassés.

Je m'éveille un peu l'esprit à ce moment-là, mais c'est duraille de s'y retrouver dans cette époque de sang, de larmes, de fric roi... Époque bénie de malfaisance, de voyouterie. Je ne m'en rends pas bien compte dans mon petit quartier où la vie est à la sauce topinambours et café-saccharine. Je fais la queue avec les ménagères amaigries avant d'aller au boulot et les dimanches j'essaie de m'amuser un peu parce que j'ai dix-sept ans, comme dit le titre d'une pièce de boulevard.

Pour en revenir à Otto, son organisation ronfle plein rendement. Ses rabatteurs de cuirs et peaux, de ferraille, de textiles, d'appareillages en tout genre, de meubles anciens, de tableaux de maître et de fourrures lui ramènent de quoi s'offrir les plus recherchés restaurants du marché noir, le champagne à flots dans les boîtes de nuit, et les belles filles qu'il peut couvrir de bijoux.

Au 93, rue Lauriston, la boutique de M'sieur Henri commence aussi à bien fonctionner. Sa réputation fait trembler ceux qui font leurs premiers pas dans la Résistance.

M'sieur Joseph ne fréquente pas encore la maison. Lui, sa grande affaire, le point crucial de son activité pendant l'Occupation : les docks de Saint-Ouen qui vont lui permettre de décupler sa fortune. Ça commence par une rencontre sur les Champs-Élysées avec Louis Krasnik, un autre ferrailleur. Pour travailler avec les chleuhs, il a jugé plus prudent de se procurer une carte d'identité au nom de Louis Nivelle. Nivelle c'est un mauvais souvenir pour les soldats du Chemin des Dames en 1917, mais ça sonne français. Nivelle-Krasnik, il a trouvé un sérieux job comme expert en métaux pour le compte du docteur Fuchs aux docks de Saint-Ouen. Joseph a déjà eu des rapports avec le docteur Fuchs par la WIFO. Justement à ce moment-là, Fuchs a besoin d'un réceptionniste... quelqu'un du métier, on ne réceptionne pas les métaux de récupération comme du papier chiotte ou des boîtes de conserve. Joanovici est un professionnel hors pair. Rien qu'avec les dents il devinait la composition d'un morceau d'étain. Tous les vieux du métier que j'ai rencontrés et interrogés étaient sur la question dans les superlatifs. Même ceux, peu nombreux, qui le considéraient par ailleurs comme un parfait salaud. Donc rendez-vous fut pris et l'aimable Herr Doktor Fuchs embauche Monsieur Joseph avec joie. Il en a marre des amateurs. J'ai beaucoup de raisons de penser qu'il sait aussi qu'avec Joseph il va encaisser en lousdoc de jolis paquets de talbins... Ce qui fut, pendant pratiquement toute l'année 1942. Le bureau Otto avait agrandi les docks de Saint-Ouen... trois hectares de magasins, de quais, d'embranchements ferroviaires déviés de la gare du Nord. Il y a là un personnel nombreux, manutentionnaires, chauffeurs, dockers qui chargent les wagons et les péniches qui remontent vers l'Allemagne par voie fluviale. Dans le courant de l'année, on agrandit encore les locaux. Ça devient une véritable cité de la ferraille.

Dans ses déclarations au juge et ensuite durant son procès, Joano minimise son rôle. À l'en croire, il avait simplement mis au point une combine pour qu'Alfred Fuchs perçoive 1 franc par kilo de marchandise réceptionnée, grâce à un système de bons auquel il est bien difficile de comprendre quelque chose sinon que Joseph lui aussi prélevait sa dîme au passage.

Il reconnaît qu'il employait parfois les moyens les plus malhonnêtes, mais c'était pour la bonne cause, pour permettre à ses frères de se cacher. Ils s'adressaient à lui pour garder leurs bijoux, leurs valeurs. Lucie planquait tout ça dans des valises qu'elle portait chez sa vieille mère. Un bon déchiré en deux faisait foi de leur dépôt. Quand ils rentraient avec la seconde moitié qui correspondait à celle que possédait Monsieur Joseph, ils récupéraient leurs biens.

– Aucune plainte, monsieur le *jouge*. J'ai même des lettres de remerciements déposées chez maître Delaunay.

Si on a l'esprit venimeux, on peut se demander ce que sont devenus les biens de ceux qui ont disparu en route, ceux qui sont morts en essayant de passer la frontière espagnole... ceux qui se sont fait cravater et qui se sont évaporés dans les fumées d'Auschwitz.

Mille et mille histoires s'enchevêtrent et le trésor disparaît. Seul le diable connaît la cachette.

Chez Fuchs, Joseph va faire la pluie et le beau temps. Il est devenu l'homme de confiance, il organise tout... les camions jour et nuit arrivaient avec la marchandise. Tout le personnel dispose d'*Ausweis*, de cartes d'identité en règle... Vraies ou fausses, l'essentiel est qu'elles permettent de circuler sans se faire coincer par la *Feldgendarmerie*. La nuit ses hommes patrouillaient avec leurs grosses plaques métalliques sur la poitrine, mitraillette au poing après le couvre-feu. Le seul avantage, qu'avec leurs bottes on les entend venir de loin, ça vous permet de vous planquer... Ceux qui ont connu l'époque gardent des souvenirs précis de ce temps où personne ne sortait après 10 ou 11 heures du soir selon les décisions de la kommandantur.

C'était le régime sans... sans alcool, sans chauffage, sans pompes, sans fringues, sans tabac, sans bouffe, sans essence. Les quelques bagnoles qui roulaient marchaient au gazogène.

Joseph, lui, tout ça ne le concernait pas, il avait de l'essence pour ses tractions et ses camions. Les fringues ça le tracassait pas lerche, mais il se faisait faire tout de même des costards sur mesure... une dizaine d'un coup. Le reste à l'avenant... chemises, caleçons, godasses.

Pour se sustenter il savait où se trouvaient les bonnes adresses de marché noir où arrivaient sur les tables les rôtis, les blanquettes, les légumes frais, le vin, le beurre et le pain blanc qui n'avait pas besoin du Christ pour se multiplier. D'ailleurs dans ces endroits privilégiés se retrouvaient aussi bien les Allemands et leurs mercenaires gestapistes français, que des gens de cinéma qui par la suite se targueront d'avoir réalisé des films subversifs à la barbe de la censure.

La nuit à Paris sous la botte était réservée top secret à ceux qui détenaient le pouvoir. Parmi eux les trafiquants et les voyous étaient nombreux. Les bordels de luxe ne désemplissaient pas. One Two Two, Sphinx, Chabanais... On y croisait le meilleur et le pire des mondes.

Joseph c'était pas trop son style d'aller se fourvoyer dans ces noces crapuleuses. Il a recruté une nouvelle secrétaire aux docks de Saint-Ouen... Greta Koch son blase, comme le cher bacille qui m'a tenu compagnie une partie de ma vie. On la dit polonaise sans ajouter d'origine juive, ça ne servirait qu'à envenimer les choses. Peu de renseignements sur son physique... blonde, bien charpentée, ce qui ne veut pas dire belle... Mais ce qui compte ce n'est pas son cul, c'est sa spécialité. Une experte question métaux ferreux ou non. En un rien de temps, elle va tout connaître des affaires de son boss et amant.

Lucie a-t-elle appris ce coup de canif dans le contrat ? Peut-être pas sur l'instant, mais certainement plus tard. Ça ne modifie en rien son comportement vis-à-vis de Joseph lorsque les mauvais jours viendront.

À l'instruction en 1947, Joseph se repent en des pages et des pages justificatives pour se faire pardonner d'avoir accumulé une fortune avec les docks de Saint-Ouen. La partie adverse va tomber là-dessus. On va nous le décrire complaisamment passant tous les soirs prendre sa part du butin chez le comptable. Celui-ci déclarera qu'il entassait les billets de mille dans des sacs à patates... Que ça représentait des millions... Que Joseph chargeait ces sacs dans sa traction et partait ensuite vers son appartement du boulevard Malesherbes.

Toute cette pègre qui grenouille dans les officines de police allemande se comporte comme les gangsters de Chicago en leurs plus belles années. On se menace, on se vole des marchés, on se rackette, on s'enlève, on liquide les empêcheurs de tourner en rond. Alors, Joseph devient une cible pour tous ces cupides. Lui-même n'est pas du genre à s'engager dans les compétitions de P. 38 et de colts. En fait il ne sera jamais ce qu'on appelle un truand. Il est à côté, il est au-dessus... il ne joue pas dans la même cour. Il doit cependant se protéger et c'est Lafont qui va lui fournir des gardes du corps. Il affirmera n'avoir de relations avec le patron de la rue Lauriston qu'en début 1943, mais il faut alors admettre que Monsieur Henri a fourni ses gorilles à Monsieur Joseph sans qu'il y ait eu rencontre entre les deux hommes. Peu probable ou alors ça se serait conclu avec un intermédiaire allemand. En tout cas, il *touche beau* Joseph... comme on dit en idiome voyou. Georges Boucheseiche, dit le « Gros Jo », et Henri Fefeu, dit « Riton le Tatoué », deux séides de Lafont, rescapés de prison centrale et qui vont se retrouver après la guerre dans le gang des tractions avant avec Pierrot le Fou. Fefeu crèvera en taule à Liancourt après avoir ingurgité des crachats de tuberculeux pour échapper à la guillotine. Jo Boucheseiche, plus retors, récupéré par divers services secrets, réussira à survivre jusqu'à l'affaire Ben Barka où il jouera un rôle non négligeable, ce qui lui vaudra de disparaître au Maroc expédié dans un monde pas forcément meilleur pour lui si on considère que son palmarès de malfaisance a dû peser lourd devant le tribunal de la justice divine.

Avec deux agents gardiens de cet acabit, Monsieur Joseph ne peut craindre que les véritables policiers allemands. Et de ce côté la situation se complique. Mai 42 marque un tournant dans l'histoire de l'Occupation en France. Cette fois la Gestapo prend les rênes. Les communistes depuis près d'un an développent leurs actions terroristes... exécutions de *Feldgrau*, d'officiers, de collaborationnistes... attentats, sabotages de toutes sortes. En représailles, on fusille les otages par paquets de dix, vingt ou cinquante et le terrorisme redouble. C'est alors que le *Reichsführer* Himmler envoie son adjoint Reinhard Heydrich à Paris pour mettre en place des S.S. sous le commandement du général Oberg. Un charmant teuton à visage ingrat... nez en trompette, bouille ronde, lunettes à gros verres de myope. Je l'ai aperçu en 1948 dans les couloirs de Fresnes, chaînes aux mains et aux pieds. Curieusement il a été gracié puis rendu à l'Allemagne par de Gaulle en 1963. N'empêche, on l'appellera le bourreau de Paris. Effectivement, il va faire le ménage. Et d'abord dans les bureaux de l'Abwehr, ils vont devoir maintenant se plier à ses quatre volontés. Sans trop de difficultés pour certains, comme Hermann Brandl qui va mettre toute son organisation au service du SD, toutes ses équipes de malfrats qui renforcent ainsi leur pouvoir. À eux les coudées franches. Jusque-là les officiers du Lutétia leur imposaient quelques règles, on les surveillait, on les empêchait d'aller trop loin.

Aller trop loin pour eux, c'était d'arrêter des gens (Juifs, trafiquants ou gaullistes), de les dépouiller de leurs biens et de les liquider en douceur, si l'on peut dire... sans que les Allemands soient au courant. Ce genre de pratique fut monnaie courante. C'est là qu'on rencontre le bon docteur Petiot qui leur servait éventuellement d'équarrisseur. Avec les arrestations massives de Juifs en juin 1942, des hommes, des femmes vont disparaître sans que leur entourage puisse entreprendre quoi que ce soit pour les retrouver. À la P.J., au service des recherches dans l'intérêt des familles, les flics français croisaient les bras de trouille.

Rien ne change pour Monsieur Joseph et ses amis, employés, collaborateurs de toutes sortes. Ses fonctions de réceptionniste aux docks sont de pure forme. Il continue surtout à chercher et à faire rechercher les non-ferreux par ses courtiers. L'Allemagne, qui est en guerre totale avec la Russie et le reste du monde, dévore de plus en plus de matières premières et en particulier de non-ferreux.

– J'éloignais le plus possible les fournisseurs personnels de Fuchs et je les remplaçais par les miens sans qu'il y perde.

Déclaration au juge. Et d'expliquer que ça lui permettait de faire entrer des Juifs dans l'organisation avec des faux fafes. De cette façon, il en sauve quelques-uns au moment où les déportations commencent sur une grande échelle.

Tout ne se passe pas toujours sans accrocs. Ses amis Milcent et Weiss se servent de leur carte des docks dans leurs déplacements pour accomplir des actions ordonnées par la Résistance, nous dit Joseph, sans donner plus de précisions au juge. N'est-il pas au courant ? De quelle organisation de Résistance s'agit-il ? Résultat, ils se font arrêter à Bourges par les Allemands. Avaient-ils sur eux des armes, du matériel de sabotage ? On ne sait au juste.

Joseph va voir Fuchs. Ces deux hommes travaillaient pour lui, Fuchs intervient auprès des autorités policières allemandes de Bourges pour les disculper. Seulement, entretemps Weiss leur a avoué qu'il est juif. Fuchs continue pourtant son intervention. Il menace de s'adresser au *Militärbefehlshaber*, le commandant en chef de l'armée pour la France. La Gestapo de Bourges ne veut rien savoir. Alors Joseph se rend à Bourges avec un avocat accrédité devant les tribunaux d'Occupation qui remet une lettre du commandant en chef aux gestapistes et ceux-ci, sans discuter, remettent Milcent et Weiss en liberté.

Histoire rapportée par Joseph, de première bouche si je puis dire. On aura des preuves orales, rien de plus. Lancinante question, toujours la même, le pourquoi de cet élargissement miracle ? Graisse-t-on la patte aux ogres en leur argumentant que les personnes arrêtées rendent des services importants à la cause du Reich ? Plusieurs fois, Joseph échappera tout aussi facilement à la curiosité de militaires allemands les plus tatillons. Il nous dit que lui-même passe souvent des journaux clandestins dans ses camions de ferraille. *Franc-Tireur*, *Résistance*... surtout à partir des débuts 43. Souvent il sort ses transporteurs de situations qui leur vaudraient le poteau d'exécution. Ils arrivent toujours à faire prévenir Joseph qui alerte Alfred Fuchs et les cas les plus pendables s'arrangent comme par enchantement.

Durant son procès le président ne pourra s'empêcher de lui demander :

– Ces Allemands étaient-ils donc si candides pour croire tout ce que vous leur racontiez ?

Et Joseph avec un large sourire, de répondre :

– Ils n'étaient pas candides, monsieur le président, ils étaient comme tout le monde, corruptibles.

Ça serait une explication des plus plausibles. Par moments elle paraît courte. Lui-même n'est pas motivé uniquement par l'intérêt. En tant que juif, il a des liens, des racines, des sentiments envers eux. Sa défense consistera à dire que ce qu'il prenait aux Allemands il le rendait aux siens ou à ceux qui défendaient les siens, gaullistes et résistants.

Il sabote, dit-il. Explications : il donne à ses ouvriers les plus sûrs l'ordre de mélanger des copeaux d'acier et d'aluminium à des copeaux de cuivre ou à des déchets de laiton. L'ensemble, contrôlé par lui-même, part en tant que bon cuivre en Allemagne pour y être fondu. Mécomptes, bien sûr, au moment de l'emploi des pièces fabriquées avec le métal frelaté... les armes et les machines se déglinguent.

Avantage secondaire, mais qui a son importance. Il empochait la différence du prix de ce métal frelaté et celui du pur. D'où un joli bénéf. Naturellement Joseph précise que ce fric indûment gagné sur le dos des Allemands servait à ses bonnes œuvres.

Forcé, au bout d'un certain temps, il y eut des réclamations. Fuchs décida de faire fondre le métal en France pour être sûr de la marchandise qu'il fournissait à l'Allemagne. Et il confia, c'est-y pas mieux comme ça, ce travail à Monsieur Joseph. Martial Scandroglio fut chargé des opérations. Encore toute une combinaison où les lingots de métaux utilisables étaient marqués de telle façon que Marcel, le frère de Joseph, qui les réceptionnait aux docks puisse les prélever et les faire analyser par les fritz. Tout ça n'est pas des plus clairs et il semble que ce genre de subterfuge ne pouvait pas réussir à une grande échelle.

Alfred Fuchs était secondé aux docks par un certain Uthof qui n'y connaissait rien aux vieux métaux. Ça peut paraître bizarre mais l'organisation allemande vantée par tous les spécialistes avait ses failles... humaines en général. Joseph va profiter de l'inexpérience d'Uthof pour lui faire réceptionner deux fois les mêmes camions sur la bascule. Dans un dépôt clandestin près de la porte de Clichy, placé sous la direction de Victor Terre, on préparait de la camelote de peu de valeur qui valait 10 francs les cent kilos et on les faisait passer sur la bascule pour de la bonne marchandise...

Difficile de s'y retrouver dans l'enchevêtrement de ces opérations qui font penser à un énorme jeu de bonneteau. Pour réussir tout ça, il fallait arroser les dockers. Joseph avait de quoi les mouiller sans se ruiner. Marcel était chargé de distribuer les gratifications directement à la pogne en bons talbins.

La multiplication de tous ces procédés va entraîner de nombreuses plaintes, on se doute. Elles vont aboutir à l'intervention de Hermann Brandl qui fera fermer les docks de Saint-Ouen au début 1943. Ce qui apporte de l'eau au moulin à moudre de la bonne foi de Joseph lorsqu'il raconte en long et en large au juge, et durant son procès, ses actions de patriote. Reste le fric. Force est de constater qu'il ne l'a pas entièrement consacré à la lutte clandestine. Joseph ne fait pas étalage de sa fortune, ce n'est pas dans son tempérament. Il reste simple comme dit le peuple. Il porte toujours les mêmes costards gris ou bleus, il ne répugne pas à fréquenter les mêmes bistrots à Saint-Ouen ou à Clichy pour y taper de temps en temps une belote avec de vieux copains chiftirs.

Il a mis sa famille à l'abri à Annecy dans une villa luxueuse. Lui, il a acheté l'appartement du boulevard Malesherbes où il reçoit toutes sortes de gens. La ferraille ne lui suffit plus, il place ses billes un peu partout : les textiles, les produits alimentaires, les cuirs tannés, etc.

Au cours de l'année 42, l'enquête d'après guerre lui attribuera 25 à 30 millions de bénéfices par semaine. Peut-être exagéré mais ça veut dire tout de même que le magot était considérable. On n'a pas encore la trace qu'un mouvement de Résistance ait profité du pactole.

Il subvient aux besoins de la famille de ses amis ou collaborateurs fusillés... Chaït ou Gaget. Il fait passer des Juifs en zone libre... entre autres Rabinovicz et Siméon Cohen qui ont naguère travaillé avec lui.

On ne peut pas non plus imaginer qu'il aidait tous ces gens en vue de constituer un dossier positif au moment où il aurait des comptes à rendre à la justice. En 1942 d'ailleurs on était encore dans la plus grande incertitude sur l'issue du conflit. De Gaulle à Londres n'était qu'un gadget radiophonique qu'on écoutait pour fronder dans les bavardages à bon marché, sur le zinc.

Monsieur Joseph, lui, est dans la cage aux fauves. Conscient du danger ? Il ne peut pas ignorer qu'un moindre retour de bâton lui serait fatal. Il joue comme il a toujours joué. Un poker vivant avec les nazis. Il bluffe, il remet la mise et il empoche. Ça va devenir hallucinant lorsqu'on pense qu'au même moment on enferme treize mille Juifs au Vél' d'hiv' dont la plupart ne reviendront pas de leur voyage à Auschwitz. Le sait-il ? Bien des gens à Paris, s'ils n'habitaient pas les quartiers où eurent lieu les rafles, n'en savaient rien.

Joseph, lui, avait sans doute des familiers parmi les victimes. Il n'en pipe mot. Rien ne l'empêche de poursuivre son business aux docks de Saint-Ouen. On va le lui reprocher, le qualifier au-dessous du dégueulasse. Plus j'avance dans la connaissance de ce morceau d'Histoire de France, plus j'y paume tout repère et je me garde de juger hâtivement alors que se bâtit une espèce de légende manichéenne qui dispense de réfléchir.

– J'ai gagné, je ne l'ai jamais caché, des sommes fort élevées, mais j'ai également toujours affirmé que tout cet argent a été employé, non pour moi-même, mais pour des œuvres et des actions hautement louables. J'ai versé des sommes considérables à certains réseaux comme *Honneur de la police* et à certaines œuvres d'assistance aux Juifs et aux enfants juifs.

En ce qui concerne les Juifs, rien ne permet d'infirmer ou de confirmer cette déposition devant le juge. Il est même permis de penser que Joseph, s'il n'a pas consacré, et de loin, toute sa fortune à ses frères, les a aidés considérablement. Beaucoup viendront en témoigner. L'exemple donné pour la Résistance est plus glandilleux. Le réseau *Honneur de la police* n'existait pas encore en 1942. Il semble qu'il soit surtout une création de Monsieur Joseph lui-même comme on le verra en temps voulu. À l'évidence, il obtient beaucoup en distribuant généreusement l'or de la trahison. Puisqu'on en arrive à *Honneur de la police*, rappelons que Joseph a toujours gardé des liens très serrés avec des quantités de flics... P.J., gendarmerie, police de proximité. À tu et à toi avec les pontes... restaurant au noir... parties fines. Il sait offrir des cadeaux aux dames de ces messieurs.

L'ensemble de la police française à ce moment-là est pris entre deux feux. Il lui faut obéir aux ordres de Vichy qui la met au service des Allemands pour des besognes terribles... comme la rafle du Vél' d'hiv' ou les arrestations de réfractaires au Service du travail obligatoire. Et d'un autre côté, il lui faut assurer le tout-venant des affaires de droit commun. L'ambiguïté règne, le métier est devenu délicat. Monsieur Joseph a acquis la conviction que tout passe et que la police reste. Il conserve précieusement les petites et grandes entrées à la Préfecture.

Maintenant, reste à élucider ses relations avec le service Otto et les différentes officines de la Gestapo. Lui, dans ses déclarations, recule les dates. Tout de même, il fait apparaître Rudy Von Mérode vers le milieu de 1942 au cours d'un incident qui faillit lui coûter la vie.

Un wagon arrivé aux docks de Saint-Ouen contenait, entre autres marchandises, des aciers spéciaux et du mercure.

N'écoutant que son patriotisme, Joseph étouffe l'acier et le mercure. Toujours ça de moins pour les boches ! Manque de bol, Uthof, ce minus sous-directeur des docks, constate le vol.

Enquête... quelques employés ont vu M. Joanovici à proximité du wagon. Le hasard fait tout de même bien les choses et il se trouve qu'un certain Manuel, propriétaire d'un bureau d'achat avec lequel Joano traficotait je ne sais quoi, a surpris une conversation entre Rudy Von Mérode et Radecke, au sujet de ce vol. Rudy affirmatif que c'était « ce métèque de Joanovici le coupable ». Frédéric Martin qui se fait appeler pompeusement Rudy Von Mérode était à la tête d'une équipe de tortionnaires qui s'occupait plus particulièrement de la police, des bureaux d'achat. Personnage redoutable... sans doute au courant de tous les vilains secrets de gens qui frayaient de près ou de loin avec les officines de la Gestapo. Lui, il a senti le vent tourner en 44 et il a pris la tangente juste avant la libération de Paris, avec une serviette en cuir bien bourrée de documents susceptibles de faire taire beaucoup de monde, même parmi ceux qui paradaient en héros de l'ombre galonnés et déjà décorés.

Bref, il est un obstacle difficile à contourner, ce Rudy, et Radecke, l'Allemand auquel il s'adresse, est au sommet des services de l'Abwehr à Paris. On décide donc d'arrêter Monsieur Joseph. L'avertissement de Manuel lui permettrait de prendre ses distances sur les chapeaux de roues. Il ne manque pas de filières pour passer en Suisse ou en Espagne. Il demande conseil à sa fidèle Lucie Schmidt. Elle, elle serait plutôt pour la fuite. Joseph dira ultérieurement qu'il considérait ça comme une espèce de lâcheté. Il protégeait trop de gens qui avaient confiance en lui et il ne pouvait les abandonner. Pas très rassuré, il se rend tout de même à l'hôtel Lutétia. Pas de chance, Rudy de Mérode, Radecke et Manuel sont dans les murs ce matin-là. Otto les convoque et d'emblée Radecke l'accuse de sabotage, de vol, et lui promet le poteau d'exécution. Joseph joue au con, feint de ne pas savoir ce qu'on lui reproche. Manuel, tout à coup, prend Radecke par le bras et sort du bureau avec lui, laissant Joseph en un face-à-face silencieux avec Rudy de Mérode. Dans le couloir, on entend des éclats de voix et finalement Radecke revient rasséréné. Il veut bien croire en la bonne foi de Monsieur Joseph, mais il est obligé de faire une enquête et il exige que celui-ci lui remette immédiatement une caution de 5 millions de francs en espèces.

On téléphone à la chère Lucie et bientôt les liasses de billets de 1 000 sont dans le coffre de Radecke.

L'enquête tombe à l'eau. Joseph sait qu'il ne reverra plus ses 5 briques. Ainsi se passaient les choses dans le royaume de Radecke. Depuis ce moment, il est en excellents termes avec Joseph. Il leur arrive de dîner aux Deux Cocottes avenue Niel, une table aussi chargée de victuailles et de grands crus qu'avant guerre. Radecke est éminemment corruptible. Joseph obtiendra de lui tout ce qu'il veut pourvu qu'il y mette le prix. C'est-y pas mieux que d'avoir pris le maquis pour zigouiller quelques Feldgrau attardés sur les routes de campagne.

Les amitiés particulières

Coup d'œil indispensable sur la fin de l'année 42. L'Allemagne va encore remporter quelques batailles. En Atlantique avec les sous-marins de l'amiral Dönitz, en Libye avec Rommel et en Russie où ses divisions iront planter leur drapeau sur le mont Elbrouz dans le Caucase. Mais le ver est dans le fruit. Vers la fin de l'année, le vent tourne. On entre dans un cycle de défaites qui n'auront pas pour effet de rendre nos occupants plus aimables. Le temps des fridolins qui cèdent leur place aux dames dans le métro est révolu.

Laval est revenu au pouvoir à Vichy. On l'en avait chassé en décembre 1940 à la suite d'une révolution de palais. Il croit à la victoire de l'Allemagne, Laval, et il construit sa politique en fonction de cette donnée qui va s'avérer de plus en plus aléatoire. En vérité, il a été bluffé sur la Collaboration par Otto Abetz, l'ambassadeur du Reich à Paris qui lui-même s'est monté le bourrichon. Il a construit toute une politique franco-allemande sans avoir l'approbation de Hitler. Il fantasme, il y croit, et Laval emboîte le pas. Et d'une certaine façon tous les leaders français des mouvements fascistes... Doriot, Déat, Bucard et les autres... Les autorités d'occupation les laissent amuser la galerie, mais ils ne sont *rien.* On ne voit pas d'ailleurs pourquoi Hitler favoriserait des partis qui pourraient devenir les leviers d'une revanche. Quel intérêt aurait-il à relever la France ? Il n'est pas à la tête d'une Internationale noire qui cherche à gagner les esprits. Staline, aussi panslaviste en définitive que Hitler est pangermaniste, a cette supériorité qu'il s'exporte et que son message communiste l'aidera formidablement dans sa tentative de conquête du monde.

Éclate à ce moment-là l'antisémitisme absolu des nazis qui entreprennent l'extermination des Juifs d'Europe au prix même de leurs intérêts les plus urgents. Ils consacrent des forces militaires, des transports ferroviaires à cet effet. Rien de rationnel dans tout ça puisque l'anéantissement total du peuple juif est une vue de l'esprit le plus tordu.

Monsieur Joseph s'est-il vendu aux Allemands – et quand ? Peut-être en échange de sa libération du Cherche-Midi en décembre 1941 ? Peut-être auparavant par le biais de son commerce de non-ferreux ? On peut tout supposer et aussi, bien sûr, qu'il est devenu un agent soviétique dont la plus grosse part des bénéfices sert à alimenter par exemple l'Orchestre rouge de Trepper. On dit même qu'il a rencontré celui-ci en Belgique, plaque tournante de l'espionnage soviétique. Je vous ai dit que Joano n'a jamais manifesté d'opinion communiste, il professera au contraire lorsqu'il sera inculpé et emprisonné des sentiments plutôt hostiles. Des journaux de 1948 rapporteront qu'en prison il se délecte de la lecture que lui fait un codétenu du livre de Kravchenko, *J'ai choisi la liberté*. Tout cela ne prouve rien, on peut très bien admettre des liens entre Joano et les services secrets soviétiques sans qu'il fasse état d'opinions favorables à l'U.R.S.S. Au contraire.

Lui arrivait-il d'aborder les problèmes politiques lorsqu'il festoyait avec Radecke, Otto, Fuchs et même certains nazis hauts gradés ? Parce qu'il en est là, vers la fin 42, on le reçoit et il reçoit. Lucie Schmidt, sans pouvoir préciser s'il s'agit des fêtes du nouvel an ou de Noël 1942, rapporte qu'ils furent invités à l'hôtel Majestic... oui, elle et lui. Et elle m'a décrit la robe qu'elle portait, une merveille de chez Lanvin... manteau de fourrure, il va sans dire. Joseph était-il en smoking ? Je n'ai pas pensé à le lui demander. Certaines mauvaises langues disaient qu'il avait fait fortune trop vite pour avoir le temps de s'en faire tailler un. Trente ans plus tard Lucie est encore éblouie par les fastes de cette soirée. Et il y a là, bien sûr, le cher Otto, Alfred Fuchs, le *Brigadeführer* Karl Oberg et son adjoint Helmut Knochen. A-t-on présenté Monsieur Joseph et sa dame de cœur aux pontes de la S.S. ? Elle ne précise pas. Elle ne se souvient plus... tant ils étaient nombreux et couverts de décorations. Il y avait bien sûr quelques femmes en robes longues.

Lucie était devenue une vieille dame évoquant une sorte de bal des petits lits blancs, une réception à la cour d'Angleterre... un souvenir inoubliable de sa jeunesse folle. Étrange soirée en vérité et quel dommage qu'il n'y ait pas là quelques cameramen pour filmer en plans d'ensemble et quelques plans rapprochés sur certains visages. Nous aurions peut-être encore quelques surprises tant il est vrai qu'on n'en finit jamais d'avoir tout visionné.

Lucie se souvient, ombre à ce tableau mirifique, qu'elle était à une table où Lafont se pavanait en uniforme de capitaine des S.S. Mais oui, le pâle malfrat évadé de taule et condamné à la relégation avait réussi, comme disent nos assistantes sociales, une réadaptation fulgurante depuis deux ans. S'étant fait naturaliser allemand afin de pouvoir s'engager au parti nazi, ses brillants états de service rue Lauriston lui avaient permis de devenir capitaine de S.S, c'est-à-dire *Hauptsturmführer*. Dans son ombre, l'inévitable ex-inspecteur Bonny qui attellera son nom à l'histoire de la Carlingue.

A-t-on dansé ? Y avait-il beaucoup d'autres dames ? La haute Collaboration économique et policière ne manquait pas de jolies femmes de bonne famille, certaines inscrites au Gotha s'il vous plaît. On les désignait... comtesses de Monsieur Henri, marquises de la Gestapo.

À son apogée Monsieur Henri, fin 42, début 43, régnait sur une sorte de cour des miracles. Un peu Vautrin, un peu Al Capone. Personnage exceptionnel quant à la légende noire du crime. Tour à tour fastueux, cruel, grossier, ironique, brutal et enjôleur... capable de colères sanglantes et aussi d'actes de pure philanthropie.

Joseph s'efface. Devant ce monstre, la prudence est de rigueur. Quel litige les amène au cours de ce souper à s'affronter ? Sans doute une affaire de fric, de discussions autour d'un trafic d'or, de camelote que Joseph fournissait au bureau d'achat de Lafont. Toujours est-il que ce dernier, sans doute éméché, balance à très haute voix une insulte redoutable si on considère l'endroit et les invités en vert-de-gris tout autour.

– Après tout Joseph, tu n'es qu'un sale youpin !

On imagine le silence qui suit, Joseph ne cesse pourtant pas de sourire et avec le plus grand calme il riposte en levant sa coupe de champagne :

– Ça coûte combien pour ne plus l'être, Hauptsturmführer ?

Dans une salle de spectacle, on en aurait le souffle coupé un instant, puis on applaudirait.

Le dialogue rapporté par Lucie a été confirmé par Lafont lui-même qui racontait souvent l'anecdote. En connaisseur, il avait apprécié le sens de la repartie de son *sale youpin*.

Voilà Monsieur Joseph dans toute la splendeur de son talent ! Il a un estomac pas croyable. Un sens de la repartie qui surprendra pendant son procès.

Le président de dire indigné à je ne sais quel sujet :

– Mais enfin ils étaient là !

Et Joseph de répondre :

– Que voulez-vous faire contre les Allemands ? Moi, j'ai fait fortune.

On peut dire qu'elle est déjà faite sa fortune, en cette fin 1942. Lorsque les docks de Saint-Ouen vont fermer Monsieur Joseph dira que c'était la conséquence de ses actes répétés de sabotage de la marchandise. Fragile comme explication, il semblerait plutôt que les Allemands ont suffisamment essoré la France dans ce domaine. Toute cette organisation n'est plus assez rentable. Otto annonce la fermeture en février.

Alors ? Joseph est sans travail... chômedu ? Il y a tout ce qu'il ne dit pas au juge Gagne. Aux établissements Joanovici frères à Clichy, on réceptionne toutes sortes de camelotes que l'on fourgue aux boches par l'entremise de Lafont ou de Rudy de Mérode.

Il rencontre à point Ansart, naguère directeur du bureau d'achat de Manuel. C'est un ancien officier de la marine française cet Ansart, ce qui ne l'empêche pas de commercer avec l'ennemi. Il vient d'ouvrir son propre bureau d'achat avenue George-V. Raison sociale : Union économique. Il livre à Fuchs surtout du petit outillage. Sitôt la fermeture des docks, Alfred Fuchs n'était pas resté sans emploi, c'était pas le genre à se reconvertir en combattant du front de l'Est. C'est le beau-frère de Radecke. Autant dire que ce beau monde se fait des couilles en or à la faveur de l'Occupe. Alfred Fuchs est un épicurien. Il sait utiliser son fric au mieux de ses plaisirs... vins fins, restaurants, jolies filles. Sa maîtresse c'est Dita Parlo, vedette de *La Grande Illusion*.

De quoi a besoin Monsieur Joseph ? ... tout simplement de laissez-passer, d'Ausweis pour ses amis. Une possibilité de leur fournir des papiers en règle. Ansart comprend et devine même le double jeu de Joseph. Il est prêt à l'aider mais il manque de liquidités pour faire démarrer son Union économique.

Qu'à cela ne tienne... Étienne !

– Croyez-vous, monsieur le *jouge*, que j'aurais eu à débourser plus de 12 millions pour aider Ansart, si j'avais été un agent de la Gestapo ? Que j'aurais eu besoin de le payer pour me procurer des papiers ?

Ce qu'il argumente, notre brave Joseph, devant le juge. Pour lui-même, il avait largement de quoi attendre la Libération à l'abri. Quel abri ? La Côte d'Azur étant à son tour occupée, on ne voit pas bien où un Juif aussi voyant que lui pouvait se cacher ailleurs que dans la gueule du loup. Une façon incroyable d'exorciser le danger.

Question fric, là c'est encore mystérieux. On n'en sort plus des mystères dans cette biographie. Il a empoché d'énormes sommes d'argent depuis deux ans. Aux docks de Saint-Ouen, ni vu ni connu, il se fait casquer en liquide. À pleins sacs à patates des billets qu'il transporte sur son dos comme un balluchoneur de banlieue. Où passe ce pognon ? Où transite-t-il ? À l'étranger ? À ce moment-là, en Europe, il n'y a guère que les banques suisses pour accueillir cette fortune sur des comptes secrets numérotés. On en parle beaucoup aujourd'hui et l'on accuse nos dignes Helvètes de s'être sucrés sur le dos des Juifs morts en déportation. Joseph lui, après la Libération, il est tout à fait en forme, en état d'aller passer l'épuisette dans ses comptes.

Lorsqu'on doit verser la caution-rançon à Radecke, Mme Schmidt accourt dans l'heure qui suit la transaction avec 5 millions en bons et loyaux talbins de la Banque de France. Preuve qu'à tout moment Joseph peut sortir d'on ne sait trop où des sommes considérables. 5 briques en 1942 c'est beaucoup d'argent. Un ouvrier qualifié devait gagner 1 500 balles par mois. Je ne dois pas me tromper beaucoup mais 1 million représentait de quoi se mouiller dans un braquage. Risque à l'époque : vingt ans de réclusion.

C'est dire si Monsieur Joseph manipulait des fonds importants. Ça va nous éclaircir le problème lorsqu'il va intervenir pour faire sortir des amis ou même, on le verra, de simples relations, des griffes de la Gestapo. Il y mettra le prix qu'il faut et il obtiendra gain de cause le plus souvent.

Encore faut-il qu'il sache où s'adresser et c'est pour ça qu'il multiplie ses relations avec ceux à qui il faut graisser la patte. Auxiliaires français ou les Allemands eux-mêmes. Il devient intime avec un certain capitaine Krauss. Celui-là est francophile, marié à une Française, et il s'exprime parfaitement en notre langue. De son côté Joano depuis deux ans s'est mis, je ne dirais pas à la langue de Goethe, mais à un sabir germano-roumain qui lui permet de s'expliquer aussi bien avec les occupants qu'avec les Français depuis 1925. Et il manie suffisamment notre idiome pour lancer le genre de repartie que nous avons entendue plus haut. Naturellement, il entrave le manouche, des bribes d'italien, de polak, d'espagnol et d'argot. Il a appris à jaspiner tout ça lorsqu'il chinait sa ferraille sur les zones de Clichy, de Saint-Ouen, de la porte de Choisy, de Montreuil, Vanves... toute la ceinture rouge de Paris qu'il connaît comme la poche de ceux avec lesquels il va négocier.

Le lien entre Krauss et Joseph c'est encore Alfred Fuchs. Pour entrer dans les bonnes grâces de Krauss, il l'héberge dans un appartement qu'il vient d'acheter rue Beaujon au 12. Il garde cependant la jouissance d'une chambre de bonne. Pourquoi ? En mille... Il a déjà calculé qu'on ne viendra jamais rechercher un Juif, un résistant ou un parachutiste américain dans la demeure d'un officier allemand patron d'un bureau d'achat.

Fallait y penser. C'est ce que Joseph argumente pendant son instruction. Il pense toujours à tout sans cesser d'arborer son large sourire. Il persiste et signe en présence de ses conseils, maîtres Charles Delaunay et Henry Torrès.

Depuis quelques mois, l'aviation alliée bombardait non seulement l'Allemagne, mais tous les objectifs industriels ou militaires des zones qu'elle occupait en Europe. Ainsi la France avec le raid anglais sur les usines Renault qui fit plus de six cents morts. Les hors-d'œuvre ! Ça impliquait que, de temps en temps, des avions étaient abattus par la Flack, la défense antiaérienne allemande, et que parfois, coup de chance, un pilote sautait à temps en parachute et, s'il n'était pas fait prisonnier au sol, il errait à la recherche de patriotes ou simplement d'âmes secourables qui pouvaient l'aider à s'échapper. D'où des réseaux d'assistance organisés par les résistants. Joanovici est sollicité par les flics antiboches... ceux qui vont bientôt former le réseau *Honneur de la police*. Joseph n'a rien à refuser à ses amis de la Préfecture, aussi s'occupe-t-il d'héberger des pilotes en détresse. Il présentera, lors de l'enquête en 1947, des certificats prouvant qu'il a planqué par exemple les pilotes Scryder et Archie Barlow de l'U.S. Air Force. Chez Lucie Schmidt elle-même, place des Fêtes à Clichy. Soignés de leurs blessures, nourris, blanchis, remis sur pieds pour se lancer dans l'aventure de traverser la France en vue de passer en Espagne. Beaucoup de bons Français ne se seraient pas mouillés de la sorte. Il est vrai que Monsieur Joseph avait les moyens et aussi qu'il avait, grâce à Lafont, un protecteur hors pair. Pour illustrer la boutade de la soirée de réveillon, ça avait coûté encore à Joseph 5 millions en liquide pour ne plus être *sale youpin* !

Le scénario était au point, ça commençait par une perquisition dans un de ses appartements. Scellés sur la porte, Joseph était averti et il allait raconter l'incident à Manuel. Celui-ci se rencardait ou faisait semblant de se rencarder et il annonçait la couleur. La perquise était due à l'initiative des hommes de Lafont, les malfrats de la rue Lauriston.

Moindre mal, Joseph savait que ce n'était qu'une question d'éclairage au carbure. D'où une convocation au 93... en bretelles et bras de chemise, le patron le recevait sans le faire attendre.

– Il paraît que tu planques des ricains ?

Il savait tout Lafont, ses forbans étaient partout. Plus efficaces que les poulets officiels... par les bordels, les bars, les tripots où les fripouilles de toujours ont l'œil en quart, l'oreille à la traîne... Et quand ils se trouvaient devant une issue bouchée, ils employaient tous les moyens pour l'ouvrir. On a parlé de la baignoire de la rue Lauriston, il semble que les asticotages de clients se faisaient ailleurs, le 93, rue Lauriston était plutôt administratif, le siège où l'inspecteur Bonny organisait ce qu'il fallait pour satisfaire la curiosité bureaucratique des chleuhs.

Joseph s'explique avec Lafont, il n'a jamais Grand Dieu apporté quelque aide que ce soit aux parachutistes américains ! Encore des ragots. Mais pour convaincre totalement Monsieur Henri, Joano ouvre sa cassette. C'est ce que lui a recommandé Manuel, cet homme au grand cœur qui a touché lui aussi une enveloppe parfumée à l'oseille. Dorénavant lorsque Joseph aura besoin d'un *service*, il sait où s'adresser directement. Lafont arrêtait, libérait, faisait libérer qui bon lui semblait. Surtout celui qui pouvait casquer le prix de la liberté. Mais l'homme n'est pas d'une pièce, il lui arrivait de donner dans l'acte gratuit. À la gueule du client ou à ses relations voyoutes.

Joseph va donc être à l'origine de la plupart des élargissements de Juifs ou résistants pris dans les filets de la Gestapo. On va rencontrer les exemples les plus extravagants surtout à partir de la mi-43. Déjà en avril, Joseph a fait sortir de Fresnes Henriette Bataille, une résistante. Comment a-t-il été sollicité ? Il n'en souffle mot. Il était encore plus difficile de sortir de Fresnes en détention estampillée, officielle, que d'une cave des hommes de la Carlingue.

À partir de 43, Joano fréquente assidûment la rue Lauriston. Pour se disculper, prouver qu'il n'y faisait rien de répréhensible, il dit qu'il laissait au vu de tous sa voiture devant la porte.

Et Monsieur Henri ne peut rien refuser à Monsieur Joseph. A-t-il un problème délicat avec un service allemand qui lui reproche de délivrer, à la faveur de ses affaires commerciales, des papiers à des israélites ou à des réfractaires du S.T.O.... il va voir son ami et son ami lui offre la meilleure garantie de bons et loyaux services envers la Carlingue : le carton.

– Il n'a pas voulu d'argent... Et pour m'éviter à l'avenir bien des complications, il m'a fait établir une carte jaune avec ma photographie.

Le fameux carton... c'est ainsi que les malfrats appelaient entre eux leur carte d'auxiliaire de la Gestapo... photographie d'identité, tampon officiel avec l'aigle du Grand Reich... Ils l'exhibaient en annonçant « Police allemande ! » souvent avec l'accent méridional... région où se recrutait, hélas, beaucoup de ce genre de petits soldats.

Au dos du carton était indiqué qu'en cas litigieux on devait avertir d'urgence le Hauptsturmführer Henri Lafont.

Ceux qui voudront un jour envoyer Monsieur Joseph au poteau vont se servir de cet aveu. Il aura beau se défendre en prétendant qu'il n'était pas affilié à la Gestapo... qu'on ne retrouve pas son nom sur les fichiers allemands, il n'en reste pas moins qu'il fut inscrit rue Lauriston. Défense : il peut ainsi circuler, agir à sa guise partout en liaison avec ses amis policiers, devenir un résistant des plus efficaces.

À Bruxelles les Allemands arrêtent un certain M. Belpomme, un gaulliste qu'on transfère à Fresnes. Sa femme, qui a des relations avec des flics de la P.J., remonte par eux jusqu'à

Joano. Mais cette fois l'affaire est complexe et il faudra s'adresser à Placke, un gestapiste puissant, que nous reverrons plus loin, pour obtenir la libération du gaulliste.

Lorsque Geneviève de Gaulle, la nièce du général, est arrêtée par les sbires de Bonny-Lafont à la librairie Le Vœu de Louis XIII, dans le cadre d'une opération pour anéantir le réseau *Défense de la France*, comment Joseph est-il mis au courant ? Par la Résistance, dit-il. Mais on peut supposer aussi que c'est par Lafont lui-même. La prise est d'importance symbolique. Joseph prétend qu'il intervient, qu'il propose beaucoup d'argent pour la faire libérer, mais là, le gang Lafont ne peut rien ou ne tente rien. Geneviève de Gaulle sera déportée. Elle a reconnu elle-même ne pas avoir été maltraitée pendant son incarcération dans des locaux de Lafont, quai des États-Unis. Que sait-elle de la prétendue intervention de Joanovici ? Elle n'en a jamais parlé. La négociation ayant échoué, il est facile pour Monsieur Joseph de se parer des plumes du bienfaiteur.

N'empêche que tout en travaillant pour l'Union économique, bureau d'achat dirigé par Ansart, il se dépense et il dépense pour des gens de toutes sortes : flics résistants, Juifs, simples trafiquants du marché noir. Parfois des inconnus, des gens qu'on lui signale dans les bistrots de Saint-Ouen où il tape toujours la manille ou la belote à ses moments de loisirs.

En cette année 1943, il est au four de la Carlingue et aux moulins de la Résistance. Il introduit Scandroglio, Krasnik et Bravo chez Monsieur Henri. Que viennent-ils faire là ? Des marchandages, des combines de marché noir. Lafont reçoit tout le monde, le plus interlope comme le plus huppé... des industriels, des grands bourgeois et même, paraît-il, le président Laval qui vient solliciter de ce roi de la pègre d'intercéder auprès de Knochen ou d'Oberg pour un vieux copain qui s'est fourvoyé dans la clandestinité.

Tout ça est confondant. On fusille, on torture, on bombarde, on s'entre-tue un peu partout. Les purs se font flinguer pour leur idéal et en même temps on magouille, on vend, on trahit, on dénonce ! Lafont reçoit des paquets de lettres anonymes tous les matins. Il fait faire le tri par Bonny avant de s'en servir. On dépouille les trafiquants d'or et on les élimine au besoin dans le plus pur style de la Mafia. Le mot me parvient sous la plume parce qu'il y a similitude de moyens, de personnages, de compromissions, de tueurs. Les Loutrel, Fefeu, Abel Danos, Charles Cazauba, Michel Chave, Eddy Pagnon, Lucien Prévot, Adrien Estébéguy le Basque ne sont pas différents humainement des nervis que l'on nous présente dans les meilleurs films américains sur la question. Surtout ceux de Martin Scorsese. Un mépris total de la vie humaine, une insensibilité de pierre devant la souffrance. C'est la prison, les maisons de correction pendant leur enfance, la misère dans leur famille qui les ont fabriqués ainsi... n'empêche.

À propos de Chave, dit « Nez de braise », on rapporte l'histoire suivante. De temps en temps un officier du S.D. passait commande d'un meurtre à l'un de ces joyeux lurons. Y avait un tarif. À la tête de la victime, s'il s'agissait d'un personnage important évidemment, la prime était double. Les Allemands faisaient exécuter ainsi des gens qu'ils ne pouvaient éliminer avec une raison valable. Parfois des collaborateurs qui les dérangeaient. On pouvait ensuite mettre ça sur le dos des terroristes judéo-bolchéviques et c'était bénéfice sur toute la ligne.

Un triste jour, l'*Obersturmführer* S.S. Muller a convoqué Chave, petit tueur à gages de chez Lafont, et lui confie une mission d'aller proprement dessouder un personnage... un M. X, en zone libre à Toulouse. La police allemande, jusqu'à l'invasion de la zone sud, ne pouvait pas y agir tout à fait à sa guise. L'Obersturmführer Muller fournit à Chave un laissez-passer pour franchir la ligne de démarcation, un billet de chemin de fer..., etc. Michel Chave revient quelques jours plus tard mission accomplie. Il touche le salaire de son crime. Tout est donc pour le mieux dans le plus atroce des mondes. Seulement, l'erreur... Chave s'est trompé de victime, il a flingué ou étranglé ou poignardé je ne sais qui, M. Y au lieu de M. X. Mettons-nous, autant que faire se peut, à la place du cher Obersturmführer Muller. Il reçoit un blâme d'un de ses supérieurs. Furieux il convoque Chave et lui passe un vilain savon. Chave se confond en excuses. Tout le monde peut se tromper, même les meilleures gâchettes de chez Lafont... que l'Obersturmführer lui fournisse un nouvel ordre de mission pour retourner en zone libre et, gratuitement, il va sans dire, il réparera cette bévue. Bien sûr Muller accepte, cet homicide commandé est indispensable à la bonne marche du Reich, et notre brave Chave dit Nez de braise repart au turbin.

Trois jours plus tard, il se fait annoncer à l'Obersturmführer avenue Foch. Cette fois il tient une valise à la main qu'il ouvre sur le bureau de Muller. À l'intérieur la tête coupée de sa victime. « C'est bien celui-là ? » demande-t-il modeste. On ne rapporte pas la réponse du lieutenant Gestapo Muller... s'il s'est amusé de la farce ou s'il l'a trouvée un peu trop épicée pour sa délicate nature.

Monsieur Joseph pour le compte d'Ansart voyage en Belgique. Il traite de fructueuses affaires sans oublier, dit-il, ses camarades juifs ou résistants. Il leur apporte du fric, des faux fafes, des vivres.

– Je subvenais aux besoins de plusieurs personnes.

Les dites personnes écriront au juge pour authentifier les affirmations de Joano. La Belgique était, n'oublions pas, la plate-forme de l'espionnage soviétique dans l'Europe occupée. Joseph voyait des gens de toutes sortes à Bruxelles et à Anvers. Secteur dangereux où la police militaire allemande était aux aguets. Sans doute Joano avait-il toute latitude de circuler grâce au *carton* de Monsieur Henri.

Et il fréquentait par la même occase quelques salles de jeu. Il n'y va pas bien sûr pour gagner des noyaux de cerise. Ses intimes racontaient dans l'après-guerre qu'il était souvent revenu avec une serviette bourrée de billets de banque.

Toutes les actions de Monsieur Joseph... ou presque toutes sont en relation avec la Préfecture de police. Duraille de savoir à quel moment Joseph s'est impliqué dans le réseau *Honneur de la police* au point qu'il en sera considéré comme un agent P1 ou P2.

En tout cas, dès les débuts, il rend de nombreux services.

Lorsque ses amis du quai des Orfèvres lui font signe, il répond et souvent il résout les problèmes, il faut bien le dire grâce à Lafont, à Fuchs, à Manuel et parfois même à Placke.

La police sous l'Occupation a joué plusieurs cartes à la fois, elle aussi. Jusqu'à une date très avancée elle a obéit sans moufter aux ordres de Vichy. Les *agents braves gens* n'auront pas trop d'états d'âme pour aller cueillir à domicile, au lever du jour, les réfractaires et toutes sortes de gens en délicatesse avec les ukases de l'Occupation. Ne parlons pas des brigades spéciales qui furent consacrées à l'antiterrorisme et à l'anticommunisme.

Le virage ne s'est pas effectué brusquement. Il y avait à la P.J. ou à la Sûreté nationale des fonctionnaires aux sentiments antiboches. Il leur était facile de fermer les yeux quand il le fallait... d'avoir une action souterraine favorable à la Résistance naissante. Sans doute les agents de Londres prospectaient-ils des accointances dans ce secteur crucial de la société française. Joano invoque des actions en faveur de la Résistance dès 1942.

Il est à ce moment-là en pleine activité aux docks de Saint-Ouen. Il ne pourra être vraiment efficace pour aider ses amis et obtenir des libérations miraculeuses que lorsqu'il sera en rapports étroits avec Lafont... qu'il aura le *carton*. Position on ne peut plus scabreuse.

Aujourd'hui on a du mal à se figurer l'existence de ces gens à Paris : leurs chassés-croisés, leurs actions souterraines, leur complexité. Le restaurant Aux Deux Cocottes dont nous avons déjà parlé joue un rôle, et pas des moindres dans les affaires, les combinaisons de Monsieur Joseph. Il semble qu'il en avait fait sa cantine préférée. On y bectait presque comme avant-guerre et sans risque de descente des agents du Contrôle économique chargés de la répression contre le marché noir.

Aux Deux Cocottes fréquentent Lafont, Bonny, Rudy de Mérode, Masuy, etc., souvent accompagnés de vert-de-gris... et pas de la piétaille feldgrau... le gotha du SD, moins fréquemment les hommes de l'Abwehr pour qui l'endroit avait je ne sais quel relent canaille qui ne seyait pas avec leur genre prussien aristocrate.

Ça, c'est pour la croix gammée... les autres clients ce sont des flics et parmi eux ceux qui vont représenter un jour la Résistance de la police. Restent les gens de cinéma. Ils sont, quoi qu'ils en diront plus tard, des privilégiés, qui tournent souvent pour la Continentale, société de production allemande.

Le décor est planté... c'est ce genre d'établissement qu'on a vu dans les films noirs d'après-guerre. Les tables réservées où Max le menteur, héros d'Albert Simonin, allait traiter ses bonnes fortunes.

Joseph bouffait dans l'arrière-salle avec Gégène le patron. Il était connu de tous, salué avec un respect cordial. « Salut m'sieur Joseph ! » On lui demandait des nouvelles de ses grandes filles qui faisaient leurs études. Il répondait à tous gracieusement... il se marrait de bon cœur aux grosses plaisanteries des uns et des autres. L'humour policier ne vole pas sur les sommets de l'intelligence, mais on a parfois des surprises. Ils utilisent volontiers des mots à double sens, des antiphrases que seuls les initiés de la truanderie attrapent au vol en connaisseurs.

Il règle beaucoup d'additions, Joseph. L'essentiel pour lui c'est qu'il s'y fait tous les jours des relations. Placke lui a présenté René Launay de l'avenue Foch, le saint des saints de la Gestapo. Très vite il fait ami-ami avec Launay qui sert d'autant mieux le Grand Reich qu'il peut en même temps s'emplir les fouilles.

Mary la femme de Krasnik a été mise au trou par la police française. Quel service ? Pourquoi ? N'importe ! Joseph va s'entretenir à la table du commissaire X ou Z et bientôt Mme Krasnik pourra elle aussi venir se régaler aux Deux Cocottes ! Les lecteurs et lectrices en pleine jeunesse et illusion qui lisent l'Histoire dans les manuels imprimés pour les instruire seraient bien surpris si, par un coup de baguette magique, ils se retrouvaient dans ce restau. Comment reconnaîtraient-ils les bons des méchants ? Ansart a une tête d'honnête homme. Son bureau d'achat lui sert à financer le mouvement de Résistance qu'il a créé.

Bien sûr ces parachutés de la déesse Clio pourraient tomber

ce jour où Masuy fait irruption dans cette aimable auberge si bien achalandée.

Masuy c'est encore un de ces petits chefs truands au service de la Gestapo. Il est escorté de plusieurs nervis armés. On menace la clientèle, puis Masuy, ayant repéré Monsieur Joseph en compagnie de Fuchs, se met à l'insulter devant tout le monde, lui promet douze balles dans la peau. Faut dire qu'il a quelques motifs d'être mécontent. Le litige qui l'oppose à Joano n'est pas récent. Fuchs, au début de l'année, lorsque les docks fonctionnaient encore, avait envoyé Joano vérifier une cargaison de bronze déposée (par qui ?) dans le jardin de l'immeuble de l'avenue Henri-Martin où Masuy pratique son métier de flic tortionnaire. Joseph expertise la marchandise et constate qu'il s'agit de bronze de première qualité. Chargé de transporter la cargaison à Saint-Ouen pour l'expédier en Allemagne, il n'écoute que son patriotisme et la détourne vers un magasin clandestin qu'il a ouvert rue Bessière. Le change est donné avec un poids égal de bronze de qualité inférieure. Ainsi trompe-t-il les Allemands tout en empochant le bénéfice de la substitution.

Le hic, c'est que Masuy est tout aussi fin connaisseur de métaux que Joseph.

Quelques mois passent, et au moment où il perçoit son dû Masuy se rend compte que les Allemands lui payent le prix du bronze bon marché... 25 francs le kilo au lieu de 110 francs. La livraison étant effectuée depuis longtemps, Fuchs argumente que Masuy a dû se tromper. Enfin une embrouille difficile à digérer. Aux Deux Cocottes, il finit par le prendre à part et Joseph les entend qui s'entretiennent en allemand. Il en résulte qu'on calmera Masuy en le dédommageant.

L'incident n'a pas de suite apparemment. Masuy sait que Monsieur Joseph étant un protégé de Lafont, il vaut mieux temporiser. Entre tous ces oiseaux de proie et leurs hommes de main ne règne pas une entente des plus cordiales.

Après la Libération, réfugié en Espagne, Masuy donnera l'ordre à ses tueurs d'abattre Joano. Ce que révélera à un ami flic de Joseph un des membres de sa bande, le nommé Sartore, célébrité du Milieu. Les tueurs chargés de l'exécution seront alpagués avant d'avoir pu remplir leur mission. Ils finiront leur carrière au fort de Montrouge devant le peloton d'exécution.

De son exil Masuy poursuivra encore longtemps Joseph de sa vindicte. Il écrira aux juges, aux journaux pour le dénoncer comme traître, agent de l'Allemagne. Mais j'anticipe, nous n'en sommes encore que dans les marigots de l'Occupation.

Joano, toujours Aux Deux Cocottes, fait connaissance avec un Allemand nommé Keller, membre important de la Gestapo du boulevard Flandrin. Keller est affublé de quelques lourdes tares... Il aime caresser la dive bouteille et il joue... d'où qu'il se trouve toujours à court de fric. Dès leur première rencontre, Joseph le dépanne de 25 000 francs. Naturellement Keller ne les lui rendra jamais et Joseph, bon prince, se mettra la dette sous le coude. Bon placement, quelques jours plus tard, il apprend que deux flics de ses relations ont été mis au trou par les boches pour une affaire de Résistance. Il s'agit d'un certain Rouklin et de Lucien Piednoir. Celui-ci va jouer un rôle de premier plan dans l'aventure de Joanovici... Rouklin, lui, on n'en entendra plus parler après cette anecdote.

Piednoir, à l'époque, est une vache à roulette en argot de la rue. C'est-à-dire un agent cycliste... une hirondelle dit-on aussi. En tout cas, il est membre du réseau naissant *Honneur de la police* et il est pote, comme beaucoup d'argousins de tout poil, avec Monsieur Joseph puisque celui-ci finance déjà l'opération.

Pourquoi Piednoir et Rouklin ont-ils été coxés par les Allemands, l'anecdote ne le dit pas.

Tout bonnement, dès leur deuxième rencontre après une partie de poker, Joseph demande à Keller d'intervenir pour faire libérer ses amis, qu'il garantit innocents, victimes d'une tragique méprise.

– Donnez-moi 100 000 francs et les gens auxquels vous vous intéressez ne seront plus l'objet d'une tragique méprise.

V'là comme il parle Herr Keller, direct, franc comme l'or qu'il demande. Ça ne traîne pas, Joseph fait remettre les 100 sacs à Keller et le lendemain Piednoir et Rouklin pouvaient reprendre hardiment le combat clandestin contre le nazisme.

Keller interviendra toujours contre espèces sonnantes. Mme Redon, la femme du patron du service étranger de la Préfecture de police, elle aussi se retrouve en taule. On l'accuse d'avoir abrité chez elle des parachutistes américains (ou anglais, n'importe !). Cas qui peut lui valoir la peine de mort ou pour le moins la déportation.

Cette fois il faut qu'en plus du fric Joseph *endocrine* (c'est le mot qu'il emploie chez le juge) Keller pour lui démontrer qu'il fait fausse route...

Mme Redon, femme d'un bon collaborationniste, a été calomniée. Keller se laisse d'autant mieux *endocriner* qu'il palpe une enveloppe bien pleine.

Peu à peu Joseph a réussi à tisser sa toile de relations vénales entre les flics, la Gestapo, l'Abwehr... les clients trafiquants des Deux Cocottes et c'est ainsi qu'il peut agir... fournir des faux papiers aux uns, faire rayer les autres d'une liste de prêts à déporter. Berthe Franchel et sa fille Raymonde, juives promises à Auschwitz, sortent du convoi. Maurice Lipsky, un responsable d'*Honneur de la police* est averti, à temps, d'une arrestation, etc.

Tout ça fera partie de sa défense lorsqu'il se trouvera dans le box de la Cour de justice. Côté négatif, il fournit des camions, des voitures à Placke. Les voitures, ce sont les fameuses tractions avant à roues jaunes de Monsieur Joseph. On les retrouvera dans le parc automobile de la P.J. après la Libération. On dit même que c'est l'une d'elles qui a véhiculé le général de Gaulle pour ses débuts parisiens.

Il déborde d'activités, Joano, en cette fin 1943 et il va décupler son énergie en 1944, l'année cruciale.

Nous avons peu de détails sur sa vie intime durant cette période. Il est fidèle à sa maîtresse Lucie Schmidt et s'il lui arrive de donner des coups de canif dans le contrat, elle ne s'en formalise pas trop. Entre les fritz, les flics, la ferraille, le marché noir, il ne lui reste pas tellement de loisir pour le beau sexe. Fabienne, la taulière du One Two Two, le dira client occasionnel de ses pouliches. Il vient là parfois avec Lafont ou quelques autres membres de la rue Lauriston, plutôt pour festoyer. Le One Two Two fait aussi restaurant et on y vient déguster son célèbre bœuf à la ficelle. On dit qu'il distribuait les billets de 1 000 balles aux filles comme ça... pour se marrer, voir leurs gueules réjouies.

Ce qui le motive, ça me paraît évident, le goût du pouvoir secret... Le fric est en grande partie ce qui lui donne ce pouvoir. Allié à sa ruse, son savoir-faire... un machiavélisme primaire à la Vautrin...

En janvier 44, Monsieur Joseph est devenu en quelque sorte le patron souterrain (ce qu'il goûte avec délices) du réseau *Honneur de la police*. Au départ, les flics ne se bousculaient pas au portillon de la Résistance. Avec le déclin de la puissance du Reich, ses défaites qui s'enchaînent en Russie, en Afrique du Nord et maintenant en Italie où les Alliés ont débarqué, les vocations se font plus nombreuses pour l'action clandestine. Tout ça est assez embryonnaire, mal organisé. Le chef du réseau à la Préfecture, le commissaire Dubent, décide, pour mettre les choses au point, de tenir une réunion, bien sûr secrète, de policiers résistants dans les sous-sols de la Brasserie Zimmer, place du Châtelet à Paris. Ça se situe en novembre 1943 et c'est un fiasco tragique. La réunion a été vendue, la brasserie est cernée par la Gestapo. On impute l'opération aux hommes de Lafont. Certains, comme Paul Clavié ou Alex Villaplane, l'ancien gardien de but de l'équipe de France de foot, le reconnaîtront. La plupart des petits soldats de Lafont sont des repris de justice et c'est le comble de la félicité pour eux que d'aller arrêter des flics.

Ils ne peuvent offrir aucune résistance. Après des interrogatoires musclés certains seront fusillés, d'autres prennent la direction des camps de concentration. La plupart n'en reviendront pas dont le commissaire Dubent.

Le réseau *Honneur de la police* est donc pratiquement anéanti avant même d'avoir pris son envol. Restent quelques sous-fifres parmi lesquels le brigadier André Fournet et Lucien Piednoir, le cycliste, celui que Joseph a fait sortir de la prison des Tourelles grâce à Keller.

Joano intervient tout de suite, et il va aider le réseau à redémarrer sous la houlette de Fournet et de Piednoir.

D'aucuns au sujet de cette affaire vont se poser de drôles de questions et en conclure sans preuve que la réunion de la brasserie Zimmer a été balancée par Joano, renseigné par Piednoir ou Fournet. Quelques sbires de chez Lafont ont accrédité la rumeur. Ils ne pardonnaient pas à Joseph d'avoir fait cravater leur chef après la Libération. On verra ça plus loin. Impossible de trancher. Joseph s'est défendu comme trente-six diables de cette infamie qui pouvait lui valoir douze balles dans la peau. Bien entendu Fournet et Piednoir l'ont défendu mordicus. Il est vrai qu'après l'affaire de la brasserie Zimmer, devenus les hommes liges de Monsieur Joseph, ils sont en quelque sorte les patrons du réseau qui va jouer un grand rôle surtout après la Libération. Fournet sera promu commissaire et Piednoir inspecteur principal. L'un comme l'autre très loin de pouvoir assumer intellectuellement les fonctions de leur grade.

À remarquer l'influence communiste prépondérante dans ce réseau. La politique du parti dans la Résistance était d'infiltrer ses militants un peu partout et d'y agir sans découvrir leur couleur. Peut-on supposer que Joseph devenu agent du Kominterm a joué la partie en conséquence ? Pouvait-elle aller jusqu'au traquenard qui conduit à l'élimination des chefs d'un réseau non communiste ? Tout est possible mais on s'enfonce dans un travail de déduction qui devient scabreux. Connaîtra-t-on un jour la vérité de toutes ces sombres histoires ? Lorsque tous les survivants auront disparu et que les archives du K.G.B. s'ouvriront uniquement pour les historiens ? Savoir !

Maintenant, par Fournet et Piednoir, Joseph est au centre de toutes les intrigues, toutes les actions de la Résistance policière. Il ne se montre pas, il finance, il fournit des armes, des papiers et surtout des Ausweis qui permettent aux membres du réseau de circuler sans trop de difficultés, alors qu'à partir des débuts 1944 toutes les routes sont particulièrement surveillées par la Feldgendarmerie. Grâce à cette emprise sur le réseau principal de la police française, Monsieur Joseph va manœuvrer habillement sur les deux tableaux puisque jusqu'au bout il restera en contact étroit avec Lafont, Hermann Brandl, la plupart des responsables de l'Abwehr, du S.D. et de toutes les équipes de gangsters qui gravitent autour.

Mme Lemeur, une amie de Lucie Schmidt, cache un pilote anglais abattu. Joseph averti de suite lui procure des papiers. Mme Lemeur est une fonctionnaire qui travaille pour le mouvement *Résistance*, c'est elle qui va faire rencontrer Albert Bayet et Robert Lecourt (futur ministre M.R.P. de la Justice). Mme Lemeur est spécialisée dans l'accueil d'aviateurs alliés. Son appartement à Neuilly est un repaire d'évasion. Elle garde aussi des biens de Juifs en cavale que lui a confiés Lucie Schmidt. Et c'est par un nommé André Noblet, du même réseau que Mme Lemeur, que Joseph a connu Lucien Piednoir et par conséquent le réseau *Honneur de la police* en 1943. Noblet est spécialiste du transport d'armes et de journaux clandestins. Et tout se mêle, s'emmêle de façon ambiguë, inextricable.

Placke, de la Gestapo de l'avenue Foch, va faire la connaissance de Noblet. Il s'ensuit qu'un certain temps Noblet sera le chauffeur de Placke. Ce Placke est encore un pourri, un type qu'on achète et qui extorque tout le fric qu'il peut. Joseph lui fait remettre de grosses sommes pour obtenir des libérations. Tout ça sera plus tard comptabilisé dans sa défense. On est dans un drôle de monde bien loin de la geste héroïque de la Résistance racontée aux enfants, et pourtant toutes ces combinaisons, ces marchandages permettent de sauver des vies humaines en un temps où elles s'évaporent par milliers chaque jour.

Joseph adopte le nom de guerre de *Spass* qui se traduit en russe par *Sauveur*. On va voir apparaître Spass dans quelques aventures qui ne sont pas toutes glorieuses. Mais Spass va gagner la confiance de Lecourt qui la lui gardera lorsqu'il sera sur la sellette de justice en 1947.

Comprenne qui voudra, il n'empêche qu'en même temps qu'il arrose copieusement *Honneur de la police*, Monsieur Joseph va se charger des équipements de la Brigade nord-africaine de Lafont.

Mohamed El Maadi, nationaliste algérien, milite depuis des années pour l'indépendance de son pays. En 1939, il est emprisonné pour menées antifrançaises. L'année suivante, il sera libéré par les Allemands qui vont l'aider à publier un hebdomadaire anticolonialiste, *El Rachid*. Sa cause, la libération de l'Algérie, va se confondre avec les idées nationales-socialistes. Il prêche pour la victoire de Hitler qui apportera, du moins il le pense, l'indépendance de son pays, voire une union de tous les peuples musulmans. Les Allemands soutiennent les mouvements arabes qui peuvent éventuellement les aider dans leur guerre contre les Anglais. Et en plus, ils partagent leur haine des Juifs. On verra d'ailleurs le grand mufti de Jérusalem photographié à Berlin auprès du Führer.

El Maadi est reçu par les autorités d'Occupation. Pour elles il est important que les Algériens, Marocains et Tunisiens déjà assez nombreux à vivre en France soient plutôt favorables à leur politique.

Bon accueil aussi bien à l'Abwehr qu'à la Gestapo. Le Reich ne pense pas à lever des troupes parmi les Arabes, mais cette idée viendra à Monsieur Henri. Naturellement il a rencontré El Maadi, ils ont sympathisé, Lafont a ouvert son tiroir-caisse pour aider à la publication *d'El Rachid* et à une association d'entraide aux Algériens chômeurs. El Maadi en échange a fourni quelques nervis arabes à la rue Lauriston.

Va naître le projet entre Lafont et El Maadi de créer une sorte de Légion nord-africaine pour combattre les maquis qui commencent à se multiplier dans les montagnes et au centre de la France. Il y a dans la capitale suffisamment de miséreux d'origine algérienne qui seraient susceptibles de s'engager dans l'aventure, ne serait-ce que pour la gamelle et d'autant plus qu'elle sonne à leurs oreilles comme une musique antifrançaise.

On s'ouvre de ce plan auprès du colonel Karl Boemelburg,

patron d'un bureau important du S.D. Karl trouve l'idée excellente. Il adore les jeunes Algériens que lui envoie Lafont pour travailler à son service. Le régime nazi combat et condamne l'homosexualité, on expédie dans les camps les malheureux qui se font prendre dans les pissotières, n'empêche qu'il y a des arrangements avec la morale officielle. Lafont, qui a repéré le penchant de Boemelburg pour les jeunes garçons, lui en fournit l'air de rien, comme il pourvoit en filles les pontes de la Gestape plus orthodoxes dans leurs mœurs sexuelles.

Toutefois, Boemelburg ne s'avance pas jusqu'à fournir autre chose que sa bénédiction Urbi Hitler... El Maadi et Lafont devront se débrouiller par leurs propres moyens pour armer, équiper, entraîner les volontaires nord-africains. Le recrutement se fait parmi les désœuvrés, repris de justice, chômeurs ou demi-clochards. On réquisitionne un local, 101, boulevard de la Seine à Neuilly. L'histoire ne dit pas quel fut l'accueil des bourgeois du secteur... je vous laisse imaginer. On va baptiser cette étrange unité Brigade nord-africaine. En fait de brigade, il n'y aura jamais plus de trois cents soldats, très difficiles à discipliner et à encadrer. D'autant que les officiers sortent de l'école de la rue Lauriston qui est loin d'être Saint-Cyr ou Saumur. La saumure est plutôt à respirer du côté de la profession des Abel Danos, Clavié et autres Boucheseiche qui vont tout de même parader quelque temps en uniforme feldgrau. Pour la piétaille, les autorités d'Occupation ne tiennent pas à ce qu'elle porte la tenue verte de la glorieuse Wehrmacht.

C'est là qu'intervient Monsieur Joseph. Sollicité par Lafont, il va s'efforcer de régler aux mieux les difficultés de l'entreprise. Il va fournir à la Brigade des couvertures, des draps, des godasses, puis des tenues bleues qui ressemblaient, dit-il, à des salopettes de mécano, pour minimiser son rôle d'intendant, mais il investit tout de même 5 à 6 briques dans l'affaire.

Joano se justifiera plus tard en invoquant qu'il a toujours le couteau de Lafont sous la gorge et d'autre part qu'il pourra ainsi suivre les mouvements de cette Brigade, ce qui va lui permettre de renseigner Mme Lemeur, Piednoir, tous ses amis clandestins.

L'instruction révèle que c'est Marcel, le frère de Joano, qui s'occupe de transporter les coupes de drap bleu du quai de Valmy au passage Monceau, chez M. Roger, un confectionneur qui se charge de les tailler avant de les faire livrer à Clichy directement chez Joseph.

À lire toutes les dépositions, on s'embrouille un peu, ça ne présente pas un intérêt capital, sinon que les Nords-Africains finissent par être équipés, vaguement instruits au maniement d'armes et conduits en camion jusque dans la région de Périgueux où ils se livrent à des exactions... pillages, viols, assassinats qui laisseront un souvenir cuisant aux populations.

Revêtus d'uniformes S.S., Lafont et quelques-uns de ses lieutenants... Clavié, Maillebuaux, Abel Danos, Lucien Prévot, Villaplane etc., dirigent les opérations. Le détail de leur campagne guerrière est assez confus. Le plus souvent, ils sont attaqués sur les routes par les maquisards qui leur causent de gros dégâts. Lafont lui-même est blessé. Finalement il renonce... Les restes de son unité sont décimés dans la région de Tulle. On fusille les prisonniers, à moins qu'ils ne soient passés à temps chez les F.F.I. ou les F.T.P. Lafont a raté son coup. On dit qu'il espérait de la sorte démontrer à ses supérieurs allemands qu'il était un aussi bon chef de guerre qu'un policier d'exception.

Devant la Cour de justice en 1949, Monsieur Joseph qui se justifie toujours par le double jeu révèle qu'il était en même temps fournisseur en fringues et en vivres d'un maquis lyonnais.

À chaque instant on est avec lui dans l'ambiguïté. Mlle Rose Virot, une résistante, amie de Mme Lemeur, qui s'occupait avec elle d'héberger les aviateurs alliés, viendra déposer en sa faveur. Ce qu'elle dit me paraît résumer au mieux le cas Joanovici.

– J'ai l'impression que ce personnage n'ayant pas de patrie à trahir, jouait sur les deux tableaux, c'est-à-dire qu'il ménageait à la fois le présent et l'avenir.

Monsieur Joseph n'apprécia pas cet argument. Il a rencontré Rose Virot chez Mme Lemeur pour lui fournir gratuitement de faux papiers. Il est avéré qu'il ne faisait pas payer les services qu'il rendait aux gens de la Résistance. Au contraire c'est lui qui en était de sa poche lorsqu'il devait faire intervenir Lafont, Placke ou Fuchs. Quant à ses origines ceux-ci ne sont pas dupes. Dans les archives concernant la communauté israélite de Berlin, on a découvert une lettre datée du 28 juillet 1942. Elle est d'un gestapiste allemand qui étudie la situation des Juifs en France. Un passage concerne Joanovici et il est souligné rageusement « Rien à faire contre Joanovici tant que le monde des métaux servira. ». Et de se plaindre de la protection dont jouit Joano auprès de Radecke. Radecke, on l'apprend par ces archives, est un ami d'enfance de Himmler. Et pourtant les services de police antijuive ont fait des recherches assez poussées concernant Monsieur Joseph... acte de naissance, de mariage des parents..., etc. Un dossier très curieux où les Allemands notent des bizarreries dans ses actes d'état civil. Conclusion qui va de soi, Joanovici est d'origine juive. Mais arrive le verdict « Joanovici nous approvisionne, il nous rend les plus grands services, laissons-le en paix. »

En suivant le dossier d'interrogatoire du juge Gagne, on en vient à la fortune de Monsieur Joseph, elle s'élevait, d'après les services fiscaux, à 2 800 000 francs à la veille de la guerre. Très rapidement après l'armistice, il verse 5 millions aux gens de l'hôtel Lutétia lorsqu'il a des ennuis avec Rudy de Mérode. Il verse encore 5 millions à Lafont pour entrer dans ses bonnes grâces, 2 500 000 francs à un certain Cazauba qui menaçait de dévoiler ses origines à je ne sais quel service de Gestapo. Ce qui complique tout dans ce dossier... que la police allemande n'était pas monolithique, des tas de services aux prérogatives multiples se tiraient la bourre les uns les autres. Ceux qui recherchaient les Juifs, ceux qui traquaient les communistes, les gaullistes. Un service était spécialisé dans la recherche des aviateurs alliés, un autre des soldats allemands déserteurs (et ils furent plus nombreux qu'on ne croit). Plus les polices économiques, chargées en principe de la répression d'un marché noir qui était pourtant en complicité avec les sbires des bureaux d'achat.

On mesure la difficulté pour s'y retrouver. Joseph, lui, se glisse, louvoie, séduit, achète, corrompt les uns les autres et se joue de leurs rivalités.

Il affirme avoir versé plus de 4 millions au comité américain Joint de secours aux israélites. Ces gens ne le connaissent que sous son nom de clandestin Spass. On oublie qu'il voyage beaucoup alors qu'il fallait de multiples autorisations pour circuler. Pour alimenter le comité Joint, Joseph passe en zone libre où il apporte aussi une mallette de fric à des Russes réfugiés dans un maquis près de Lyon.

Chose étonnante, les Allemands ont gardé leur contrôle sur ce qui était, avant le 11 novembre 1942, la ligne de démarcation. Occupant tout le territoire, elle n'est plus qu'une fiction politique. On feint de croire que dans l'ancienne zone non occupée le gouvernement du maréchal Pétain est encore indépendant. En réalité, il n'a plus qu'un rôle administratif par le truchement des préfets. Dès que les Allemands ont franchi la ligne, Joseph a toute latitude avec ses Ausweis pour circuler en toute quiétude.

Un correspondant qui s'occupait de ferraille à l'époque m'a écrit qu'il avait vu Joseph, après le sabotage de la flotte française à Toulon, en discussion avec des officiers allemands pour récupérer les métaux sur les bâtiments coulés dans la rade. Les autorités de la Kriegsmarine n'ont pas donné suite à cette demande.

Je livre l'anecdote sous toute réserve, cependant elle me paraît tout à fait plausible. On ne sait pas au juste quel pouvait être le montant de la fortune de Joano en 1943 mais elle devait être faramineuse, compte tenu des millions qu'il n'a cessé de verser aux différents services de la Gestapo. Il donne à fonds perdus... des sommes en liquide qui apparaissent dès qu'il en a besoin.

Surgissent aussi de sa poche miraculeuse des cartes d'identité, d'alimentation, des Ausweis. Il en a distribué, affirmera-t-il à son procès, deux cents, peut-être plus, il n'en a pas tenu la comptabilité. Faux ou vrais papiers ? Les deux... par ses amis de la Préfecture, il obtient pour ainsi dire de vrais faux puisque fournis par la Grande Maison.

Mme Lemeur qui travaillait dans une administration donne sa démission en novembre 1943 pour se consacrer uniquement à son réseau d'aide aux aviateurs alliés. C'est Joseph qui va lui verser une sorte de salaire, supérieur à celui qu'elle touchait de son ministère, jusqu'à la Libération. On sait qu'elle cachait constamment des Anglais et des Américains rescapés de leurs avions abattus, les soignait et Joseph venait les voir, prendre leurs mesures pour leur faire confectionner des vêtements civils qui leur permettent de se glisser dans la population française. Toujours prévenant, souriant avec tous, amis ou ennemis.

On se demande comment notre homme arrivait, surtout durant cette période qui précède la Libération, à mener de concert ses activités commerciales avec les Allemands et tous ses va-et-vient, ses démarches pour le réseau ou les réseaux. Je passe du singulier au pluriel parce qu'il est en contact avec *Honneur de la police*, mais il a ses entrées au réseau *Résistance, Front national* et d'autres filières pour faire évader les Juifs, les planquer en attendant la fin de la tornade.

Le lien constant entre *Honneur de la police* et Joseph, c'est Piednoir toujours pédaleur nocturne en uniforme. Sans doute obtient-il de ses supérieurs de grandes facilités pour agir à sa guise pendant ses heures ouvrables. Je l'ai rencontré trente ans plus tard, épaissi, bedonnant, cheveux blancs, reconverti... pourquoi pas... dans le négoce de la ferraille. Il m'a fourni des monceaux de paperasses pour me prouver qu'il était un héros de la Résistance. Est-ce à cause de son rôle dans l'affaire Scaffa que nous allons relater plus loin, il m'a fait une impression désagréable. Un peu pitoyable par certains côtés, mais avec quelque chose de retors, d'insistant et de fuyant à la fois, lorsque mes questions le dérangeaient. Gueule de faux témoin incontestable.

Il est revenu sur une affaire qui avait tourné court pendant l'instruction et le procès... la tentative de libération d'Henri Teitgen. Il faut rappeler qu'Henri Teitgen a été ministre de la Justice dans plusieurs combinaisons tripartites d'après la Libération. C'était un démocrate chrétien, un M.R.P. qu'on a toujours considéré comme un résistant de la première heure. Il dirigeait plusieurs journaux clandestins dont *Combat.* Arrêté en juin 44 par la Gestapo, Piednoir prévient Joanovici qui offre 500 000 francs au gestapiste Michelewitz pour le faire libérer. Se mêle à cette opération le général Barré, vieil ami de Monsieur Joseph dont il a été dira-t-il le conseiller. En quoi ? On ne sait.

Ordinairement Joano prétextait, pour faire élargir les gens emprisonnés, qu'il était en affaires avec eux. Plus spécialement dans les non-ferreux et qu'il avait besoin d'eux pour son travail de fournisseur de métaux pour l'armée allemande.

Dans le cas de Teitgen – Tristan dans la Résistance – Michelewitz, après quelques tractations et démarches, retrouve Joseph toujours Aux Deux Cocottes et lui annonce un fiasco. La Gestapo connaît l'importance de Teitgen dans la direction de la Résistance et pas question de le larguer pour tout l'or de Joanovici. Henri Teitgen s'évadera du train qui l'emmène en déportation le 25 août, en sciant le toit du wagon dans lequel il était bouclé. Il niera l'intervention de Monsieur Joseph, il ne mange pas de ce pain de la trahison. Ses ennemis politiques vont sournoisement suggérer que son évasion a été facilitée par des Allemands stipendiés par Joanovici. On ne prête qu'aux enrichis du marché noir.

Intermède comique au milieu de ce geste plutôt sombre : la libération de Mlle Irène de Marteau. Tout ça commence dans un bureau de clandestinité, rue de Vanves. Nous sommes en juin 1944, un samedi matin, quelques responsables de la Résistance de la Préfecture de police sont réunis parce qu'ils viennent d'apprendre que Mlle Irène de Marteau a été appréhendée par la Milice. Mlle de Marteau est la secrétaire de M. Delacroix, directeur du journal clandestin *Résistance* et responsable d'un service important de parachutage. On craint que, soumise à la torture, elle ne se mette à table, elle est au courant de tout ce qui concerne ce service. Yves Bayet, le fils d'Albert, qui préside la réunion décide de faire appel à Monsieur Joseph. Celui-ci, consulté dans l'heure, déconseille à ses amis de tenter une opération de commando pour délivrer

Irène qui, à ce moment-là, est encore au dépôt. Ça tournerait à l'échec avec de grosses pertes.

Le temps presse mais Joseph veut jouer encore les magiciens. Il promet : lundi, à midi, Irène de Marteau sera libre.

Aussitôt il essaie de mettre la main sur Keller, mais Keller n'est pas Aux Deux Cocottes où il traîne le plus souvent, plus ou moins en état d'ébriété. Faute de Keller, Joano et Piednoir décident de faire un faux. Il y a, au service de Joseph, cette Greta Koch, qui manie la langue allemande parfaitement. On établit la lettre suivante sur du papier à en-tête des bureaux de Fuchs : « Veuillez remettre immédiatement à la disposition de notre service Mlle Irène de Marteau qui travaille pour l'Union économique et qui nous a fourni pour 10 millions de marchandises. L'arrestation qui a été faite par la Milice nous porte un tort considérable. »

On a fait appel à Alfred Bravo, l'ancien directeur commercial de la banque Rothschild, qui est toujours en relations d'affaires avec Joseph. Très habile pour imiter les écritures, Alfred Bravo s'exerce, puis reproduit le paraphe de Radecke pour authentifier la lettre.

Muni de ce document, Joseph se rend à la Préfecture de police. Les Allemands ont réquisitionné tout un secteur du Dépôt. À l'heure où Joseph se pointe avec Piednoir, la détention est sous la seule responsabilité d'un *Feldwebel*. Discussion difficile avec ce sous-fifre. La lettre ne le convainc pas et miracle, Joseph va lever tous ses scrupules en lui glissant dans la poche quelques paquets de cigarettes anglaises. À toutes fins utiles, il en avait toujours dans sa sacoche pour appâter le petit personnel. Sa science des hommes est très simple, et ses méthodes de corruption sont multiples. À ses débuts à Clichy, on l'a vu donner des petits pourliches de toutes sortes aux flics de quartier, vaches à roulettes ou autres... offrir des cadeaux pour les fêtes de la police, donner largement aux bonnes œuvres, à toutes les quêtes religieuses ou politiques.

Bref, les cigarettes anglaises font partie de son arsenal de séduction et là encore il tape dans le mille. Le sous-off de la Feldgendarmerie tamponne d'un cachet la lettre prétendument de Radecke et fait sortir de sa cellule Irène de Marteau.

L'époque étant à toutes sortes de pièges, celle-ci, en voyant Monsieur Joseph et ses deux compagnons, a un mouvement de recul.

– Messieurs, je ne vous connais pas !

Piednoir lui explique qu'il a pour mission de la ramener chez son patron M. Delacroix.

– Je ne connais pas M. Delacroix, proteste Irène. Je ne comprends pas ce que vous me voulez !

À l'évidence, Joseph et ses hommes ne lui inspirent pas confiance. Elle leur trouve une sale gueule et les soupçonne d'être des gestapistes français qui ont monté le stratagème pour faire tomber tout le réseau.

Joseph est obligé d'employer la manière forte, avec l'aide des soldats allemands de garde, pour l'embarquer dans la traction qui les attend quai de l'Horloge.

Direction avenue Niel toujours Aux Deux Cocottes. Irène est terrorisée. Joseph a beau lui prodiguer des paroles rassurantes, elle reste muette. Au restaurant, elle entre en tremblant. L'ambiance qui règne, la présence d'officiers allemands qui sont mêlés à des Français autour des tables où l'on déjeune comme aux plus beaux jours d'avant guerre, renforce sa méfiance.

Irène est une fille de bonne famille... tous ces gens la mettent mal à l'aise. On l'installe à une table où malgré les bonnes paroles de Joseph elle refuse de manger. Elle vient de subir le régime du Dépôt et on comprend qu'elle ait l'estomac noué. Elle feint un malaise. Décision de Joseph, Alfred Bravo va la conduire chez lui à deux pas du restau, Piednoir viendra la chercher tout à l'heure lorsqu'on aura pu joindre M. Delacroix.

On s'exécute, Irène est accompagnée avec précaution jusqu'à l'appartement d'Alfred Bravo où on l'enferme. Mais lorsque Piednoir revient après le repas pour la récupérer, l'oiselle s'est envolée, elle n'a pas hésité à sauter par la fenêtre du premier étage.

Naturellement elle a donné ensuite signe de vie à des amis qui ont prévenu Delacroix et tout est rentré sinon dans l'ordre, du moins dans la marche logique des choses.

Irène de Marteau, cinq ans plus tard, écrira à la Cour de justice pour raconter son aventure, reconnaissant être encore vivante grâce aux astuces de Monsieur Joseph. Et celui-ci ne manquera pas de faire remarquer, en outre, que Keller lui a tout de même réclamé une enveloppe – il ne se souvient plus de combien – pour fermer les yeux sur cette rocambolesque opération de sauvetage.

Toujours au chapitre positif, Monsieur Joseph trouvait des complicités résistantes jusque dans l'immeuble de la rue Albert-Samain à la porte Champerret où il a installé une sorte de P.C. Sa voisine du dessous était une comtesse de Barral, présidente de la Croix-Rouge, avec laquelle il avait fini par lier de bons contacts grâce encore à son charisme si particulier. Dès qu'il parle avec son accent roumain, sa faconde, sa bonne humeur, il met les plus rétifs dans sa gibecière. Mme de Barral appartient à un monde plutôt éloigné, quant aux mœurs, de celui de Monsieur Joseph... et pourtant le courant passe. Joseph l'a épiée et il a vite compris qu'elle planquait des gens dans son appartement. Des aviateurs alliés et des jeunes en rupture de Service du travail obligatoire. Il va intervenir à plusieurs reprises pour l'aider. Elle témoignera qu'il a fait *ce qu'il fallait* pour éviter la déportation d'une de ses jeunes amies, Marcelle Hiaux, et qu'il a procuré des papiers et des vêtements aux parachutistes anglais et américains qu'elle recueillait.

Il y a mieux à son crédit. Le sauvetage des inspecteurs Morin et David. Un jour, au début de 1944, Georges Morin se pointe affolé chez Joseph à Clichy. Morin, inspecteur à la brigade nord-africaine (il existait alors un service spécial à la P.J. pour ce qui concernait les crimes et délits commis par les Algériens, Marocains ou Tunisiens), est un vieux copain de Joseph. Il vient d'apprendre que les hommes de Bonny-Lafont ont arrêté l'inspecteur David. Motif, on a trouvé un dépôt d'armes chez ce policier qui appartient à une organisation de Résistance extérieure à la police, le réseau *D'Artagnan.* L'affaire est sérieuse. Joseph n'a que la ressource de filer chez Monsieur

Henri rue Lauriston. Ce jour-là on le fait attendre dans l'antichambre du patron. Là, il surprend une conversation entre deux sbires de Lafont qui parlent d'une arrestation de l'inspecteur Morin. Dehors, Victor Terre, qui avait servi de chauffeur à Joseph, l'attend dans la voiture. Joseph n'a que le temps de s'extirper du 93 et de filer chez Morin qu'il avait quitté quelques heures avant. Mais Morin, qui était parti entre-temps à son bureau de la Préfecture de police, y a été appréhendé à son arrivée.

Retour chez Lafont. Cette fois, Joseph n'est pas des plus rassurés, cette affaire est dangereuse. Lafont déteste les gens de la P.J. de longue date. Il a un contentieux à régler avec eux et dès qu'il en a l'occasion il agit en conséquence.

Entrevue orageuse, d'après Joseph. Nul n'est présent pour témoigner. Lafont dans un mauvais jour est grossier, menaçant, il traite Joano de sale juif. Trait de génie qui ressemble à la scène dans le *Voyage au bout de la nuit* où Bardamu, aux prises avec la vindicte des passagers de l'*Amiral Braguetone*, s'en sort en criant : « Vive la France ! » Joseph tout à coup se précipite et embrasse Monsieur Henri. Il en reste baba, le tortionnaire N° 1 de la rue Lauriston. Il se met à se marrer, il apprécie l'astuce. Tout ce qui est ruse, coup de vice, il est plutôt amateur...

Après ce baiser affectueux, Joseph a-t-il sorti en plus le pognon qu'il avait préparé pour mettre de l'huile dans les rouages ? ...

Plus tard Morin et David attesteront qu'ils doivent leur liberté à Joanovici, c'est la moindre des choses. L'inspecteur David à la retraite m'a raconté en 1975 son élargissement de Fresnes. Il s'attendait tout aussi bien à être pris comme otage et fusillé qu'à être extrait de sa cellule pour un interrogatoire. C'est une de ces éventualités qu'il redoute lorsqu'il est conduit au greffe où l'attendent deux lascars à tronche évidente de malfrat fabriquée aux soins de beauté de l'administration pénitentiaire pendant des années de réclusion. On lui fait signer sa levée d'écrou et on l'escorte jusque dans la cour d'honneur, celle où les voitures cellulaires charrient chaque jour leurs cargaisons de détenus. La classique traction avant l'attend. On le fait monter à l'arrière avec un des... comment dire... gardes ? policiers ? truands ? tout à la fois. Il se fait la réflexion que puisqu'on ne l'a pas menotté il risque gros. Son palpitant bat la chamade. Il hasarde quelques questions... Où va-t-on ? Que me voulez-vous ?

– Joue pas au con. Tu verras bien...

Ce qu'on lui réplique, et il n'en est pas plus rassuré. En expert flic de la P.J. il sait en quoi consiste ces voyages sans retour que les voyous appellent « mener en belle ». C'est l'usage dans le Milieu de se débarrasser d'un gêneur, rival ou indic, en le flinguant au coin d'un bois et en allant jeter son cadavre dans une rivière, lesté d'un sac de grosses pierres. Il s'attend à ce genre de gentillesse de la part de ses accompagnateurs. Personne ne saura où et quand il est mort. La traction prend la direction de Paris par L'Haÿ-les-Roses, Cachan, Gentilly, la Poterne-des-Peupliers. David pense alors qu'on va le conduire dans une cave réservée de la Gestape pour le cuisiner tout à l'aise. Et brusquement la tire freine place d'Italie devant la bouche de métro, à l'angle de la rue Bobillot. Son gardien lui ouvre la portière.

– Calte ! Allez, demande pas ton reste !

L'inspecteur David mol des genoux s'extirpe de la 11 CV et fait deux pas. Il s'attend au pire... la rafale de mitraillette pour l'exécuter dans le dos. Ça se pratique aussi ce genre de liquidation en pleine ville. Il entend la voiture repartir. Il ne lui reste plus qu'à se diriger vers l'entrée du métro presque en titubant, puis à mendier un ticket à un voyageur charitable.

Puisqu'on en est aux témoignages et entretiens, parmi les interventions de Monsieur Joseph pour faire libérer des gens pris dans les griffes de la Gestapo, il en est une qui concerne une femme devenue célèbre par la suite... Françoise Giroud !

Parmi les attestations en faveur de Joano, je suis tombé sur une lettre de Mme Elda Gourdji, la mère de Françoise. La lettre était très chaleureuse et faisait état de la libération de sa fille, arrêtée par les services allemands de la rue des Saussaies, grâce à l'entremise de Monsieur Joseph.

En 1973, j'ai donc été voir Mme Giroud, à l'époque rédactrice en chef de *L'Express*, qui m'a reçu avec son éclatant sourire dans son bureau rue de Berri. Je résume dans les grandes lignes son récit. Françoise Giroud sous l'Occupation travaillait pour le cinéma comme script-girl. Notamment pour les films de Jacques Becker. Je vous ai peut-être signalé que les professionnels du cinoche fréquentaient quelques restaurants hors du circuit des restrictions en vigueur, dont les Deux Cocottes. Se croisaient là résistants, gestapistes, trafiquants du marché noir et gens du septième art sous l'œil bienveillant du patron que tout le monde appelait Gégène.

En novembre 1943, la sœur de Françoise Giroud fut arrêtée par les Allemands à Clermont-Ferrand. Elle faisait partie depuis 1942 de *l'A.S., l'Armée secrète*, qui fut la première force à s'organiser, se structurer, renseigner les Anglais et combattre efficacement contre l'occupant.

Aux Deux Cocottes Françoise a croisé ce gros bonhomme à face hilare qu'on appelle Monsieur Joseph. Elle se souvient que les clients du restaurant chuchotent qu'il a le bras long, qu'il est au mieux avec les Allemands et qu'il rend de nombreux services aux gens en difficulté.

Apprenant que sa sœur aînée est dans les pattes de la Gestapo, elle pense à Monsieur Joseph et, avant de faire une démarche auprès de lui, elle consulte Pierre Jussieu, un des chefs du réseau de sa sœur. Jussieu donne son accord... mieux, il réunit une grosse somme d'argent, Françoise Giroud ne se rappelle plus le montant, pour appâter Monsieur Joseph.

Par l'entremise des patrons des Deux Cocottes, Françoise Giroud est invitée un soir à la table de Monsieur Joseph.

Premier point important, Joseph refuse de faire payer ses services. Il promet de se renseigner et d'essayer d'intervenir en faveur de sa sœur. Quelques jours plus tard, elle téléphone à Monsieur Joseph et celui-ci la reçoit dans un de ces immeubles en brique rouge de la Ville de Paris à la porte Champerret. Description de la scène par Françoise Giroud. Il est bien gardé Monsieur Joseph ! Partout dans les pièces, dans les couloirs, les escaliers... des hommes en bras de chemise avec l'holster, le flingue en évidence... Il occupe les deux étages supérieurs de l'immeuble où s'entassent des boîtes de conserve, des munitions, des mitraillettes. Elle se croit à Chicago, Françoise Giroud... tout à fait l'ambiance gangster. Le boss, Monsieur Joseph, lui aussi en bras de chemise, la reçoit cordialement. Malheureusement il lui explique que sa sœur est déjà en route pour l'Allemagne. Lorsque les convois de déportés dépassent Compiègne, ils deviennent hors de son rayon d'action, il ne peut plus intervenir. Il regrette beaucoup et il lui affirme qu'il est à sa disposition, s'il lui arrivait malheur, à elle ou à quelqu'un des siens, pour lui rendre service. Il faut agir vite, dit-il. Et il lui offre en partant quelques boîtes de lait condensé pour son fils et une cartouche de cigarettes anglaises.

Impression tout à fait positive. Elle trouve, bien sûr, qu'il a l'air d'une fripouille, mais très sympathique. D'une espèce incapable de crime ou de sadisme. Il ne lui semble pas un *salaud.* Ses paroles texto.

Deuxième acte : le 9 mars 1944 Françoise Giroud est arrêtée à son tour par la K.D.S. (Kommandantur de la police de sûreté) de la rue des Saussaies. Motif, elle est en relations avec le réseau de Pierre Jussieu. Ayant laissé la consigne à sa mère, celle-ci immédiatement téléphone à Monsieur Joanovici qui la reçoit et lui fait des promesses qui n'aboutiront pas, dira Françoise.

Là, le récit de Françoise Giroud est en contradiction avec la lettre de sa mère adressée à la Cour de justice en 1949 qui écrit :

Je suis retournée voir Monsieur Joseph, et je l'ai supplié d'intervenir en faveur de Françoise. Je perdais déjà tout espoir, car l'avocat accrédité auprès des Allemands que j'avais choisi m'avait fait savoir qu'elle devait être déportée dans le courant du mois de juillet; lorsque, grâce à Monsieur Joseph, elle a été libérée quelques jours avant la date fixée pour sa déportation.

Je suis infiniment reconnaissante à Monsieur Joseph Joanovici, non seulement d'avoir épargné à ma fille cadette la déportation, mais de m'avoir accueillie avec une inlassable gentillesse alors que je venais presque chaque jour pour connaître le résultat de ses démarches.

J'ajoute que je n'ai aucune fortune, et que lorsque je lui ai demandé quelle somme il faudrait que j'arrive à réunir pour obtenir une faveur à l'égard de mes filles, Monsieur Joseph m'a répondu qu'en aucun cas il n'accepterait aucune rémunération d'aucune sorte.

Pourquoi Françoise Giroud ne veut pas reconnaître qu'elle doit sa libération à Monsieur Joseph ? Détail tout de même important. Pendant sa déposition en sa faveur à son procès, Joseph avait les larmes aux yeux. Et pourtant elle refuse de reconnaître que c'est grâce à lui qu'elle a été libérée. Et lui affirme qu'il a payé Placke pour obtenir une intervention décisive. Pourtant Françoise Giroud avait si bien témoigné en sa faveur que le lendemain une partie de la presse – et surtout la presse communiste – l'a traînée dans la boue.

Conclusion : Françoise Giroud dit que beaucoup de gens se sont très mal comportés à l'égard de Joano au moment de son procès. Certains de ceux qui lui devaient le plus ne se sont pas manifestés en sa faveur, loin de là. Elle pense qu'il a servi de bouc émissaire : un Juif collaborateur, quelle aubaine !

Certes, il a fait les choux gras de gens d'extrême droite et pourtant des gens de gauche l'ont attaqué tout aussi durement. Une simple question reste en suspens... puisque Françoise Giroud est acquise à l'idée que Monsieur Joseph est surtout un bouc émissaire, pourquoi contredit-elle sa mère au sujet de sa libération ?

N'importe. Je note surtout qu'aussi bien la mère que la fille insistent sur la bonhomie du personnage. Sa gentillesse... son désintéressement.

Il nous faut donc admettre qu'il était souvent capable d'une grande générosité. Ne voir chez cet homme que des intentions vénales, des calculs pour se ménager l'avenir, participe d'un esprit systématique. Les êtres sont divers selon le moment, l'endroit, leur humeur. Ce que dit Françoise Giroud paraît juste. Ça n'exclut pas qu'il puisse en certaines circonstances devenir féroce, cupide, calculateur. Et toujours tenir compte, au-delà de ses motivations, de ses liens possibles avec des agents de Moscou qui le tiendraient à leur merci.

Ce qui nous conduit à noter que dans les six mois qui précèdent la Libération il voyage très souvent en Belgique. Il traverse la zone interdite dans le nord de la France grâce à ses Ausweis, son coupe-file de chez Lafont. Quelles affaires traite-t-il ? On voit pas pourquoi il aurait besoin d'aller en Belgique pour le compte de l'Union économique. Certes, il magouille aussi dans toutes sortes de rayons du marché noir, mais ça ne justifie pas tant de déplacements. Et là on peut imaginer qu'il a des contacts avec des agents soviétiques... qu'il les renseigne sur ce qu'il a appris en côtoyant les hommes de la Gestapo et aussi, bien sûr, les flics d'*Honneur de la police.* D'aucuns plus tard affirmeront que ce réseau était entièrement manipulé par les gens du Komintern.

Nous sommes là avec le Joseph mystérieux, et il paraît évident qu'il n'a pu se mouvoir dans tous les méandres obscurs des différents partis en conflit à cette époque qu'avec une protection occulte.

Mais ses incursions chez les Belges ne vont pas sans incidents. Début juin 44, juste avant le débarquement de Normandie, il se fait coxer avec quatre autres personnages par un service économique allemand, le *Devisenschutz Kommando*, la répression du trafic de devises. L'arrestation a lieu dans un tripot où il jouait gros, dit-on. En marks ? en francs belges ? en francs français ? Pourquoi pas en dollars ou en livres sterling puisque les Allemands fabriquaient toutes sortes de fausses monnaies pour déstabiliser l'économie de leurs adversaires.

Joanovici ne va pas rester longtemps dans les pattes des Allemands de Bruxelles. Il fait tout de suite appel à ses *amis* de la Gestapo de Paris et il est relargué vingt-quatre heures plus tard. Avec des excuses, mais tout de même une déposition auprès des autorités du Devisenschutz qui restera dans leurs dossiers. Le responsable du service se couvre vis-à-vis de ses supérieurs en stipulant que Monsieur Joseph Joanovici a été libéré en raison des *missions de service* qu'il accomplissait à Bruxelles, ce qui le désigne comme un agent du Reich... Et là encore on n'a pas de précisions sur les éventuelles missions de service qu'il accomplissait en Belgique.

Il retourne à Bruxelles le mois suivant pour arracher Victor

Terre, un de ses hommes de confiance, des griffes du même service économique. Il s'agit cette fois d'un trafic de montres. Dans le climat de répression accrue depuis le Débarquement, Victor Terre risque de se prendre douze balles dans la paillasse rapidement. Monsieur Joseph arrive en catastrophe et se porte garant de son associé. Au nom de la Gestapo de Paris de l'avenue Foch, et ça fera une tache noire difficile à effacer de son pedigree lorsque viendra l'heure des comptes. Malheureusement certains écrits restent.

Parallèlement, voici l'occasion de brouiller les pistes avec son intervention heureuse dans les épineux problèmes de Mme Campinchi. Il s'agit de la veuve d'un avocat devenu plusieurs fois ministre sous la IIIe République. Une célébrité du Palais de justice et de la Chambre des députés où son talent fait florès. Campinchi, ministre de la Marine du cabinet Paul Reynaud, est de ceux qui en juin 40 s'embarquent sur le *Massilia* pour gagner l'Afrique du Nord et y continuer la guerre. Mort en 1941, sa veuve, restée fidèle à l'action politique de son mari, prête la main à des organisations de Résistance directement en liaison avec Londres.

En juillet 1944, elle est tombée dans un piège tendu par la Gestapo et elle a été arrêtée à la bibliothèque des avocats au sein même du Palais de justice.

Il se trouve que maître Delaunay, vieil ami des Campinchi, est aussi l'avocat de Monsieur Joseph qu'il défend depuis les années 30, surtout pour des affaires relevant du tribunal de commerce. Averti de l'arrestation de Mme Campinchi, il a tout de suite l'idée de prévenir son client dont il connaît les accointances avec les Allemands.

Maître Delaunay, qui est le principal conseil de Joanovici après la guerre devant la Cour de justice, m'a entretenu de lui longuement. Naturellement il soutenait en gros la position de défense de son client. S'il s'était autant compromis avec les Allemands et leurs sbires de la Gestapo française, c'était uniquement au service de la Résistance et pour sauver les persécutés du nazisme. On ne pouvait l'accuser que de collaboration économique en prenant en considération qu'il n'y avait pour lui aucune autre possibilité de s'en sortir.

Il estimait Monsieur Joseph comme un homme d'une intelligence exceptionnelle qui, s'il n'avait pas été illettré, aurait fait une grande carrière dans la politique ou dans la police, soulignait-il. Joano disait lui-même : « Si j'avais été à l'école, je serais devenu préfet de police. »

Joseph, bien entendu, n'a jamais entendu parler de Mme Campinchi mais il se met tout de suite en chasse pour savoir qui l'a arrêtée. Il précise à Maître Delaunay qu'il y a à ce moment-là dans Paris une douzaine d'officines de Gestapo française, qui d'ailleurs se font une guerre acharnée entre elles, laissant sur le pavé, au coin des rues de Montmartre ou de Belleville, quelques cadavres qu'on ne cherchera jamais à identifier.

Joseph connaît le sérail et tous ses détours. Quelques coups de fil et il apprend que Mme Campinchi a été arrêtée par les nommés Sicard et Nicolas. (Ce Nicolas que je rencontrerai plus tard enchaîné dans les couloirs de Fresnes.) Eux, ce sont des hommes de main de René Launay. Au-dessus de Launay il y a Placke. Monsieur Joseph sait donc qu'il peut agir.

Launay lui-même a interrogé Mme Campinchi dans une cellule de l'avenue Foch. C'est dans ces couloirs que certains témoins ont aperçu pour la dernière fois Jean Moulin ensanglanté. Un palace, on voit, tout ce qu'il y a d'accueillant où pourtant notre bon Monsieur Joseph a ses entrées par l'escalier de mystérieux services.

Mme Campinchi reste trois jours en cellule sans qu'on la maltraite... juste questionnée par un magistrat allemand... Puis apparition d'un Français d'environ trente-cinq ans, grand et fort. C'est René Launay qui vient l'embarquer en traction avant pour la conduire, en empruntant les boulevard extérieurs, dans une petite rue. Elle saura ultérieurement qu'il s'agit de la rue Albert-Samain. Il stoppe devant un immeuble et la fait monter au 4e étage dans un appartement où ils sont accueillis par un homme gros et cordial qui l'invite à se restaurer et à faire un peu de toilette. L'homme gros et cordial, c'est bien entendu Monsieur Joseph qui l'informe que sur l'intervention de Maître Delaunay il a entrepris les démarches pour la faire libérer. Il va y arriver, mais son cas est difficile du fait de son nom et des activités clandestines dont on la soupçonne.

Après cette brève prise de contact, elle est reconduite avenue Foch et, de là, transférée trois jours plus tard à Fresnes. On la boucle dans une cellule d'isolement. Au secret. Elle s'attend au pire et pense alors que le gros homme cordial a échoué dans sa combinaison pour la faire élargir.

Plusieurs fois, elle est extraite pour être conduite avenue Foch où elle subit de longs interrogatoires. À signaler qu'elle n'est pas torturée comme on pouvait s'y attendre. Visiblement on la ménage. Pendant ce temps Joseph a dû marchander avec Placke qui exige 5 millions pour la libération de Mme Campinchi. Il a déjà versé 1 800 000 francs à René Launay pour le rémunérer de ses déloyaux services... Il marchande, la somme demandée est énorme, et Placke finit par se contenter de 4 briques. Bagatelle pour un miracle qui s'accomplit le 8 août à 8 h 30 du matin. On ouvre la cellule de Mme Campinchi. Elle est encore conduite avenue Foch où l'officier qui instruisait son affaire lui fait savoir que la police allemande a décidé de la libérer. Sans motiver cette décision... le *fait du prince !* Comment Placke peut-il se justifier vis-à-vis de ses supérieurs, alors que le dossier de Mme Campinchi était suffisamment fourni pour l'envoyer en camp de concentration ?

Dernier acte : René Launay, vraiment galant homme, la véhicule jusqu'au cabinet de son presque homonyme Maître Delaunay où l'attend le gros bonhomme jovial qui se présente : Joseph Joanovici. Il pousse la courtoisie jusqu'à s'excuser de l'avoir fait attendre plus longtemps que prévu. Avec ces foutus boches on ne fait pas toujours ce qu'on veut.

On se congratule... on remercie les larmes aux yeux. Puis on raccompagne Mme Campinchi à son domicile avenue Kléber. Là, désastre, les hommes de la Carlingue ont pillé l'appartement... bijoux, meubles anciens qu'on a déménagés et surtout une collection de quatorze tableaux de grande valeur... Renoir, Dufy, Monet, Sisley, Boudin, etc. On va encore mettre Monsieur Joseph à contribution et quelques jours plus tard il rapporte lui-même treize des quatorze toiles désencadrées chez Maître Delaunay.

Mme Campinchi n'est pas encore contente. Elle parle de porter plainte. Dans le contexte, l'avocat lui conseille de se faire oublier. Et d'ailleurs Joseph vient le lendemain l'avertir... d'après des renseignements sérieux, elle risque d'être à nouveau arrêtée. Il la conduit lui-même en voiture chez des amis chez lesquels elle se cachera jusqu'à la Libération.

En 1949, Mme Campinchi écrira au président de la Cour de justice pour confirmer toute cette version des faits et dire qu'elle est peut-être encore en vie grâce à Monsieur Joseph.

Tout ça n'empêche pas notre héros dans les mois qui précèdent la Libération de s'investir de plus en plus dans des actions de résistance avec les hommes d'*Honneur de la police*, sans pour autant négliger ses affaires de non-ferreux et de marché noir.

On prépare une insurrection générale lorsque nos occupants vont décrocher. Les terribles pertes de la bataille de Normandie laissent présager l'effondrement de la Wehrmacht. Certains de ses chefs sont tellement convaincus de sa défaite inéluctable qu'ils adhèrent au complot de Stauffenberg qui aboutit à l'attentat raté contre Hitler du 20 juillet 44.

La Résistance a surtout besoin d'armes et Joseph va s'employer à en fournir à la Préfecture de police. S'y reconnaître dans ces tractations, ces combines avec les Allemands, c'est un travail dont l'instruction par la suite n'est jamais venue à bout.

Le rôle de Lucien Piednoir est par exemple on ne peut plus trouble. Il est en liaison constante avec René Launay qui, sentant que les carottes sont cuites, cherche à se défiler. Il indique à Piednoir et à Joseph des planques d'armes. Auparavant Placke, ayant eu vent d'un parachutage par un agent anglais retourné, a intercepté un stock d'armes. Ce sont ces armes, entreposées à Neuilly dans un pavillon, que Launay va fourguer à *Honneur de la police*. Pour salaire de sa trahison, il demande carrément qu'on l'engage dans le réseau, mais Albert Bayet ne lui offre que la garantie de pouvoir prendre le large à la Libération.

Jusque-là, Joanovici a fourni des fonds importants à la Résistance policière... des voitures, du ravitaillement alimentaire, etc. Il s'est même procuré le tissu qui servira à faire fabriquer les brassards F.F.I., ce qui lui a coûté la bagatelle de 300 000 francs.

Nous sommes au début août 1944 et les flics qui vont déclencher bientôt l'insurrection parisienne ne disposent que d'armes de poing... la plupart simplement de leurs pistolets de service. Les renseignements de René Launay vont permettre à Monsieur Joseph de remédier à cette carence. Avec Piednoir et Fournet, ils organisent une attaque contre le dépôt de Placke à Neuilly. Attaque est un bien grand mot, puisqu'ils décident d'investir la place forte entre 13 et 15 heures pendant que les gardiens sont partis déjeuner. On est tout de même étonné d'apprendre que les Feldgendarmes chargés de garder un dépôt de munitions le laissent à l'abandon pendant deux heures pour aller se restaurer au bistrot du coin. Bistrot du coin situé je ne sais où, en tout cas assez loin de leur base au 101, quai de la Seine, secteur qui n'est pas spécialement pourvu d'établissements de boissons. Pour l'opération, Piednoir se fait accompagner de dix flics en uniforme, ce qui leur facilite le déplacement dans un camion, et de deux voitures provenant de chez Joseph.

L'hôtel particulier où les fritz avaient entreposé les armes était tout de même fermé, ce qui oblige Piednoir à faire le mur, à ouvrir le portail de l'intérieur, puis à entrer dans la place en cassant un carreau. Du simple boulot de cambrioleur du dimanche qui lui vaudra une citation. Par précaution, Noblet qui faisait partie de l'expédition s'installe sur un balcon avec un fusil-mitrailleur braqué vers l'extérieur. Joseph dirige la manœuvre en personne. On fait la chaîne pour embarquer les fusils, les mitraillettes, les grenades, les F.M. et les caisses de munitions. Environ trois tonnes. Ce transvasement assez considérable se fait sans accroc et on repart comme on est venu, sans même que le voisinage se soit aperçu de quelque chose d'anormal.

Direction Montrouge où l'on remise le matériel dans un garage en attendant de le faire parvenir à la Préfecture de police à l'heure H. Une seule alerte sérieuse sur le trajet entre Neuilly et Montrouge, le convoi est arrêté par un barrage de la Wehrmacht. Joseph descend de voiture, salue en levant le bras « Heil Hitler » puis il exhibe ses papiers de la rue Lauriston... sa carte jaune de la Gestapo et le tour est joué. On passe avec le salut respectueux des Allemands.

Les armes parvenues ultérieurement à la Préfecture permettront d'ouvrir le feu sur la retraite allemande. D'où l'affirmation goguenarde de Monsieur Joseph d'avoir libéré Paris avant le général Leclerc.

Ombre au tableau... l'affaire de La Brosse-Montceaux. C'est à ce propos que les ennemis de Joanovici et en particulier le colonel Rémy se sont déchaînés. Les choses se déroulent en deux temps... celui des faits, puis celui de l'intervention de la justice.

Les faits pour les narrer, il faut placer certains personnages en évidence. Celui qui dirige la Résistance de la police, c'est Robert Lecourt. Un chrétien démocrate patron du réseau *Résistance.* À propos des appellations de ces réseaux, on peut facile s'empêtrer les pédales. En novembre 1943, j'ai été recruté par des copains de travail pour distribuer des tracts, transporter des armes, etc. Sans savoir exactement comment s'appelait mon réseau. D'ailleurs on n'employait pas ce terme entre nous. J'ai appris après la guerre en recevant un certificat du ministère de la Guerre que je faisais partie du réseau *Navarre* en tant qu'agent P2. L'organisation qui nous chapeautait c'était *l'O.C.M.* (Organisation civile et militaire).

Maintenant, en historiographe de Monsieur Joseph, je m'y perds un peu avec les réseaux, les organismes, les partis... *Résistance* était liée, je crois, au *M.L.N.* (Mouvement de libération nationale) très investi par des hommes liés au parti communiste et en tout cas soutenu financièrement par Monsieur Joseph.

La Brosse-Montceaux en Seine-et-Marne, près de Melun, est un monastère de l'ordre des oblats de Sainte-Marie. Le révérend père Simon, ami de Robert Lecourt, fait partie du réseau *Résistance.* Avec ses moines, il est venu au secours de Juifs, d'aviateurs alliés, de maquisards. D'où l'idée des responsables du réseau de stocker dans le monastère – plus précisément le scolasticat – des armes parachutées. On les a planquées dans la tombe d'un moine dans le vieux cimetière annexe du couvent. Le révérend père Simon, qui est pourtant un homme prudent, a commis l'erreur de jeter dans un puits, situé dans le monastère même, les containers et les parachutes de la cargaison.

La Libération approche, les dirigeants du mouvement *Résistance* sont chargés d'armer la Préfecture de police. Par Robert Lecourt, ils sont mis en relation avec les chefs du mouvement en Seine-et-Marne qui sont les détenteurs du dépôt d'armes de La Brosse-Montceaux. On décide donc le transport de ces armes à Paris le 19 juillet en vue de l'insurrection, comme dans le cas du dépôt de Neuilly.

Pour diriger l'opération, à *Honneur de la police*, on désigne Monsieur Joseph. Il a de quoi passer sans encombre tous les barrages de police allemande. Ce qui paraît curieux, c'est que Joseph embarque dans sa traction avant Lucien Piednoir, plus le colonel Massié, chef régional des F.F.I., le capitaine Desbois chef départemental, le lieutenant Mondon et un jeune homme, Robert Scaffa, qu'on surnomme Bob et aussi Mickey, dont la mère est une amie de Robert Lecourt.

Ça fait une drôle d'équipée, six hommes dans une 11 CV. C'est déjà une surcharge et c'est suspect. Et il est prévu de ramener des armes dans le coffre. Ça, c'est ce qui ressort du récit de Joanovici et de Piednoir. Un rapport d'*Honneur de la police* mentionne trois voitures, ce qui me paraît plus plausible. Pourquoi Monsieur Joseph parle de sa seule traction avant ? Mystère ! Mais nous ne sommes pas au bout des plans clairs-obscurs dans ce film. Une autre version ajoute aussi Noblet au commando, ce qui ferait sept hommes dans une 11 CV. Ça tourne à la cabine des Marx Brothers.

Au monastère, ils sont reçus par le révérend père Simon qui commence par se méfier jusqu'à ce que Piednoir exhibe un ordre de mission de Robert Lecourt accompagné d'une lettre explicative. Les comptes rendus des adversaires de Monsieur

Joseph affirment que le révérend père Simon qui l'aperçoit au volant de sa voiture lui trouve une sale gueule... Qu'il en est hérissé de mauvais pressentiments à son sujet. On le lui présente sous le nom de Spass et le colonel Massié lui explique qu'il s'agit d'un Juif soviétique très riche et qui finance la Résistance. Piednoir non plus ne lui plaît guère, il a l'air d'un voyou de bal musette. Mais le révérend père appelle son économe le père Letourneur et lui enjoint de faire charger les armes dans la traction. Ce sont les oblats... père Gilbert, père Piat, frère Cuny, frère Perrier, frère Nio qui sont désignés pour cette besogne. Leurs noms sont prononcés devant les occupants de la traction, mais le père Letourneau est simplement désigné par sa fonction : père économe.

Le supérieur des oblats n'a pas jugé utile ni prudent de dévoiler la cachette des armes dans la tombe du vieux cimetière.

Donc tout se déroule sans problème. Les voitures de Joanovici repartent vers Paris avec leurs chargements par une belle journée, à travers une campagne ensoleillée. On contourne Paris pour aller remiser les armes à Bagneux dans une cave. Ensuite, les protagonistes se sont séparés.

Point final pour Joseph. Il va répondre à tous les interrogatoires qu'il n'en sait pas plus sur cette affaire. Il n'a appris ce qui s'est passé ensuite que par ouï-dire.

Comment Wilhelm Korf, chef de la Gestapo de Seine-et-Marne, a-t-il été renseigné sur le dépôt d'armes de La Brosse-Montceaux, on ne le saura jamais avec assurance. Plus tard, lorsqu'il sera arrêté, il donnera une version que nous verrons plus loin. Toujours est-il que le 24 juillet au petit jour il fait cerner le monastère et l'investit avec ses hommes. On rassemble tous les oblats dans la cour, et c'est le Hauptsturmführer Korf en personne qui procède à l'interrogatoire. Il va directement au but. « Où sont les armes ? » Pas de réponse, alors il abat son jeu : « Père Gilbert ! Père Piat ! Père Cuny... » Il se reprend et lance : « Frère Cuny ! Frère Perrier ! Frère Nio ! Sortez des rangs ! » Les moines s'exécutent et Korf ajoute en le répétant plusieurs fois : « Père économe ! » Le révérend père Simon remarque qu'il ne connaît pas le nom du père économe, et il se souvient qu'il n'a pas prononcé son nom devant les hommes du réseau venus prendre les armes en charge. Ça lui paraît alors évident qu'il a été trahi par un des visiteurs du 19 juillet.

Malgré la découverte des containers et des parachutes dans le puits, les oblats s'obstinant à garder le silence au sujet des armes, Korf va les passer à la moulinette. C'est-à-dire qu'il les fait torturer abominablement. Ils subissent, entre autres, le supplice de la baignoire sans faiblir. La plaisanterie dure des heures, à la fin excédé, Korf les liquide lui-même à la mitraillette. Je ne sais si le Vatican a envisagé de canoniser ces martyrs, ça me semblerait une bonne initiative. Je soumets le projet à tout hasard au cardinal archevêque.

Après avoir jeté les cadavres des oblats fusillés, Korf fait embarquer les quatre-vingt-cinq moines... le révérend père Simon en tête. Ils seront tous déportés. Bien entendu le couvent est fouillé de fond en comble, pillé, souillé, sans que les Allemands aient l'idée d'aller chambouler le vieux cimetière.

Le soir du même jour, Korf, qui a foncé sur Paris avec son détachement, fait irruption dans un appartement du square Sainte-Croix-de-la-Bretonnerie où le capitaine Desbois et le colonel Massié ont réuni l'état-major clandestin de la Résistance de Seine-et-Marne. On les conduit à la prison de Fontainebleau. Sans doute sont-ils, eux aussi, torturés, mais aucun d'entre eux ne survivra pour porter témoignage. On retrouvera leurs corps quelques mois plus tard, exécutés d'une balle dans la nuque, ensevelis dans une carrière de sable à Chamfroy.

Ayant appris que ses chefs sont à la prison de Fontainebleau, Robert Scaffa va trouver Robert Lecourt pour lui proposer une opération de commando afin de les libérer. Scaffa est un garçon de vingt ans, il rêve d'en découdre, de combattre pour la liberté. Lui, c'est un pur, un patriote, et curieusement c'est sa mère qui l'a fait entrer dans le mouvement *Résistance.* Habituellement les mères ne tiennent pas tellement à voir leurs enfants s'engager dans des actions aussi périlleuses.

La proposition de Robert Scaffa paraît irréalisable à Robert Lecourt. C'est un homme de sens rassis qui réagit plus en « politique » qu'en « combattant ». Il se ménage l'avenir.

Scaffa va alors se rabattre sur Piednoir, homme lige de Monsieur Joseph. Que se passe-t-il entre Scaffa et Piednoir ? On ne le saura jamais, mais Scaffa s'embarque à la porte de Châtillon le 27 juillet avec Piednoir et un autre zèbre d'*Honneur de la police*, Georges Beau, dans une traction avant aux roues jaunes de Monsieur Joseph.

À 5 heures de l'après-midi, Robert Scaffa est abattu par Piednoir de deux balles dans la nuque dans un petit bois près d'Ozoir-la-Ferrière. Piednoir ne niera jamais cette exécution, il va d'ailleurs en rendre compte à Robert Lecourt en rentrant à Paris.

– C'est lui qui a donné l'affaire de La Brosse-Montceaux aux Allemands. Il m'a tout avoué.

Robert Lecourt, un peu effarouché par cette méthode expéditive, proteste. On a été trop vite ! Est-on bien certain que Robert était le traître ? Piednoir lui a fait avouer tous les détails. Georges Beau a assisté à l'interrogatoire.

Façon expéditive d'expliquer les choses. À La Brosse-Montceaux il y avait aussi le lieutenant Mondon et Spass – Monsieur Joseph. Alors ? Tout ça va remonter au premier plan plus tard, lorsque Mme Scaffa, qui ne voudra jamais croire à la félonie de son fils, va entreprendre une contre-enquête acharnée. Nous y reviendrons en temps voulu. Mais, avant de retrouver l'affaire Scaffa dans sa phase judiciaire, il est à noter tout de même que la plupart des témoins du massacre de La Brosse-Montceaux vont disparaître... Massié, Desbois, tout l'état-major F.F.I. de Seine-et-Marne et Scaffa. Un peu comme si quelqu'un voulait éliminer tous les protagonistes de l'affaire... Ça va conduire les enquêteurs, résistants, flics ou journalistes à soupçonner Spass, c'est-à-dire Joanovici. En tout cas à présumer qu'il fut le commanditaire de l'exécution de Robert Scaffa. Pour compliquer le scénario, Fournet qui n'est encore qu'un brigadier de police, mais devenu un homme de premier plan dans le réseau après l'affaire de la brasserie Zimmer, donne l'ordre à un de ses hommes de main,

Georges Martin, simple gardien de la paix, de liquider Lucien Piednoir.

– C'est un traître, annonce-t-il, qui travaille depuis longtemps pour la Gestapo. Il faut l'éliminer d'urgence.

Georges Martin se met en chasse. Seulement Piednoir (pourquoi ?) a disparu. On ne peut s'empêcher de penser qu'après s'être servi de lui pour assassiner Scaffa, il reste le dernier témoin gênant à faire disparaître.

Tout est bizarre, incohérent dans cette histoire. Une quinzaine de jours plus tard, Fournet rappelle son tueur. Contrordre. « C'était une erreur, Piednoir n'a jamais trahi ! C'est un grand résistant ! » Et tout ça se déroule sans qu'on se pose la moindre question. Robert Lecourt est-il au courant ? Il adore Lucien Piednoir. Piednoir, c'est un de ses hommes préférés dans le réseau. A-t-il eu vent de l'ordre de Fournet et est-il intervenu ? Nib de réponse. Quant à Fournet qui va devenir commissaire divisionnaire à la Libération, on ne saura jamais pourquoi il a donné cet ordre et ce contrordre.

Maintenant on prépare l'insurrection dans tous les états-majors F.F.I. ou F.T.P., le cadavre de Robert Scaffa reste laissé pour compte parmi tous ceux que l'on va découvrir un peu partout en France, victimes de toutes sortes de règlements de comptes entre résistants, collabos, truands... Truands collabos... collabos devenus résistants et résistants poussés par la soif de l'épuration et quelquefois de l'or.

Seule la mère de Robert Scaffa étouffe son chagrin, elle sait que son fils est innocent, qu'on l'a assassiné, et elle va maintenant consacrer ses jours et ses nuits à découvrir la vérité.

Les damnés

Si vous voyiez mon âme,
vous ne pourriez pas déjeuner.
Paul Valéry, « *Tel Quel* »

Avant de s'engager dans la période libératrice et tout ce qui va suivre, je m'aperçois que je n'ai dressé qu'une liste succincte de tous les fauves, les monstres lâchés dans l'arène de cette trouble période. Certes, on n'en finirait plus de répertorier tous les malfrats de toutes ces officines de Gestapo, ces bureaux de marché noir, de délation, de tortures et d'assassinats. Beaucoup d'entre eux vont se faire agrafer et flinguer après un procès à la va-vite. Certains échappent à l'épuration et deviendront des vedettes de la une des faits divers. Pierre Loutrel, par exemple, qui se fait virer de l'avenue Foch parce qu'il en prenait trop à ses aises. Il s'est permis d'emmener en belle un inspecteur de la P.J. et de le laisser pour mort écrasé sous les roues de sa traction dans les bois de Meudon. Plus de travail chez les Allemands, Loutrel ne reste pas longtemps au chômage, il passe à la Résistance sans état d'âme et devient le lieutenant d'Héricourt du réseau *Montrouge*. À Toulouse, il s'est métamorphosé en épurateur. Inutile d'ajouter qu'il pille et torture comme lorsqu'il était à la Carlingue. Lorsqu'il aura poussé le bouchon trop loin dans le marécage, il prendra encore la tangente pour devenir le Pierrot le Fou tel qu'en lui-même la légende s'en est emparée. Tractions avant, police derrière... une épopée du gangstérisme dont le cinéma s'est servi pour le meilleur et pour le navet.

Avant de plier bagages devant l'avance américaine, les sbires des diverses Carlingues – pour ne parler que des parisiennes – se sont livrés à des règlements de comptes et aussi à quelques exploits individuels d'épouvante. Paul Clavié, le neveu de Lafont, qui, avec la complicité d'un certain Engel, va torturer une vieille dame impotente pour lui faire avouer la combinaison de son coffre. De telles tortures que la victime en meurt. Pour faire bonne mesure, on tue son infirmière garde-malade à coups de marteau. Après quoi on découpe les deux cadavres au couteau de cuisine pour les faire bouillir dans une lessiveuse, les hacher et les jeter dans la Seine à manger aux poissons.

Ça donne un petit aperçu du personnel de la ruc Lauriston. Ceux qui se débrouillent pour se métamorphoser en résistants n'en deviennent pas pour autant de généreux boy-scouts.

Mais l'histoire est gorgée de ce genre de personnages. Sans remonter aux Grandes Compagnies, toutes les fois que les circonstances le permettent avec plus ou moins d'impunité, on voit surgir ces fauves humains. Le goût du sang. De faire souffrir. Après tout Sade n'a écrit qu'une espèce de catalogue de La Redoute des perversités et cruautés.

Tourbillon pendant ces années noires et en particulier les quelques mois pré et post-Libération. Pour essayer de comprendre Monsieur Joseph, il faut bien le replacer dans ce contexte difficile à appréhender pour les lecteurs cinquante ans plus tard.

Il est étonnant que l'histoire n'ait pas mieux retenu l'itinéraire de son presque alter ego, son rival, son concurrent auprès des Allemands, tout en étant juif lui aussi. D'une certaine façon, il a réalisé un parcours peut-être plus étonnant, plus prestigieux que Monsieur Joseph. Il se nomme Mandel Szkolnikoff. Il lui manquera sans doute la consécration d'un grand procès pour figurer dans la légende infernale de l'Occupation. Liquidé trop tôt, on l'oubliera et tout le monde y trouvera son compte.

Juif né en Russie en 1895, il reprend à la mort de son père son commerce de marchand de tissu en gros. Il travaille pour le tsar puis pour les rouges. Très vite il montre des dispositions pour les affaires louches, les escroqueries, d'où quelques démêlés avec la justice en Pologne et en Belgique. Condamné par contumace, il se réfugie en France en 1933 et s'installe dans le Sentier. Ses affaires jusqu'en 1939 ne sont guère brillantes. Il a encore des problèmes avec la justice entre autres pour exercice illégal de fonction d'administrateur de société.

Un caractère et surtout un physique bien différents de Monsieur Joseph... Belle prestance, il plaît aux femmes. En 1939 il est poursuivi pour émission de chèques sans provision. Menacé d'expulsion. Où ira-t-il ? Sûrement pas à Varsovie qui brûle sous les bombardements de la Luftwaffe.

Juin 40. La débâcle. Les juifs du Sentier sont les premiers à prendre les routes de l'exode. Beaucoup d'entre eux, prudents, préféreront rester en zone libre à végéter dans les petits boulots, plutôt que de risquer le pire en zone occupée. Mandel Szkolnikoff garde tout son sang-froid, il profite de l'aubaine pour racheter à bas prix les stocks de marchandises plus ou moins abandonnés par ses coreligionnaires. Le tour est joué... Il va même convaincre le flic chargé de sa surveillance de lui servir de prête-nom pour écouler sa camelote aux Allemands. C'est l'époque glorieuse des bureaux d'achat. Grâce au change qui leur est favorable et avec l'argent de l'indemnité d'Occupation versée par le gouvernement de Vichy, les boches sont les meilleurs clients possibles. Sans facture bien entendu.

Szkolnikoff, qui se fait appeler M. Michel, devient le principal fournisseur en tissus de la Kriegsmarine. Avant que les Allemands aient commencé le pillage systématique du quartier juif, Szkolnikoff propose aux commerçants de leur sauver la mise en rachetant leurs affaires.

Il fonde la société Texima et entrepose sa marchandise, fin 1940, rue d'Aboukir dans les locaux d'un frère de race qui vient d'être fusillé. On n'est pas plus gentleman.

Je dis gentleman parce que c'est le qualificatif qui revient le plus souvent lorsque les témoins que j'ai rencontrés me parlaient de lui. Toujours sapé quatre épingles, à la dernière mode, pochette, parfum discret, manchettes avec les boutons en or... et les pompes sur mesure... parfois en croco.

Dès 1941, il mène grand train. Appartement dans le XVIe... meubles de style, tableaux de maîtres... tapisseries rares, orfèvrerie... domesticité nombreuse. Cet étalage, ce luxe, plus son physique avantageux... grand, blond, mince, un regard bleu... il peut donner le change et jouer à l'Aryen distingué. Ça lui ramène dans ses filets des tas de belles filles et parmi elles une Allemande, que les jeunes aujourd'hui diraient *canon*, Hélène Elfrida, qu'il épouse. Elle sévit déjà dans les affaires de marché noir avec ses compatriotes et elle va l'aider à lui faire ouvrir toutes les portes des autorités d'Occupation. En particulier celles de Fritz Engelke Hauptsturmführer S.S.

C'est là que M. Michel double MM. Joseph et Henri. Il devient le premier fournisseur en textiles, puis en bien d'autres matières, des S.S. pour la France. S'il est dans les mêmes eaux de la Collaboration que Monsieur Joseph, M. Michel a un tout autre comportement. Il ne semble pas qu'il garde quelques liens que ce soit avec les siens, qu'il esquisse le moindre geste pour les aider. On ne peut lui imputer non plus des rapports avec la Russie bolchevique. Il joue seul et pour jouir de son fric.

En deux ans Szkolnikoff devient immensément riche. Rien que pour la période des trois premiers mois de 1941, on estime qu'il a gagné 86 millions... ce qui représente à peu près 4 milliards de nos anciens francs. Il les place essentiellement, par l'intermédiaire de prête-noms, dans l'immobilier, en particulier dans l'hôtellerie. Et pas dans les taules de passe à Pigalle. Il s'implante sur la Riviera : le Savoy, le Cercle de la Méditerranée, le Plazza, le Ruhl à Nice, l'hôtel Windsor à Monaco... à Cannes le Victoria et le Martinez.

Avec bien entendu quelques pied-à-terre à Paris... l'Hôtel du Louvre où il loge Helmut Knochen, l'adjoint du général Oberg, le Regina, le Helder, l'hôtel Saint-James... quelques brasseries sur les grands boulevards, des blocs entiers d'immeubles aux Champs-Élysées. Il fait aussi main basse sur de multiples sociétés (en majorité des biens juifs)... La liste de toutes ses acquisitions serait fastidieuse à énumérer. Toutes les transactions se font en territoire neutre, à Monaco. On imagine aisément que les S.S. s'offrent une part importante du gâteau.

Rappelons que cette colossale razzia s'opère tandis que les policiers d'Eichmann raflent les populations juives un peu partout en Europe... que les grandes lignes ferroviaires de déportations fonctionnent à plein rendement via Buchenwald, Dachau, Ravensbrück, Maidanek, Auschwitz, etc. Opération *Nacht und Nebel.*

Et pendant ces nuits brouillardeuses, M. Szkolnikoff et sa charmante compagne dans leur hôtel particulier de la rue Presbourg reçoivent des artistes, des industriels, des gros commerçants... et tout le gratin de la Kriegsmarine, de la Wehrmacht, de la Luftwaffe et surtout de la Gestapo et du S.D..

On affirme qu'il a offert une grande réception pour Reinhard Heydrich et le Reichsführer Himmler lui-même lors d'un passage à Paris. Aucun document n'authentifie cette visite des deux plus grands patrons de l'antisémitisme nazi chez le plus gros trafiquant juif de l'Occupation.

Je suppose que ce sont les atouts mondains de M. Michel qui lui permettaient d'en installer avec autant d'éclat, de cynisme auprès de nos maîtres à croix gammée.

Pas dans le style de Joseph. Bien sûr, il recevait aussi boulevard Malesherbes dans ses appartements mais plutôt en catimini, et il frayait avec la pègre. Il ne dédaignait pas les amis de naguère. Son côté chiftir de Saint-Ouen lui fermait des portes mais lui laissait des passages secrets, des ruelles flicardes pour aller au-delà de la victoire alliée.

Deux styles. Deux fortunes qu'on arrivera jamais à évaluer.

Szkolnikoff, lorsque viendra le temps du reflux, aura tout d'abord quelques problèmes avec ses amis de la Gestapo, ce qui le conduit ainsi que la belle Hélène à goûter quelque temps la soupe aigre de Fresnes. Pour quel motif ont-ils été incarcérés?... Mystère. Fort heureusement leur protecteur Fritz Engelke, apprenant leur mésaventure, intervient auprès de Karl Oberg pour les faire élargir.

Plus question de s'éterniser en France où les Alliés ne vont pas tarder à débarquer. M. Michel fait quelques allers et retours en Espagne pour y planquer bijoux, diam's et lingots d'or.

En mai 1944, il a aussi quelques démêlés avec la police espagnole. On découvre dans ses bagages pour 800 millions de pierres précieuses. On le boucle et c'est encore une intervention du cher Fritz Engelke auprès de la police franquiste qui le tire de ce mauvais pas.

Plus question de revenir en France alors que les Américains ont débarqué. Tente-t-il de fourguer ses biens immobiliers? On ne sait, mais bientôt tout va revenir à la République française restaurée. Reste tout de même ce qui est du ressort de Monaco et il semble que, là, les choses se soient passées différemment. Encore aujourd'hui ce chapitre de l'Histoire est loin d'être éclairci.

Sans doute Szkolnikoff coulait-il des jours paisibles à Madrid pendant quelque temps avec son épouse, si l'on considère ce qui se passe à Paris, à Rome, à Bruxelles ou à Toulouse pour les gens accusés de collaboration. Mais il ne prend pas le temps de s'éloigner suffisamment vite vers l'Amérique du Sud avec ce qui lui reste de fortune. Michel Szkolnikoff est rejoint par un commando de truands téléguidé par la D.G.E.R. (Direction générale des études et recherches), la police de la France libre. Le dernier épisode se termine l'été 1945 dans un ravin près de Guadalajara où on retrouve son corps à moitié carbonisé dans le coffre de son Hotchkiss.

Qu'est devenue Hélène Szkolnikoff née Elfrida, l'histoire ne le dit pas, même la petite. En tout cas on ne l'a plus revue place Vendôme dans les grandes réceptions, ni chez les bijoutiers qu'elle fréquentait au plus noir de la guerre.

La rumeur a circulé dans le Milieu que Pierrot le Fou, Jo Boucheseiche et Henri Fefeu formaient le commando exécuteur de M. Michel. Leur participation à des missions de ce genre pour la D.G.E.R. leur aurait servi à se blanchir. Tout est possible à ce moment-là. En tout cas ils n'ont jamais été inquiétés concernant leur appartenance à l'équipe de la rue Lauriston. On ne sait pas non plus ce que sont devenus par exemple les 800 millions de pierres précieuses que la police espagnole avait restitués à Szkolnikoff.

On retrouve parfois les hommes, on les fusille, mais bien rarement on retrouve le magot. Il est d'une matière qui s'évapore. Nous le verrons avec Monsieur Joseph.

Du rififi à Paname

Chapitre libération de Paris. J'ai vécu au jour le jour tous ces événements de la place Saint-Michel où je jouais au petit soldat derrière une barricade. Moment d'exaltation patriotique, de grâce, parce que j'avais dix-huit ans et que je voulais me désaltérer sans modération aux sources de l'Histoire de France. J'enregistrais tout avidement, je ne craignais rien même pas le ridicule de courir derrière un camion de la Wehrmacht avec un colt à barillet de western. Ça m'a permis par la suite de reconstituer tout ça, les visages et les images, la pétarade et les cris... de saisir sur le vif quelques saynètes... d'en tartiner le récit. Je suis récupérateur de vieux souvenirs comme Monsieur Joseph l'était des vieux métaux.

Nous avons vu qu'il était là... tout près de la place Saint-Michel... bien dans le coup avec Piednoir et quelques flics en rupture de bâtons blancs. Il a fait parvenir les armes, les munitions dont la police a besoin pour déclencher l'insurrection le 19 août. Armes qui proviennent du dépôt de Neuilly, de La Brosse-Montceaux et de quelques parachutages en province que Joseph s'est chargé de faire véhiculer jusqu'à ses planques à Montrouge ou ailleurs. Toujours avec les Ausweis, les laissez-passer de la Gestapo pour circuler en toute quiétude. Que demander de mieux sinon de plus clair.

Le matériel est en place avant l'ordre de grève donné à la police par le Comité national de libération en même temps que le métro, la S.N.C.F., les P.T.T., la voirie et même les Pompes funèbres.

Le président du conseil municipal de Paris nommé par le gouvernement de Vichy, en poste depuis deux ans, Pierre Taittinger, qui va subir, parmi les premiers, les foudres de l'épuration, écrira en 1949 un plaidoyer pour se disculper... *Et Paris ne fut pas détruit.* Au sujet des armes parvenues à la Préfecture le 17 août, il affirme que Joanovici avait récupéré ces armes avec la complicité des S.S. qui cherchaient un prétexte pour réduire Paris en cendres, comme Varsovie. Le commandant de la place, von Choltitz, leur apparaissant trop mou, trop lent à réagir... ils arment en sournois les flics qui ouvriront le feu. Ce qui permettra à leurs chars et à leurs lance-flammes de donner la réplique. Donc, ils auraient monté cette mécanique machiavélique avec la complicité de Monsieur Joseph. Possible. Mais n'est-ce pas le noircir à l'extrême afin de prouver qu'il était un agent de la Gestapo ? À l'évidence *Honneur de la police*, qui va jouer un rôle moteur à la Préfecture, est sinon un mouvement entièrement contrôlé par les communistes, en tout cas très noyauté, *sous influence*. Or, à ce moment-là le P.C. est tout aussi désireux d'en découdre avec les S.S. Si la révolte éclate, elle sera certainement écrasée. Il s'ensuivra une répression impitoyable, mais lorsque les Alliés arriveront le drapeau rouge de la Commune flottera sur les ruines de Paris.

De ça je fus un peu témoin. Lorsqu'une trêve fut instaurée le 20 août, suite à un accord entre le commandement de la Wehrmacht et les responsables du Comité national de libération, nous en fûmes avertis par les haut-parleurs de voitures occupées par des agents en uniforme et des soldats allemands. Naturellement j'étais de ceux qui furent déçus à l'idée de rengainer mon pistolet... d'arrêter une pétarade si bien commencée. J'ai attendu la suite des événements au P.C. du lieutenant-colonel Cévennes, installé dans les bureaux au-dessus du cinéma Saint-Michel. Cévennes s'appelait de son vrai nom Pronteau et j'ai appris qu'il était au parti communiste quelques semaines plus tard lorsqu'il siégea à l'Assemblée consultative, avant de devenir député des Charentes. Un type sec... donnant de sa personne. On disait qu'il *en voulait.* Je l'avais connu dans la clandestinité et il me donnait des ordres directement pendant l'insurrection. Il quittera les instances exécutives du parti à la toute fin des années 50. Sans que je partage ses options politiques, je l'ai rencontré par la suite et j'étais de ceux qui l'ont accompagné au cimetière Montparnasse en 1984.

Ceci pour témoigner qu'autour de Cévennes on piaffait de reprendre le combat. Nous avons reçu l'ordre de rompre la trêve, quelques heures plus tard dans la soirée du 20 août. Avec des cris de joie. D'où émanait cet ordre ? on ne sait trop... on n'en demandait pas davantage. Nous n'avions que très peu d'armes, aucune réserve, nous allions nous battre pratiquement à mains nues. Les S.S. et les blindés allemands pouvaient nous liquider sans redouter trop de pertes.

De là à en conclure comme Pierre Taittinger que tout ça était prémédité, préparé d'un accord tacite entre les extrémistes, je n'ai pas suffisamment de biscuits argumentaires pour me risquer sur cette piste.

Où est Joseph au moment où démarre l'insurrection ? Pas facile de répondre. À la Préfecture on a mis au trou le préfet vichyssois Amédée Bussière et Charles Luizet, nommé par le C.N.R., a pris sa place. *Honneur de la police* est sous les ordres de Fournet devenu commissaire principal. Surgissent des gens qui vont maintenant tenir le devant de la scène : Yves Bayet représentant du gouvernement provisoire de la République, Edgar Pisani, etc.

Les escarmouches ont commencé un peu partout dans Paris. On harcèle les convois allemands qui battent en retraite. L'affaire est lancée et, malgré la trêve, elle ira jusqu'au bout, jusqu'à l'arrivée du général Leclerc à l'Hôtel de Ville.

Joseph ne s'est jamais expliqué sur ses faits et gestes pendant ces journées glorieuses. J'ai seulement appris, par Lucie Schmidt vingt-cinq ans plus tard, que des F.F.I. étaient venus perquisitionner à son domicile principal rue Albert-Samain.

Lucie fait prévenir son amant et patron, qui était à ce moment-là à la Préfecture de police. Il revient dare-dare, les F.F.I. l'arrêtent et le conduisent à la mairie du XVIIIe arrondissement. On ne connaît pas les motifs de cette arrestation. Lucie Schmidt ne se souvient plus de la date de cet épisode. En tout cas, elle a agi promptement. Coup de fil à Piednoir et rapide intervention d'un commando de flics qui ont libéré leur bienfaiteur.

Bien sûr il y a des tas de gens qui pourraient lui chercher des poux à croix gammée dans la tête. Même de ceux qui en ont croqué grâce à lui. Dès que les cloches de la Libération auront fini de carillonner, la chasse aux collabos va battre son plein. À qui dénonce l'autre... on flingue pour un ragot... on tond les malheureuses qui firent *boutique leur cul* avec l'ennemi... et même celles qui ne lui ont accordé que quelques sourires. Bacchanales de grandes journées historiques. Les chants, les cris de joie qui se mêlent aux gémissements des vaincus torturés.

À l'évidence, des gens de la D.G.E.R., des services secrets de Londres, bien informés, vont s'intéresser à Monsieur Joseph. Il le sait, il connaît sans doute la puissance de ses protecteurs (de la police ou du Komintern) mais il est tout de même sur ses gardes. Les quelques jours qui suivent la Libération, Joseph se met à la disposition de la police en pleine pagaille afin de lui permettre de faire face à ses besoins les plus urgents. Il puise dans son parc automobile les fameuses tractions avant à roues jaunes qu'on a déjà vues à la disposition des hommes de Lafont. Il s'occupe de remettre en route une brigade de motocyclistes. De ses propres deniers, il paye des machines neuves. Un peu plus tard il prétendra qu'il a offert à la Préfecture son premier avion de surveillance. La police c'est sa demeure et bien entendu il en récolte quelques faveurs. Sous forme de décorations... citations les plus élogieuses à l'ordre de la nation. On l'aperçoit se faisant remettre je ne sais quelle décoration par le préfet Luizet au côté d'Edgar Pisani, futur ministre du général de Gaulle dans la cour d'honneur de la Préfecture.

C'est l'époque où l'on raconte qu'il a son bureau à la P.J. et les méchantes langues ajoutent ce détail, que pour éviter de se déplacer il pisse carrément dans le lavabo derrière lui. Là encore, on en a rajouté une couche. En réalité, ce fut presque le contraire, c'est Joanovici qui accueillit des policiers, leur prêtant des bureaux dans une de ses agences de la rue de Téhéran.

Profitant des promotions éclairs, Lucien Piednoir devient inspecteur principal et Fournet, commissaire divisionnaire. Y a des places à prendre, le comité d'épuration de la P.J. vire les fonctionnaires en place qui n'ont donné aucun gage à la Résistance.

Joseph, lui, va en donner un d'importance. Tout simple, il fallait y penser, il va livrer Bonny et Lafont. Comme le traître d'un roman populaire.

Sur cette péripétie on peut développer toutes sortes d'explications. En premier que c'est un acte d'infamie pure et simple, mais encore faudrait-il admettre que Lafont était devenu un véritable ami de Monsieur Joseph. Depuis deux ans, grâce à ses interventions, Joseph avait pu rendre d'immenses services à la Résistance et sauver la vie de nombreux Juifs. Mais n'avait-il pas payé très cher pour chacune de ses démarches ? Même si Lafont s'offrait parfois le luxe d'une bonne action non rémunérée.

Admettons que Monsieur Joseph, qui avait caché son jeu auprès des gens de la rue Lauriston, abattait maintenant ses cartes... il se devait de livrer Lafont. Il va donc monter lui-même l'opération de police pour le coincer.

Monsieur Henri, un peu trop présomptueux ou encore assez confiant dans les capacités de l'armée allemande, n'a pas pris ses distances assez rapidement. Dès la fin juin, le début juillet 1944, certains gros poissons qui nageaient dans les mêmes eaux d'égout que lui ont utilisé des filières très au point pour foutre le camp en Espagne. De là, par la suite, ils débarqueront en Amérique du Sud. On retrouvera trente ans plus tard un homme de la rue Lauriston, Auguste Ricord, à la tête d'un réseau de trafic de drogue à l'origine de la fameuse *French Connection*. On peut le soupçonner d'avoir doublé Lafont en passant en Espagne dès juillet 44 avec le magot... j'entends par là le fameux trésor de la Carlingue... 700 à 800 millions de l'époque. Pognon qui va lui servir à payer toutes les complicités dont il aura besoin pour amorcer la pompe à dollars de la drogue.

En tout cas, la fuite de Ricord avec la caisse expliquerait la situation difficile où se trouve Lafont à la veille de la Libération. Curieusement il a besoin de fric, alors que pendant quatre ans il a essoré tout ce qui tombait entre ses pattes, Juifs fortunés, bourgeois compromis, trafiquants d'or... plus le racket de toutes les boîtes de Montmartre, les bordels, les réseaux de marché noir.

À qui Monsieur Henri, le caïd des caïds, le grand patron de la Carlingue va-t-il s'ouvrir de ses difficultés financières ? À l'autre Monsieur... le Joseph. C'est la quinzaine où il s'active avec Piednoir et Fournet pour préparer la revanche de l'armée française par la conquête de la Préfecture de police. Il est clandestin, il transporte des armes, il rencontre les chefs de la Résistance. Ça n'empêche qu'il trouve le temps d'aller au 93, rue Lauriston rejoindre Lafont qui lui a lancé un S.O.S. Il avouera au juge Gagne avoir *prêté* du fric à Lafont. Quelle somme ? il ne sait plus au juste. Il manie tellement de papier-monnaie qu'il se perd dans ses générosités. Mais Lafont a surtout besoin d'une planque. Là-dessus encore controverse. Certains prétendent que la ferme à Bazoches où il ira se réfugier près de Sens appartenait à Joanovici, d'autres qu'il ne connaissait même pas l'endroit. Toujours est-il qu'en catastrophe les rescapés de la rue Lauriston s'embarquent avec femmes et enfants pour attendre dans cette ferme l'occasion de prendre de plus grandes distances avec une patrie devenue gaulliste et quelque peu communiste.

Dans des circonstances pareilles, l'emménagement de cette drôle d'équipée ne provoque pas les réactions auxquelles on pourrait s'attendre dans un trou de campagne. N'importe ! On a le récit détaillé du voyage par Jacques Bonny, le fils de l'inspecteur qui avait alors dix-huit ans et qui travaillait comme planton au 93. Il est formel, Jacques Bonny, le traître qui a vendu son cher papa et Monsieur Henri, c'est Joanovici.

Après cette installation hâtive à Bazoches, Lafont pense qu'il lui faut envisager de se replier presto vers l'Espagne. Il a besoin pour mener à bien cette retraite de deux voitures supplémentaires. Celles qui l'ont conduit à Bazoches sont en mauvais état. L'homme qui peut le dépanner c'est encore ce bon Monsieur Joseph. Il sait que celui-ci est en bonne place à Paris. On va donc envoyer Jacques en messager chez Joano.

– Tu diras à Joseph que si je n'ai pas les deux voitures ici dans la nuit, je m'occuperai de lui. Il comprendra.

Le ton est tout de même comminatoire. Jacques Bonny fonce à vélo vers Paris chez Monsieur Joseph. Fort probable qu'il s'agit de l'appartement du boulevard Malesherbes. Plein de flics et de F.F.I. en armes, le palace ! Si bien que Jacques Bonny se demande un instant s'ils ne sont pas là pour arrêter Joseph. Ça donne une idée de l'ambiguïté de la situation. Non, Joano est là, radieux, bretelles et manches de chemise, il accueille chaleureux le jeune homme. Aparté rapide. Il promet de faire le nécessaire au sujet des deux voitures demandées. Quelques paquets de cigarettes dans sa poche, un petit verre. Jacques peut partir rassuré.

Dans l'heure qui suit, Joseph arrive à la P.J. chez l'inspecteur Morin, un de ceux qu'il a fait élargir en intervenant précisément auprès de Monsieur Henri. Eh bien, Joseph vient tout bonnement offrir la tête de Monsieur Henri sur un plateau à l'inspecteur Morin qui lui doit la vie. Mais un flic patriote a-t-il du cœur ? Son devoir est d'arrêter celui qui est l'incarnation de la trahison la plus horrible.

Branle-bas de combat à la P.J. On expédie quelques inspecteurs en civil dans les environs de la ferme des Baslins à Bazoches pour vérifier la véracité des renseignements de Joseph. Ça baigne. Dans la ferme il y a du monde et pas des culs-terreux. Comme l'affaire est d'importance, on en réfère au préfet Luizet qui donne pour consigne de prendre toutes les précautions possibles afin de ramener vivants ces gros gibiers.

Et d'ailleurs, le plan pour les capturer est préparé par Monsieur Joseph en personne. Le fils Bonny lui a donné tous les renseignements nécessaires pour agir.

Dès les aurores, le 30 août, une armada policière se met en branle pour Bazoches et boucle toutes possibilités de s'enfuir de la ferme. Les flics redoutent une résistance à la mitraillette de la part des gestapistes. Se voyant cerné, Lafont n'hésitera sûrement pas à se servir de ses armes. On peut aussi penser que tous ces hommes qui sont inéluctablement promis au poteau d'exécution préfèrent être flingués dans le feu de l'action.

Stratagème qu'on dirait sorti de l'imagination fatiguée d'un scénariste de téléfilm. L'inspecteur Morin se déguise en plouc et s'approche de la ferme en tenant un vieux vélo par le guidon. Bonny est dans la cour. Morin prétexte une crevaison et demande de l'aide pour réparer sa chambre à air. Sans méfiance, Bonny se prépare à lui rendre service. Et voilà... le tour est joué, les flics se sont glissés dans la nature jusqu'aux abords de la ferme. Toute la bande est appréhendée sans qu'un seul coup de feu soit tiré.

Bulletin de victoire pour la P.P. Morin fait savoir que l'opération a permis, outre l'arrestation de Bonny, Lafont, et quelques comparses, la saisie de bijoux, de papiers divers : passeports, cartes d'identité et d'alimentation, cartes grises, etc., plusieurs mitraillettes, grenades et revolvers.

L'enquête sur la Gestapo de la rue Lauriston est confiée au commissaire Clot, assisté du commissaire Levitre. Les choses ne vont pas traîner pour les hommes de Monsieur Henri. Avant Noël ils seront jugés, condamnés à mort et exécutés le 27 décembre. Les affaires qui les concernaient étaient multiples, elles couvraient une période de quatre ans remplie de meurtres, de délations, de malversations en tout genre. Un dossier qui méritait une instruction très longue et très minutieuse. Comme on était au temps de la justice expéditive, alors qu'on fusillait des journalistes, des écrivains, des petits militants de partis collaborationnistes, l'opinion aurait mal supporté que le sort de Lafont et de Bonny ne soit pas réglé promptement. Et il faut dire aussi que ces règlements de comptes à la va-vite arrangeaient beaucoup de gens plus ou moins compromis avec la police allemande.

Monsieur Joseph pendant les quelques jours qui suivirent est devenu la vedette de la Préfecture. Il est celui qui a fait coxer Bonny-Lafont, titre de gloire qui lui vaudra un certificat supplémentaire de Résistance. On ne se pose aucune question sur les compromissions qui lui ont permis d'obtenir la confiance de ceux qu'il a fait arrêter à Bazoches.

Reste que Monsieur Henri, une fois sur le gril des enquêteurs qui ne devaient pas être des plus soucieux de sa personne humaine, pouvait se mettre à table. Il savait que Joano l'avait *donné*... Pourquoi ne l'a-t-il pas fait ? Bien sûr, on invoque sa *mentalité* d'homme du Milieu qui ne parle pas chez les flics, qui règle ses affaires selon le code de la truanderie. Lafont était un véritable dur... un tortionnaire, une crapule de compétition. Capable de tout, même de la fermer.

Devant la Cour de justice il a tout pris sur lui... « Pendant quatre ans j'ai eu toutes les plus belles femmes, des orchidées, du champagne, du caviar à la louche. J'ai vécu dix vies, je peux bien vous en donner une. » Ce qu'il a répondu lorsque le président, comme il est d'usage, lui a donné la parole avant que les jurés se retirent pour délibérer.

Ça méritait d'être restitué.

À présent des amis de Lafont peuvent surgir au coin d'une rue pour venger leur patron. Par mesure de prudence Monsieur Joseph circule entouré de gros bras de la P.J. dirigés par le fidèle Piednoir. Et pourtant le danger ne viendra pas de là. Un simple accroc va le conduire à deux doigts de la catastrophe.

Toutes sortes de polices opèrent dans Paris en septembre 44... de plus ou moins légales, et aussi les brigades de la Sécurité militaire. Joseph ne s'en méfie pas, assuré qu'il est de la protection de la P.P.

Pourtant le 11 septembre, soit trois semaines après le départ des Allemands, un contrôle de la Sécurité militaire arrête sa voiture boulevard Lannes. On le fouille, et chose inadmissible, incroyable pour un renard de son espèce, il a gardé sur lui un laissez-passer de la Gestapo... celui qui lui permettait de faire appel à Lafont à toute heure du jour ou de la nuit en n'importe quelle circonstance.

Étonnant de constater que bien souvent les truands, les assassins les plus retors, les plus affûtés, se font cravater bêtement pour un oubli, une maladresse de débutant. Et maintenant va entrer dans le jeu la D.G.E.R., qui a un dossier déjà bien structuré à son endroit. De quoi l'envoyer au poteau pour intelligence avec l'ennemi. Ceux-là le considèrent comme un agent de la Gestapo ayant à sa botte des fonctionnaires de police douteux. C'est écrit noir sur blanc dans un rapport qui lui court au cul.

Ça peut devenir brûlant... mortel... en ces semaines post-libératrices, on fusille pour moins que ça. Seulement Joanovici a la chance d'être dans les mains d'une police légale et d'avoir de sérieux amis dans une autre.

Tout d'abord il clame sa bonne foi, sa position d'agent double en quelque sorte qui lui a permis notamment de faire arrêter le gang Bonny-Lafont. Qu'on le laisse s'expliquer et il va apporter les preuves de tout ce qu'il a fait pour la Résistance. N'empêche, avant de pousser plus loin les investigations, on expédie notre bon Monsieur Joseph à la Santé... *se refaire une honnêteté*, comme dit la chanson de Brassens. Prélude à la guerre des polices que vont se livrer quelques services deux ans plus tard. Les hommes de la D.G.E.R. sont persuadés qu'ils tiennent un gros poisson de la Collaboration policière et économique. Il est même écrit dans leur rapport au juge d'instruction Donsimoni que « *ses responsabilités ne sont pas amoindries par le fait que plusieurs fonctionnaires de police se trouvent très compromis dans ses agissements* ».

Comprenant le danger, les amis de Monsieur Joseph à la Préfecture agissent rapidement. Quelles pressions subit le juge ? En tout cas il va rendre très vite Joano à l'affection de ses amis. Il a reçu des lettres, des certificats de toutes sortes, venant des plus hautes autorités de la Résistance : le préfet Luizet, Yves Bayet, Robert Lecourt, les responsables de la Résistance dans la police qui affirment tous que Monsieur

Joseph est avant tout un patriote, un grand serviteur de la cause de la libération de la France.

Et il finit par sortir de la Santé le 14 novembre. À remarquer qu'il n'a pas été envoyé à Fresnes, prison réservée alors aux politiques, c'est-à-dire aux collabos. On l'a pourtant pris avec un laissez-passer de la Gestapo sur lui. On a demandé aux gens de la D.G.E.R de remettre leur dossier au placard. Il devra y attendre une meilleure occase pour ressortir. On mesure alors combien Monsieur Joseph a bien joué en plaçant toujours ses pions chez les flics de la P.P. Finalement cet accroc qui pouvait lui coûter la vie tourne en sa faveur. Il est fêté comme un héros à la Préfecture. Le retour de l'enfant prodigue. On sable le champagne. Joseph arrose... il paye toutes les notes de toute façon. Apothéose lorsque Luizet lui remet la médaille de la Résistance en grande pompe. Tous ses amis sont là... Yves Bayet, De Rudder, Fournet, Piednoir et même André Le Troquer, personnage de premier plan dans la république renaissante et qui finira sa carrière dans une joyeuse affaire de Ballets roses. Délicat euphémisme pour dire pédophilie.

Maintenant, Joseph est intouchable. Au comble de sa puissance, il va devenir une sorte de caïd, le roi d'un Paris interlope comme le fut Lafont pendant l'Occupation. Autour de lui on veille au grain. Tout ce qui peut lui porter ombrage est radicalement éliminé. Par exemple un certain André Picout, flic de je ne sais quel service, s'est permis d'entreprendre une perquisition au domicile de Joano, boulevard Malesherbes, tandis qu'il était à la Santé. Picout, boulevard Malesherbes, s'est fait recevoir et éconduire sans ménagement par une équipe de policiers F.F.I. Il promet de revenir avec d'autres représentants de la loi. Pas le temps de mettre son opération sur pied. On retrouvera son cadavre quelques jours plus tard à son domicile. Un commando de F.F.I. est venu l'abattre. Pas d'enquête... ce mort se perd parmi les victimes de l'épuration sauvage.

Monsieur Joseph finit l'année 1944 en beauté. Il commande à Claude Le Guezec, photographe de la Résistance, ami de vieille date à Clichy, douze mille portraits du général de Gaulle destinés aux écoles. Le Guezec a pu, grâce à Monsieur Joseph qui l'a introduit auprès de la Luftwaffe, prendre des clichés de l'aérodrome de Villacoublay qui furent transmis aux Alliés. C'est du moins ça qu'il affirmera lorsqu'il témoignera pour Joano.

Dans tout ça, on se demande ce que devient sa famille. Sa fille Thérèse raconte que son oncle Marcel continuait à s'occuper de tout tandis qu'ils étaient cachés, pendant les derniers mois de l'Occupation, rue des Thermes à Enghien, sous une fausse identité. Ensuite, ils regagnèrent leur appartement de la rue Blanche. Thérèse aurait préféré l'appartement de la rue Beaujon, mais son père en a fait cadeau à un certain Henri Gordon, un ami de la police dont on ne sait rien de plus. Thérèse faisait ses études au lycée Jules Ferry. Papa, ça ne l'intéressait pas tellement l'éducation de ses enfants. Il apparaissait de temps en temps avec des provisions de toutes sortes, des denrées rares qu'on ne trouvait qu'au marché noir. En septembre 1946 pour ses dix-neuf ans, il lui a offert une voiture... puis un voyage à Bruxelles. Elle garde un souvenir vivace de ce père qu'elle sent dévoré d'ambition et de soif de revanche sur une enfance misérable. Elle croit comme Mme Giroud que c'est parce qu'il était juif que certains se sont acharnés contre lui.

Plausible. Lorsque le fer va s'engager entre la D.S.T. et Monsieur Joseph en 1947, il est évident que, s'il ne fut pas essentiel, l'antisémitisme latent a joué un rôle dans ce conflit.

Au début 1945, il n'en est pas encore question. Avec l'appui de la police, la puissance de son fric... toutes les relations qu'il a su nouer un peu partout, il règne. À l'observer, on constate qu'il se comporte exactement comme un homme politique. Lorsqu'il serre les louches, lève le coude et tape le carton dans les bistrots de Saint-Ouen ou de Clichy, ne dirait-on pas un député en période électorale !

Boulevard Malesherbes il traite, comme il convient, les puissants en organisant des soirées qui vont rapidement être courues comme les soupers du roi à la cour de Louis XIV.

Il fait cautionner toutes ses réceptions par un étonnant

général de brigade. Barré, il s'appelle, il n'a pas fait tellement parler de lui sur les champs de bataille mais il est copain avec Joanovici depuis les années 30. Comment se sont-ils connus ? Dans quel mess... dans quel raout ? Toujours est-il qu'on le retrouve un peu partout dans toutes les affaires de Joseph qui l'a fait nommer gérant de l'A.P.I.C., une de ses sociétés de récupération. Il assiste aux meilleures soirées en uniforme avec une brochette de décorations. Quel service a-t-il rendu à Joano, on se le demande. À croire que celui-ci se plaît à exhiber son général comme certains nababs leur danseuse. Nous sommes en des temps de patriotisme aigu, le militaire prime sur le curé et la péripatéticienne de luxe.

N'allons pas croire que depuis la Libération (25 août) et sa libération de la Santé (14 novembre) Joseph a consacré l'essentiel de son temps en festivités, fussent-elles des plus utiles. Les affaires étant les affaires, il traite déjà avec les services économiques de l'armée américaine. Sur leur passage les ricains abandonnent tout, les fringues, les véhicules, les armes, tout un matériel qui ne retournera jamais aux U.S.A. Joseph crée donc une société en Suisse pour écouler cette marchandise qu'il arrivera à refourguer au ministère de la Production industrielle. Bientôt ce département va être confié à Marcel Paul, un stalinien pur sang qui saura tout de même traiter avec Joseph.

Pour mieux affrioler son monde, il organise d'extraordinaires parties de poker, lors de ses réceptions boulevard Malesherbes. Les personnages qui peuvent lui être utiles sont toujours gagnants. Il a engagé quelques joueurs professionnels à la solde et, quand il le faut, il vient en personne à la table de jeu et il perd avec le sourire.

De la sorte, il va s'offrir, acheter des hauts fonctionnaires, des industriels, des magistrats. Quelques chèques remonteront plus tard à la surface du cloaque... peu de chose. Il laisse le moins de traces possible.

Le général Barré se tient dans l'antichambre pour accueillir le beau monde, comme le ferait un chambellan. L'enquête fera apparaître qu'il était payé 20 000 francs par mois.

– À ce prix-là, dit Joseph, je pourrais me payer toute l'armée française.

Et de rire... Toujours hilare, il éclate de prospérité Joseph, de bide, de tronche. À tu et à toi avec les présidents de cour, les juges, les futurs ministres, les éminences grises des chefs de parti, les ambassadeurs. Il les fait marrer avec son sabir, son accent à la Elvire Popesco. De temps en temps il doit bien penser à l'époque où il tirait sa charrette de ferraille sur la zone de Saint-Ouen au petit jour quand le loup est encore difficile à distinguer du chien.

Le soleil des voyous

Nous reviendrons sur cette période fastueuse de Monsieur Joseph. La suite nous y obligera. Certaines affaires continuaient cependant à suivre leur chemin. Il semble que la D.G.E.R. n'a pas lâché le morceau. Joseph mange son pain blanc, mais il a quelques ennemis tenaces et surtout des gens qui ont envie de faire le ménage à la Préfecture de police.

Ce qui commence d'abord à remonter, c'est l'assassinat de Robert Scaffa. On croyait avoir bétonné le problème avec la trahison supposée du jeune résistant. Robert Lecourt avait admis que Piednoir et Beau s'étaient chargés d'éliminer une brebis galeuse.

Seulement, je vous ai dit, Robert Scaffa avait une mère, pâtissière de son état. Elle n'admet pas la thèse de la trahison de son fils. On a eu beau la décorer pour ses actions dans la Résistance, ça ne l'a pas consolée, d'autant qu'elle apprend que la fiancée de Robert, Irène Mercier, qui cherchait elle aussi à savoir la vérité en allant interroger les rescapés de La Brosse-Montceaux, a été embarquée sans crier gare par des flics en civil qui l'ont conduite dans un commissariat pour la cuisiner durement pendant des heures. Ils ont fini par la relâcher non sans l'avoir menacée de lui faire la peau si elle se mêle de *ce qui ne la regarde pas.*

Quels sont ces policiers ? Tout lieu de croire qu'ils sont de bons collègues de l'inspecteur principal Lucien Piednoir.

Pour calmer Mme Scaffa, Robert Lecourt finit par admettre qu'il s'agit d'une erreur, que son fils n'est pas le traître de La Brosse-Montceaux, que l'inspecteur Piednoir s'était trompé de cible. Là, Mme Scaffa commence à trouver qu'on pousse le bouchon un peu loin. C'est une femme énergique qui ne se laisse pas impressionner par la croix de guerre et la médaille de la Résistance qu'on lui promet pour son fils à titre posthume. Elle porte plainte contre inconnu pour assassinat.

D'où l'ouverture d'une enquête par le parquet de Melun. Le commissaire Gillot chargé de l'affaire ne tarde pas à désigner les responsables de la mort de Bob Scaffa : l'inspecteur principal Piednoir, Georges Beau et un certain Spass, nom de guerre de Joanovici.

M. Legentil, juge d'instruction, est nommé pour diligenter l'affaire. Tout bonnement pour tirer les choses au clair, il commence par convoquer l'inspecteur Piednoir. Pas de réponse, le juge insiste, envoie deux flics de Melun à la P.P. où Piednoir est invisible. Intouchable en tout cas. Un matin, quelques jours plus tard, des hommes armés investissent le bureau du juge Legentil au palais de justice de Melun et le menacent.

– Si tu touches à Piednoir, on te flingue !

Pas mieux dire. Legentil va en référer au doyen des juges d'instruction près du parquet de la Seine, le conseiller Marchat.

Mauvaise idée. Marchat est tout acquis à Lucien Piednoir. Il affirme que c'est lui qui l'a averti lorsque les Allemands allaient l'arrêter. Piednoir est un grand résistant. On ne touche pas à Piednoir. Ce que ne dit pas le conseiller Marchat, c'est qu'il est un intime de Monsieur Joseph, un habitué du boulevard Malesherbes. Il est exact que Joano est intervenu à la demande de Piednoir pour le prévenir alors que les sbires de la rue Lauriston ou de l'avenue Foch allaient l'arrêter. De sorte que lorsqu'ils se pointent à son domicile rue Paul-Bert à Asnières, le héros s'est envolé.

Il sera ensuite planqué par les bons soins de M. Joseph et Piednoir réunis. On comprend qu'il soit éperdu de reconnaissance à leur égard, d'autant qu'on aura un jour la preuve qu'il palpait de jolis bouquets de billets bleus aux pokers-Malesherbes. Début 45 il s'est marié avec une jeunesse piquée par le démon de la littérature et c'est encore notre bon Monsieur Joseph qui lui a dégotté un appartement.

Legentil est d'une espèce de magistrat intègre qui ne s'en laisse pas conter. Malgré les menaces il insiste pour entendre Piednoir. Résultat, il est convoqué à la demande du conseiller Marchat, rue Boissy-d'Anglas, dans les bureaux de la Cour de justice. Là, il comparaît pour ainsi dire devant trois magistrats. On lui enjoint sans fioritures d'arrêter les frais. Son insistance à vouloir inculper Piednoir est outrageante pour des gens importants qui se portent garants de l'honorabilité de cet inspecteur, héros de la Résistance.

Plus question d'erreur dans l'exécution de Scaffa, maintenant on laisse entendre qu'il a été un agent de l'ennemi sous la houlette de sa maman. Ni plus ni moins. Bien entendu sans la moindre preuve.

Le juge Legentil n'aime pas qu'on le prenne pour un imbécile, sans tenir compte de toutes ces menaces, il lance un mandat d'amener contre Piednoir.

C'est encore le commissaire Gillot qui se pointe pour l'appréhender rue de Téhéran dans des bureaux appartenant à qui... je vous le donne en mille ? à toujours Monsieur Joseph. Et le commissaire Gillot se fait congédier sans ménagement par les gardes du corps de la P.J. qui protègent Lucien Piednoir. Ensuite le juge Legentil s'aperçoit qu'on lui dérobe des documents et des pièces à conviction dans son bureau ou au greffe. Entre autres les deux balles qui ont été retirées de la tête de Robert Scaffa. Il tente encore quelques manœuvres, il cherche à entendre des témoins. Sans autre résultat que d'être bientôt dessaisi du dossier et envoyé à Provins s'occuper des voleurs de poules. C'est-y pas mieux comme ça ! Son successeur le juge Lhuiller se met le dossier sous le coude avant de rendre un non-lieu en 1946.

Photo Carone / Paris-Match / Scoop.

A-t-il été agent soviétique ? Combien a-t-il gagné avec les Nazis ? A-t-il été rançonné par le Milieu ? Nul ne le sait véritablement. Mais cette photo résume le personnage de Joseph Joanovici : adorant jouer – à toutes sortes de jeux –, figure réjouie, bon vivant. « Ils seront tous à lui reconnaître, même ses pires détracteurs, que la ruse, l'intelligence sortaient de ses petits yeux un peu bridés, noyés dans la graisse. »

Photos Keystone.

Le procès des « gestapistes de l'avenue Foch », tueurs à gages et tortionnaires... Joanovici a été inculpé aussi, pour avoir rencontré plusieurs fois un des leurs. Il n'a cependant rien à voir avec leurs exactions : il est relaxé tandis que les autres sont condamnés à mort. Mais une ombre reste sur sa réputation.
En médaillon : Le général SS Oberg, surnommé « le bourreau de Paris », n'inquiéta jamais Monsieur Joseph, classé « Juif Utile », qui se joua de lui comme des autres.

Photo Roger-Viollet.

Henri Lafont (*à gauche*), un vrai truand, qui tint une officine de police auxiliaire des Nazis. Il trafiqua, arrêta, tortura... Sa relation avec Monsieur Joseph était des plus troubles : il lui fit payer sa protection, lui fournit une carte de la Gestapo, et libéra des résistants ou des Juifs, contre quelques-uns de ses millions... À la Libération, Monsieur Joseph le dénonça, ainsi que l'ex-inspecteur Bonny (*à droite*), son bras droit. Tous deux sont exécutés le 27 décembre 1945.

Photo Roger-Viollet.

Madame Scaffa : son fils, Robert, fut assassiné par un fidèle de Joanovici, parce qu'il aurait été un agent gestapiste. Persuadée de la fausseté de l'accusation, convaincue que Joseph avait commandité le meurtre pour une tout autre raison, elle se battit, et pendant des années ses partisans firent campagne contre Joseph dans les journaux. On ne sut jamais la vérité.

Photo Keystone.

Au procès du commissaire Fournet (*en bas*), un des chefs du réseau de résistance *Honneur de la Police* financé par Joanovici. Chargé de l'arrêter pour collaboration, Fournet l'aida en fait à s'enfuir à l'étranger, d'où Joseph négocia sa reddition. Cela valut à Fournet d'être révoqué et jugé pour obstruction à la Justice : Joanovici vint témoigner.

Photo Keystone / L'Illustration.

Avec son frère, Marcel, dit Mordhar, dans le box des accusés : Marcel resta toujours dans l'ombre de son frère, s'occupa de ses deux filles car Joseph était un père absent. Il se tira sans dommages du procès.

Photo Keystone / L'Illustration.

À son procès, avec ses avocats Me Delaunay et Me Torrès. « Quand ça l'arrange, il ignore le sens des mots, il les transforme, il détourne les questions qui l'embarrassent :
– Vous n'avez cessé pendant quatre ans de commercer avec les Allemands, lui dit le président.
Réponse : – Oui, si on les avait laissés faire, ils auraient tout pris sans payer, alors moi je les ai fait payer. »

Photo Rue des Archives / Agip.

Les policiers relèvent les impacts de balles là où Eva, la femme de Joanovici, a été tuée par des petits malfrats, le 14 janvier 1949. Le juge interdit à Monsieur Joseph, en détention préventive, d'assister aux obsèques.

Photo Keystone / L'Illustration.

En 1949, Monsieur Joseph écoute le verdict, relativement clément : coupable d'actes ayant nui à la Défense nationale, il est condamné à 5 ans de prison et surtout à payer des amendes astronomiques. Libéré le 23 août 1951, il est assigné à résidence en Lozère, à Mende, jusqu'à ce qu'il ait tout remboursé.

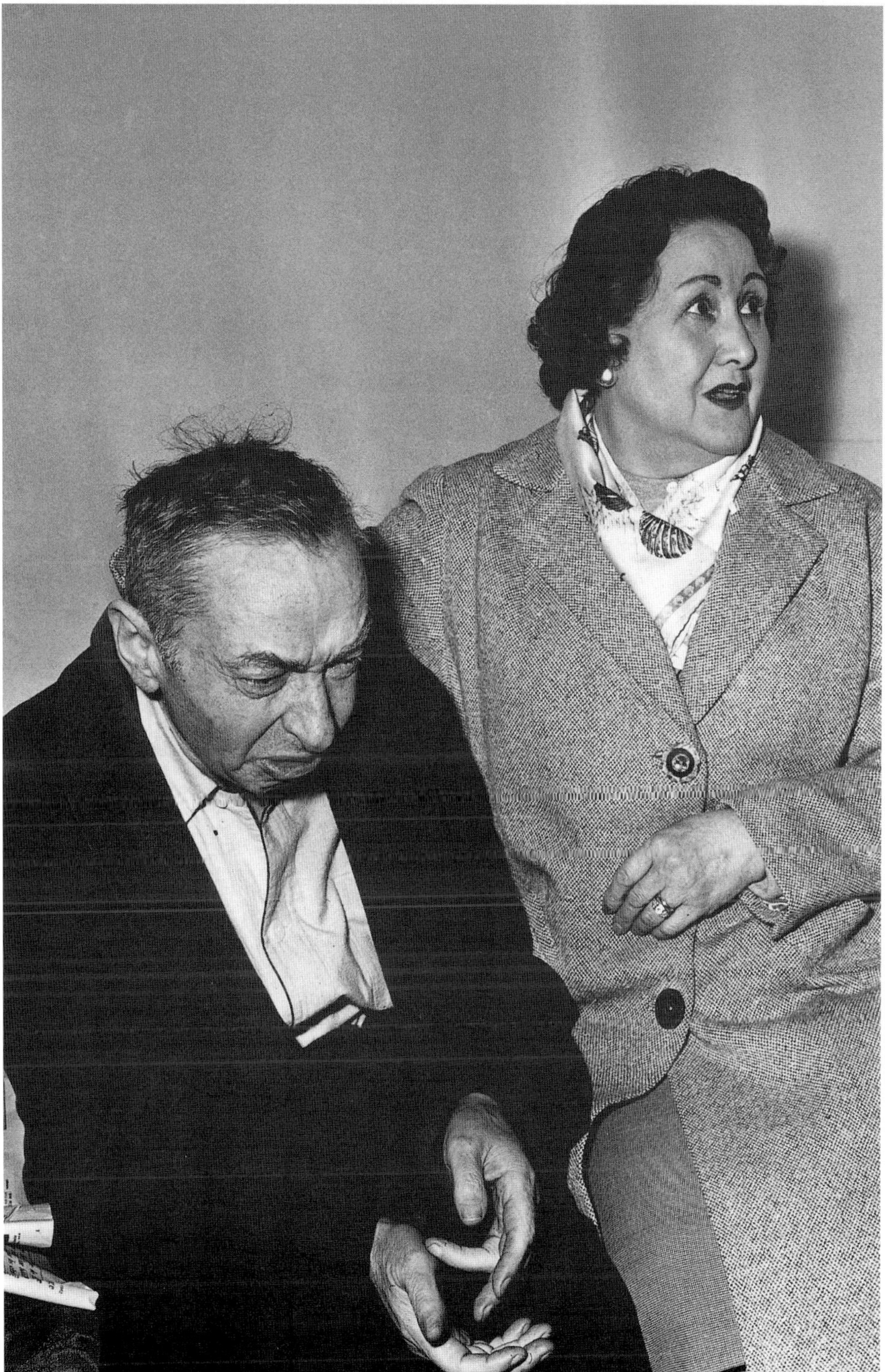

Photo P. Domenech / Paris-Match / Scoop.

De 1959 à 1962, Monsieur Joseph, ruiné, est retourné en prison. Mais il n'a pas supporté la deuxième réclusion : quand il est relâché « dans un but humanitaire », il a perdu vingt-cinq kilos, il est brisé. La fidèle des fidèles, Lucie Schmidt, son ancienne secrétaire et maîtresse, le recueille chez elle, dans un deux-pièces à Clichy, où il s'éteindra le 7 février 1965.

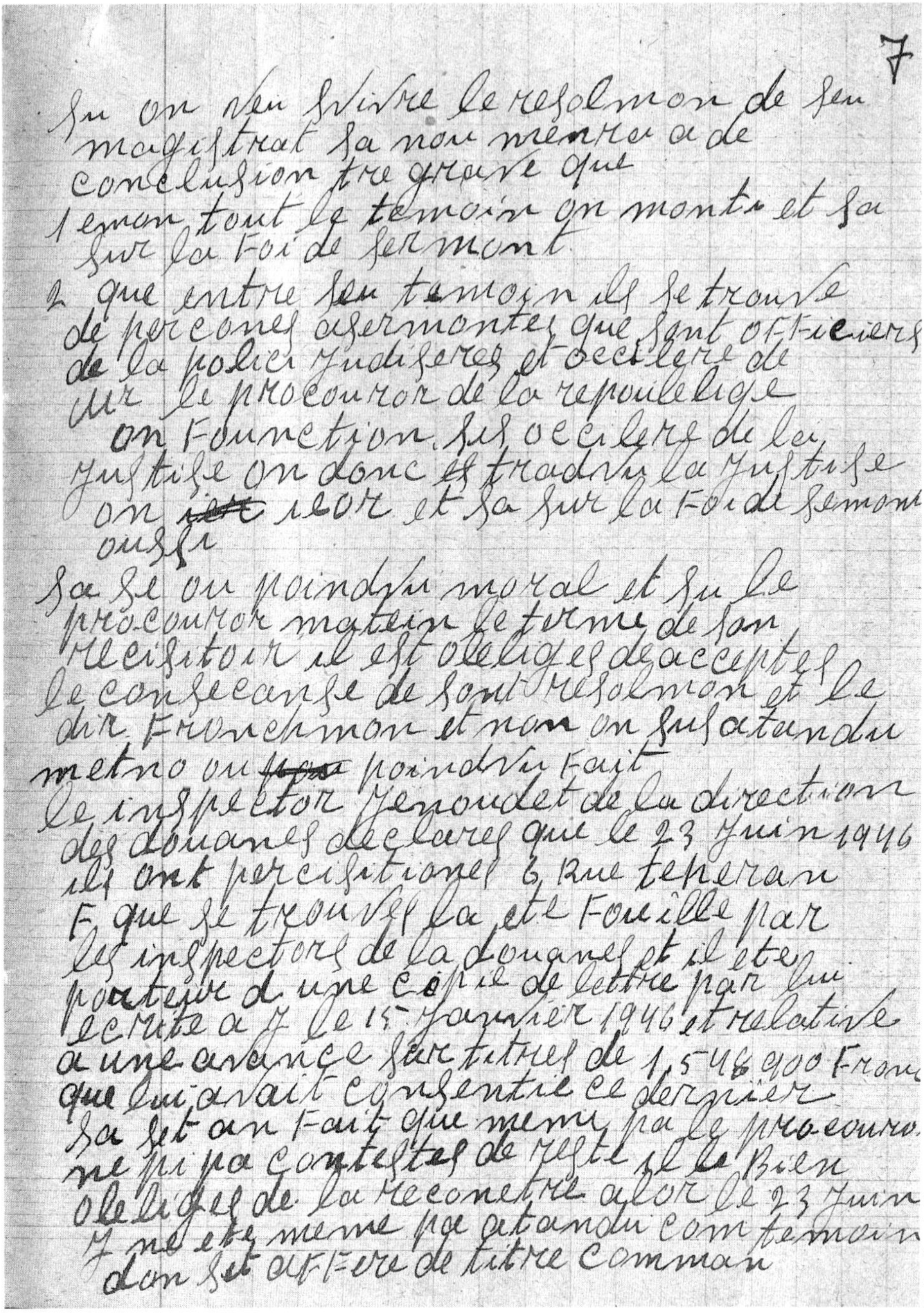
7

Si on veu suivre le resolmon de seu
magistrat sa nou menra a de
conclusion tre grave que
1 emon tout le temoin on monti et sa
sur la foi de serment
2 que entre seu temoin il se trouve
de perçones asermontes que sont officiers
de la police judiceres et occilere de
Mr le procouror de la repoublique
on founction sus occilere de la
justice on donc tradui la justice
on reor et sa sur la foi de semon
oussi
sa se ou poindvu moral et su le
procouror mateine se terme de son
recisitoir il est oblige de accepte
le consecance de sont resolmon et le
dir franchmon et non on sus atandu
metro ou poindvu fait
le inspector Jenoudet de la direction
des douanes declares que le 23 juin 1946
ils ont percisitiones 6 rue teneran
F que se trouves la ete fouille par
les inspectors de la douanes et il ete
porteur d une copie de lettre par lui
ecrite a J le 15 janvier 1946 et relative
a une avance sur titres de 1,546,900 Franc
que lui avait consentie ce dernier
sa set an fait que meme pa le procouro
ne pi pa contestes de reste il le bien
oblige de la reconetre alor le 23 juin
J ne ete meme pa atandu com temoin
don set affere de titre comman

Collection de l'auteur.

De sa prison, Joanovici réclamait inlassablement la révision de son procès, dans les cahiers où il apprenait à écrire : « Si on veu suivre lé résolmon (raisonnements) de seu magistrat sa nou mènra a dé conclusion trè grave que 1) tout lé témoin on monti (menti) et sa sur la foi dé serment ; 2) que entre seu témoin il se trouve dé perçones asermontés (assermentées) qui sont officiers de la police judicière et occilère (auxiliaires) de Mr le procouror de la repoublique... »

Fin du deuxième acte de l'affaire Scaffa, Piednoir est à l'abri des curiosités intempestives. Il triomphe... il trafique, il règle ses comptes.

N'empêche que Mme Scaffa n'a pas encore abandonné la partie. Elle va sonner à toutes les portes pour faire éclater le scandale. Monsieur Joseph est au comble de sa puissance occulte mais tout n'est pas joué. À la direction de la D.S.T. vient d'être nommé Roger Wybot, un homme issu de la France libre et qui a déjà traité quelques affaires délicates au B.C.R.A. (Bureau central de renseignement et d'action) et à la D.G.E.R. Ce qu'il voit depuis la Libération, dans le domaine de la police, l'a convaincu qu'il va falloir donner un sérieux coup de balai dans cette fourmilière où grouillent des tas de personnages dont il acquiert la conviction qu'ils ont joué sur tous les tableaux pendant l'Occupe. Ajoutons à cela son anti-communisme viscéral. Wybot sait que par la courroie de transmission d'*Honneur de la police*, la Grande Maison est sous influence stalinienne. Seulement pour agir efficacement, lorsque le P.C. tient une partie du pouvoir grâce au système tripartite institué depuis la Libération, il lui faudra temporiser avant d'entreprendre quoi que ce soit. Ce n'est tout de même pas par hasard qu'il mènera son offensive contre la P.P. après le départ des communistes du gouvernement en 1947.

Ça n'empêche qu'à la fin de l'année, Wybot va tenter une action en faisant appréhender Monsieur Joseph par surprise. Dans le cadre d'une enquête qui concerne Albert Bayet, le président de la Fédération de la presse libérée. Albert Bayet passe pour un résistant « blanc-bleu »... un patriote à toute épreuve. Et pourtant un certain Constantin Bourveau l'accuse d'avoir travaillé pour les services de police anti-communiste de Vichy. L'affaire semble étayée de preuves sérieuses puisque Albert Bayet est envoyé à Fresnes comme un vulgaire milicien.

Pourquoi interroge-t-on Monsieur Joseph à ce sujet ? Parce qu'il aurait fourni à Albert Bayet des faux papiers allemands en 1943. Faux papiers sans doute fabriqués par les gens de la rue Lauriston. Tout ça reste vaseux, sans preuves palpables, mais donne l'impression que Wybot cherche une occasion pour faire tomber Joanovici. Celui-ci prétend qu'il a été torturé par les flics de la D.S.T. Pour lui faire avouer quoi ? On ne sait au juste. Finalement il est relargué après une journée d'interrogatoire, et l'incident n'a pas de suite puisque Joseph se garde bien de porter plainte.

Un mois plus tard, Albert Bayet bénéficie d'un non-lieu et Constantin Bourveau le plaignant est retrouvé mort sur les rails d'un tramway à Nantes, à la veille du jour où il devait être entendu par le juge d'instruction chargé de l'affaire. Un tramway nommé pur hasard. Encore une fois aucune explication ne nous éclaire. Joano a traité des affaires à Nantes avec les Allemands. Y a-t-il un rapport ? Nous sommes au sujet de toutes ces histoires dans un imbroglio hallucinant au milieu de tous ces groupements, ces gens qui se réclament de réseaux de Résistance, d'actions d'éclat homologuées par d'autres gens qui se trouvent brusquement compromis dans des trafics de marché noir et dont on découvre les contacts permanents avec les bureaux d'achat Otto.

C'est la période où l'on va arrêter le docteur Petiot devenu capitaine Valéry dans la Résistance et chargé par le parquet de rechercher le docteur Petiot. Et où celui qui l'appréhende sur le quai du métro Saint-Mandé-Tourelles est confondu quelques jours plus tard comme appartenant à la Gestapo de Quimper. Le plus extravagant plumitif feuilletoniste de *Fantômas* n'oserait pas entraîner ses lecteurs dans de pareils épisodes.

À propos du docteur Petiot qui profitait des persécutions raciales pour faire disparaître et dépouiller les Juifs en rupture d'étoile jaune, on suppose qu'il était en relations professionnelles, si je puis dire, avec les gens de la rue Lauriston et que Lafont s'en servait comme équarrisseur. Certaines victimes mouraient sous la torture des gestapistes français et se posait alors le problème de savoir *comment s'en débarrasser*, pour paraphraser Eugène Ionesco. À l'appui de cette thèse, on note que parmi ceux qui finirent dans les fours et la chaux vive du bon docteur, 21, rue Lesueur, on a identifié quelques voyous dont Adrien Estébéteguy, dont je vous ai déjà parlé, et qui était en délicatesse – le mot est joli – avec Monsieur

Henri... des affaires de racket qu'il avait menées à son seul profit. En suivant l'itinéraire de Joseph on a une sorte de continuité dans le marécage. Les boches sont partis, la guerre la plus ravageuse est finie, mais dans les ruines on fusille, on tue dans l'ombre pour se venger ou pour prendre les places. On se déchire, on spolie, on étouffe, on ment. Les passions les plus diverses s'affrontent plus ou moins affublées des défroques du patriotisme ou de l'idéal politique.

Champ de manœuvre adéquat pour l'ami Joseph. Un ancien de la ferraille que j'ai rencontré naguère me le décrivait comme essentiellement malin... une ruse animale plus que de l'intelligence, disait-il. « Il était resté le chiftir de ses débuts. » Et il le restera toujours. Le fait de ne savoir ni lire ni écrire l'a contraint à garder une extrême méfiance, à exercer sa mémoire pour tout retenir, à user d'infinis stratagèmes, d'artifices les plus aiguisés. En homme du peuple, homme de terrain. Il ne s'embarrassa ni de spéculations intellectuelles ni d'enthousiasmes idéologiques. Sans état d'âme : le lien avec sa religion est secondaire. Ceux qui le ciblent avant tout comme Juif se trompent, il n'aura des velléités de retour au bercail d'Israël qu'en désespoir de cause.

Pour se couvrir de toutes parts, il finance un peu tous les partis politiques dans la période 45-46... Le M.R.P. de Robert Lecourt... Les socialistes S.F.I.O., nombreux dans la police, et les communistes par l'entremise de l'hebdomadaire *Action.* Peut-être a-t-on exagéré l'importance de sa fortune. Elle sera bien difficile à évaluer lorsque viendra l'heure des comptes... Dès 1945, le service des douanes s'intéresse à ses sociétés... Il est question d'infraction sur la loi des changes. Les choses traînent en avocasseries, mais la police douanière est coriace, elle ne lâche pas le morceau si vite. Patiemment elle tisse sa toile. Il est évident que le client est fortiche, qu'il a des prête-noms, des combines tout à fait inédites pour passer entre les mailles du filet.

Dans quelle mesure donne-t-il des directives précises à l'équipe policière aux ordres de Piednoir qui assure sa protection ? Elle fait le ménage en tout cas, de ceux qui peuvent gêner sa carrière. Élimination physique dans le plus pur style de la Mafia. Elle règle les problèmes les plus délicats de toutes les façons possibles.

Pour la vie mondaine, les réceptions, Joseph est toujours assisté de la fidèle Lucie Schmidt et de Greta Koch. Tout baigne dans l'huile pour les privilégiés du boulevard Malesherbes. La jeune femme du conseiller Marchat, qui a si bien sorti Piednoir des pattes du juge Legentil, a besoin d'aide pour faire publier un roman policier à compte d'auteur. C'est un chèque signé du général Barré qui réglera l'addition. Est-ce un chèque barré ? Le dossier ne relève pas ce genre d'ironie. Lorsque le conseiller Marchat sera finalement destitué puis inculpé pour être intervenu auprès du juge Legentil au cours de la première instruction de l'affaire Scaffa, il finira par obtenir une relaxe miraculeuse. Maître Marcepoil, son avocat, invoquera l'entière bonne foi de son client qui n'avait pas manqué *« d'être favorablement impressionné par le voisinage des autres invités, des hauts magistrats, des généraux, des grands officiers de la Légion d'honneur, des chefs de cabinet de ministres en exercice, des inspecteurs des finances et des hauts personnages du Conseil économique qui s'asseyaient avec lui à la table de Joseph Joanovici »*.

Je cite texto... Tout de même une jolie performance pour le ferrailleur illettré bessarabien. On comprend qu'il soit au comble de la félicité et qu'il ne se soucie plus beaucoup de ses ennemis.

Certains soirs, une fois par mois à peu près, il fait relâche. Les femmes du monde et du demi-monde vont se faire voir ailleurs avec tout le gratin... toutes les Légions d'honneur, les étoilés de généraux, les galons de la Résistance. Joseph reçoit ses vrais amis. Il organise une fiesta pour les vieux de la vieille... ceux qu'il a connus à Saint-Ouen, à Clichy, Aubervilliers, Saint-Denis... les rabouins, les ferrailles à vendre, les gratte-poubelles... Ceux qui ont réussi bien sûr et les autres, les éternels traîne-patins... guenilleux du clair de lune, les gueules d'empeigne... ceux que la vinasse a empêchés de monter dans l'échelle sociale. Ils n'ont pas eu besoin de carte d'invitation, le téléphone arabe a fait son office. La plupart n'ont déjà plus d'âge, ils se sont rasés la semaine dernière. Ils se parfument à l'eau de toilette des ruisseaux de la zone. Ils sont armé-nouches, algériens, ritals, portos, espingouins... et les youdis bien sûr, les polaks, les à-l'accent-d'Europe-centrale... tous ceux qui ont réussi avec mille ruses à échapper à la Shoah.

On tape le carton, on sort les bobs. Dans les somptueux décors de ce qui fut au temps de Napoléon III la demeure d'un banquier, on becte avec les doigts, on se les essuie aux rideaux. Il y a sur les tables de tout ce qui manque ailleurs, toutes les victuailles, la barbaque, le beurre, le pain. On tutute au goulot... le rouge, l'alcool... à la santé de ceux qui y sont à la Santé, les malheureux qui se sont fait harponner par les argousins. On rote, on se marre, on en finit plus de se marrer. Piednoir est de la partie avec quelques-uns de ses gorilles pour éviter que les choses ne dégénèrent. Mais elles restent dans les bonnes règles de la décence de chez les chiftirs. Joseph va de l'un à l'autre en bretelles, débraillé, le froc ouvert, la brioche ballante... De ses petits yeux plissés il voit tout, il précède tous les désirs. Il est cent fois plus prévenant qu'avec les femmes de magistrat. Il se mêle aux tables de jeu. Les fafiots circulent entre les pognes crasseuses. Quelqu'un entonne une espèce de mélopée. Malgré tout ce qu'il a picolé celui-là, il a encore une voix prenante, chaude, cassée juste ce qu'il faut. C'est la complainte des gueux qu'il débagoule.

Et bientôt on sera déjà dans les premières lueurs de l'aube. Tout va s'estomper à la lumière du jour.

Quai des Orfèvres

Pour la justice, la police, la presse, la petite histoire qui trotte entre les pattes de la grande, l'affaire de Monsieur Joseph ou Monsieur Jo... ou Joano, le chiffonnier milliardaire, ça ne commence qu'en 1947, lorsque Roger Wybot va ouvrir le feu. Oh, il est déjà sur le morceau depuis près de deux ans. Il a accumulé les preuves pour confondre Joanovici de trahison. Il ne le perd pas des yeux. Les rapports s'accumulent au sujet de tous ses déplacements. Mais la protection des flics de la Préfecture est efficace. Lors d'une de leurs filatures, les hommes de Wybot se font bloquer par de solides poulets de la P.J. en tractions avant à roues jaunes. Sans trop d'euphémisme, on leur fait comprendre qu'ils n'ont pas intérêt à trop s'approcher de l'appartement du boulevard Malesherbes, ni des bureaux de l'avenue de Messine, des différents entrepôts, sièges de société dont le patron s'appelle Joanovici.

Derrière Monsieur Joseph, Roger Wybot visait tout l'appareil de la Préfecture de police mis en place à la Libération. Gros morceau, Luizet étant tombé malade, il est remplacé par Armand Ziwés qui, étant un produit d'*Honneur de la police*, est tout aussi dévoué à la cause du ferrailleur milliardaire.

Wybot voudrait surtout interroger lui-même Monsieur Joseph rue des Saussaies. Il s'agit d'avoir suffisamment de biscuits pour l'expédier tout d'abord au trou. Mais un juge le précède et réussit à l'inculper pour ses fraudes douanières, ce qui empêche Wybot de l'appréhender.

Vétilles que ces affaires pour Monsieur Joseph.

– Ceux-là, disait-il, je vais leur donner 500 millions et ils me foutront la paix...

Alors le commissaire Wybot met au point son dossier, en rédige une synthèse et communique le tout au ministre de l'Intérieur. C'est Edouard Depreux qui occupe le poste, un socialiste fidèle de Léon Blum. Il est atterré par ce qu'il apprend. À se demander s'il ne vivait pas sur une autre planète, M. Depreux ! Mais enfin, il prend les choses très au sérieux. Sans doute est-il un peu circonspect à l'égard de Wybot qui passe pour une créature du général de Gaulle, mais ça n'empêche qu'il diligente une contre-enquête aux Renseignements généraux.

L'épisode suivant relève des aventures de Tintin. Les R.G. introduisent un inspecteur au cœur même du foyer infecté, pensent-ils, au domicile princier de Monsieur Joseph, boulevard Malesherbes. Il se déguise en ouvrier du bâtiment chargé de refaire des peintures dans l'appartement.

Cousu de fil blanc. C'est Joano en personne qui le prend à part et lui désigne de l'autre côté du boulevard des ombres qui s'agitent autour de quelques voitures en stationnement.

– Voici vos amis qui me surveillent. Et là-bas... (il désigne l'autre trottoir) ce sont les miens, les inspecteurs qui me protègent.

Il s'en paye une tranche, le Joseph. Rien ne peut l'atteindre. Du moins en est-il persuadé. Il vient de se payer son propre magazine. *Stop Police*. Le titre lui plaît bien. Il a sorti du marasme cette feuille de chou au tirage confidentiel. Il va assurer sa publicité, faire engager des rédacteurs. Il viendra lui-même surveiller la mise en pages. Ça l'amuse ce nouveau rôle de patron de presse.

Du côté de la D.S.T., on ne s'avoue pas vaincu. Roger Wybot fait le siège du ministre. Les rapports des R.G. l'ont convaincu qu'il faut crever l'abcès. Tout d'abord changement de juge, Depreux intervient auprès du garde des Sceaux.

Le dossier Joanovici est confié au juge Fayon qui ne passe pas pour un tendre, et surtout qui n'a jamais été touché par les largesses de Monsieur Joseph. Il lance un mandat d'amener. À Wybot de l'exécuter. Le hic c'est que tout d'un coup on ne retrouve plus l'animal. La P.P., qui est au parfum de ce qui se trame contre son bienfaiteur, le soustrait aux recherches. Où serait-il mieux que parmi les siens ? On mesure la folie de ces temps lorsqu'on sait que Joano est purement et simplement planqué à la Préfecture où il dispose d'un bureau voisin de celui du grand patron.

Mais Ziwés proteste. Lui n'a jamais admis Monsieur Joseph dans son entourage. Affrontement orageux entre le préfet de police et le patron de la D.S.T. D'après tous les renseignements que celui-ci a récoltés, le protecteur n° 1 à la P.J., c'est le commissaire Fournet.

Confrontation avec ce dernier dans le cabinet du préfet. Fournet prend les choses de haut. N'est-il pas un chef de la Résistance de la police et Joseph Joanovici n'a-t-il pas droit à quelques égards en raison des nombreux services qu'il a rendus à son pays d'adoption ?

Wybot tend son mandat d'arrêt... si Fournet permet à Joano de se soustraire au bras séculier, il sera en état de forfaiture !

Ziwés intervient pour calmer le jeu. Fournet ne nie pas avoir toujours des relations avec Monsieur Joseph qui lui téléphone chaque jour. D'ailleurs il doit l'appeler cet après-midi.

– Je lui fixerai un rendez-vous, je vous préviendrai et vous n'aurez qu'à le cueillir.

Fournet ne prouve-t-il pas alors qu'il est un policier sincère, uniquement soucieux de ne pas enfreindre la loi ? La confiance règne tellement que Wybot demande qu'il soit tout de même accompagné de deux commissaires de la D.S.T. En somme, il le place sous surveillance. Les deux commissaires convoqués d'urgence occupent tout l'après-midi son bureau en attendant le coup de fil de Joseph.

Il arrive dans la soirée. Fournet répond tout à fait amical. Il explique à son ami qu'on a lancé un mandat d'arrêt contre lui et qu'on le recherche jusque dans la Préfecture.

– Tu dois te constituer prisonnier, sinon c'est moi qu'on arrêtera à ta place.

Joseph répond, et Fournet annonce aux flics de Wybot qu'il lui a donné rendez-vous au cabaret russe le Novy rue Faustin-Hélie dans le XVIe arrondissement.

– Je connais mon Joseph. Je vais lui parler et il va vous suivre sans esclandre.

Fournet conduit alors les opérations. Il emmène ses deux collègues de la D.S.T. attendre avec lui au Novy. On boit de la fine à l'eau comme c'était la mode avant le whisky. À l'heure prévue... pas de Joseph ! On s'impatiente. Fournet descend dans les toilettes du cabaret pour lui téléphoner... lui demander les raisons de son retard. En fait Joano l'attend en personne près de la cabine téléphonique et ils s'esbignent ensemble par une issue de secours.

Que les deux hommes de Wybot se soient fait posséder ainsi comme des bleus, c'est déjà énorme, mais la suite... la version que va donner Fournet le lendemain dépasse l'entendement. Il ne nie pas avoir retrouvé Joseph au sous-sol du cabaret. Celui-ci lui aurait demandé la permission de passer à un de ses domiciles rue de Prony afin d'y prendre du linge de rechange et des papiers importants pour sa défense. Accord de Fournet qui ne prévient pas les agents de la D.S.T., dit-il, pour éviter des complications.

Un taxi attend dehors. Fournet accompagne Joseph. Il a confiance en sa parole, mais il doit faire son travail de flic. Là encore, on pourrait peut-être admettre l'explication, mais ensuite, il prétend s'être *endormi*... oui, *endormi* pendant le trajet. Il était extrêmement fatigué, dit-il. Bien sûr, Joano en a profité pour se faire la levure... se transformer en courant d'air.

Lorsqu'on lit ce récit, on a peine à croire qu'une pareille salade pourrie ait pu être un instant prise au sérieux. Fournet raconte qu'il ne s'est réveillé qu'à l'aube dans le taxi et que naturellement Joseph avait quitté l'appartement de la rue de Prony.

La complicité de Fournet étant tellement évidente, Édouard Depreux le fait appréhender le surlendemain... Fournet rue dans les brancards, il porte plainte contre le directeur de la Sûreté nationale, responsable de tout selon lui. Et il clame : plus de vingt commissaires de police sont des amis de Joanovici. Ils vont s'unir pour le défendre.

Riposte d'Édouard Depreux qui déclenche une purge mémorable à la Préfecture de police. Dans les jours qui suivent on vire, on met à pied, on révoque, on va jusqu'à boucler quelques inspecteurs. Luizet, déjà en arrêt de maladie, est suspendu.

Mais Joseph reste introuvable. Le juge Fayon l'a inculpé d'intelligence avec l'ennemi et d'assassinat. On distribue son portrait dans toutes les gendarmeries, les commissariats de police, et on alerte les postes aux frontières. Une grève de la presse retarde les communiqués concernant l'affaire. Il faudra attendre quinze jours, le 5 mars, pour que le scandale éclate, qu'il fasse la une des journaux. Jamais rien vu de pareil depuis Stavisky. On en rajoute. On invente. Joano est ici, il repassera par là. On prétend qu'il est en Angleterre, en Suisse, en Allemagne. On le dit agent de l'Intelligence Service, chef d'un groupe de la Gestapo, homme de l'Abwehr... escroc, trafiquant d'or. On charrie de tout à son propos. Un véritable déchaînement. Le juge Fayon est submergé de plaintes, de documents vrais ou faux. Il va avoir besoin d'être assisté pour poursuivre son enquête. Le clan Joano reste puissant. Si la préfecture de police a été mise à mal, il reste toutes les complicités de Joseph dans les ministères. Et surtout au ministère de la Justice.

Durant tout le mois de mars, on apprend chaque jour une mise à pied, une arrestation. C'est Redon le directeur de la Police générale, les commissaires Desvaux, Pouzelgues. On met la main sur Piednoir et il est envoyé au trou à son tour.

Puis le conseiller Marchat ! Brusquement ses bonnes relations avec Monsieur Joseph se retournent contre lui. C'est ensuite le général Barré qui est inculpé de complicité avec Joseph en tant que gérant de l'A.P.I.C.

Alors toutes les affaires troubles remontent, l'assassinat de l'inspecteur Picout qu'on impute à Victor Terre. À la Libération ses magouilles avec les bureaux d'achat l'avaient déjà conduit en taule, mais les amis d'*Honneur de la police* l'avaient fait relarguer au bout de quelques jours.

Marcel, le frère fidèle, va descendre lui aussi à la Santé. Même le juge Donsimoni est mis sur la sellette pour avoir remis Monsieur Joseph en liberté en 1944.

Mais où est donc passé Monsieur Joseph ? Bien entendu tous ses appartements, ses bureaux, ses ateliers, ses entrepôts sont sous surveillance. Plus tard lorsqu'il se sera rendu, il dira être resté planqué à Paris chez des *amis sûrs* jusqu'à ce qu'il soit pris en charge par les Américains qui le font passer à Munich dans leur zone d'occupation en Allemagne. Il est en affaires avec eux pour les surplus, le rachat de ce qu'ils ont abandonné partout depuis le Débarquement.

Pour justifier sa cavale, il dira qu'il a pris peur parce qu'il avait de sérieuses raisons de penser qu'on voulait le liquider. Qui *on* ? Wybot et ses sbires bien sûr. Il serait en quelque sorte victime de la guerre des polices.

Tout ça se déroule dans un climat politique difficile. Le président du Conseil, Paul Ramadier, va expulser les communistes du gouvernement. La France s'est engagée militairement en Indochine. Madagascar se révolte. Les grèves succèdent aux grèves. La situation alimentaire ne s'améliore pas, on en est encore aux tickets de rationnement et l'épuration... les procès d'épuration n'en finissent plus.

Joano est donc au milieu de cette morosité, un régal pour la presse. Il est pour la gauche un traître, trafiquant vendu aux nazis. Et à droite, l'air de rien, on souligne que ce plus gros fournisseur en métaux non ferreux de l'armée allemande est juif... qu'il a joui d'une indulgence inimaginable de la part des occupants. Les feuilles à sensation s'en donnent à plume joie autour du personnage qu'ils baptisent *le chiffonnier milliardaire...* surnom qui lui restera pour la petite histoire. *Samedi soir* qui était en pointe dans la presse à scandales va jusqu'à le créditer d'un empoisonnement... *L'Humanité* à tout hasard l'accuse d'avoir été à la tête d'un réseau de miliciens en fuite chez Franco.

J'ai consulté les journaux, hebdos et quotidiens de mars 1947 – on atteint le délire. L'affaire est certes d'une exceptionnelle gravité, mais toutes ces exagérations, ces énormités assenées sans preuve feront boomerang. Au moment du procès ses avocats sauront en jouer en démolissant les affirmations hasardeuses, ils rendront, autant que faire se peut, une certaine crédibilité au *résistant* Joanovici.

La D.S.T. finit par retrouver sa trace en Allemagne. Nouvelle surprise, les autorités d'occupation américaines refusent de l'extrader. Sa situation judiciaire est des plus complexes. Il n'est pas recherché comme criminel de guerre et, n'étant pas de nationalité française, il paraît difficile de l'inculper d'intelligence avec l'ennemi. Quel est l'ennemi pour Monsieur Joseph ? À priori on pourrait dire le nazisme... le hic c'est qu'il a commercé, fait fortune avec cet ennemi. Par l'intermédiaire de son avocat maître Delaunay, il fait savoir qu'il ne viendra affronter la justice française que lorsqu'il aura en main toutes les pièces nécessaires pour prouver que, s'il a pratiqué le commerce avec l'Allemagne, c'était dans le but exclusif de servir la Résistance.

Que fait-il à Munich ? Il fréquente des cercles de jeu bien sûr, mais il dirige toujours ses affaires. Même à distance il vend, il achète... il a des gérants, des prête-noms, des complicités partout. Ceux qui l'ont rencontré en cette période le disent optimiste, en tout cas toujours bien protégé par de solides gorilles. En août, il revient en France, à Paris, clandestinement, pour régler quelques problèmes où sa présence physique est indispensable. On le présente un peu comme un chef de gang, une sorte d'Al Capone. La presse continue à lui attribuer toutes sortes de meurtres non élucidés pour peu que les victimes l'aient rencontré un jour ou l'autre. Ça, c'est tout de même excessif. Si Joseph est le maître d'un clan, il n'a pas le profil d'un caïd de la pègre. Chez eux, il y a toujours un engagement physique à leurs débuts, de la bagarre de rue, de la violence armée... des exploits de force. Le cas de Lucky Luciano en Amérique et en France de Carbone ou de Spirito. En vieillissant, ils font faire le ménage par leurs nervis parce qu'ils ne peuvent plus faire autrement.

Joseph est devenu un caïd malgré lui. Il n'avait pas la vocation, ce sont ses amis, ceux qui profitent de sa fortune, ceux qui lui doivent tout qui ont fabriqué ce personnage qui fascine la presse. Et n'oublions pas que ses gros bras sont des flics. Très rarement de simples voyous comme autour de Lafont.

À Munich Joseph retrouve une de ses vieilles connaissances. Un certain Prudent Rigaud qui serait passé allegretto des services de l'Abwehr à ceux de l'U.S. Army. Rien de très exceptionnel ce genre de mutation quand on sait que Klaus Barbie, le chef de la Gestapo lyonnaise, a été recruté à la même époque par la CIA. Le renseignement n'a pas d'odeur, en tout cas ni patrie ni frontière. On raconte aussi que Joano, qui circule dans toute l'Europe de l'Ouest sans problème, ne s'occupe pas uniquement de surplus américains et de ferrailles. En Allemagne vaincue se cachent des trésors... notamment dans le domaine de l'art, des toiles de maîtres, des joyaux de toutes sortes pillés par les nazis. Beaucoup de propriétaires de ces biens sont morts en camp de concentration... Alors rien ne se perd. Qu'on attribue à notre bon Monsieur Joseph quelques petits achats de ce genre, pourquoi pas ? Mais aucune enquête n'a été ouverte dans cette direction.

Dans l'ombre, ses potes préparent son retour... Il sera certes obligé de rejoindre son frère et Piednoir à la Santé, mais depuis le mois de juillet il négocie. À la direction du ministère de la Justice, on lui donne des garanties, une sorte d'immunité en reconnaissance de ses actions pour la cause de la Résistance. Avant toute chose, il faut qu'il se présente chez le juge Fayon. Celui-ci ne l'entend pas de cette oreille, il veut Joseph dans son bureau menottes aux poignets. Devant les exigences de l'inculpé, il clame son indignation. Peine perdue. Joano est resté très puissant, très influent. La chancellerie lui ordonne de recevoir des policiers émissaires pour négocier... Entretien orageux, mais un rendez-vous est fixé.

Le jour convenu, le juge attend. Notre chiftir milliardaire ne se présente pas. Il fait dire dans un communiqué de presse qu'il n'a pas la certitude de pouvoir bénéficier d'une justice sereine et impartiale. Et de se faire photographier dans une boîte à Montmartre pour envoyer le cliché à la D.S.T. Dédicace d'une écriture guidée par une main amie (Joseph est toujours analphabète) : « À Roger Wybot mon ennemi intime. »

Il regagne Munich par le chemin des mauvais écoliers. Nous sommes en août, ce sont les vacances judiciaires. Ça n'empêche que Joseph fait savoir qu'il ne rentrera en France que s'il a l'assurance de n'être traduit en justice que pour des faits de collaboration économique.

L'affaire Scaffa ne le concerne pas, il ne veut pas en entendre parler. En sus, il demande d'être enfermé seul à la Santé, de pouvoir se faire nourrir de l'extérieur, de recevoir les journalistes et la visite quotidienne de sa famille.

L'extraordinaire, c'est qu'il va finir par obtenir satisfaction pratiquement sur toute la ligne. Quoi qu'il advienne par la suite, Monsieur Joseph ne sera jamais inculpé d'intelligence avec l'ennemi – notamment pour toutes ses complicités avec les hommes de la Gestapo – et il sera écarté définitivement de l'affaire Scaffa.

Depuis que Joanovici fait la une de tous les journaux, la mère de Robert Scaffa espère bien qu'elle va faire rouvrir le dossier. Sans relâche, elle va s'y employer et trouvera un appui considérable auprès d'une célèbre avocate, Maître Germaine Sénéchal, et par la suite chez le colonel Rémy, héros de la France libre, chef d'un des premiers réseaux de Résistance *La Confrérie Notre-Dame.*

Les tractations se prolongent durant près de trois mois et finalement le gouvernement français accepte les conditions de Monsieur Joseph. Il va se rendre à Phalsbourg, en Lorraine, le 26 novembre 1947 après huit mois de cavale style Arsène Lupin. Le ministère de l'Intérieur a prévenu la presse, les actualités cinématographiques, et le jour venu on attend. Tout le monde piétine sur le quai glacial de la gare de Phalsbourg autour du commissaire Desvaux et d'une cinquantaine d'inspecteurs. Encore une nouvelle facétie, un tour de passe-passe du chiffonnier milliardaire, ils vont poireauter jusqu'à 4 heures du matin. La police une fois de plus est ridiculisée.

Joseph a préféré rejoindre Paris sans escorte policière. Il s'est présenté à la P.J. où il semble qu'on était prévenu et il a déjeuné avec le sous-directeur M. Badin, nom adéquat en la circonstance. Repas préparé à La Rôtisserie périgourdine, en face du quai des Orfèvres sur la place Saint-Michel. On sable le champagne avec quelques fidèles et on a préparé un lit de camp dans le bureau du patron pour que son hôte se repose des fatigues du voyage.

Lorsque le commissaire Desvaux revient de Phalsbourg harassé, transis, Joseph se permet de le plaindre, de s'excuser en termes ironiques. Il s'est méfié d'un attentat, un incident de parcours genre corvée de patates... une surprise de la D.S.T. Avant d'être présenté dans les formes de la loi devant le juge, il reçoit les journalistes. Excellent contact, il se met les rieurs de son côté. Il y va fortissimo à propos de ses exploits dans la Résistance. « J'ai libéré Paris avant le général Leclerc ! »

L'abominable agent de la Gestapo, l'odieux trafiquant devient un gros jovial qui fait rigoler tout le monde avec ses railleries, son accent de pièce de boulevard. Ses adulateurs affirment que lorsqu'il aura pu faire état de tout ce qu'il a fait pour la France, la Résistance et la police, il sera acquitté avec les félicitations du jury.

On n'en sera pas loin, tant cet homme a des protections extraordinaires. Mais Wybot ne renonce pas, il poursuit son travail de sape, et surtout le juge Fayon met les bouchées doubles pour accumuler les charges qui doivent l'envoyer devant la Cour de justice.

À la Santé, pendant quelques mois, Joseph va jouir de ce régime spécial qu'il a exigé avant de se constituer prisonnier. On ne peut pas dire, à proprement parler, qu'il est considéré comme un politique puisque les politiques collaborateurs sont à Fresnes. Enfin, il a obtenu une cellule ouverte dès le matin où il reçoit Lucie Schmidt et parfois ses enfants.

Dans une prison tout marche à ce qu'on appelle le parachutage... c'est-à-dire la vénalité quotidienne. Joseph a de quoi graisser la patte aux matons. Ce sont de petits fonctionnaires mal aimés et surtout mal payés. Joseph se les met dans la poche comme il se mettait naguère les flics à roulettes qui patrouillaient à Saint-Ouen. Il fait entrer ce qu'il veut : cigarettes, mangeaille, alcool. Au prix du marché noir quintuplé par le prix du parachutage. N'importe, il lui reste *de quoi* malgré les saisies et mainmises du juge et des services douaniers qui s'occupent aussi de ses affaires, des contrôleurs fiscaux qui essaient de se frayer un chemin dans le maquis de la comptabilité de ses diverses entreprises.

On a tendance à en rajouter. Inculpé de recel, il comparaît devant une chambre correctionnelle pour une histoire de bijoux, provenant d'un cambriolage, achetés à Henri Fefeu. Fefeu, membre de la Carlingue de la rue Lauriston, complice de Pierrot le Fou dans de nombreux braquages du gang dit « des Tractions avant ». C'est pas un inconnu de Monsieur Joseph, il lui a servi de chauffeur et de garde du corps en compagnie de Jo Boucheseiche en 1941. En l'occurrence Joseph est totalement étranger à ce délit. Fefeu l'accuse sans preuve et surtout profite de l'audience pour l'insulter, le traiter de donneuse à propos de l'arrestation de Lafont.

On recherche un peu partout ceux qui de près ou de loin furent en rapports avec Monsieur Joseph... et on apprend que Hermann Brandl, le grand instigateur du système des bureaux d'achat qui s'était enfui après la Libération et se planquait chez des amis avec une récupération artistique formidable, toiles de Renoir, Boudin, Degas, Pissarro... collections de timbres, d'argenterie ancienne, s'est fait coxer près de Dachau. À la prison de Stadelheim où il attendait d'être extradé en France, il s'est pendu dans sa cellule.

Pièce maîtresse de l'accusation qui va manquer au juge Fayon. La presse ne manque pas de souligner que Monsieur Joseph a dû pousser un ouf de soulagement en apprenant la nouvelle.

C'est à peu près à cette époque que je croise Monsieur Joseph sur une coursive à la Santé, puis que je partage avec lui et quelques autres une cellule d'attente à la souricière. Il ne semble pas très atteint par la détention. Se colportent toutes sortes de ragots à son sujet. Entre autres, qu'il a fait installer à ses frais le chauffage dans sa cellule. Ce qui est faux. En réalité il s'est juste fait apporter un petit radiateur électrique, ce qui est déjà une faveur insigne lorsque l'on compare son sort avec celui de la piétaille de la taule. Régime jockey question bouffe... pas de chauffage... une humidité qui vous imprègne jusqu'aux os. On y récolte souvent la tuberculose.

Monsieur Joseph fait partie des stars de la maison avec les voyous des tractions avant, et quelques condamnés à mort. Ceux-là on les exécute en tapinois... conduite funèbre au petit matin à la guillotine. Ils ont beau, à la direction, tout faire pour que ça se passe dans le mystère, dès que le bourreau monte leur bécane, comme ils disent, dans la cour d'honneur, toute la prison frémit d'horreur ! Et on suit le déroulement de l'exécution pas à pas. Devant un événement aussi fort, aussi tragique, on dirait que l'esprit prend totalement le dessus. On a pas besoin de voir. On sait.

Joseph prépare sa défense. Il sera assisté jusqu'au bout, jusqu'à sa mort par Maître Delaunay qui déjà s'occupait de ses affaires avant 1939. Delaunay est un excellent pénaliste, un homme coriace. Il prépare un dossier qui va contourner ce qui constitue l'obstacle majeur : l'inculpation pour intelligence avec l'ennemi. Certes Joano a été intelligent avec l'ennemi. Mais d'une tout autre façon que Sacha Guitry. Admettra-t-on de faire peser dans le bon plateau de la balance les services rendus à la Résistance pour faire contrepoids à ses familiarités avec les pires tueurs de la rue Lauriston, les personnages les plus féroces de la Gestapo ? Dehors ses amis bétonnent les points délicats du dossier. On achète des silences. D'autres sont obtenus, suggère la presse, par des moyens plus expéditifs que l'enveloppe bourrée de biffetons.

Pour tuer le temps, Joseph s'est mis à apprendre à lire et à écrire. Avec application, comme un condamné qui prépare sa réinsertion pour sa sortie de prison. Je possède, pièce rare, un de ses petits cahiers d'exercices. Pas de marge, toutes les pages sont remplies d'une grosse écriture assez bien formée, mais dont l'orthographe serait un chapitre étonnant pour les exercices de style de Raymond Queneau. *Moncié le jouge... le procoureur...*, etc. Exactement comme il prononce.

Il sort, je vous ai dit, de sa cellule toute la journée, et bien sûr il cultive son péché mignon... les brèmes. Au ballon, on rencontre plutôt de bons flambeurs... des malfrats qui passent, lorsqu'ils sont libres, leurs nuits à perdre ce qu'ils ont gagné à la sueur du calibre et au pain de fesses. Joseph triomphe, mais il sait, ici plus qu'ailleurs, qu'il faut savoir perdre parfois pour se rendre supportable.

Certains jours en 48, le surveillant chef le rencontre titubant sur la coursive. Comme il est régulièrement approvisionné en cognac et en pastis, il s'est un peu trop laissé aller sur la boutanche, ce qui n'est pourtant pas dans ses habitudes. Scandale dans la détention. On expédie Joseph au prétoire et le directeur décide de lui supprimer tous les avantages qu'il avait exigés lors de son incarcération. On le descend au quartier bas où il subira le sort commun.

Ses avocats protestent auprès du directeur de l'administration pénitentiaire. En vain, Joseph s'incline devant ce qu'il considère comme une mesquinerie et très rapidement il va trouver moyen de se rendre la vie carcérale plus clémente.

De guerre lasse le directeur obtient son transfert à Fresnes. Chez les politiques de la Collaboration, où il est plutôt mal accueilli. N'importe, il creuse encore son trou en attendant son procès.

Fournet, inculpé pour l'avoir laissé filer, a été mis depuis longtemps en liberté provisoire. Il peut donc manœuvrer avec les anciens d'*Honneur de la police* pour la défense de leur bienfaiteur. Ils ont tous intérêt à ce que les choses n'aillent pas trop loin. D'autant qu'à Fresnes, au quartier des condamnés à mort, quelques comparses des officines de la Gestapo s'agitent, écrivent pour être entendus en ce qui concerne les activités de Monsieur Joseph pendant l'Occupation. Leur souci de bonne justice est surtout motivé par l'esprit de vengeance et par le désir de retarder l'échéance du poteau d'exécution.

1949 va être l'année du procès. Les naïfs se gargarisent à l'eau de justice. Ils s'imaginent que la vérité... toute la vérité, va sortir de la Cour de justice. On sera loin du compte.

Le mois de janvier commence par un coup de théâtre : l'assassinat de la femme de Joanovici. On se souvient qu'elle vivait en dehors des multiples activités de son époux. Il subvenait sans faille à tous les besoins de sa famille. Depuis les plus noires années de l'Occupation, elle a mené grand train... appartements luxueux, voitures avec chauffeur et, à toutes fins utiles, un garde du corps.

Hélène, la fille cadette, est fiancée avec un ferrailleur, ce qui présente tout de même quelques facilités. C'est le jeune frère d'un ex-associé de Joseph, Boris Davidson. Le soir du 14 janvier, il a invité sa future belle-mère Eva et sa fiancée à dîner à son domicile rue du Cimetière à Asnières. Boris, galant homme, à la fin de la soirée raccompagne les deux femmes. À peine dans la rue, ils sont agressés par trois types masqués. Boris se défend, essaie de protéger ses invitées. Bagarre confuse. Un des deux agresseurs est armé, il tire et c'est Mme Joanovici qui est atteinte mortellement.

On imagine le lendemain comment la presse accueille la nouvelle. Ça fait la une de tous les quotidiens en gros caractères. On évoque un règlement de comptes d'anciens de la Gestapo ou de résistants vengeurs. Tout ça paraît bien mystérieux, Boris Davidson n'a pratiquement jamais été mêlé, de près ou de loin, aux activités de son futur beau-père. Simple rencontre au hasard d'un même métier. On ne lui connaît pas d'ennemi. Quant à la malheureuse Eva, bien sûr on spécule, peut-être a-t-elle été mêlée à une affaire de son mari. Était-elle en mesure de parler sur quelques sujets graves ? Le juge Fayon qui l'a entendue longuement est convaincu qu'elle ne savait rien. D'ailleurs cette agression ne ressemble pas à une opération de représailles... une exécution du Milieu.

Dans sa cellule de Fresnes Monsieur Joseph en prend un sacré coup. Il était resté très attaché à la compagne de ses débuts. C'est elle qui lui avait mis le pied à l'étrier avec le prêt de la grand-mère. Ils ont mangé ensemble le pain de la misère. Les choses de la vie les ont éloignés, mais ils avaient gardé des liens solides.

Règlement de l'époque en prison... pas question de permission de sortie pour un enterrement. Le juge Fayon, qui supervise les trois autres instructeurs chargés de ses différents dossiers, refuse l'autorisation d'assister aux obsèques. On comprend que Fayon soit acharné contre Monsieur Joseph, mais là, il pousse... Joseph, derrière le cercueil d'Eva, n'aurait en rien aggravé les charges qui pèsent contre lui. Mais il est vrai qu'on pense à une sorte de vendetta et ça serait dommage que Joano soit retiré brutalement à l'affection de son juge.

Après quelques jours de gros titres concernant ce crime, le soufflet tombe. Les coupables sont arrêtés. Rien à voir avec Monsieur Joseph. De simples et minables malfrats de banlieue dont l'histoire n'a pas envie de retenir les noms.

Tout ça n'empêche pas la justice de suivre son cours. Cahin-caha... Les défenseurs de Joano font traîner les choses le plus possible, ils ont l'espoir que les cours de justice instituées en 1944 pour juger les faits de Collaboration seront bientôt supprimées. En général leurs jurés sont d'anciens résistants. Ceux-ci pourraient trouver odieux que Joseph se réclame de leur cause. Il est préférable qu'il réponde de ses actes devant une juridiction plus sereine.

En mai René Launay, gestapiste français, témoin de première importance, meurt dans sa cellule à Fresnes. Launay s'était souvent fait verser des sommes importantes pour rendre des services à Joano, nous avons vu. Il était très lié à Lafont, on avait à craindre de sa part une déposition très défavorable. Sa mort efface cette possibilité. Ça amène encore à se demander s'il est mort de mort naturelle. Il devait passer lui-même en Cour de justice à la fin du mois. Le procès aura lieu tout de même afin de juger ses complices, tous tueurs à gages et tortionnaires... les nommés Sion, Godinger, Hovine et Roger Nicolas. Par quelle aberration de la chambre des mises a-t-on ajouté Joseph Joanovici à cette équipe ? Uniquement parce qu'il a rencontré maintes fois Launay, c'est insuffisant pour l'embarquer dans cette galère. Il va être relaxé tandis que les autres sont condamnés à mort. Il ressort surtout de ce procès que l'on n'a pas laissé les inculpés s'exprimer. D'où un certain malaise qui nourrit l'idée que Joseph est ultra-protégé et qu'on fait tout en haut lieu pour qu'il s'en tire avec le minimum de casse.

Ce minimum c'est toute la partie du dossier qui concerne les douanes, le fisc et le contrôle des changes. Le ministre de la Justice du cabinet Queuille, président du Conseil en juin 1949, c'est à nouveau Robert Lecourt. Il a naguère fait classer l'affaire Scaffa mais voici qu'avant le procès de Monsieur Joseph elle se réveille grâce aux efforts de Maître Germaine Sénéchal pour reprendre l'instruction. Allié formidable, le colonel Rémy qui passe à l'attaque dans une série d'articles dans l'hebdomadaire *Carrefour* et dans *Le Parisien libéré*. Il accuse formellement Monsieur Joseph et l'inspecteur Piednoir d'avoir fait exécuter Scaffa qui pouvait les confondre dans l'affaire de La Brosse-Montceaux. Et l'offensive va rebondir à la Chambre des députés où Vincent Badie, député radical de l'Hérault, interpelle le gouvernement à propos du classement de l'affaire Scaffa.

Vincent Badie s'est fait communiquer les pièces du dossier et il est convaincu que l'affaire a été retirée des mains du juge Legentil pour mieux l'étouffer. Derrière tout ça, il dénonce ouvertement Joanovici et Piednoir, protégés du conseiller Marchat et du ministre Robert Lecourt. Intervention qui fait date. Il faut réhabiliter la mémoire de Robert Scaffa et châtier comme il le mérite Joanovici agent de la Gestapo.

Ça se passe le 8 juin, cette interpellation de Vincent Badie, qui accuse en outre le ministre de vouloir fermer les cours de justice pour éviter à ses bons amis de lourdes condamnations.

On évite de peu une de ces crises ministérielles si fréquentes sous la IVe République. Le résultat de tout ce tumulte, c'est que le parquet ordonne de rouvrir le dossier Scaffa, sans que Joano figure parmi les inculpés. Maître Delaunay et maître Torrès ont obtenu aussi qu'il n'aille devant la Cour de justice que pour Collaboration économique. Une lettre de Roger Nicolas, le gestapiste qui lui imputait l'assassinat d'un nommé Boitel, a été jugée comme une manœuvre d'un individu qui allègue un certain nombre de faits *qui ne sont que des balbutiements d'un individu qui, à l'approche de son exécution, cherche à se prolonger*. Pour preuve, le parquet a des procès-verbaux établissant que Boitel, agent allemand, a été liquidé par les F.F.I. en juillet 1944.

Maître Delaunay déplore qu'à la veille de l'ouverture du procès la presse dépasse les bornes de l'information en propageant des nouvelles qui relèvent du roman, voire de la diffamation. Les avocats avaient demandé que le procès soit renvoyé pour complément d'information, après l'interpellation du gouvernement par Vincent Badie, ça n'est plus envisageable, mais les réponses du commissaire du gouvernement, dans une large mesure, donnent satisfaction à la défense. On ne s'écartera pas de ce qu'on doit juger. Remerciement chaleureux des conseils de Monsieur Joseph.

Le procès

J'ai en main l'exposé des faits. Soixante-dix pages dactylographiées dont la lecture laisse peu de doute sur les responsabilités de Joanovici. Les affaires concernant la Gestapo – les relations de l'inculpé avec les différents services de la police allemande – y sont évoquées avec beaucoup de modération, en des termes qui lui sont plutôt favorables. On sent qu'on a pris soin d'écarter ce qui pourrait être susceptible de l'entraîner vers le plus dangereux...

Restent comme plat de résistance – le mot est à double sens ici – les affaires de Collaboration économique. Énorme dossier qui a nécessité trois cent quarante interrogatoires... mille heures d'instruction.

Malgré l'interpellation de Vincent Badie et une campagne de presse virulente, il semble que le gouvernement veuille en finir au plus vite. La IVe République pourrait être déstabilisée par le scandale si on avait la volonté de remonter beaucoup plus haut jusqu'aux complicités dans les sphères politiques et policières de Monsieur Joseph. Dès le début de l'affaire, Édouard Depreux avait compris le danger. Pour détourner un peu l'attention du public, il avait su habilement mettre sous les projecteurs de l'actualité un complot dit « Plan bleu » contre la sûreté de l'État... une histoire de filière de moines aidant à planquer des collabos, une conjuration au sein même de la prison de Fresnes en vue d'une chaîne d'évasion.

Peine perdue, Monsieur Joseph avait conservé la vedette. Les articles du colonel Rémy, pour obtenir toute la lumière sur l'affaire Scaffa, présentaient pour son parti, le R.P.F. du général de Gaulle, l'avantage d'ébranler le régime. La position de maître Henry Torrès, membre fondateur du R.P.F. et en même temps défenseur de Monsieur Joseph, ne devait pas en être des plus faciles mais il avait suffisamment d'entregent pour manœuvrer entre les écueils.

Le procès s'ouvre le 6 juillet 1949, présidé par M. Béteille. Avocats de la défense, bien sûr maître Henry Torrès et maître Charles Delaunay assistés d'un maître Le Mée qui ne fera que de la figuration intelligente. Commissaire du gouvernement : maître Robert. Déjà, à la lecture de ses conclusions, on est convaincu qu'il n'ira pas au-delà des limites permises celui-là. D'ailleurs, d'entrée, maître Torrès le remercie de la loyauté dont il a fait preuve dans son réquisitoire introductif.

L'énorme dossier a été constitué par le juge Donsimoni au début, puis par le juge Gagne et enfin par le juge Fayon qui a instruit parallèlement la procédure concernant les membres français de la Gestapo de l'avenue Foch. On remarquera au fur et mesure des débats que le dossier du juge Fayon sera mis en sommeil le plus souvent possible. D'ailleurs il circule au Palais le bruit qu'il a été plus ou moins morcelé, caviardé, lorsque le ministre de la Justice André Marie a voulu se le faire communiquer.

On aurait pronostiqué que ce que l'on appelle la foule des grands jours, avec ses célébrités de la scène, de l'écran, de la littérature et du sport, se presserait dans la salle de la dixième chambre correctionnelle où va se dérouler ce procès de Cour de justice exceptionnel. Il n'en est rien, parce que c'est le début des vacances d'été, que les gens en 1949 ont recommencé à envahir les plages, qu'il fait une chaleur du diable et que même le Tour de France, où Fausto Coppi vient de prendre le départ, lui dispute la vedette dans les colonnes de la presse.

Tout de même tous les spécialistes de la chronique judiciaire sont là. Dans la salle d'audience va régner très vite une ambiance de bain turc.

On attend l'entrée en piste du personnage principal... un collabo peu ordinaire. Un W.W.J. pour les Allemands, c'est-à-dire un *wirtschaftlich wertwoller Jude...* un Juif utile. Celui-là, il leur a fourgué pour 5 milliards de marchandises. On lui prête des déclarations dont il n'est peut-être pas l'auteur mais qui lui conviennent parfaitement. Entre autres, qu'il aurait, s'il le voulait, de quoi s'acheter toute la Cour de justice, mobilier et magistrats compris. Il pénètre dans le box des accusés tout à fait cool comme on dit aujourd'hui... rubicond, large sourire aux lèvres... l'âme d'un innocent dans un costard beige de bonne coupe. Après lui, les comparses : son frère Marcel dont on décline le véritable prénom Mordhar, puis Victor Terre et Martial Scandroglio.

À propos d'identité, on n'a jamais su au juste comment orthographier son nom. Jusqu'au bout, il sera un apatride... Seul Monsieur Joseph restera avec une nuance familière.

Dès cette première séance, dès l'interrogatoire d'identité précisément, Joseph joue de son accent, de sa ruse à fleur de peau, de sa faconde pour mettre les rieurs de son côté. Illettré certes, il l'est toujours, malgré ses efforts pour apprendre à écrire en prison, mais il sait causer, le lascar, répondre par des bons mots au président. On s'aperçoit alors de l'habileté démoniaque de ce gros homme qui sait jouer de tout. Quand ça l'arrange, il ignore le sens des mots, il les transforme, il détourne les questions qui l'embarrassent.

– Vous n'avez cessé pendant quatre ans de commercer avec les Allemands, lui dit le président.

Réponse : – Oui, si on les avait laissés faire, ils auraient tout pris sans payer, alors moi je les ai fait payer.

La réplique porte, comme au théâtre. On rit. Avec un accusé de ce calibre, le procès ne risque pas d'être ennuyeux.

Tout d'abord on s'y perd dans toutes ces histoires de métaux, ferreux ou non... cuivre, tungstène, nickel, plomb, etc., docks de Saint-Ouen, sociétés de récupération plus ou moins bidon. Joano jongle avec les chiffres, le fric, les poids...

il embrouille à loisir. Parfois on croise au fil du récit des noms lourds à assumer en tant qu'amis, Lafont, Bonny, Rudy de Mérode, Masuy, Launay, Hermann Brandl, Fuchs et même Oberg le général commandant les S.S. en France.

Sa réponse est invariable, il a rencontré tous ces gens avec un sentiment de dégoût qu'il a surmonté pour la bonne cause.

Les enquêteurs ont épluché minutieusement tout ce qui concerne son activité économique pendant la guerre et ce sont des affaires avec des ramifications multiples. On dirait qu'il avait le don d'ubiquité. Il était à Paris, à Bruxelles, à Anvers et sur la côte basque en même temps. Il a des bureaux à Nantes, à Reims, à Orléans. Et il va en Suisse quand il le veut. Ce qui laisse supposer qu'il y planque du fric.

En lisant la sténographie du procès, qu'il serait fastidieux de relater dans son intégralité, on ne peut s'empêcher de remarquer tout de suite la modération du président Béteille. Il s'adresse à Monsieur Joseph presque avec condescendance. Jamais il ne le brusque. Il précède parfois ses justifications. « Naturellement vous vous méfiiez de Launay, je vous comprends, mais vous aviez besoin de renseignements pour vos amis de la Résistance. »

Joseph a une explication pour tout. S'il fréquentait la rue Lauriston c'était surtout pour connaître les projets, les intentions de Lafont... lui permettre de prévenir à temps des gens en danger.

On apprend tout de même qu'il a financé à concurrence de 30 000 francs par mois le R.N.P. – Rassemblement national populaire –, le parti ultracollaborationniste de Marcel Déat. Et là, il répond qu'un certain Le Villain – bien nommé – le faisait chanter en le menaçant de dénoncer aux Allemands ses origines juives. Et puis Joseph a appris que Le Villain détournait ce fric pour ses besoins personnels.

Tout de même M. Béteille s'indigne.

– On est dans les bas-fonds d'un monde interlope d'une vénalité répugnante !

– À qui le dites-vous, répond Monsieur Joseph en levant les yeux au ciel. Il ajoute : – Je n'étais pas vendu aux Allemands puisque c'était moi qui les payais.

Pourtant, les journalistes n'entrent pas dans son jeu. Beau faire rire, on le croit difficilement. Certains détectent qu'il accentue son côté paysan du Danube pour mieux rouler tout le monde. Le lendemain de la première audience, la presse est sévère. « *Ce n'est pas un tribunal, c'est le Carreau du Temple* », écrit le chroniqueur de *L'Aurore* Bernard Derosne. « *Trafiquant sans cœur et sans patrie* », titre *France-Soir, Le Parisien libéré* donne en première page son impression : « *Le vrai procès Joanovici n'aura pas lieu.* » Quant à *L'Humanité* elle brasse pêle-mêle les accusations les plus délirantes, des choses qu'on n'a même pas évoquées à l'audience... que Monsieur Joseph faisait partie de la Cagoule... qu'il a participé à des interrogatoires de résistants qu'il torturait lui-même, etc. But recherché ? On ne sait trop dès qu'il s'agit des communistes. Durant toutes les années post-Libération leur presse a été à la pointe de l'épuration. Elle a quelques péchés du pacte germano-soviétique à se faire pardonner et lorsque le parti était au gouvernement, les inculpés de toutes sortes qui passaient en Cour de justice lui servaient de boucs émissaires.

On reviendra sur la thèse de Monsieur Joseph agent du Komintern. Il peut paraître toutefois curieux que si notre homme était lié aux Soviétiques leurs séides français ne s'efforcent pas plutôt de le défendre. Vue simpliste... le parti communiste est une chose, les services secrets une autre. Joseph pouvait parfaitement avoir financé les soviets sans pour cela afficher à leur endroit des opinions favorables ou contraires.

On peut penser aussi que la presse communiste en donnant dans la charge outrancière favorise sa défense. Reste ce réseau *Honneur de la police* très près du P.C. En 1949 ses hommes ont été écartés, virés pour certains de la direction de la P.P., mais ils sont encore puissants. Ils ont des moyens de peser sur le procès. On va très rapidement s'en apercevoir. Les témoins à charge s'évaporent les uns après les autres.

Lorsqu'on évoquera au cours de la deuxième audience la question de la nationalité soviétique accordée à Monsieur Joseph en 1941, un journaliste dans son compte rendu fera remarquer que les Russes n'ont jamais accordé leur citoyenneté à des gens vivant à l'étranger. Alors pourquoi cette exception ?

Dès le début du procès, Joano assure presque l'essentiel de sa défense dans une tonalité qui désarçonne ses adversaires. Il emporte tout sous un flot de paroles. Il est parfois caustique et le plus souvent il se présente comme un brave type, un bon gros sans méchanceté.

– Je m'entends toujours avec ceux qui sont gentils... J'aime avoir de bons amis, dit-il.

Un témoin, sans apporter de lumière particulière, sur une sombre affaire de métaux non ferreux, dira pourtant une chose qui me paraît propre à cerner le personnage.

– À l'hôtel Lutétia, il entrait partout et il lui suffisait de dix minutes pour être en familiarité avec n'importe quel Allemand qu'il n'avait jamais rencontré auparavant.

Ça, c'est le génie du bonhomme, cette rapidité à mettre n'importe qui dans sa poche.

– Finalement, lui dit le président, vous êtes un brave garçon. Pour quelqu'un qui dit n'avoir jamais réalisé d'affaires, votre désinvolture est admirable.

On voit le ton... M. Béteille est presque mondain... Il lui fait tout de même remarquer à Joseph que le mouvement de ses affaires tournait autour de 100 millions par an. Certes, mais Joseph affirme que ce fric lui a servi surtout à payer aux gestapistes le prix de la libération de ses amis et à financer la Résistance.

On passe rapidement sur tout ça. Impossible à éclaircir.

– Vous avez dansé sur la corde raide, lui dit encore aimablement M. Béteille.

– Un peu, reconnaît-il, modeste.

Et il affirme que c'étaient les Allemands qui le relançaient sans cesse pour avoir de la marchandise.

– De véritables casse-pieds, conclut-il.

On relate des évasions de Pieds-Nickelés, tout à fait invraisemblables si on ne tient pas compte que tout se payait. Et on oublie sans doute une certaine incurie qui régnait à peu près à chaque échelon de tous ces bureaux, tous ces services de cette fameuse police de fer. Cet aspect est rarement évoqué dans les récits que l'on peut lire à ce sujet. Allemande ou non, il s'agissait d'une administration avec tout ce que cela comporte de paperasses, de fautes, de négligence, sans parler de la concussion et des multiples pots-de-vin et bakchichs.

Aucun doute possible, pour les Allemands, sur les origines juives de Monsieur Joseph. Le procureur donne lecture à la Cour de documents que les Alliés ont découverts à Berlin. Il s'agit de lettres, de rapports destinés au plus haut niveau de la hiérarchie nazie. Joseph Joanovici était classé W.W.J. « Juif utile ». On souligne qu'il rend d'immenses services à l'économie du Reich.

– Ce qui ne signifie pas pour autant qu'il était un agent de l'Abwehr ou de la Gestapo, plaide déjà maître Delaunay.

Lorsqu'on aborde ce genre de question, Joseph sort une blague, il élude, lâche du fumigène. Il déroule tant et si bien son boniment que M. Béteille, tout de même un peu agacé, lui lance :

– Mais alors, vous n'avez rien livré du tout aux Allemands ?

Il rétorque :

– Si... mais si peu, Monsieur le président. *Jouste* ce qu'il fallait pour me servir d'eux.

On apprend maintenant que s'il allait souvent en Belgique c'était pour assister à des combats de coqs... que ça lui donnait l'occasion de rencontrer des amis de la Résistance. Lesquels ? Il ne précise pas.

Lorsqu'on parle de milliards, l'air de rien il triture les chiffres, il conteste et les milliards peu à peu deviennent des millions... de tout petits millions.

En tout cas, il en avait sérieusement besoin de ces petits millions ! N'en a-t-il pas donné 5 pour se sortir des griffes de Rudy de Mérode, 5 autres à Lafont lorsqu'un service de la

Gestapo de l'avenue Foch enquêtait sur ses origines... 2 500 000 à un certain Cazauba qui le menaçait comme toujours de dévoiler ses liens avec la race maudite... et 2 briques encore à maître Schloesser pour le défendre uniquement sur le même problème.

Maître Schloesser, lorsque j'ai voulu lui parler en 1973, lui poser quelques questions sur l'affaire, s'est défilé courtoisement mais fermement.

Dans tout ça, avec ce fric versé pour calmer les maîtres chanteurs qui menaçaient de dénoncer ses origines, on ne comprend pas très bien ce que Joseph avait à redouter s'il était protégé en haut lieu, depuis Berlin, en tant que Juif utile. Devait-il compter aussi avec tous les petits chefs, les sous-fifres qui pouvaient de toute façon lui nuire s'ils faisaient campagne contre lui ? Il lui fallait des complicités partout pour procurer à ses amis, ses coreligionnaires des cartes d'identité, des faux fafes de toutes sortes.

On s'aperçoit alors que les Allemands fermaient les yeux volontairement et qu'ils distribuaient des documents, papiers ou autres à ceux qui acceptaient de travailler pour eux. On sait, par exemple, qu'ils ont employé de nombreux fourreurs (ouvriers ou patrons) de confession israélite dans leurs services industriels chargés des commandes de pelleterie. Certains d'entre eux ont même été extraits de Drancy où la rafle de juillet 42 les avait conduits. C'est à peu près le schéma de la liste de Schindler.

Grâce à ses amis allemands, ses entrées dans tous les services, Monsieur Joseph dérobait aussi des papiers en blanc, des cachets pour donner des certificats d'appartenance aux services économiques du Reich. Au besoin nous avons vu qu'il faisait imiter la signature d'Alfred Fuchs ou de Radecke.

Il inclut dans les services qu'il a rendus à la Résistance les sommes élevées qu'il a données aux familles d'emprisonnés, de fusillés, de déportés. Certains de ses dons ne peuvent être contestés, il en apporte les preuves. Délicat de chiffrer tout ça ! Difficile aussi de contrôler toutes ses affirmations. A-t-il versé plus de 4 millions au comité clandestin *Joint* ? Comment évaluer les sommes refilées à des coreligionnaires dont il a assuré le passage en zone libre, puis en Espagne ?

Défilent à la barre Irène de Marteau, un lieutenant Wandey de la R.A.F. qui confirme que Monsieur Joseph l'a caché chez Lucie Schmidt avec cinq aviateurs américains et qu'il lui a permis de traverser la France pour passer en Espagne via Gibraltar.

On invoque M. Henri Teitgen qui n'a pas voulu se déplacer et qui conteste toujours avoir été libéré grâce à Joanovici. À ce sujet on a interrogé Placke en Allemagne. Il a bien reconnu avoir fait libérer des Juifs ou des trafiquants du marché noir, mais il n'est jamais intervenu pour des personnages importants de la Résistance.

Joseph accuse le coup.

– Vos camions circulaient avec des Ausweis, s'indigne le procureur.

– S'ils avaient eu des laissez-passer anglais, ils n'auraient pas pu circuler, répond du tac au tac Joano.

La salle s'esclaffe. Du moment qu'on rit, Joseph tient le bon bout.

On évoque ensuite la libération de Mme Campinchi. René Launay dans ses déclarations à l'instruction prétend que la somme de 1 150 000 francs qu'il a reçue était le remboursement d'une dette de poker et que lui, René Launay, a fait élargir Mme Campinchi sans se faire payer. Ensuite, bien sûr, Monsieur Joseph s'est attribué le mérite de cette bonne action. Mario Bay, un lieutenant de Launay, confirme, mais ajoute que si la Gestapo a bien libéré Mme Campinchi c'était dans l'espoir que par elle on pourrait atteindre tout le réseau en la filant. On constate donc que toutes ces histoires de libérations sur intervention de notre inculpé auprès des Allemands sont loin d'être claires.

Quand le procès aborde les relations tout à fait cordiales qu'entretenait Monsieur Joseph avec Lafont, Launay, Placke, c'était, dit-il, en dehors des interventions payantes pour obtenir des libérations, afin de fournir des renseignements à la Résistance. L'allemand Gotz, ex-radio dans la S.S., rapporte qu'en 1943 deux agents gaullistes, Bertrand et Valentin, furent cravatés en possession d'un poste émetteur. Passés à la *question maison*, ils avouèrent qu'ils étaient chargés des parachutages du maquis de l'Aisne. Des Allemands se sont donc substitués à eux et Placke a remplacé Bertrand dans l'organisation des terrains de parachutage. C'est d'ailleurs Monsieur Joseph qui a fourni une voiture à Placke pour se rendre dans l'Aisne.

Le plus curieux c'est que Placke se soit vanté de cet exploit au cours d'un déjeuner avec Joseph. Ça démontre le degré d'intimité entre les deux hommes. En tout cas, muni de ces précieux renseignements, Joseph prévient Germaine Lemeur, puis De Rudder du réseau *Honneur de la police*, et Londres fut ainsi alerté.

C'est encore Joseph qui signale à Mme Lemeur qu'un Anglais surnommé Boby, artiste peintre homosexuel, était entré au service de Placke. Se greffe là-dessus une aventure sentimentale entre ce Boby et un officier de l'Abwehr qui *croque* lui aussi de la brioche infernale.

Joano prétend avoir communiqué à De Rudder et à un certain Flassieux des plans relatifs à une expérience projetée par les Allemands dans le cimetière de Thiais où ils dissimulaient des armes secrètes. Là, on se demande qui affabule. Ça serait encore ce cher Placke, décidément bien bavard, qui aurait raconté ça à Joseph. Il est vrai que Placke était un disciple de Bacchus. Toujours entre deux vins, entre deux cuites. Pour un responsable de la Gestapo, c'est tout de même un handicap, et on se demande comment il a pu garder son poste durant toute l'Occupation.

C'est par Noblet que Joanovici a fait connaissance de Piednoir, dit Bourguignon, du mouvement *Honneur de la police.* Joseph, bien sûr, ignore tout au sujet du coup de filet de la brasserie Zimmer. D'ailleurs, la Cour ne s'étend pas sur le sujet. Ça paraît hors de propos, mais Joano souligne que dès qu'il a été mis au courant par Fournet et Piednoir, n'écoutant que sa passion patriotique, il a versé immédiatement 500 000 balles au mouvement pour le renflouer. Par la suite, il versera encore 1 million et demi à la trésorerie d'*Honneur de la police.* Plus des voitures, de l'essence... puis des équipements et des brassards F.F.I. qu'il a fait fabriquer chez un ami.

On rappelle ensuite le commando de Neuilly, et bien entendu on ne peut éviter quelques allusions à l'affaire de La Brosse-Montceaux mais on glisse sur la question. Elle n'est pas incluse dans le dossier.

Énigmatique épisode à Saint-Jean-de-Luz où Joseph aurait été en personne remettre 1 million à un agent américain en août 44 ! Et tout ça en la présence de Rudy de Mérode qui joue un rôle que la Cour n'essaie pas d'approfondir. Ni de se demander comment tous ces gens circulaient en France à une époque où les maquisards et les Allemands multipliaient les barrages.

Pour étayer ses actions patriotiques, leur donner une légalité, les avocats de Monsieur Joseph vont faire état de tous les certificats possibles. Et d'abord d'une attestation en date du 15 juillet 1944, de MM. Legèbre et Antoine (?), qui certifient que l'agent Spass collabore activement aux services des organisations *Honneur de la police* et *Résistance.* Un diplôme d'honneur de la Préfecture de police de M. Luizet affirmant que Joseph Joanovici, *« Combattant sans uniforme, s'est distingué par sa ténacité et son courage dans la lutte menée contre l'ennemi jusqu'à la Libération »*.

Une carte d'appartenance au réseau F.F.I. *Vengeance*, mouvement fondé en 1941. Avec une lettre du président du mouvement assurant que l'agent Spass a servi dans le corps franc de septembre 1940 à la Libération comme membre du réseau *Évasion.*

Pour couronner le tout, on rappelle que Joseph Joanovici a dirigé au risque de sa vie un commando de police chargé d'arrêter les deux plus dangereux gestapistes français Bonny et Lafont. Et on apprend aussi à la Cour que Monsieur Joseph en personne a arrêté Paul Clavié, dangereux criminel, neveu de Lafont, qui tenait un bureau d'achat rue Chaptal. Ça, on ne le savait pas encore, il n'en était pas fait mention dans le dossier.

Depuis le début du procès, on a un peu laissé de côté les co-inculpés. À tout seigneur tout honneur, le frangin Mordhar qui a francisé son prénom en Marcel. En regardant les photos de presse, on remarque bien sûr qu'il ressemble à Joseph, mais comme s'il avait gommé de son visage tout ce que celui-ci a de trivial, de vulgaire. Mordhar-Marcel a les traits plus fins, il est plus mince, et avec ses petites lunettes, il a plutôt une gueule d'intello. Le président rappelle qu'il est arrivé en France à l'appel de son frère et qu'ensuite il sera toujours derrière lui, comme son ombre. Il est son associé aux établissements Joanovici frères. Mais dès que les clients, les concurrents, les autorités interviendront, il s'effacera. En 1941, il est arrêté en même temps que Joseph. On enquêtera sur leurs origines et ils sont relâchés tous les deux sans difficulté.

Joseph, aux docks de Saint-Ouen, minimise son rôle en se disant trieur. Eh bien, en réalité, le trieur c'est Marcel qui reste toute la journée sur place pour réceptionner, trier, peser, charger la marchandise... Mais c'est à Joseph qu'on remet les bons qui permettent le paiement. Toujours Joseph qui discute et qui dîne avec Hermann Brandl ou avec Lafont. C'est Joseph qui encaisse le fric et reçoit les clients.

Marcel arrive quand son frangin l'appelle. Il en sait beaucoup mais il parle peu. Joseph lui confie parfois des missions et c'est lui qui s'est occupé des équipements de la Brigade nord-africaine de la Gestapo.

Lorsqu'on l'interroge, il répond doucement, il laisse à Joseph les actions brillantes de la Résistance et par la même occasion il écarte les aspects plus contestables de son comportement.

Hors procès, on est au courant de son rôle de mère poule au foyer de Monsieur Joseph. Pendant la guerre c'est lui qui a assuré la protection de sa famille, le ravitaillement, les détails pour permettre à Eva de vivre à l'abri de la persécution et de la disette. Ses nièces l'adorent. Pour Thérèse, il représente un véritable père tandis que Joseph est un personnage qu'elle admire plus qu'elle ne l'aime.

La défense de Mordhar est simple : il avait besoin de travailler et son frère lui a offert une place. La place est devenue très bonne mais très dangereuse, aussi Marcel-Mordhar se tenait-il le plus possible à l'écart. Ce rôle de père de substitution auprès de ses nièces lui convient parfaitement.

Ses paroles, sa façon de s'expliquer détonnent avec son aspect d'intellectuel. Il a un vocabulaire réduit. Il est modeste et il se plaint d'avoir été pris en otage par la justice lorsque Joseph s'est enfui à Munich. Onze mois de prévention à la Santé... or il a le sentiment d'être un honnête homme, de n'avoir jamais rien fait de mal. Son casier judiciaire est vierge. Il rappelle qu'il a servi pendant la Première Guerre mondiale dans l'armée russe comme sous-officier et qu'en 1939 il s'est engagé pour servir la France... Mai 40 les troupes allemandes sont arrivées trop tôt à Paris et il n'a pas eu le temps d'être incorporé.

– Si je suis condamné parce que je m'appelle Joanovici, c'est pas juste !

Et son avocat maître Aujol d'ajouter :

– On dit que mon client est l'ombre de son frère. Mais si on poursuit une ombre alors qu'on nous le dise. Il va rentrer tout de suite dans l'ombre et son avocat aussi. Nous ne demandons que cela !

En veine de confidence, Joseph disait carrément : « Mon frère c'est un con. » Mais le con s'en tirera mieux que le génie. Pour vivre heureux... comme dit la fable.

Le deuxième compère c'est Martial Scandroglio. Lui ne craignait rien du côté de la répression raciale. C'est un fils d'hôtelier italien né en France. De surcroît il a fait la guerre de 1914 dans un régiment d'infanterie et il a été grièvement blessé. Scandroglio est un homme de la banque et du commercial. Il a été courtier après la Première Guerre mondiale et, vers la fin des années 30, il a eu quelques problèmes avec la justice : abus de confiance... émissions de chèques sans provision, etc. Des broutilles ! Il rencontre pour la première fois Joanovici en 1935 à une vente aux magasins généraux. Ensuite, relations occasionnelles. Et c'est seulement en 1940 qu'il va devenir un de ses proches collaborateurs. Il l'accompagne pendant l'exode lorsqu'il va chez ce M. Lego qui dirigeait une tréfilerie dans la Sarthe. Ce dernier avait été arrêté, on a vu, par les autorités françaises. C'est seulement au procès Joano que l'on apprend le motif de cette arrestation : utilisation de faux poinçons. Lorsque M. Lego sera libéré en décembre 1940, il va être le fournisseur de Scandroglio en zinc et en laiton fondu. Toutes ces marchandises iront alimenter l'industrie de guerre allemande, bien entendu. Martial cependant tempère sa contribution aux efforts de guerre du Reich. Il ne voyait jamais les occupants, il n'a pas été à l'hôtel Lutétia ni rue Lauriston. Il a rarement déjeuné aux Deux Cocottes. Pourtant grâce à Joano, qui lui a fourni une carte de la police allemande, il a circulé jour et nuit. Mais qu'on y voie aucun mal, il allait jouer aux cartes avec Monsieur Joseph et les parties se prolongeaient souvent très tard, jusqu'à des 3 ou 4 heures du mat. D'où ce besoin d'un laissez-passer de la Gestapo pour ne pas être emballé par les patrouilles de Feldgendarmes. Ce qui demeure gênant pour Scandroglio, ce sont de nombreux chèques sur le compte de Joanovici qui indiquent noir sur blanc qu'il n'a cessé d'être en relations, pour le moins commerciales, avec lui : 1 150 000 francs en avril 41... 542 000 francs encore en avril 41... 500 000 francs en mai à son ordre sur un compte à la Barclays... 750 000 francs en mars 1942... 78 000 francs en avril... 120 000 francs en mai... 500 000 francs en juin, puis en août... en octobre... Ça n'arrête plus... des sommes énormes tirées par Monsieur Joseph au nom de Martial Scandroglio. Et les explications de celui-ci demeurent aussi confuses devant la Cour que devant le juge Gagne. Il allègue des prêts, des remboursements de dettes de jeu, des achats de chevaux de course.

– Ce n'étaient pas des chevaux allemands, trouve-t-il bon de préciser.

Rires de la salle. Il ajoute :

– Joseph m'a prêté de l'argent et je lui en ai rendu, voilà tout.

Simples conséquences de relations amicales ! Mais à nouveau ça s'embrouille au sujet de Lego qui lui avait prêté

4 millions et puis lui en a donné 1 autre en supplément. Tous ces chèques n'ont rien à voir avec des affaires de Collaboration économique ! Bien sûr Scandroglio a touché des commissions sur des fournitures à la WIFO mais c'était encore pour rendre service à Joseph. Seulement le juge Gagne en a conclu dans son rapport :

L'importance de ces commissions, étant donné le pourcentage que nous connaissons, permet par une simple opération mathématique de déterminer l'ordre de grandeur des fournitures.

Nous passons ensuite à des truquages pour dissimuler les bénéfices de Joano... des histoires de métaux vendus 3 francs avec une commission de 1 franc. À y perdre son latin, son hébreu et son allemand... Au fisc d'apprécier.

On en revient, on ne sait pourquoi, à l'épisode de La Rochelle. Au fur et à mesure des audiences on ne comprend pas très bien dans quel sens le procès se déroule.

– Gaget et Chaït étaient arrêtés. Joseph a dit : « Il me faut de l'argent. » J'aurais signé n'importe quoi, Monsieur le président. Je n'ai fait que mon devoir de Français ! Je suis un Français comme tout le monde !

Certes, Scandroglio est la bonne volonté même. Il aidait Joseph pour rédiger ses chèques lorsque Lucie Schmidt était absente. Pour s'y reconnaître Joano dessinait des sortes d'hiéroglyphes sur les talons qui correspondaient à des chiffres. Par exemple : 1 million était représenté par une semelle de soulier.

De guerre lasse, le président Béteille écourte... il n'y comprend plus rien et finit par laisser les choses à l'appréciation de messieurs les jurés. Impression très négative cependant.

On en vient à ce voyage à Bruxelles où Scandroglio a accompagné Joseph. Il s'agissait de se mettre en rapport avec les établissements métallurgiques Grest. Pourtant Scandroglio continue de prétendre qu'il n'a été en Belgique que par simple camaraderie. Qu'une fois sur place il ne s'est occupé de rien, si ce n'est de combats de coqs. Je rappelle tout de même que ce voyage s'est accompli sous la botte allemande...

qu'il était impossible au commun des mortels de se déplacer pour se rendre en *zone interdite*, soumise au contrôle du gauleiter de Bruxelles.

En tout cas Scandroglio, il se souvient que Joseph avait pris le prétexte d'affaires commerciales – entre autres, d'expéditions de camions Renault en Belgique et d'achats d'étoffes et de bâches – pour s'occuper de résistance. Mais lui, il n'a pas voulu être mêlé à ça.

Il est donc un des rares parmi les inculpés à ne pas se réclamer à tous cris de la lutte clandestine.

On en arrive à Victor Terre qui apparaît presque à toutes les pages du dossier. C'est un chtimi, Victor, natif, comme l'ami Bidasse, du Pas-de-Calais. Un prolo, puisqu'il n'a pas poursuivi d'études au-delà de l'école primaire et qu'il a été placé à treize ans en usine comme apprenti ajusteur. À quinze ans, en 1910, il est descendu à Paris pour turbiner... aux automobiles Zèbres à Suresnes, ensuite chez Unic à Puteaux, puis chez Blériot à Suresnes et enfin chez Renault, le must de l'automobile, à Billancourt.

Le président rappelle qu'il a été mobilisé en 1915... une année où il valait mieux être à Honolulu que dans l'Argonne. Pas de médaille. Probable que Victor ne courait pas après la gloire militaire dont le fin du fin est la croix de bois.

C'est à son retour de la der des ders, en 1919, qu'il s'est lancé dans le commerce des vieux métaux. À Suresnes, à Saint-Ouen, Clichy, Saint-Maur... Il traînouille sur toutes les zones, sur le mâchefer, la terre battue... et il y rencontre du monde... Du beau ? C'est une autre paire de cisailles, mais en tout cas Monsieur Joseph ! Au début, simples relations de bon voisinage de ferraille, mais chacun suivait son itinéraire. Celui de Victor Terre est parsemé de condamnations... escroqueries, faillites frauduleuses, abus de confiance..., etc.

Sur ce point, il conteste un peu son pedigree, on l'a condamné à tort... à la place d'un autre... c'est lui qui fut escroqué par des gens malhonnêtes.

Son avocat maître Valensi, dont on admirait les belles bacchantes depuis des lustres dans les couloirs du Palais, intervient. Il est là pour empêcher son client de s'enliser dans des histoires de vieilles carambouilles dont on n'a que foutre. Il invoque une loi d'amnistie promulguée depuis peu et qui le lave de toute tache de graisse sur son casier judiciaire.

Venons-en aux choses sérieuses. 1940 l'année cruciale et maudite. Victor Terre revient de guerre où il a encore été embarqué à quarante-cinq ans... et il n'a plus un flèche, le pauvre mec, plus un maravédis en fouille ! Il va trouver Joseph et Joseph, comme Dieu a besoin des hommes... enfin, d'un homme à ce moment-là !

– Vous êtes devenu l'homme de confiance de Joanovici, dit le président.

Sur le banc de la défense on s'agite... Homme de confiance ça fait peur ! Non, Victor Terre a été embauché comme chauffeur.

– À 10 000 francs par mois, précise M. Béteille...

Ce qui lui paraît un salaire important.

– J'ai toujours bien payé mes employés, coupe Joseph. Victor me lisait les journaux, les lettres que je recevais.

– On jouait aussi à la belote. Y a pas de mal à ça..., ajoute Terre.

D'accord pour la belote et la lecture au coin du feu, mais le président fait état d'un rapport de la commission d'enquête du 18 avril 1947 qui figure à la cote 312 et qui résume son activité pendant les années noires.

– Vous avez été, comme employé de Joanovici, son bras droit dans le trafic des métaux non ferreux aux docks de Saint-Ouen.

Cependant, à son actif, maître Valensi signale des chargements de métaux qu'il a dissimulés dans un hangar rue Bessière et remplacés aux docks par des métaux de moindre valeur.

De cet exploit-là aussi, Monsieur Joseph s'est servi pour alimenter son dossier de patriote. Toutefois les bons métaux on les refourguait ailleurs. Où allait le bénéf ? Aux bonnes œuvres de la Résistance ? Peut-être, mais au passage Victor et Joseph devaient bien se prélever de quoi s'offrir quelques friandises.

Le rapport de la cote 312 indique ensuite de nombreux voyages à Bruxelles. Là, il semble que Victor ne travaillait que pour son compte, il transportait en Belgique par camion des articles de bonneterie.

Joseph n'avait rien à voir avec ce trafic mais il fournissait tout de même les Ausweis de la Gestapo.

Combien de temps tout cela a-t-il duré ? Sans accroc majeur... jusqu'à cette histoire de chronomètres pour laquelle Joseph est intervenu.

– Vous faisiez aussi dans l'horlogerie ? s'étonne le président.

Victor, avec sa grosse bouille vulgaire... murmure un : « Faut bien vivre ! » qui réjouit la salle.

Salle toujours surchauffée mais uniquement par la température du ciel de juillet... Pour le reste, les comparses de Joseph n'intéressent pas grand monde, les spectateurs vont traîner à la buvette pendant toutes ces audiences où on ne parle que de ferrailles, de prix d'achat des non-ferreux, de leur prix de revente..., etc. L'avantage dans tout ça pour Joseph, c'est qu'on s'éloigne des sujets trop brûlants. Mais ils reviennent à l'improviste. Le président interroge brusquement Victor Terre sur ses déjeuners, ses dîners au marché noir.

– Vous étiez là, n'est-ce pas..., avec Alfred Fuchs, Radecke, Lafont...

– Je n'aimais pas beaucoup Lafont, et je n'étais pas toujours invité, répond Victor. Je mangeais en vitesse à la cuisine et j'attendais le patron dans la voiture.

Pour un simple chauffeur de maître, le président fait remarquer que les divers rapports de police indiquent qu'il menait grand train. Sa femme se pavanait avec des bijoux de grande valeur et des fourrures inestimables.

Certes, mais on se demande bien pourquoi un ex-prolo comme Victor Terre ferait toutes sortes de trafics illicites si ce n'était pas pour que son épouse pète elle aussi dans la soie comme ses anciennes patronnes.

Et voici qu'on remet sur le tapis le fameux voyage à Saint-Jean-de-Luz. Victor était au volant, il a vu Rudy de Mérode comme je vous vois, mais il n'a assisté à aucune conversation...

– J'ai fait ce voyage comme j'en avais fait beaucoup d'autres. Le plus souvent c'était pour transporter des Juifs qui allaient en Espagne. Là, j'étais vraiment son homme de confiance.

Et de ça, il en est fier Victor ! Ça lui a permis d'écarter des débats le sulfureux Rudy de Mérode.

Maître Valensi en profite pour parer son client des plumes de la Résistance. C'est lui qui conduisait le camion pour transporter les armes à la Préfecture de police en août 44. Et lorsqu'un certain Reichmann, un Juif résistant, fut arrêté en Belgique, c'est encore lui qui a conduit Joseph auprès des autorités allemandes de Bruxelles afin d'entreprendre les ultimes démarches pour le faire libérer.

Pendant que messieurs les jurés examinent des pièces du dossier concernant sa participation à la Résistance, Victor se fait modeste et Joseph s'entretient à voix basse avec maître Henry Torrès. Les rumeurs de couloir disent qu'il ne peut pas blairer maître Delaunay. Deux tempéraments différents. Torrès n'a qu'à paraître et il a presque partie gagnée, tant il a de prestance, une voix à faire trembler les vitres de la salle des assises... une ironie corrosive... la repartie foudroyante. À la fin des années 40 il est avec Floriot, Garçon, de Moro Giafferi, un des plus grands du barreau. En la circonstance, on a le sentiment qu'il est arrivé avec un peu de retard dans cette affaire comme pour en tirer les marrons du feu si Joano est acquitté. Dans le cas contraire, Delaunay aurait perdu sa bataille de la Marne. C'est un travailleur maître Delaunay, un gratte-dossier, un pinailleur dévoué à son client. Il l'a défendu maintes fois pour des inculpations mineures et il l'en a toujours bien tiré.

Lorsque je l'ai rencontré, que Joseph était déjà mort depuis dix ans, il ne variait pas dans ses positions. Il a pris la défense d'un homme, ô combien complexe, étonnant, insaisissable, mais il ne s'agissait pas d'un traître. Des traîtres il en avait eu comme clients... Pierre Bonny, Alex Villaplane, l'ancien champion de l'équipe de France de football devenu gestapiste... des affreux, renégats de tout poil, des tue-père-et-mère nervis de la Carlingue. Joseph n'était pas de la même triste étoffe. Post-mortem, il restait sous le charme.

– Un nouveau Balzac en aurait fait un grand personnage de sa *Comédie humaine.*

Bel hommage. Henry Torrès aura des mots, des formules pendant sa plaidoirie. Il ira jusqu'à supplier les jurés de ne pas faire de Joanovici un nouveau Dreyfus ! Le personnage de *La Comédie humaine* me touche plus... On se demande toutefois ce qu'aurait pensé Dreyfus de cette comparaison...

Treno, dans *Le Canard enchaîné*, après quelques audiences, écrit un article assez bien venu et qu'il résume en se demandant si on fait le procès d'un bon traître en même temps que celui d'un résistant salaud.

Le propos est adéquat lorsqu'on en arrive, au cours d'une de ces interminables audiences, à cette question annexe mais cependant forte de café.

– Avez-vous salué les Allemands en levant le bras et en disant « Heil Hitler ! » demande M. Béteille.

Joseph ne nie pas, plusieurs témoins l'ont vu, l'ont entendu. Encore une fois c'était pour la bonne cause.

– Monsieur le *jouge*... j'étais dans *oune* camion rempli d'armes pour la Préfecture. Nous étions arrêtés par *oune* patrouille.

La scène, on imagine... *Achtung* ! les fritz mitraillette au poing. Joseph descend du camion et voilà... il a l'idée de saluer le Feldwebel d'un magnifique salut nazi accompagné d'un claquant *Heil Hitler !* Comme on dit, ça mange pas de pain.

– Je *loui* ai montré les papiers et nous sommes passés. *Heil Hitler !* Le Feldwebel lui a rendu la politesse tandis qu'il remontait dans son bahut.

Même ruse, même démarche que lorsqu'il avait embrassé Lafont. Mais Lafont n'était pas dupe et le baiser valait son pesant d'or. On rapporte à la cour quelques propos du patron de la rue Lauriston à son sujet. « J'aime mieux une vache à traire qu'une vache à tuer. » Et la philosophie de Joseph de lui répondre en souriant qu'il valait mieux se faire couper un bras que la tête.

Le défilé des témoins à décharge n'en finit plus. On tresse à l'accusé des couronnes de lauriers tricolores. Un certain M. Plécastaing qui affirme que Monsieur Joseph donnait 30 000 francs par mois à l'Association des enfants de déportés de Clichy – ceci tout de même après la Libération – suggère tout simplement qu'on lui élève une statue. La proposition va fournir quelques titres à la presse. Par la suite quelques pamphlétaires dont Pierre Boutang resserviront le propos avec les commentaires qu'on imagine.

Parmi les témoins à charge, le 13 juillet, M. Fréchot, un des premiers résistants à Londres auprès du général de Gaulle, dénonce la légende de Monsieur Joseph.

– C'est un vulgaire menteur. Jamais il n'a hébergé d'aviateurs alliés et à aucun moment il n'a effectué des transports d'armes. Il vous en raconte. Voilà tout.

Ça jette un peu d'eau fraîche sur le feu d'artifice des éloges, mais la déposition de M. Fréchot n'a pas étayé ses affirmations avec des preuves, des documents précis. La défense n'aura pas de mal à le démolir.

C'est le 15 juillet après la pause du 14 – *because* pour fête nationale – que la cour a décidé enfin d'entendre Nicolas de la Gestapo de l'avenue Foch, dont on attend des révélations qui pourraient renverser la tendance du procès. Nicolas, qu'on appelait Roger, devient Henri devant la cour, sans qu'on explique pourquoi. Eh bien, il déçoit, Nicolas ! Celui que j'avais entendu si véhément, si disert dans les couloirs de Fresnes, bafouille, cherche ses arguments, répète ce qu'il a écrit précédemment au procureur Robert. Il regrette qu'on ne puisse pas entendre les Allemands Schnell et Placke qui en *savent long*.

C'est bien pour ça que Placke, dit-il, a été remis en liberté provisoire.

Il laisse entendre aussi que, si Monsieur Joseph a pris la fuite en mars 47, c'est parce qu'il redoutait que les agents de la D.S.T. ne fassent état de documents compromettants qu'il avait été chercher en Italie. Quels documents ? On n'en sait pas plus.

– Et René Launay, demande-t-il, de quoi il est mort ?

Il répond avant que quelqu'un n'en ait le temps. Il l'avait vu quelques jours plus tôt dans sa cellule, l'œil clair, tout à fait en forme et bon moral. Il souffrait cependant d'une angine de poitrine, son honorable chef à la Gestapo.

– On lui a donné une trop forte dose de cocaïne et il en est mort, affirme Nicolas.

Peut-être, mais comment imputer cet éventuel meurtre par procuration à Joanovici ?

Finalement l'intervention de Roger Henri Nicolas se retourne contre lui. Maître Delaunay va répéter que cet individu cherche à gagner du temps avant son exécution et qu'il espère une grâce présidentielle pour avoir montré tant de bonne volonté à servir la justice de son pays.

Peu à peu le procès s'enlise. On entend encore quelques témoins à décharge qui viennent dire leur reconnaissance à l'accusé. Ils ont, grâce à lui, pu fuir, ils ont reçu du fric. Une dame Fabre, qui a sauvé quelques parachutistes avec l'aide de Monsieur Joseph, signale à la cour qu'un monsieur dont le signalement correspond assez à celui d'un agent de la D.G.E.R. nommé Fraichoux, venu déposer deux jours plus tôt, a tenté de faire pression sur elle pour qu'elle modifie ses déclarations. La cour n'insiste pas sur ce détail. On paraît maintenant pressé d'en finir. Mais le témoignage de Mme Fabre a été tout de même enregistré par la défense qui saura s'en servir.

Après ça, le caissier principal des bureaux d'achat Otto, M. Georges, vient donner un autre son de cloche. Il affirme avoir versé plus de 600 millions à Joanovici pendant la période où il a officié aux docks de Saint-Ouen.

La presse du lendemain en fera ses gros titres à la une, mais n'empêche que les dernières audiences tournent à la faveur d'un accusé de plus en plus à son aise, d'une ironie à la limite de l'insolence. Tous les soirs après cinq heures de débats, il quitte la salle entre ses gardes, aussi frais qu'à l'arrivée. Aucune trace de fatigue. On comprend alors l'énergie de cet homme qui menait trente-six affaires à la fois.

Le commissaire de la République n'a pas la partie belle, mais il va cependant requérir une peine de travaux forcés à temps. Ce qui est prévu pour une inculpation de commerce avec l'ennemi. Il ne précise pas ce temps avec un chiffre. À la disposition de la cour.

– On ne peut tout de même pas le condamner parce qu'il est trop intelligent..., va dire maître Delaunay.

Il demande, après trois heures de plaidoirie, l'acquittement de son client. Maître Torrès n'a plus tellement de biscuits pour sa péroraison. Comme il n'a pas préparé la défense avec son confrère, il ne lui reste qu'à donner de la voix.

– Jamais un accusé plus bénin s'est présenté devant la cour de justice. C'est un homme qui a reçu un coup de poignard dans le dos, tonne-t-il.

On a le sentiment à la fin de ce curieux procès que Monsieur Joseph a gagné la partie... qu'il va être acquitté. Peut-être avec les félicitations du jury, espèrent ses amis de la Préfecture de police. On a commandé le champagne pour arroser ça au 36, quai des Orfèvres... N'oublions pas que les flics de la P.P. ont été durement secoués par cette affaire. Si Joseph s'en sort blanchi, le commissaire Wybot en sera pour ses frais.

Le plan prévu pour la défense semble s'être réalisé sur tous les points. On a réussi à écarter définitivement l'inculpation d'intelligence avec l'ennemi... en démontrant que Joseph était une sorte d'agent secret introduit dans le système des bureaux d'achat Otto... L'affaire Scaffa est restée dans l'ombre. Monsieur Joseph a fait le clown dans une espèce de farce judiciaire et il a mis les rieurs de son côté. Les témoins à charge ont été muselés... en tout cas les plus dangereux. Le dossier du juge Fayon, son dossier qui devait faire sauter la baraque est resté sous la paperasse entassée dans les locaux de la cour.

Tout baigne dans l'huile au moment où les jurés se retirent pour délibérer. Après que le président a donné en dernier la parole à l'accusé qui a déclaré : « Je n'ai jamais fait de mal à la France. Je le *joure* », ça saute tout de même aux yeux que ce procès est truqué, biseauté...

Un os dans le fromage... pendant le délibéré un des jurés vient jeter le trouble. Il demande à examiner quelques documents sur lesquels la cour a passé un peu trop rapidos. Entre autres, un message de Himmler datant de novembre 1944 et dans lequel il recommande à des officiers S.S. en mission en France de s'adresser à Joanovici s'ils se trouvaient en difficulté. Ça bloque un peu la mécanique. On discute pour dissuader ce juré fouille-merde de retarder le cours de la justice en cherchant la petite bête. Pourtant il se braque, il menace à peine voilé de faire du schproum si Monsieur Joseph est acquitté. À l'extérieur, depuis quelques jours dans la presse, on laisse entendre aussi qu'un tel verdict risquerait une levée de boucliers à droite comme à gauche.

Pour calmer le jeu, ne pas risquer de réveiller trop la hargne de ses adversaires, on condamne Monsieur Joseph modérément, si l'on peut dire... à cinq ans de prison pour des actes ayant nui à la Défense nationale, plus 600 000 balles d'amende et la confiscation de ses biens à concurrence de 50 millions. Son frère Marcel est immédiatement relevé, pour faits de résistance, d'une peine de cinq ans de dégradation nationale. Martial Scandroglio et Victor Terre sont condamnés à six et cinq mois de prison, plus 300 000 francs d'amende. Ce verdict, pourtant clément, va jeter la consternation chez les amis de notre bon Joseph... on ne fera pas sauter les bouchons de roteuses ce soir à la Préfecture de police. Les magistrats délibèrant avec les jurés, il semble qu'ils aient inspiré cette décision bâtarde. Il s'agissait aussi de couvrir de la sorte les gens en place qui étaient plus ou moins compromis dans les trafics, les magouilles de toutes sortes du ferrailleur.

De toute façon, l'acharnement du commissaire Wybot et du juge Fayon n'a pas été tout à fait vain. Joano va faire une cassation inutile et cette condamnation le raye de la carte.

Nous allons voir, bien sûr, qu'il va réagir, qu'il a encore plus d'un tour dans son sac de chiftir... n'empêche, son règne est terminé, un acquittement l'aurait presque laissé intact. Étant emplacardé pour encore deux ans, ses affaires vont se lézarder. Ses petits copains de la police se dispersent... enfin ceux qui avaient échappé au couperet d'Édouard Depreux... Tous ses associés, ses hommes de main, préfèrent maintenant rentrer dans l'ombre. On se demande en outre si ses meilleurs copains ne vont pas se partager quelques magots. Ainsi vont les choses avec les hommes quels qu'ils soient, d'autant plus s'ils gravitent dans des sphères d'activités douteuses.

Les délais de cassation, puis divers dossiers d'instruction pour ses démêlés avec le fisc et avec les services de répression des douanes lui permettent de rester à la Santé au régime des maisons d'arrêt, au lieu d'aller finir sa peine en prison centrale. En 1949 à Clairvaux, Fontevrault, Poissy, il n'était pas encore question de rééducation. On en était toujours à la règle du silence, à la nuit dans les cages à poule, astreint aux besognes les plus rebutantes... les sabots aux pieds, le rugueux costard en droguet... tout un système de tortures constantes pour vous apprendre que la société n'a pas de cadeaux à faire à ceux qui s'écartent du droit chemin.

La métamorphose des cloportes

Bien sûr que les adversaires... on peut même dire les ennemis de Monsieur Joseph ne vont pas lâcher le morceau. Il va se repointer plusieurs fois devant les tribunaux en 1949 et 1950 pour diverses opérations illicites, trafic de devises... détournement de fonds..., etc. Pour des délits où il n'encourt pas une peine pouvant dépasser les cinq ans qu'il purge, la confusion des peines sera automatiquement prononcée. Il verra simplement le montant de ses amendes, frais de justice et dommages-intérêts augmenter considérablement.

Ce qui va donner à chaque fois l'occasion de le rappeler au bon souvenir de la presse. D'autant que le dossier Scaffa est à l'instruction. Piednoir et Beau sont inculpés, bien sûr, mais sans le mystérieux Spass, c'est-à-dire Joanovici. Il a été écarté de l'affaire à l'instruction mais Mme Scaffa, son avocate maître Sénéchal et maintenant le colonel Rémy se sont juré de le réintégrer.

La partie du dossier concernant la fusillade des moines de La Brosse-Montceaux va partiellement être éclairée par les déclarations de Wilhelm Korf que l'on appelle le bourreau de Fontainebleau. Korf est aux mains des Anglais dans leur zone d'occupation en Allemagne. Une extradition a été demandée et, en attendant, on l'a entendu sur commission rogatoire. Il va donner une tout autre version des faits. Au hasard d'un contrôle sur la route, il a arrêté trois hommes qui transportaient des armes dans une camionnette. L'un d'eux, un nommé Genty, révéla après un interrogatoire que ces armes provenaient du couvent de La Brosse-Montceaux et que c'était le frère portier qui les leur avait remises. Il a donné aussi les noms des six moines qui étaient responsables du dépôt. On suppose que Wilhelm Korf a obtenu les aveux de Genty avec ses méthodes habituelles. Quoi qu'il en soit, sur présentation de leurs photos, il ne reconnaît ni Piednoir, ni Beau, ni Spass-Joanovici et ni surtout Robert Scaffa. Par la suite, Genty et ses deux compagnons ayant été fusillés, on n'en saura pas davantage. Le mystère reste entier quant aux motifs qui ont armé la main de Piednoir et de Beau. Après avoir plaidé l'exécution d'un traître, Piednoir a fait machine arrière et, sous l'influence de Robert Lecourt, il a admis qu'il s'agissait d'une tragique erreur. On a cru que... on a dit que Scaffa avait été trop bavard... qu'il avait pu conduire les Allemands chez les moines par légèreté, par imprudence.

Ça, c'était au début, en 1945. Après une première inculpation Piednoir fut relâché. Début 46, Mme Scaffa ayant chargé maître Germaine Sénéchal de défendre ses intérêts, celle-ci s'est lancée à tout crin dans cette histoire.

Il se trouve que par une amie qu'elle avait défendue aux assises, Nicole Gérard, j'ai pu rencontrer maître Sénéchal. Elle m'a reçu longuement à son cabinet avenue Friedland. Tout ça remonte à un quart de siècle. Germaine Sénéchal à l'époque était une personnalité importante au Palais de justice. Parmi les toutes premières femmes qui faisaient carrière au barreau. Trait dominant : l'énergie, ce qui ne veut pas dire qu'elle était sans charme, le métier ne lui faisait rien perdre de sa féminité... Il est délicat d'évoquer l'âge d'une femme, dit-on, mais je pense qu'elle avait dépassé la cinquantaine. Elle était de celles qui ne font jamais leur âge... en tout cas elles savent faire ce qu'il faut pour.

Bonne idée d'aller lui rendre cette visite. Elle avait consacré sept ou huit ans de sa vie à l'affaire Scaffa.

– En tout cas à raison de deux à trois heures par jour.

Et elle y était encore. Insatisfaite du résultat.

– Je n'ai jamais eu aucun doute sur l'homme qui était derrière tout ça... le n° 1.

C'était l'ami Joseph bien sûr. Au fond cette affaire Scaffa est la plus importante, celle qui cristallise tout au sujet de Monsieur Joseph, toute son ambiguïté, toutes les faces de sa personnalité.

D'après les déclarations de Wilhelm Korf, il n'est pour rien dans la fusillade des moines de La Brosse-Montceaux, mais au sujet de l'exécution de Scaffa maître Sénéchal était persuadée que Joanovici y avait joué un rôle important. Elle écartait bien entendu les deux premières versions des faits... la liquidation d'un traître... puis l'erreur. Il y avait une autre raison... un autre mobile de cet assassinat qu'elle n'a jamais pu élucider.

– J'ai déjeuné chez La Pérouse, en salon particulier, avec Joanovici.

Ce qu'elle m'assène, et elle ajoute pour que je n'aille pas me faire des idées... que ce n'était pas ce qu'on appelle un déjeuner-canapé... Un ami de la Résistance l'avait contactée et lui avait proposé au téléphone, puisqu'elle venait de prendre en main les intérêts de Mme Scaffa, de rencontrer quelqu'un qui serait heureux de lui parler très sérieusement à ce sujet. Rendez-vous fut pris chez La Pérouse. Un Joseph au comble de sa forme, sa puissance et sa fortune – nous étions dans le courant de l'année 46 – qui l'attendait dans un de ces salons Belle Époque où se traitaient plutôt des rencontres de galanterie que des histoires de règlements de comptes dans la Résistance. Accueil chaleureux, empreint de courtoisie. À l'évidence, si ce gros bonhomme n'inspire pas la folâtrie amoureuse, il respire l'intelligence. Même son accent, sa façon d'écorcher le langage, contribue à le rendre sympathique.

À ce moment-là, maître Sénéchal débute dans la défense de Mme Scaffa. Elle vient de prendre le dossier. Mme Scaffa, elle l'a connue au réseau *Résistance*, celui dont fait partie Piednoir. Ce même Piednoir qui a essayé de la compromettre en suggérant qu'elle était derrière son fils dans la trahison.

Germaine Sénéchal ne me révèle pas le nom de cet ami qui a organisé le rendez-vous.

– D'ailleurs il est mort depuis... paix à son âme..., dit-elle d'une façon un peu brusque pour couper court à ma curiosité.

Monsieur Joseph, aux hors-d'œuvre, fait dans l'attendrissement. Il loue Mme Scaffa, cette merveilleuse patriote, et il compatit... quelle abominable erreur, son pauvre enfant déshonoré, abattu comme un chien ! Il en pleurerait presque ce brave Monsieur Joseph ! Germaine Sénéchal depuis le début du déjeuner est sur ses gardes. Elle écoute. Il veut venir en aide à Mme Scaffa. Il fait comprendre qu'il peut lui assurer sa matérielle sans problème, mais il voudrait que tout s'arrange à l'amiable.

– Et j'ai eu droit, dit Germaine Sénéchal, à l'ouverture d'une serviette en cuir posée à côté de Monsieur Joseph. L'air de rien, pour y chercher un papier... un document quelconque. Nettement sous mon regard, afin que je puisse apercevoir le contenu de la serviette... bourrée de billets de banque. Je n'ai pas idée de la somme que ça représentait, mais ça me paraissait considérable.

Réaction vive de maître Sénéchal. Elle se recule sur sa chaise, elle détourne son regard, mais Joano, pour bien lui faire comprendre que tout ce fric lui était destiné, ajoute :

– Mais Mme Scaffa aussi on l'aidera beaucoup, je vous le promets.

L'habitude de traiter les choses avec ce genre de procédé... Joseph a tout de suite entravé que c'était râpé, que la dame était incorruptible. Il n'a pas pour autant changé de ton. Le homard à l'armoricaine a permis de parler d'autre chose.

D'après ce récit, on voit très bien comment notre héros s'y prenait un peu partout, avec les Allemands, avec les flics, avec les hommes en place. L'argent n'a pas d'odeur et une serviette bourrée de biffetons ne sent que le cuir.

– Vers la fin du déjeuner, un nouveau convive est arrivé pour le café... C'était Piednoir, qui s'est présenté sous son pseudo de la clandestinité : Bourguignon... Servant de chauffeur à Monsieur Joseph, il a annoncé que la voiture l'attendait en bas. Aussitôt je me suis levée, en deux mots, j'ai dit à Monsieur Joseph que ma situation de défenseur de Mme Scaffa ne me permettait pas de rester une minute de plus en présence d'un homme inculpé dans notre affaire.

Joseph, sans se départir de son calme, de son amabilité, lui a proposé de la faire raccompagner chez elle. Il a ajouté que sa démarche n'était motivée que par le désir de sortir ses amis d'une situation difficile, mais qu'il gardait la conviction que tout ça pouvait s'arranger autrement que devant la justice.

Puisque à ce moment – en fin 1946, début 1947 – la seconde version est celle selon laquelle la mort de Scaffa est en quelque sorte accidentelle, que ses exécuteurs se sont trompés en croyant de bonne foi qu'il avait donné les moines de La Brosse-Montceaux, on se demandait ce que Monsieur Joseph venait faire là-dedans... pourquoi offrait-il de l'argent pour qu'on étouffe cette histoire ?

– J'ai proposé, dit Germaine Sénéchal, qu'on réunisse un jury d'honneur, composé de résistants pour trancher la question. Pas de réponse, et pourtant je m'étais adressé à Robert Lecourt.

Il élude, Robert Lecourt. Un jour, il convoque maître Sénéchal au Palais pour lui demander de baisser pavillon. « Il y a des affaires dont il ne vaut mieux pas se mêler. Mme Scaffa et son fils étaient de grands résistants, ils sont reconnus comme tels... » Noyer le poisson. Cette intervention ne fait que renforcer les soupçons de l'avocate. Il y a quelque chose derrière cette affaire. Elle ne cessera de penser que Robert Scaffa a été exécuté non parce qu'on supposait qu'il avait livré les moines de La Brosse-Montceaux, mais parce qu'il pouvait révéler des choses sur un ou plusieurs personnages compromis dans des combines inavouables. Ce ou ces personnages étaient liés avec Lecourt et celui-ci, un ambitieux qui ne pensait qu'à sa carrière politique, ne voulait pas qu'on remue la merde. Mais Wybot a fini par faire inculper Joano et l'envoyer devant la Cour de justice. On connaît la suite, elle venait de se terminer. L'essentiel était que Joseph avait échappé à l'article 75 qui prévoyait au menu la peine de mort.

Il était en taule jusqu'en 1951, mais il n'était pas à l'abri de toutes les attaques qui pleuvaient sur lui. En particulier celle du colonel Rémy qui, dans une série d'articles dans l'hebdomadaire *Carrefour*, décortiquait l'affaire Scaffa. Un peu à sa façon, il faut reconnaître, sans avoir toujours de preuves absolues. Il continuait d'attribuer à Spass la trahison de La Brosse-Montceaux malgré le témoignage de Korf.

Mais je n'en ai pas fini de mon entrevue avec maître Sénéchal.

– On a fait état, dit-elle, à la Libération des certificats de Résistance que Robert Lecourt avait donnés à Joanovici au mois de juillet. Il faut quand même avoir un certain culot... Quel est le résistant qui se trimbalait avec des certificats de Résistance avant le 25 août à Paris ?

Je reconnais que c'est énorme, mais je lui fais remarquer que Joseph, trois semaines après la Libération, s'est fait cravater avec une carte de la Gestapo, ce qui est encore plus insensé.

Dans la suite de notre entretien, on vient à parler du commissaire Clot. Germaine Sénéchal trouve qu'il n'était pas blanc-bleu, le commissaire Clot, il avait d'excellentes relations avec Monsieur Joseph et il savait beaucoup de choses. Le gouvernement provisoire lui avait confié de chapeauter les enquêtes concernant les Français en relations avec la Gestapo. Au bout de trois mois, il a conclu dans un rapport qu'environ 35 000 personnes étaient compromises dans ces histoires. 35 000 ça faisait une fantastique brochette de traîtres patentés. Une tache indélébile sur l'honneur de notre beau pays. Le général de Gaulle dans sa grande sagesse a fait boucler les dossiers pour quatre-vingt-dix-neuf ans au fort de Vincennes : *Secret Défense*. On s'est donc contenté de poursuivre les voyous, tous ceux qui s'étaient fait mettre en carte et qui avait un lourd passé judiciaire, ce qui a nourri quelques pelotons d'exécution pendant quatre ou cinq ans.

Elle savait tout ça maître Sénéchal, mais elle s'est tout de même acharnée pour venger Robert Scaffa. On va voir plus loin comment elle y est partiellement parvenue.

Nous avons laissé Monsieur Joseph dans sa cellule. On l'a réintégré à la Santé plutôt qu'à Fresnes, je ne sais pourquoi et ça n'a pas grande importance. L'essentiel c'est qu'il n'aille pas dans une prison centrale. Que peut-il bien faire de ses journées ? Ce qu'on fait tous, on arpente la cellule de la fenêtre à la porte et de la porte à la fenêtre pour se dégourdir les guibolles. Ça s'appelait naguère *piquer le dix*... Emploie-t-on encore cette expression dans nos geôles de l'an 2000 ? Les vocables aussi s'envolent et souvent c'est grand dommage.

Joseph n'avait guère d'illusions sur l'espèce humaine avant ce séjour au placard... Il avait fréquenté des drôles de vautours, des hyènes, des cloportes, des chiens enragés... seulement je suppose qu'il savoure maintenant l'ingratitude de ceux qu'il a aidés, qu'il a sauvés, nourris, blanchis... et qui se sont défilés lorsqu'il a battu le rappel pendant son procès. Courant d'air... Je ne connais pas cet homme ! C'est la bonne Lucie qui s'est ouverte de tout ça, lors de nos conversations. Elle citait des noms que je ne rapporterai pas, en tout cas ceux dont je me souviens, messieurs et dames qui n'ont pas pipé mot, n'ont pas fait un geste et encore heureux lorsqu'ils ne se sont pas rangés dans le camp ennemi.

Pas être bien malin pour imaginer qu'il tapait toujours le carton Monsieur Joseph ! Dans les prisons c'est une des activités les plus répandues, même si elle est interdite, comme c'était le cas à l'époque. On les fabriquait nous-mêmes les cartes, sur le dos des boîtes de crème de gruyère. J'ai de bons souvenirs à ce sujet... j'étais artiste en quelque sorte, considéré en tout cas tel. Je dessinais les dames de cœur, les rois de trèfle, les valets de carreau... Ça m'a fait un temps une sorte de métier... je me faisais casquer en cigarettes, en morceaux de sucre, en tablettes de chocolat... toutes choses plutôt rares que les plus riches, les maquereaux et les escrocs pouvaient cantiner. (Verbe de cantine : acheter à la cantine.)

Je suppose donc que Monsieur Joseph cantinait un maxi. Lucie Schmidt expédiait les mandats selon le barème prévu. Elle confectionnait aussi les colibards qui existaient depuis la guerre pour pallier les insuffisances alimentaires de l'administration.

Si vous voulez mon avis, notre bon Joseph recevait aussi pas mal de choses par le parachutage, des cigarettes en cartouches, des petits flacons de réconfortant, etc., les matons sont corruptibles. (On ne voit pas pourquoi ils le seraient moins que les députés, les hauts fonctionnaires, le tout un chacun qui veut se payer un peu de bon temps, de bon vin, de belles femmes...) En tout cas, vingt-cinq ans après, Lucie ne vendait pas la mèche, habituée qu'elle était à bien obéir et à la fermer.

Pour que l'existence de Monsieur Joseph soit acceptable à la Santuche, fallait bien qu'il lui en reste. Je veux dire du fric, du blé, de l'oseille, appelez ça comme vous voulez, dit la chanson. Certes, il est condamné à verser 1 milliard au titre de confiscation de profits illicites. C'est considérable en monnaie de l'époque vu le salaire du prolo de base. À cela vont s'ajouter de nouvelles condamnations donc de nouvelles amendes... et de nouvelles confiscations. Il n'en finit plus d'être ruiné Joseph. Et on lui a saisi et vendu aux enchères tous ses biens, la villa à Enghien où logeait sa famille... ses appartements parisiens... tous ses meubles, les tableaux... les tapisseries. Je dis pas les livres, ça devait pas être dans ses goûts les bibliothèques avec des incunables, des reliures anciennes, les éditions originales sur grand papier. Les nourritures terrestres pour cézig c'était la croûte... le bœuf mode, le gigot pré-salé... le haricot de mouton et le pont-l'évêque.

Drôle de ruine puisqu'on peut continuer à le ruiner. Alors d'où viennent les pépètes ? De ses amis ? ... Là, c'est le conte de fées ! Les amis, lorsque vous êtes marron, fait aux pattes, encabané, ça se métamorphose. J'ai même écrit jadis un livre pour illustrer ce propos. Ceux qui échappent à la règle, c'est qu'ils ont dehors une artillerie avec des artilleurs toujours prêts à tirer... tout le reste est littérature... Nourritures terrestres au sens gidien.

Alors ? Avec Joanovici, question fric, on est toujours dans la brouillasse... le plein mystère, plus indéchiffrable que celui de la Sainte Trinité. 1949 on le met à sec..., l'État, les douanes, les plaignants, le fisc l'essorent jusqu'à la dernière goutte. Les quelques fringues qui lui restent vont chez Lucie qui les repasse soigneux et les range dans son armoire avec de l'antimite. Elle ne roule pas en carrosse la chère Lucie. Qu'a-t-elle sauvé du naufrage ? Je ne sais. À partir de cette époque elle va vivoter dans un petit appartement, un deux pièces-cuisine rue Anatole-France à Clichy, là où je l'ai retrouvée, « vieille dame » entourée de souvenirs encadrés, accrochés sur le papier peint fané... posés sur le buffet Henri II... Joseph jeune, Joseph vieux, Joseph heureux... Joseph entouré de ses amis de la police... Joseph tout de même pas avec Hermann Brandl ou Alfred Fuchs, mais je me les imaginais pour parfaire le tableau de famille.

On se doute que tandis que son homme était au séchoir, elle était surveillée Lucie, épiée par le voisinage des braves gens qui lui souriaient dans l'escalier mais gardaient au chaud de leur cœur le numéro de téléphone d'un sbire de M. Wybot, par exemple, ou peut-être même de la P.J., épurée de ses éléments douteux... Alors elle bougeait à la prudence, elle allait venait... juste sa petite tambouille le soir, ses cigarettes blondes et ses visites à la Santuche une fois par semaine. Elle n'y allait pas en Buick comme certaines péripatéticiennes de luxe, non ! pédibus et bus ou métro. Station Glacière. C'était aussi la mienne lorsque j'usinais médiocre pendant la guerre. Je ne passe plus devant sans m'envoyer un coup de souvenir derrière la cafetière... hop ! Cul sec... Une silhouette efflanquée dans un bleu de travail qui parvenait au labeur sans enthousiasme.

Enfin, Lucie savait beaucoup de choses. Elle savait peut-être tout. Elle aimait vraiment ce gros bonhomme, celui qu'on désignait parfois comme la pire ordure, le traître, l'assassin par procuration... le profiteur immonde. Jusqu'au bout elle va tenir et ça ne sera pas fini lorsqu'il sortira de taule. Y aura de nouveau des hauts mais beaucoup de bas. C'est pas un roman qui finit sur les gondoles vénitiennes.

On a évoqué des milliards à propos des bénéfs de Joano. Il les a partagés avec bien des gens... des à croix gammée, des voyous... les poulagas d'Honneur, les fuyards et les enfuis... les enfants de celui-ci, de celle-là. Il a été le bon Dieu sans confession, le bienfaiteur du quai des Orfèvres. Un jour le bras séculier s'est abattu pour griffer les restes.

Seulement mon impression, et elle ne sera pas que la mienne, c'est qu'il en reste, et pas qu'un petit sac d'écus sous la pendule de la salle à manger de Lucie Schmidt. Savoir où se cache ce trésor ? Toute la question que se posent pas seulement les fonctionnaires du fisc et des douanes, mais aussi des tas de personnes et pas toujours des plus recommandables. Il avait des prête-noms, l'enquête ne les a pas tous découverts. Se sont-ils gavés, les vilains, profitant des malheurs du patron ? Sans doute, mais il en reste peut-être quelques-uns qui n'ont pas tout détourné... de ceux qui ne pouvaient pas. Et puis il y a les coffres, les banques... Genève... Zurich... Bâle... les voyages forment les trésors dans les paradis fiscaux. Certains journaleux laissent entendre que le gendre, Davidson, celui qui escortait Eva Joanovici lorsqu'elle fut occise en 49, après quelques velléités de retour aux sources en Israël, il a préféré les Amériques. Ses affaires n'étaient pas si florissantes, disait-on... Là-bas, elles se sont refait une santé. Peut-être qu'il a débarqué avec de jolis bagages... pas avec sa femme en tout cas, il a divorcé, Hélène est restée seule en déprime. Qu'on se mette à sa place. Le mari envolé, le papa à l'ombre et avec un nom qui continue à s'étaler en gros caractères sur les journaux dès que l'occasion se présente. Ne serait-ce que par les articles virulents du colonel Rémy. Beau être emplacardé, M'sieur Joseph, ses ennemis ne désarment pas... l'affaire Scaffa est à l'instruction. On n'en finira jamais de se poser un tas de questions sur Joano, sans pouvoir y répondre. Au procès on n'a pas vu la partie immergée de l'iceberg... un mastard à vous couler vingt *Titanic*. Aucune allusion à ses probables relations avec le Komintern devenu le Kominform, c'est-à-dire exactement la même pieuvre sous un autre nom. Ça restera l'énigme jusqu'au bout. Peut-être les Soviétiques ayant tiré le maximum de l'animal l'ont-il laissé tomber ? Tout est possible et aussi qu'ils lui aient accordé cette protection occulte qui l'a empêché de trinquer davantage.

Restent les voyous. Certes Joseph s'était plutôt servi des flics résistants pour assurer sa garde rapprochée ou lointaine. Dès ses débuts, il s'était méfié de l'engeance malfrate... Ceux qui dans la presse, pour le charger, le qualifiaient de fourgue se trompaient, pour l'excellente raison qu'il n'avait jamais eu besoin de marchandise volée. Il était assez fortiche, assez habile pour se défendre sans tomber dans l'illégalité. Sauf avec les Allemands, bien sûr, mais là il avait agi en *vue de la libération du territoire* comme il était dit dans la dernière loi d'amnistie.

Demeure l'hypothèse que les rescapés de la bande de Pierrot le Fou, tous plus ou moins anciens de la Carlingue, se seraient mis à le faire chanter, le racketter pour lui extirper peu à peu toute sa fortune planquée. Motif : venger Lafont abominablement *donné* par Joseph. Ce que soutient Henry Sergg, historien de la Gestapo.

En tout cas, en taule, Joseph n'est pas en danger et s'il y a quelques truands qui le menacent, il en est d'autres qui peuvent à l'occasion le protéger. D'anciens flics, par exemple, de ceux qui ont été éjectés de la police en 47 dans la même brouette que Fournet et Piednoir. Un policier révoqué devient facile un malfrat, la frontière est incertaine entre flics et voyous. Ils parlaient le même argot, ce qui facilite le dialogue.

Dans les années 50, les gouvernements successifs ont fait le ménage quai des Orfèvres, mais parmi ceux qui sont restés en place il en est qui sont toujours fidèles à Joseph. Ils seront de moins en moins nombreux mais on les verra surgir parfois au bon moment.

Le temps vous semble plus long en cabane, mais il passe tout de même... *Tu pleureras l'heure où tu pleures qui passera trop vitement comme passent toutes les heures*, a écrit Apollinaire. On dit que Monsieur Joseph s'est payé à la Santé un amiral de la flotte pour professeur et qu'il écrit maintenant des lettres entières de cinq, six pages à Vincent Auriol, aux divers présidents du Conseil qui se succèdent tous les six mois à la tête du gouvernement, pour protester contre l'acharnement injustifié de l'Administration à son égard. Les bafouilles en question dont j'ai acquis quelques doubles sur papier pelure sont fort bien rédigées. Ce qui laisse supposer que maître Charles Delaunay les a revues sérieusement. Quant à l'amiral, ça me paraît une invention d'un de ces farceurs plumitifs qui sévissaient à l'époque dans *France Dimanche* et à *Samedi soir*. Un amiral condamné pour collaboration ne pouvait pas être à la Santé... les derniers collabos purgeaient leur peine en centrale. Il me faut donc en déduire que si amiral il y a, c'était un escroc. J'en ai rencontré pas mal au placard, des amiraux, généraux ou colonels bidon, certains même nous arrivaient en uniforme. Ça faisait partie de la mythomanie mère de tous les escrocs, les déguisements militaires ou religieux. Enfin, je suis obligé de mettre tout ça au passé... les uniformes ne sont plus nécessaires dans l'abus de confiance, les évêques de nos jours se traînent en destroy, fringués en toutes sortes de gugusses pour être mieux à même de porter témoignage du Christ parmi le peuple, disent-ils.

Maître Delaunay fait traîner les affaires... instructions... correctionnelles et les cours d'appel... l'essentiel est de gagner du temps pour qu'il puisse bénéficier du système de remise de peine qui était alors en application pour tous les détenus des maisons d'arrêt. Ça s'appelait le quart cellulaire... une réduction de peine d'un mois sur quatre. Avec ses cinq pigettes, Monsieur Joseph pouvait espérer s'arracher de l'ergastule au bout de quarante mois... à la fin du printemps 1951, de quoi voir les fleurs et les petits oiseaux sur les arbres fruitiers.

Si ce n'était ces enfifrés des douanes, les choses pourraient se tasser. Joseph finirait bien par casquer ses impôts à la traîne et reprendre le collier. Les douanes ont toujours été la bête de proie au-dessus de sa tête. Dans la chronologie de ses malheurs, c'est elles qui ont commencé à fouiner dans ses affaires. Dès 1945, une enquête de leurs services fut dépêchée au siège d'un de ses établissements... dont le gérant était ce brave général Barré : l'association, parisienne et industrielle, sise au 6, rue de Téhéran en plein quartier chic. Quelqu'un l'avait dénoncé pour trafic de devises. Ça fonctionne sérieux la délation avec les douanes. Mais pour peu qu'on gamberge un peu, les délateurs et délatrices ont toujours du pain sur leur planche à lettres anonymes... Juifs, résistants, gaullistes, communistes signalés à la kommandantur pendant l'Occupe... traîtres, pétainistes, nazis mineurs, gestapistes et suceuses de fritz après la Libération. Et toujours le fisc, les douanes. Pensez s'ils se bégalent les inspecteurs douaniers rue de Téhéran... et ceux-là alors, des moustachus incorruptibles. Il avait prévu bien des cagades possibles, Joano, seulement pour prendre les hommes de la douane en amont, ça nécessite une gymnastique d'esprit peu ordinaire. Génial à bien des égards, notre Joseph, mais il y a toujours une faille. Ils s'y sont donc introduits nos zélés enquêteurs... de fil de laiton en aiguille de non-ferreux, ils ont fini par mettre leurs projecteurs sur toutes les activités bizarres de leur client... ils ont rencontré les bureaux d'achat... l'Abwehr... la Gestapo... les joyeux drilles de la rue Lauriston. Et cette partie-là concernait M. Wybot, un homme qui se passionnait pour son métier de flic. On lui a donc refilé la meilleure partie du dossier.

Ça vous pousse à des sérieuses réflexions lorsque vous démange le prurit de la foire d'empoigne. On peut vivoter certes en marge, planqué, honteux de son carbure mal acquis, mais pour briller, manier des grosses pelletées d'or, halte à la douane ! Elle arrive, elle vous salue poliment, et le reste n'est plus qu'une question de procédure.

Puisque je viens d'évoquer M. Wybot, il a une autre qualité essentielle pour un flic, il est tenace, le zèbre... son Joano, il estime qu'il lui a tout de même échappé dans les grandes largeurs. Il le voulait pantelant, en charpie sanglante au poteau d'exécution du fort de Montrouge. C'est là que se passaient les plus belles aurores, selon Paul Éluard... le poète... celles où le traître succombe. Grâce à des protections haut placées, Joseph avait limité les dégâts, il allait sortir de taule au bout de trois ans et demi. Pouvait-il le rattraper ? L'instruction de l'affaire Scaffa n'apportait aucune preuve évidente de sa complicité avec les tueurs. S'il les avait commandités, ceux-ci n'allaient pas le balancer, l'évidence !

Depuis 49, ça se tassait dans la République quatrième, les histoires de l'Occupe, la Libération, les règlements de comptes de la Résistance. Doucement s'étaient installés aux commandes des gens comme M. Queuille dont on disait qu'avec lui « on était sûr d'où on allait pas... » des rescapés de la IIIe passés maîtres dans l'art d'éteindre les conflits. Le général de Gaulle désespérait de revenir au pouvoir... même les communistes, leurs chefs : Duclos, Frachon et je ne sais quel tâcheron de plume de *L'Humanité* se faisaient foutre carrément au trou, sans plus s'exciter que pour une augmentation de salaire. Queuille ou André Marie ou René Mayer les laissaient défiler... un Bastille-Nation de plus, ça les empêchait pas de poursuivre sans conviction la guerre d'Indochine... d'augmenter les prix des transports en commun... d'aller tendre un peu la sébile à Washington...

Ainsi les choses de la France. Pas des plus brillantes, mais le citoyen lambda s'en tapait les couilles, on lui faisait reluire l'espérance avec des 4 CV, des Frigidaires à tempérament... et des vacances sous les cocotiers du Club Med naissant... la future société idéale de consommation.

Donc il va sortir notre bon Monsieur Joseph, la date approche, le 23 août, mais il pose un sacré problème aux autorités compétentes. Il n'a plus de patrie cet homme. Kichinev, sa ville de naissance, est revenue à l'U.R.S.S. depuis 1944. Lui, si désireux d'être citoyen soviétique en 1940, il tient pas à retourner là-bas. Il a des ondes, il sait que Staline, *l'homme que nous aimons le plus* (dixit ses partisans), risque de l'envoyer aux sports d'hiver en Sibérie. Sous sa bonne moustagache de petit père des peuples se cache un antisémitisme sournois. Peut-être Joano a-t-il servi la cause, craché au bassinet pour les lendemains qui chantent mais il se méfie. À aucun moment il ne manifeste le désir de retourner dans son bled d'origine. On est en pleine guerre froide. Ce n'est pas dans l'esprit du moment de refourguer des gens aux soviets. Alors quoi ? Lorsqu'un étranger a fini sa peine on le renvoie dans son pays... l'Italie, l'Espagne, la Belgique... Monsieur Joseph, on songe un peu à l'expédier vers Israël. Tout Juif qui le désire a droit à la loi du retour, seulement là encore, y a quelques lames de rasoir dans la salade. Ne va-t-on pas lui demander des comptes à Tel-Aviv en débarquant, lui poser quelques questions à propos de ses fréquentations douteuses de l'avenue Foch ?

Même s'il s'orientait vers cette solution, ça serait faire bon marché de la douane et de la Direction générale des impôts. On ne va pas le laisser partir comme ça en laissant une pareille ardoise, il doit y avoir encore quelques moyens de lui arracher les derniers poils du cul.

Dans la vie, l'amour, la politique, on trouve toujours des

solutions. On ne peut tout de même pas le relarguer en plein Clichy afin qu'il recommence à ferrailler, revendre au prix fort ce qui traîne au prix faible... Ça serait encore l'occase d'un scandale, la république en a à revendre des scandales, elle en déglutit chaque jour... trafics de piastres, les complots de généraux... les bons d'Arras... le poumon d'acier... la coupe est pleine !

On se consulte, je me doute, dans les cabinets, au ministère de la Justice, de l'Intérieur entre M. Edgar Faure et Brune. On convoque les flics, Wybot en tête. Et voilà... quelqu'un, on ne saura jamais qui, dit « Mende ! » Comme si c'était une grossièreté, Mende ! Où c'est, Mende ? demande un ministre. C'est en Lozère, un département quelque peu déshérité, oublié des routes et circuits touristiques. On va l'assigner à résidence à Mende notre monstre. Le peuple se contentera de Mende pour satisfaire sa soif de justice. À Mende, il doit y avoir des chèvres, eh bien, il ira les garder comme le père Dominici qui va bientôt lui bouffer la vedette du fait divers à la une.

Peut-être qu'il gagnera beaucoup d'argent avec le lait de ses chèvres et qu'il finira par désaltérer ces messieurs de la douane.

La villégiature

Conscienciеux historiographe, moi, j'y ai été à Mende, chef-lieu de la Lozère... Altitude 731 mètres, nous renseigne un dépliant de la mairie. En 1951... un peu moins de 8 000 habitants... ça permet pas d'amortir l'investissement d'une boîte de nuit. Les soirées d'avant la téléreine, à Mende, ça ne donnait pas dans les décibels juvéniles. Avant que ne leur parvienne Monsieur Joseph dans la région, les hommes n'avaient eu que la bête du Gévaudan pour s'intéresser à autre chose qu'aux arrière-trains-trains quotidiens des dames et demoiselles du cru. J'ai failli d'ailleurs m'y mettre moi aussi à la bête du Gévaudan. À Mende, un éleveur de loups fort chaleureux m'a presque convaincu de laisser tomber Joanovici pour me consacrer avec lui à rechercher la vérité sur cette fameuse bête. On en est toujours deux siècles et demi plus tard aux conjectures... Était-ce un loup ?... Une hyène échappée d'une ménagerie ?... Un brigand-garou pédophile puisque les victimes étaient toujours des petites bergères ?... À l'époque, il n'y avait pas tout l'arsenal scientifique dont disposent aujourd'hui les services de police... empreintes génétiques ou autres. Alors pensez si la bête se donnait du bon temps par les prairies et les bois !

Monsieur Joseph, je me suis demandé ce qu'il a pu penser en débarquant à Mende. Un soir... un matin ?... Je ne sais pas non plus s'il pleuvait, soleillait ou quoi. En tout cas la fidèle Lucie l'accompagnait, venue par le train S.N.C.F. comme tout un chacun et sans doute pour ne pas donner prise aux ragots journalistiques. La presse a déjà annoncé sa levée d'écrou avec des commentaires plutôt désobligeants. « Le chiffonnier milliardaire est libre. » Ça l'a toujours énervé, Joseph, qu'on le réduise chiftir. Durant son procès, il s'est même accroché avec le président à ce propos. « Je *souis* ferrailleur, Monsieur le *présidente.* » Avec véhémence, ce qui lui arrive rarement... et d'expliquer qu'il n'avait jamais crocheté dans les poubelles, comme le racontent les méchantes langues... qu'il a débuté avec une charrette à cheval. C'est un point qu'il relève toujours, ça le rabaisse qu'on le traite de chiffonnier, il a une espèce d'amour-propre qu'il place là.

Trois ans et demi de taule, on a beau dire, ça se fait pas sur une jambe. Certes, il avait pris ses aises au maxi, il se faisait gâter par les matons, reste que les barreaux toujours devant vos fenêtres, ça vous rend l'humeur maussade. Avait-il changé... vieilli ? À regarder les clichés pris à sa sortie, ça ne paraît pas. Il est toujours rubicond, Joseph... la bonne trogne bien nourrie et souriante... toujours la brioche, il a pu renfiler ses frocs sans que Lucie ait besoin d'en resserrer la taille. Ça aussi ça faisait partie de son rituel... les falzars toujours prêts à être enfilés dans sa chambre. Au temps de sa gloire, il se faisait couper sur mesure, par un pote tailleur du Sentier, peut-être dix, douze costards bleus croisés à fines rayures. Les mêmes exactement et il en avait deux, trois, selon ses points de chute, ses divers domiciles... et un, toujours prêt, installé sur un valet à roulettes au pied de son lit. Il se tachait souvent à table, il aimait les plats en sauce, il lui en restait sur le plastron, sur le bénard, il perdait pas de temps en nettoyage. Il bondissait dans le froc propre... déjà ouvert avec de jolies bretelles. C'est un cadeau qu'il aimait bien les bretelles... Lucie et Greta Koch lui en offraient aux anniversaires... des multicolores.

Les poulets lui ont donné un court délai pour décarrer de Clichy... trois, quatre jours au plus de répit... ce qu'on accordait aux tricards avant que Paris, Lyon ou Marseille leur soient interdits de séjour. Ils passaient chercher leur carnet de trique au quai des Orfèvres, ça permettait de causer un peu avec messieurs les archers... ils y prenaient des arrangements, s'il s'agissait de jeunes gens condamnés pour avoir permis à quelques dames de les entretenir grâce à leurs activités fessières... ça leur était plutôt duraille d'aller exercer leurs talents protecteurs dans un village breton, normand ou sur les bords de la Loire en de charmantes bourgades. Moyennant quelques petits tuyaux, renseignements sur leurs homologues de la gent voyoute, ils obtenaient ce qu'on appelait un condé... à savoir une autorisation discrète du commissaire untel, Maigret, Fandor, Lebon ou l'inspecteur Borniche en personne chair et os. Comme ça qu'on devenait indicateur de police... par la force des choses. C'était parfois une facilité qui coûtait plus cher que l'exil en province... le Milieu se méfiait a priori des tricards qui circulaient impunément dans les grandes villes.

Excusez cet aparté, c'est pour mieux vous instruire, mes chères lectrices de charme, et vous, mes lecteurs fidèles. C'était ainsi. Maintenant il paraît qu'avec les écoutes téléphonique, l'indic a perdu son rôle primordial dans le bon fonctionnement de la machine policière. Un tas de petites choses disparaissent en cette fin de siècle. Les jeunots nés de l'après-Mai 68, ils connaissent plus les maréchaux-ferrants, les bourreliers, les rempailleurs de chaises et les CD ont évincé irrémédiable les chanteurs de rue, les limonaires qui nous débitaient *Sous les ponts de Paris* et *Sois bonne ô ma belle inconnue*...

Joseph au théâtre il serait une rondeur, il va le rester presque jusqu'au dernier épisode de son existence, son ultime sortie de prison. Qu'en est-il de sa vie sexuelle ? On a bien peu de précisions à ce sujet scabreux. Je n'ai pas osé aborder ces bricoles du derrière et des dessous de draps avec Lucie. Elle prêtait pas à ce genre de confidences. Il se peut que ça me fasse du tort auprès de mes coquines clientes et des vétilleux critiques. Le sexe conditionne tout depuis les découvertes du docteur Sigmund, alors dans nos romans, récits, essais, études historiques, il est quasi obligatoire que ça coïte et suce et sodomise et broute-minou en toute circonstance. Sur le marché du livre aujourd'hui, c'est quasi indispensable... que les petites culottes s'écartent tandis que s'ouvrent les braguettes avides...

qu'on se grignote le trou du cul à qui mieux mieux avec la bénédiction de monseigneur Gaillot.

En général je suis pas bégueule dans mes œuvres de toutes ces choses *hard*... je sacrifie volontiers aux joyeuses parties de crougnougnousse... hélas ici... à Mende, avec Joseph qui se présente en compagnie de Lucie à la gendarmerie, ça me paraît superflu... mal-t-à propos. Sans doute ont-ils sacrifié aux plaisirs de la chair leur première nuit à Clichy... C'est la moindre des choses après trois ans et demi d'abstinence. Je vois pas bien à vous narrer là-dessus... m'immiscer dans leur plumard et, à vrai dire, Monsieur Joseph, il vous prête pas à des rêvasseries de cet ordre. Tout ce qu'on sait de lui nous laisse entendre qu'il n'était pas un bon client pour les médicastres freudiens.

Il devait obligatoirement se rendre chez les pandores de Mende pour faire viser son carnet d'assigné à résidence. J'ai connu ça... en liberté conditionnelle dans un sanatorium, j'avais mon carnet à faire tamponner régulièrement.

On m'a raconté des choses au sujet de cette première visite de Joano à la gendarmerie de Mende... que le brigadier de service, qui avait brillé dans la Résistance lozérienne, n'a pu se retenir de cracher aux pieds de Joseph en le raccompagnant à la porte... slaf ! sur le perron, les marches, je ne sais... Et naturellement Monsieur Joseph a pris l'affront avec son habile habituel sourire.

– *Jé* vous prouverai que vous vous trompez, *mossieur lé brigadière.*

Je ne garantis pas l'anecdote, on ne prête qu'aux riches ferrailleurs... en tout cas, quelques semaines plus tard, le brigadier en question venait taper le carton avec lui à l'hôtel de Paris. Jeu d'enfant pour Joano que de retourner et se mettre en fouille un lourdaud de la maréchaussée.

Il va passer six ans à Mende, notre cher Joano. Un bail ! De quoi s'imprégner du climat lozérien... se respirer l'air pur de la vallée du Lot. Ça paraît pas tellement qu'il se soit dégourdi les guibolles dans les sentiers feuillus de la région. Les journalistes assez nombreux se sont relayés pour l'observer. Ils ont noté qu'il allait souvent le matin vers les 11 heures jusqu'à la cathédrale, qu'il y entrait parfois pour visiter la crypte du XIIIe siècle. S'était-il pris de passion pour l'art gothique ? Ça ne paraît pas... Non plus qu'il ait eu quelques velléités de se convertir au catholicisme. La religion ne l'intéressait pas, même la sienne à laquelle il n'avait prouvé qu'une fidélité monétaire, ce qui devait lui paraître suffisant.

En sortant de la Préfecture de police où deux flics l'avaient escorté depuis la porte du 42, rue de la Santé, il avait fait une courte déclaration aux journalistes qui se pressaient, dans laquelle il se disait ruiné et qu'on avait toujours menti à son propos... qu'il n'avait jamais été chiffonnier, ni milliardaire, ni escroc... qu'il ne demandait plus maintenant qu'à pouvoir travailler en paix, afin de pouvoir payer les échéances que lui ont imposées les douanes et le fisc.

Le lendemain, ça donnait des titres croquignolets dans les quotidiens. « J'ai trop souffert pour la France, déclare Joanovici en quittant la Santé. » « Je n'ai plus que 300 francs en poche, nous dit le célèbre escroc chiffonnier libéré de prison avant d'avoir accompli entièrement sa peine. »

Les 300 balles en question devaient être ce qui restait sur son compte au greffe de la Santé. Lucie était arrivée chicos arborant un joli chapeau pour faire honneur à son libéré. Officiellement elle pouvait toujours se targuer d'avoir quelques économies. Ça allait lui permettre de se loger avec son chéri convenablement.

À Mende, le Grand Hôtel de Paris et de la poste, rien que l'énoncé vous indique pas le Claridge ou le Négresco, il est fréquenté par des commerçants aisés, des V.R.P., quelques rares touristes en mal de culture qui s'intéressent au porche de la cathédrale et peut-être, eux aussi, à la recherche des dernières traces de la bête du Gévaudan. Je vous passe un peu les détails de l'installation... probable que les biffetons sortis du sac de Lucie ont éclairé d'un beau sourire le visage des tauliers, M. et Mme Privat. J'écris tauliers et bien vite je rentre l'encre de ce mot dans mon stylo... N'est-ce pas ? c'est une façon trop cavalière de désigner ces honnêtes gargotiers. Lorsqu'ils ont su que

Joanovici voulait s'installer dans leur castel, ils ont dû avoir un premier mouvement de quoi au juste – de crainte ? de honte d'avoir à loger un tel affreux... trafiquant, traître... etc. Beau être au fin fond de leur cambrousse, par la presse et la radio, ils avaient entendu parler du chiffonnier milliardaire. Ils en avaient une idée sans doute approximative mais défavorable.

Il me semble vous avoir dit qu'un témoin au procès avait rapporté que Monsieur Joseph, à l'hôtel Lutétia, il lui suffisait de pénétrer dans le palace... une heure plus tard, il était au mieux avec tous les officiers allemands qu'il avait rencontrés. C'était connu, il renversait toutes les vapeurs, il séduisait les plus rétifs... boches, matons, flics ou voyous... alors, pensez, M. Privat et sa dame s'ils furent en deux coups les gros réduits admirateurs, subjugués par notre homme. D'autant plus qu'il montrait patte blanche friquée... Il avait loué deux chambres au deuxième... l'une d'elles servirait de bureau où Lucie serait en permanence avec sa machine à écrire.

Les premiers jours, aux alentours, la flicaille s'est mise à rôder... les journalistes du cru ou d'ailleurs... les photographes style paparazzi guettant la sortie du phénomène. En vain... il est resté dans sa piaule, on a simplement appris qu'il se faisait installer une ligne téléphonique pour ne pas avoir à descendre dans le bureau de M. Privat pour ses communications. Et très vite elles furent nombreuses, c'était pour lui la seule façon de reprendre un peu d'activité. Quelques mois plus tard, on parlera de notes mensuelles énormes aux P.T.T.... 70 000 francs, puis 300 000, et certains affirmeront qu'elles atteignirent le million. Nous verrons plus loin ce qu'il en est, laissons-le sortir du tunnel. Ça vous perturbe les habitudes, les longues villégiatures en taule. Il reprend petit à petit ses aises, il fait monter ses repas dans la chambre, il ne tient pas à s'exposer à la curiosité des clients dans le restaurant. Bien vite, M. Privat lui propose de prendre ses repas avec Lucie à sa propre table... un honneur pour lui... c'est dire s'il a réussi à se les mettre en fouillouse... une opération magique.

Lorsque les curieux se sont lassés, il a risqué quelques pas boulevard du Soubeyran, et puis vers le Lot... les rives, l'allée des Soupirs. Sa première intrusion dans la cathédrale fut remarquée... déjà dans la vieille province française, n'importe quel étranger en vadrouille faisait s'écarter aux fenêtres les rideaux, avec en planque derrière les commères toujours à leur poste, tricot aux pognes, matou sur les genoux et le ragoût à mijoter sur la cuisinière... on imagine leur régal d'avoir dans le champ visuel Joanovici en panoramique qui déambule le chapeau mou vissé sur le crâne. Quelquefois une femme l'accompagne... oh, sans doute une *créature*, comme on disait dans les couloirs, sur le pas des portes et même à la sortie de la messe, pour désigner ce qu'on apparentait à une pute. Notez que Lucie n'a pas le genre, ça n'a jamais été son style de pavoiser du prosinard sur des talons aiguilles, d'inciter les pauvres hommes aux rêveries palucheuses avec une laiterie moulée dans la soie.

Il s'en fout, Joseph... ragotera qui ragotera le dernier ! Il se tient à carreau... et même à pique ou à trèfle, le soir quand il tape la belote avec M'sieur Privat et deux habitués. Tout recommence comme à Saint-Ouen, Clichy... boulevard Malesherbes, aux Deux Cocottes, chez Marius ou à la Santuche... dix de der ! Il joue aérien Joseph, les brèmes lui glissent dans les pognes. Un coup de châsse sur son jeu et il connaît la suite... Il se prend au plaisir de gagner pour offrir ensuite la tournée... il perd quand il sent que c'est utile. Il y va mollo avec ces plouques... surtout pas les effaroucher, les rendre hargneux... s'en faire des ennemis potentiels. Il va avoir besoin de l'opinion plutôt favorable... à Paris ça redémarre... toujours ce colonel Rémy qui s'est remis à l'accuser, à le mettre directement en cause dans l'affaire Scaffa. Ça n'arrêtera donc jamais... des articles à n'en plus finir... suite à la semaine prochaine. Il va être obligé de répondre, de consulter maître Delaunay à ce sujet.

Débarquent à Mende des amis, des relations et puis ses filles qui viennent avec leurs rejetons pour faire la bise au pépé. Il reçoit. Il prépare sa rentrée... c'est déjà fait par téléphone, le frère Marcel en Suisse reçoit des consignes. On ne peut tout de même pas lui reprocher de se remettre sur le turbin, puisqu'il a pris un arrangement provisoire avec le percepteur, qu'il doit lui envoyer chaque mois 2 briques. D'où les sortirait-il ces 2 millions, s'il n'achetait pas à coups de téléphone des quantités de vieux métaux, s'il ne savait pas où les revendre. Il a toujours une cheville pour la récupération du matériel américain... une combine avec des zèbres qui sillonnent la zone d'occupation U.S..

Des photographes ont réussi à le clichetonner en robe de chambre. Ça va permettre quelques beaux titres. « De sa chambre d'hôtel à Mende, Monsieur Joseph a repris la direction de son empire par téléphone. » C'est presque vrai. Certes, il lui manque les possibilités de se mouvoir... au bigophone on n'arrivera jamais à tout contrôler... jauger... se faire une idée juste avec la voix lointaine d'un interlocuteur.

Pour reprendre pied si rapidos, c'est certainement pas avec ses 300 balles de pécule de réserve à la Santé et les économies de Lucie qu'il a pu amorcer la pompe. Il y a Marcel à Genève et quelques autres à New York, à Washington, à Munich, c'est ça qui gonfle sa note aux P.T.T., les conversations avec l'Amérique, l'Afrique du Nord, l'Égypte. Il refourgue quoi ? par où ? par qui ? J'ai pas eu le temps d'investiguer jusque-là. Même les spécialistes, ceux des douanes, laissaient courir, on a l'impression. Leur politique, c'était qu'ils puissent récupérer le maximum sur le dos de la nouvelle bête du Gévaudan.

Les ferrailleurs, c'est un monde à part, on se pointe pas chez eux comme au Grand Hôtel de Paris et de la poste, surtout qu'ils sont plus méfiants que M. Privat. Ils se connaissent tous, même s'ils ont parfois de sévères problèmes à résoudre entre clans... Arménouches, Juifs ou Auvergnats, mais ils ont comme une solidarité qui fonctionne lorsqu'un ennemi commun se pointe dans leur domaine réservé.

En Lozère, à ce moment-là, le seul de la profession, c'est un nommé Georges Mercier, installé à Marvejols à vingt-cinq bornes de Mende. Jusqu'alors il ne s'est jamais fait remarquer... son petit bonhomme de chemin métallique. Il ramasse, il revend et il n'a même jamais eu d'ennuis avec les fureteurs fiscaux. Ça va changer pour cézig, le ciel lui envoie saint Joseph. Dans un premier temps, tout beau, tout neuf, pour son bonheur, sa prospérité ! Ensuite, les choses vont tourner vinaigre pour son malheur, le déshonneur de sa famille.

J'ai essayé de le rencontrer ce M. Mercier, en 1973, en son fief de Marvejols. S'il m'a claqué la porte au nez dès que j'ai prononcé le nom de Joanovici ! À peine eu le temps d'entrevoir, un type plutôt balèze... les traits taillés à coups de serpe... n'est-ce pas, ce qu'on écrit lorsqu'on a pas le temps de bien détailler. Je voulais pourtant pas l'accabler, il a été en définitive plus victime que complice de Joseph. Et plus tard son fils m'a écrit après sa mort, lorsqu'il a appris que je préparais le chef-d'œuvre que vous êtes en train de vous gaver visuel... il m'a envoyé des coupures de presse concernant son papa, avec quelques précisions... qu'il avait été mis au trou pour que dalle, qu'on l'avait traîné dans la fiente, tout ça à cause de ce salaud de Joseph ! Je vous donnerai quelques précisions lorsque j'en serai au chapitre concernant sa fuite de Mende en 1957... les histoires d'escroqueries à la T.V.A., ne vous impatientez pas trop, lecteurs chéris, chaque chose en son temps perdu... sa recherche... Toujours la même démarche plumitive aussi bien chez les ferrailleurs que du côté de Guermantes, Sodome et Gomorrhe... chez Swann et tutti Proust.

Pour circuler, les premiers mois, Joseph devait demander la permission aux gendarmes. Il sentait une surveillance constante sur ses faits et gestes, si bien qu'il s'est adressé au député-maire Jean Mazel par l'entremise du bâtonnier de l'Ordre en Lozère, maître Armand Navecth, pour demander qu'on lève le dispositif de sécurité qui l'entourait. Ça le gênait pour se rendre à Marvejols, s'occuper de l'essor d'une affaire d'un de ses amis à laquelle il s'intéresse particulièrement... c'te bonne paire !

La bafouille adressée au député-maire eut des retombées favorables. Il était évident que tout cet appareil policier pour le surveiller ne servait à rien. S'il avait voulu se tirer, ça lui était d'une facilité de débutant. Des amis n'avaient qu'à l'attendre au cours d'une de ses promenades avec une jolie traction comme il en roulait encore en 1952 et adieu la valise, mes chers poulets !

Nous avançons un peu dans les mois... l'automne avec ses feuilles rouille, les flocons hivernaux... les frimas et le renouveau du printemps. Joseph se rend de plus en plus chez Georges Mercier qui est devenu sa couverture, son prête-nom. Pour le moment il n'a qu'à s'en réjouir, le gros Georges, il en recueille des miettes d'or... bientôt il roulera avec une des premières D.S. mises sur le marché de l'automobile. L'autre, le Bessarabien chiftir ou non, dès qu'il touche quelque chose ça se met à résonner musette... le pognon rapplique. Il téléphone et la fée fric décroche.

Ce que me disait maître Delaunay lors d'une de nos conversations... un homme pareil aurait dû être ministre des finances. À l'époque certes M. Pinay, lui aussi, faisait des miracles en indexant son emprunt sur l'or... Maintenant, il va avoir deux pied-à-terre Joseph, toujours ses deux piaules à Mende qu'il a fait transformer en appartement et puis une chambre confortable à l'hôtel de la Paix à Marvejols. Lucie Schmidt est remontée à Clichy... près de Paris pour agir au mieux des intérêts de son patron. Et lui, il aime mieux se mouvoir seul... il rajeunit, il se sent redevenir le M'sieur Joseph des belles années de l'Occupe où il était au four de la Gestapo et au moulin de la Résistance. Il a conquis Mende comme Napoléon l'île d'Elbe. Tout monde maintenant lui sourit, les campagnards lèvent leurs gapettes sur son passage. Il a refilé une enveloppe au curé pour équiper son patronage en matériel de foot... une autre pour les pauvres de la paroisse. Il est reçu partout... chez les anciens maquisards, il donne pour les orphelins de la Résistance. Et bien sûr, les flics sous forme ici de gendarmes à pied qu'il invite à l'apéro, à l'écarté, à la belote. Comment a-t-on pu, à Paris, emmerder un homme pareil ! C'est un Juif, susurrent quelques vieux antisémites. Ici ça ne touche pas, les gens ne savent pas ce que c'est qu'un Juif, ça leur paraît, vu le modèle, assez semblable à un Auvergnat.

Ça y est, la légende le rejoint. On dit que les Américains lui ont proposé 100 000 dollars pour ses Mémoires. Il trouverait bien un tâcheron de plume pour les rédiger, on a vu plus tard un autre Joseph faire une belle carrière en librairie de cette façon. Ça ne l'intéresse pas, Joano... sa vie c'est la ferraille... il aime les métaux, la rouille, le tungstène, le nickel. Près de Marvejols en se promenant, il a découvert un filon... un secteur où la bonne terre de Lozère contient 15 p. 100 de cuivre. Et puis comme tout se sait et se colporte dans ce bled, on murmure qu'il a une liaison avec une dame de Marvejols. C'est peut-être pour ça qu'il a réexpédié sa chère Lucie à Clichy... les hommes sont ce qu'ils sont, toujours à courir après leur queue. Pas eu le loisir de m'attarder sur cette amourette... les circonstances... les fleurs... s'il lui a envoyé des chocolats. Si tout ça était une belle parenthèse sans tache ou si la Marvejolaise en question s'est fait offrir quelques quincailles de prix.

Ça s'est pas trop ébruité, ça n'a duré qu'un seul été et sans intéresser les douanes, n'est-ce pas là l'essentiel ?

On prétend que des voyous racketteurs sont descendus pour le mettre à l'amende jusqu'en Lozère. Savoir... Pas facile de circuler dans ce département du bout du monde sans se faire remarquer. Une 403 s'arrête le long d'un bois, un homme en costard croisé, borsalino sur la tronche, descend faire un petit pipi... il a pas extirpé sa verge de son froc que déjà, au village voisin, on connaît l'arbre qu'il va arroser.

Je dis... je me pale d'imagination. J'ai eu le loisir d'observer l'engeance voyoute... ils ont du mal à être discrets... c'est toujours des pompes bicolores... les badas... le poil de chameau sur le lardeuss... je parle pas des bagouses aux doigts... des holsters qu'on leur devine sous le veston.

On dit, on répétera à l'envi plus tard qu'ils sont venus, en amis, becter avec leur pote Joseph. On cite des noms : Jo Attia, Boucheseiche... de grandes pointures du mitan. Là encore, on reste dans les conjectures incertaines. En tout cas, à cette époque, les choses entre eux se sont pas trop mal passées, Joseph a su les rassurer, les assurer, les envelopper de sa dialectique super-roumaine. Il en avait vu d'autres, des encore plus redoutables et ceux-là en uniforme vert.

Nous allons le laisser pour l'instant entre Mende et Marvejols... à Paris va se dérouler sans lui un glandilleux procès. Je suppose qu'il le suit chaque jour dans la presse et à la radio.

Les salauds vont en enfer

Toute cette écume qui se réclame aujourd'hui de la Résistance...
Claude Guy, *En écoutant de Gaulle*

Le 4 mars 1952, l'affaire Scaffa arrive enfin devant les assises de la Seine. Près de huit ans après les faits, Lucien Piednoir et Georges Beau sont dans le box de justice. Là encore, beaucoup de gens sont persuadés qu'il manque le personnage principal de ce roman politico-policier. Le colonel Rémy va se déchaîner dans la presse, sans toutefois demander à être entendu. Monsieur Joseph lui a écrit pour répondre à ses attaques et a demandé à être confronté avec lui devant un jury d'honneur. En vain, le colonel estime qu'il n'a pas à rendre des comptes à un traître, un homme qu'il désigne comme agent de la Gestapo.

C'est un épisode important sur le parcours extraordinaire de Joanovici. Échappant à l'accusation d'être derrière l'assassinat de Robert Scaffa, il sauve, ou il espère sauver l'honneur. Il maintient la thèse d'avoir roulé les Allemands sur toute la ligne pour aider la Résistance. On sait ce qu'il y a de pour et de contre dans cette balance. Il a sauvé combien cent cinquante...

deux cents personnes, on ne sait au juste, mais il a dîné, bouffé et s'est goinfré avec les soldats du diable puisque la Cour de justice lui a tout de même collé cinq ans pour Collaboration économique. On lui a saisi tous ses biens, son fric jusqu'à concurrence de 50 millions, mais il a sans doute gardé de quoi repartir à la conquête de l'empire de la ferraille.

On ne peut pas passer sous silence le procès Scaffa même si la justice ne l'a pas mis sur le banc d'infamie avec Piednoir et Beau. Son déroulement va laisser planer non seulement un doute mais une menace sur les témoins, sur les jurés peut-être. N'empêche qu'un garçon de dix-neuf ans a été liquidé salement et on se demande encore pourquoi. Je m'identifie d'autant plus à Robert Scaffa que j'avais à l'époque le même âge que lui et que j'aurais pu me retrouver dans une galère semblable puisque je me livrais aux mêmes activités clandestines... transports d'armes, de tracts, messager de ceci-cela... navette à vélo entre un maquis en Sologne et Paris. Mes chefs, je les rencontrais à des rendez-vous secrets où m'envoyaient tels ou tels responsables. On me remettait des paquets... je trimbalais des flingues, des mitraillettes Sten démontées dans les sacoches de ma bicyclette sans dérailleur. Ça vous fait de belles jambes pour peu qu'on ait la chance de bifurquer avant les barrages de Feldgendarmes, se planquer à plat ventre dans l'herbe humide d'un fossé le long d'une route au passage de motards, camions blindés... d'automitrailleuses conduites par des guerriers sans état d'âme.

Robert Scaffa, c'était sa maman qui l'avait introduit dans le réseau *Résistance*. Elle était amie avec Robert Lecourt qui a joué un rôle curieux dans cette affaire. Nous avons vu plus haut le déroulement des événements... les mensonges des uns et des autres. C'est Lucien Piednoir dit Bourguignon dans la clandestinité, le premier rôle de ce long métrage.

Je l'ai rencontré le 28 juin 1973 sur le quai de la gare de Beauvais M. Piednoir. Il m'avait écrit de longues lettres pour me démontrer son innocence, faire état de ses actions d'éclat... ses décorations... des certificats qui lui étaient favorables. Je vous ai dit l'impression déplaisante qu'il m'a faite... Il a épaissi, si on le compare avec les photos du procès, sa chevelure noire est passée au gris. Ça fait vingt-cinq ans cette rencontre... S'il est encore vivant il doit être devenu tout blanc ou tout chauve sur la fin de sa triste existence. Il s'exprimait avec un vocabulaire très restreint... il se répétait... se glorifiait encore de la liquidation de Robert Scaffa. « C'était un traître. » Il ne me dit rien que je ne sache déjà.

C'est un bien mince personnage celui que ses potes de la Préfecture appelaient Pied-Pied lorsqu'il pavanait héros de la Résistance. Sans cette exécution sordide de Scaffa, je ne peux même pas me dire qu'il aurait fait carrière soit chez les flics, soit dans un quelconque parti politique, il manquait tout de même un peu trop d'envergure.

Il me laisse juste une image de tueur, d'exécuteur de tout à fait basses œuvres... un cloporte qui réussira jamais sa métamorphose.

À lui reconnaître toutefois qu'il est toujours resté fidèle à son patron Monsieur Joseph. Il me l'a portraituré en chevalier Bayard patriote.

En l'interrogeant gentiment, il a fini par m'avouer qu'il gagnait sa croûte dans une entreprise de récupération de vieux métaux après avoir galéré dans un tas de boulots minables en sortant de prison. Je lui ai pas demandé comment il était entré dans la carrière... s'il avait pas été pistonné... un petit renvoi d'ascenseur. Après la mort de Joseph, ceux qui se sont partagé ses restes préféreront ne pas trop apparaître sous les spots de l'actualité. Reste qu'ils contrôlent encore un peu les choses dans les circuits de la ferraille.

Cette fois y a du monde dans la salle de la cour d'assises, depuis plusieurs jours les quotidiens annoncent le procès en première page. On résume les faits et on évoque toujours Joano... l'ombre de Joano !... le rôle occulte de Joano ! La cour est présidée par M. Moissac, un magistrat qui n'a pas la réputation de roupiller pendant les audiences. Au ministère public c'est M. Lemoine. On verra qu'il saura mettre suffisamment de mansuétude dans son réquisitoire. À la défense, maître Jean-Louis Appel pour Piednoir et maître Floriot pour

Georges Beau. Il est à l'apogée de sa carrière maître Floriot, on l'a entendu plaider pendant six heures pour le docteur Petiot. Il est partout René Floriot, au ban des accusés, à la partie civile... il défend la veuve, l'orphelin, le traître, le truand, l'innocent. On se bouscule aux portillons des prétoires pour l'entendre.

Il plaide le dossier, Floriot, rien que le dossier... les faits, les circonstances... une méthode plutôt scientifique qui va faire école. Pas d'effet de manches, de sanglots longs du violon du maestro. Il coupe, il attaque le témoin sur le point qu'il n'attendait pas. Il est redoutable.

Le client de Floriot, Georges Beau, est le second couteau – ou plutôt second pistolet – de l'affaire. Aussi curieux que ça puisse paraître, ce Beau est beau. Oui... tout à fait un beau mec brun, avec des traits fins, un rien distingué, une jolie frime de ténébreux à vous faire transpirer les femmes à travers leur petite culotte.

Lui, il ne nie pas les faits, il a juste obéi à Piednoir qui était son chef dans la clandestinité. C'est d'ailleurs Piednoir qui l'a recruté... il bossait dans un garage. Né en 1923, comme il courait le risque d'être embarqué par le Service du travail obligatoire en Allemagne, ça lui a donné des ailes pour mieux résister.

Piednoir, on le connaît, je vous l'ai amené en piste plusieurs fois. Il a dix ans de plus que Georges Beau, ce qui explique peut-être l'ascendant qu'il a sur lui. Devant la cour il moufte pas, il va se défendre sans reculer.

On lit l'acte d'accusation et sitôt Piednoir n'est pas d'accord. Pour lui Scaffa trahissait, renseignait la Gestapo. Et sous l'influence de sa mère. Le voilà parti dans une sombre histoire où Mme Scaffa depuis 1943 était en relations avec un certain Manet, dit Cisa, agent double au service de la Gestapo en Belgique. Le Manet-Cisa a même laissé entendre à l'instruction que Mme Scaffa était sa maîtresse. On n'a pas pu l'entendre, il a été coxé à Bruxelles à la Libération et collé au mur. D'après Piednoir, Mme Scaffa renseignait Cisa et son fils Robert, lui aussi, travaillait pour la Carlingue.

Pour défendre la mémoire de Scaffa, au banc de la partie

civile, nous retrouvons l'énergique Germaine Sénéchal. Elle connaît la chanson... ces arguments dénués de preuves qui ont permis – le 16 mai 1946 – l'arrestation de Mme Scaffa qui fut quelque peu malmenée, accusée, puis écrouée sur les accusations de Manet. Une histoire invraisemblable dont il ressort que Mme Scaffa a peut-être été un peu imprudente, mais n'est jamais passée à l'ennemi. Le juge Fayon, d'ailleurs, l'a fait libérer très rapidement.

Au début Lecourt et les gens d'*Honneur de la police* s'étaient débarrassés du problème en disant qu'il s'agissait d'une regrettable erreur... Des choses qui arrivent dans une période aussi tumultueuse.

Seulement Mme Scaffa ne s'était pas contentée de cette explication. D'où sa contre-attaque dès l'intervention de maître Sénéchal.

Alors Piednoir est revenu à sa première version. Oui, il a liquidé Robert Scaffa parce qu'il lui a fait avouer sa trahison sur le trajet en allant à Ozoir-la-Ferrière. Il savait que Mme Scaffa était suspecte et il soupçonnait son fils d'avoir balancé l'équipée de La Brosse-Montceaux. Et cela sur ordre de ses chefs d'*Honneur de la police*, entre autres, le commissaire Fournet. Mais pas question de Joano qui n'avait aucun pouvoir de décision dans le réseau. Ça n'empêche qu'il roule dans une des fameuses tractions à roues jaunes.

Seulement Fournet et les responsables du réseau se défilent, le contredisent. Aucun ordre n'est venu d'eux.

Offensive de Mme Scaffa, de maître Sénéchal et du colonel Rémy. On veut savoir la vérité. L'enquête piétine, c'est le moment que choisit Monsieur Joseph pour tenter la diablesse, en l'occurrence Germaine Sénéchal. Nous avons vu la scène où il l'invite chez La Pérouse et lui montre discrètement des liasses de billets de banque dans sa serviette. Coup nul. Et curieusement maître Sénéchal ne croit pas bon de rapporter cette tentative de corruption.

Le juge Legentil va être entendu et il va confirmer les pressions qu'on a exercées sur lui. La police avait trouvé des témoins de l'assassinat ou presque... deux enfants de neuf et dix ans, Jacqueline et Jean Robien qui jouaient à 17 heures, le

27 juillet, près du petit bois où l'on a découvert le corps de Robert Scaffa. Ils ont déclaré avoir aperçu dans le bois trois hommes qui discutaient... ils ne disaient pas se *disputaient*. Ils ont décrit l'un d'eux assez corpulent et qui avait un accent russe... quelque chose comme ça. Sur les photos d'anthropométrie, ils sont pourtant incapables de reconnaître Joano. Seulement ça laisse une traînée de doute.

Le juge Legentil à Melun a réussi à débroussailler un peu les circonstances du meurtre. Piednoir et Beau ont fait sortir Robert Scaffa de la voiture. Il a été frappé avant d'être abattu. Et là, les deux inculpés ne sont plus d'accord. Beau affirme que c'est Piednoir qui a tiré les deux balles dans la tête de Scaffa, et Piednoir dit qu'ils en ont tiré chacun une. On aurait pu, sans doute, éclaircir ce mystère mais on sait que les deux balles extraites du corps de la victime et déposées au greffe ont disparu. C'est la période où les sbires de Piednoir, des flics à sa dévotion, font la loi au palais de justice de Melun. On entre dans les bureaux des juges mitraillette au poing, on s'empare des dossiers et pour couronner le tout, le juge Legentil va être dessaisi de l'affaire par le conseiller Marchat, ami de Joanovici.

On sait que Wilhelm Korf, l'exécuteur des moines de La Brosse-Montceaux, a mis hors de cause tous les membres de l'expédition du 19 juillet. Scaffa n'étant pas l'indicateur de l'affaire, on cherche alors à savoir les motifs de son exécution, et on en vient à se poser des questions sur les activités de Piednoir, de Beau, avant la Libération. Ils se vantent d'avoir participé à des attaques de mairies, de fourgons bancaires et postaux pour le compte de la Résistance. Mais ils nient une opération sur un fourgon de la S.N.C.F. à la gare de Lyon où 30 millions ont disparu. Pas suffisamment de preuves pour les inculper et ils pourraient encore, s'ils l'étaient, invoquer comme le dit le texte de la loi d'amnistie, « une action menée en vue de la libération du territoire ».

Reste qu'on ne sait pas au juste ce que sont devenues ces 30 briques et qu'on ne tenait pas une comptabilité très stricte au réseau *Honneur de la police* afin de savoir si une part des butins de tous ces braquages ne s'est pas évaporée en route.

Ça conduit la partie civile à avancer une thèse qui semble plausible. Robert Scaffa, s'étant aperçu des malversations de Piednoir et Beau, les avait peut-être menacés de tout révéler ou bien eux-mêmes, s'étant trop découverts devant le gamin, l'auraient liquidé comme un témoin gênant.

Cette explication a le mérite d'écarter Monsieur Joseph des débats mais l'inculpation de meurtre avec préméditation reste accrochée aux basques des deux accusés.

Le président interroge d'abord Piednoir. Il rappelle son passé... pupille de la nation, il a travaillé jusqu'en 1937 dans la métallurgie comme ouvrier, puis il est rentré dans la police... simple gardien cycliste jusqu'en 1944 où il sera promu inspecteur principal au titre de la Résistance. Piednoir insiste encore sur le chapitre de ses faits d'armes. Après la Libération il a fait partie du comité d'épuration de la police. Croix de guerre et il aurait eu la Légion d'honneur si cette malheureuse histoire Scaffa n'était pas venue troubler la fête.

Aux questions que lui pose le président, il s'embrouille... il se rappelle... se rappelle plus... répond à tort... des choses en contradiction avec ce qu'il a déclaré à l'instruction. Le président s'en étonne.

– Vous mentez tout le temps, lui fait-il remarquer.

– Oh, répond Piednoir... faut pas prendre à la lettre tout ce que je dis. Oui, je mens, mais je dis la vérité quand elle a de l'importance.

Ça jette un froid dans l'assistance. Pour démêler tout ça, on fait revenir le juge Legentil à la barre. Avec ce magistrat, on va toucher du doigt toutes les manœuvres qui furent entreprises pour étouffer l'affaire. Lorsqu'il s'apprêtait à l'inculper, il entendait derrière la porte de son bureau les hommes qui l'avaient accompagné en armes proférer tout haut des menaces « S'il veut le mettre en taule... on fera tout sauter ! »

On espérait le témoignage d'un des petits témoins d'Ozoir-la-Ferrière mais il a grandi et il fait son service militaire à Madagascar. Par la suite, il a modifié sa déposition, il a dit que les trois hommes en poursuivaient un quatrième.

– Je touchais de près la vérité, mais on m'a retiré le dossier, dit Legentil.

On, c'est le conseiller Marchat. On a su les bons rapports qu'il entretenait avec Monsieur Joseph. On a vu qu'il avait fait convoquer le juge Legentil rue Boissy-d'Anglas devant une espèce de tribunal où trois magistrats lui ont signifié leur mécontentement. À savoir que sa façon de mener l'instruction de l'affaire Scaffa compromettait des gens importants.

– Ils m'ont dit qu'ils avaient la preuve que Scaffa et sa mère étaient des agents de la Gestapo.

Pourtant il n'a pas avalé la pilule, le petit juge. Imperturbable, il a poursuivi son travail... c'est-à-dire qu'il a tout de même inculpé Piednoir sans que ce dernier réponde à ses convocations. Et très rapidement on l'a muté à Provins. Dessaisi du dossier transmis alors au juge Lhuillier qui s'est empressé de rendre un non-lieu concernant Piednoir et de mettre le dossier en sommeil.

On mesure là jusqu'où pouvait monter l'influence des gens d'*Honneur de la police* et par conséquent la puissance occulte de Joano.

Par la suite, les choses ont évolué et le conseiller Marchat s'est retrouvé dans le box de justice à Lyon en 1948 sous l'inculpation de trafic d'influence et de corruption. Il était bien sûr un des invités permanents aux pokers de Joanovici du boulevard Malesherbes entre 1945 et 1947. Il avouait, paraît-il, en catimini à ses intimes qu'il touchait bien, chaque samedi, son *petit million*. Cependant il a commis l'erreur de laisser trace d'un de ces *petits millions* sur le talon d'un chèque signé par le brave général Barré qui servait de prête-nom à Joano. D'où une cascade d'ennuis de plus en plus sérieux. Révocation de la magistrature pour commencer, puis sept mois de prison préventive, avant de se retrouver en correctionnelle. On a eu alors le sentiment qu'on allait à cette occasion crever l'abcès. Le conseiller Marchat a prétendu que Joanovici lui avait prêté cet argent pour acheter un appartement. Il venait de se marier avec une femme de vingt ans sa cadette et il refaisait sa vie. Sa nouvelle épouse, on se rappelle, étant démangée par le prurit littéraire, c'est encore ce généreux Monsieur Joseph qui l'a fait publier à compte d'auteur chez un éditeur spécialisé dans ce genre de basse littérature.

Finalement, contre toute attente, le tribunal de Lyon a relaxé l'ancien conseiller Marchat et, là encore, les observateurs de la presse ont tous souligné qu'on n'avait pas entendu, ou surtout pas voulu entendre le chiffonnier milliardaire.

– Un jour, déclare le juge Legentil, j'ai rencontré M. Piednoir près du Palais de justice, il est venu me saluer et m'a dit textuellement : « On ne vous en veut pas, Monsieur le juge..., mes amis et moi, on vous a fait déplacer de Melun parce que ça gênait la Résistance, mais pour vous prouver que je suis un brave homme, je peux vous recommander à M. Marchat pour qu'il vous fasse nommer à Paris. »

Ça nous donne une idée des mœurs judiciaires en 1946.

L'avocat général rappelle que Mme Scaffa fut aussi incarcérée en Belgique. C'est De Rudder, un des responsables d'*Honneur de la police*, qui l'accable. Pour lui, elle était au service de Manet, chef gestapiste. Celui-ci, après l'avoir chargée, s'est rétracté et il a déclaré que c'est précisément De Rudder et Piednoir qui lui ont dicté, sous la torture, sa première déposition. S'ensuivit un non-lieu pour Mme Scaffa.

On patauge. Tout le monde s'accuse... Piednoir continue de mentir tout en déclarant à tout bout de phrase « j'ai ma conscience pour moi ». On reparle du hold-up de la gare de Lyon. Beau reconnaît enfin y avoir participé avec Piednoir mais dans le but de fournir de l'argent au réseau de la police.

À la deuxième audience, c'est encore lui qui jette le trouble en disant qu'il n'est pas certain que Robert Scaffa ait trahi.

– En somme, remarque le président, c'est sur de vagues présomptions que vous l'avez abattu ?

– C'est ça, répond Georges Beau.

Mais Piednoir n'est pas d'accord avec son complice.

– J'ai dit à Fournet que Mme Scaffa et son fils étaient suspects et c'est lui qui m'a donné l'ordre de liquider Bob.

Et pourquoi Bob et non sa mère ? Il répond qu'il aurait aussi bien liquidé Mme Scaffa s'il en avait reçu l'ordre. Un résistant est un soldat, il obéit à ses chefs.

Le président relève dans le dossier que Piednoir le 10 mai 1948 déclarait que rien ne lui permettait de supposer que Robert Scaffa était coupable. Sans hésitation, il répond :

– J'ai menti une fois de plus voilà tout.

Du coup maître Sénéchal se déchaîne, elle a beau jeu de déstabiliser la partie adverse. Elle souligne l'incohérence des propos de Piednoir.

– J'ai bien agi, rétorque celui-ci en colère... qu'on me foute la paix !

Maître Sénéchal voudrait qu'on en revienne à l'affaire de La Brosse-Monceaux. L'assassinat de Robert Scaffa est la conséquence de ce qui s'est passé le 19 juillet et ce jour-là Monsieur Joseph était présent.

On ne peut pas ajouter foi aux déclarations de Wilhelm Korf qui prétend ne pas le connaître alors que certains témoignages disent le contraire et notamment une femme de chambre de l'Hôtel de la Chancellerie à Melun qui reconnaît Joanovici comme étant l'homme qui a déjeuné le 24 juillet avec Korf et sa maîtresse, une certaine Suzanne Haes. Or cette Suzanne Haes est une relation de Monsieur Joseph.

On en revient à Mme Scaffa, pâtissière dans le XIe arrondissement à Paris, elle a adhéré très tôt à la Résistance au réseau *Valmy*. On a peu d'indications sur ses activités au début mais quelqu'un la dénonce aux Allemands et on apprend que ce quelqu'un est son propre mari. Italien, le mari, et fasciste pour tout arranger. Elle échappe à l'arrestation en compagnie de son fils. Un piège dans lequel tombent plusieurs camarades de son réseau, ce qui va permettre à ses adversaires de laisser planer le doute sur ses accointances avec ce Manet-Cisa, le Belge qui s'est mis au service de la Gestapo. Pourquoi est-ce lui qui apprend à Mme Scaffa l'exécution de son fils... un mystère de plus ? Il l'aurait mise en garde. « Ne traînez pas ici, il vous en arriverait autant. » Le dossier ne précise pas où est cet *ici*. En Belgique peut-être puisqu'on la soupçonne d'avoir des relations intimes avec Manet.

Bien entendu, la partie civile hurle au scandale. Ça devient de plus en plus difficile de démêler cet écheveau, on ne sait plus qui trahit qui, qui tue qui et pourquoi.

Un certain M. Jacques Hildgen d'*Honneur de la police*, dont on n'a jamais parlé jusque-là, vient dire à la barre que Georges Beau voulait déjà exécuter Robert Scaffa en janvier 1944. C'est-à-dire six mois avant l'assassinat. Il raconte une attaque à la mairie de Montereau pour récupérer des tickets d'alimentation qui seront revendus au profit de la Résistance.

Le président ni le procureur ne lui demandent à qui ces tickets ont été revendus. Il précise toutefois que Georges Beau a touché 100 000 francs sur cette opération. Georges Beau proteste... il a juste transporté ce fric jusque chez Fournet.

On passe sur l'incident, la cour estimant qu'on s'éloigne du sujet, et on en revient à l'exécution de Robert Scaffa. À présent, Piednoir admet qu'il y avait avec lui et Beau un troisième homme, ce qui confirme le témoignage de Jacqueline et Jean Robien, mais, bien sûr, il ne s'agit pas de Monsieur Joseph mais d'un nommé Cartier qui est mort pendant les combats de la Libération.

Le brouillard s'épaissit davantage lorsqu'on entend Noblet, le chauffeur de Joanovici. Les chroniqueurs de justice sont unanimes pour le dépeindre comme un gros homme vulgaire. Il doit avoir l'habitude des interrogatoires, et il sait que moins on en dit mieux on se porte. Il a connu Cartier, mais Cartier ne pouvait pas être le chauffeur de la traction qui a conduit Scaffa à Ozoir-la-Ferrière pour la bonne raison qu'il était manchot.

Cette déclaration détend l'atmosphère en faisant rire et Noblet s'empresse d'ajouter :

– Je ne sais rien d'autre.

Exit Noblet et entrée de Martin. Encore un flic révoqué qui s'est recyclé dans l'exploitation d'un manège forain. Vulgaire lui aussi, seulement il raconte une chose plus intéressante... c'est à lui que Fournet a donné l'ordre de descendre Piednoir. Le président lui demande pourquoi.

– Ah ! j'en sais rien, ça me regardait pas.

– Pourtant Piednoir était un collègue, un ami ?

– Collègue oui, mais pas tant que ça ami. J'ai été trois fois chez lui accompagné de Cartier pour l'abattre. Manque de chance, il était pas là.

Martin ricane, et il raconte que quelques jours plus tard Fournet l'a convoqué pour lui donner un contrordre.

– Il m'a dit qu'il s'était trompé, que Piednoir était un bon patriote. Voilà. Heureusement que je l'avais pas tué.

Dans son box le rescapé lui adresse un signe de tête de remerciement.

Tous ces personnages laissent une impression pénible. Des bovidés dont on fait les flics de base. Enfin... je dis *faisait* puisqu'on les recrute de nos jours dans les meilleures écoles, avec le bac plus quatre ou cinq, ce qui ne veut pas dire que ça leur adoucit les mœurs comme la musique de Mozart.

L'audience se termine par quelques témoignages favorables à Robert Scaffa. Ils soulignent tous que l'accusation de trahison est une ignominie.

– D'ailleurs, conclut l'un d'eux, on lui a remis en 1951 la Légion d'honneur à titre posthume.

– Ça ne prouve rien, dit Piednoir, qui en l'occurrence a l'air de s'y connaître.

Et la séance est levée dans un brouhaha indescriptible. L'impression de la presse est qu'on tourne en rond.

Plus grave que ça, on tourne en rond dans un cloaque. Les accusés ne sont certes pas très reluisants, mais toute cette histoire a des côtés indéchiffrables. Aujourd'hui, en relisant tous les articles, toutes les déclarations des uns et des autres, j'en arrive même à me poser des questions concernant Mme Scaffa. Pourquoi ses compagnons de lutte l'auraient-ils accusée de la sorte ? Il faut bien admettre qu'elle avait dû commettre de graves imprudences... Sa liaison avec Manet était-elle une médisance pure ? Elle expliquerait peut-être quelques mystères.

L'audience du 7 mars est presque entièrement consacrée au témoignage de l'ex-commissaire Fournet qui va nous laisser avec la plus déplorable impression.

Il arrive gêné à la barre. Il a été révoqué lui aussi suite à son rôle en 1947 dans l'arrestation manquée de Joanovici. On l'a inculpé de complicité, de manœuvres en vue d'entraver la bonne marche de la justice, de corruption, de trafic d'influence... puis on l'a relaxé. On reste convaincu, dans les milieux dits bien informés, qu'il avait assez de biscuits dans sa musette pour se sortir d'affaire avec le minimum de casse.

D'entrée il dégage sa responsabilité. Non, il n'a pas donné l'ordre d'exécuter Robert Scaffa, c'est Piednoir qui a pris cette initiative après l'avoir fait parler en cours de route entre Paris et Ozoir-la-Ferrière. Piednoir le contre en l'insultant et du coup il mollit. Il dit ne plus se souvenir, c'est si loin ! Le président Moissac en profite pour l'acculer, il pressent que cet homme détient la clef du mystère, ne serait-ce que par le poste important qu'il avait à *Honneur de la police*.

– Vous savez la vérité, monsieur Fournet... c'est le moment de nous la dire.

– Je ne peux pas, répond Fournet...

Le président bien sûr ne se contente pas de cette réponse, il souligne la gravité de ce que vient de dire Fournet qui se met à bafouiller, à chercher ses mots et finit par dire :

– Depuis des années je subis des pressions... des menaces de chantage contre lesquelles je ne peux pas lutter.

– Dans quel sens ? demande le président.

Fournet de répondre qu'on voudrait l'obliger à prendre toute la responsabilité de cette affaire... qu'il subit de nombreuses pressions.

– De qui ? insiste le président...

– Je ne peux pas divulguer le nom de ces personnes.

– Vous ne voulez pas nous faire connaître l'origine de ces pressions ? ...

Fournet a l'air terrorisé, il regarde autour de lui comme si le danger était là, dans la salle. Maître Floriot intervient, lui demande si ces pressions viennent de personnes haut placées.

– Je ne peux rien dire, répond toujours Fournet.

L'avocat général se lève à son tour.

– Mesurez-vous la gravité de votre attitude ? Vous faites peser sur ces débats un abominable mensonge... Que craignez-vous ?

– Je peux rien dire, répète Fournet...

– Alors dites-nous au moins pourquoi ? reprend l'avocat général.

Fournet hésite, puis prend un ton pleurnicheur.

– Je ne suis pas dans une situation tellement brillante pour me permettre de...

Il répète « me permettre », puis il s'effondre en quelque sorte en s'appuyant sur la barre des témoins. Silence que rompt maître Sénéchal pour l'attaquer.

– Les gens qui vous menacent sont-ils très puissants ?

– Oui... très puissants, répond Fournet.

Le président s'adresse alors à Piednoir :

– Vous continuez à affirmer que c'est Fournet qui vous a donné l'ordre de tuer Robert Scaffa ?

– C'est indiscutable, répond Piednoir.

Fournet crie encore que c'est faux. Il sait simplement que la voiture du crime, la traction avant appartenait à Joanovici.

Procès bloqué, commente la presse le lendemain. Bien sûr, on met à la une le rôle trouble de Monsieur Joseph. N'est-il pas celui qui empêche Fournet de parler ? Déjà celui-ci lui avait permis d'échapper à la police en mars 47. Depuis on ne sait trop où en sont les rapports entre les deux hommes. On ne peut plus mettre en cause le conseiller Marchat, et le clan Piednoir, si l'on peut dire, continue à malmener Mme Scaffa. C'est le point important de sa défense car si Mme Scaffa est une résistante sans taches, et si Fournet n'a pas donné l'ordre d'exécuter Robert Scaffa à Piednoir, alors la thèse de l'assassinat d'un témoin gênant d'opérations crapuleuses se consolide. Le 8 mars, le président rappelle Fournet à la barre pour le confronter avec d'autres protagonistes de l'affaire... le commissaire Pouzegue, le colonel Ogé, qui chargent Mme Scaffa, puis De Rudder qui profite de l'occasion pour rappeler que c'est Joanovici qui a aidé puissamment la police à déclencher les combats de la libération de Paris. Il affirme que, même si Piednoir n'a pas reçu d'ordre de Fournet, il a tout de même fait son devoir en liquidant un traître.

Tout cela procède d'un état d'esprit assez terrifiant. Un homme comme De Rudder n'a aucun état d'âme pour administrer cette justice expéditive.

On rappelle l'ex-gardien de la paix Martin pour le confronter avec Fournet. Il répète que le commissaire lui avait donné l'ordre, puis le contrordre d'abattre Piednoir. Fournet réfute avec véhémence. Martin se tourne vers lui pour le fixer droit dans les yeux :

– Fournet, si j'avais tué Piednoir, je serais aujourd'hui dans le box, et tu jurerais encore que tu ne m'as pas donné cet ordre.

Lamentable, l'ex-commissaire finit par dire qu'il ne se souvient plus très bien. Il faut remettre les choses dans le contexte de la Libération. Les ordres de tuer s'entremêlaient. Et puis il avoue :

– Là aussi, j'ai subi des pressions.

Il ne dira rien de plus. Un journaliste fera remarquer qu'il règne sur ce procès une ambiance assez semblable à celle qui pèse sur Palerme lorsqu'on juge des crimes où la Mafia est impliquée.

Une certitude maintenant : *on sait qu'on ne saura jamais.*

C'est le 10 mars qu'on va entendre Robert Lecourt. Celui-là n'est pas vulgaire, loin de là... c'est un homme fin, à la diction précise. Il a été ministre de la Justice et sa carrière n'est pas finie, aussi la cour prend-elle des pincettes pour l'interroger. Sa déposition, si elle a attiré une foule qui se bouscule à la porte de la salle des assises, n'apporte rien de nouveau. Il réitère ce qu'il a déjà dit à la presse et à l'Assemblée nationale lors de l'interpellation du sénateur Vincent Badie... à savoir que Piednoir, en lui annonçant la mort de Robert Scaffa, lui a affirmé avoir reçu l'ordre d'exécution de ses chefs à *Honneur de la police*, sans préciser toutefois le nom du commissaire Fournet.

– J'ai dit à Bourguignon (c'est le nom de guerre de Piednoir) que je jugeais cette action un peu hâtive.

C'est le moins qu'on puisse dire. Il croit bon d'ajouter qu'il a reçu lui aussi des menaces depuis quelques années... lettres anonymes ou coups de téléphone.

Pourquoi la cour entend-elle ensuite l'ex-conseiller Marchat ? ... On ne sait au juste. Lui aussi est un homme distingué, chevelure blanche, costard de bonne coupe et s'exprimant avec pondération. Il ne dit rien de plus, si ce n'est qu'il doit la vie à Lucien Piednoir qui l'a averti à temps que la Gestapo allait l'arrêter. En conséquence il lui garde toute sa confiance. Ce n'est peut-être pas un beau cadeau. Marchat a été, certes, relaxé par le tribunal correctionnel de Lyon, mais en laissant derrière lui des relents de compromissions les plus louches. La presse ne va pas se priver de souligner le rôle de Piednoir qui servait d'intermédiaire entre le gestapiste Launay et la Préfecture de police. C'est ce Launay qui devait appréhender Marchat et ne l'avait pas fait sur la demande de Joanovici. Pour récompense, en dehors d'un petit bakchich, René Launay avait carrément demandé de passer à la Résistance aux environs du 10 août 1944. C'eût été un trop gros morceau à reconvertir. La police lui a simplement permis de prendre la tangente sans encombre. Replié à Nancy, on sait que Piednoir a été lui rendre une petite visite d'amitié sans doute au début septembre. Finalement Launay fut trahi... par qui ? n'importe, et on connaît sa fin dans une cellule de Fresnes.

Je demande pardon aux lecteurs de toutes ces incidences, ces destinées qui s'entrecroisent... un méli-mélo dans lequel on a du mal à départager les purs et les affreux... Sans compter les purs pas si purs et les affreux avec des circonstances atténuantes.

L'avocat général Lemoine est bien embarrassé dans son réquisitoire. Peut-être a-t-il quelques raisons d'être prudent. Il penche pour la thèse de l'erreur... que peut-être Piednoir était vraiment convaincu de la trahison de Scaffa. De toute façon, il a eu la détente trop rapide et ça mérite une sanction. Georges Beau est dans le même sac. Eu égard à leur passé, les services rendus à la bonne cause, il demande aux jurés beaucoup d'indulgence... qu'ils n'infligent pas aux accusés une peine dépassant leur temps de prison préventive.

La modération de ce réquisitoire est perçue dans la salle par des murmures qui ressemblent à une protestation.

On se doute que maître Germaine Sénéchal n'apporte pas d'eau tiède sur la péroraison du ministère public. Pour elle, aucun doute, Robert Scaffa n'a pas trahi. Pourquoi a-t-il été abattu comme un chien dans le petit bois d'Ozoir-la-Ferrière ? Ce qu'il avait appris dépassait peut-être les opérations crapuleuses semblables à celles de la gare de Lyon.

– Fournet se lave les mains. Peut-être n'était-il pas assez courageux pour donner l'ordre de tuer, mais il est assez lâche en tout cas pour le nier, dit-elle.

Et elle n'hésite pas à stigmatiser Bayet et Robert Lecourt qui refusent d'assumer jusqu'au bout leur vilain rôle en laissant les exécutants régler l'addition.

Dans un sens Germaine Sénéchal, en soulignant la responsabilité non reconnue des supérieurs de Lucien Piednoir et Georges Beau, va permettre aux jurés de s'en sortir avec un verdict moyen terme.

Bien entendu, elle souligne qu'il y a derrière tout ça un personnage intouchable.

– Le nœud vipérin et répugnant de cette épouvantable affaire.

Passons pour une fois sur la plaidoirie de maître Floriot. Il ne force pas la note. Il a la partie facile puisque aussi bien l'avocat général que la partie civile, admettent tacitement que Georges Beau et Lucien Piednoir ont tué sur ordre.

Le verdict tombe après une courte délibération d'une heure. Les deux inculpés sont condamnés à dix ans de travaux forcés. Ce genre de verdict chèvre et chou est assez courant avec la justice française. On condamne souvent des gens à vingt ans lorsqu'on n'est pas tout à fait certain de leur culpabilité. Auquel cas logiquement on devrait les acquitter.

On se doute aussi que la chancellerie, en raison de leur passé de résistants, va les faire libérer dans les plus brefs délais.

Encore une fois les ennemis de Monsieur Joseph sont floués. Le colonel Rémy a beau s'exciter le porte-plume dans l'hebdomadaire *Carrefour*, il n'arrivera plus à rien. Il proteste encore contre ceux qui empêchent qu'on aille appréhender Joanovici dans sa retraite de Mende pour qu'il vienne rendre compte de ses crimes devant la justice. En vain. Il obtient de M. Pleven, président du Conseil, un supplément d'enquête d'une juridiction militaire qui rendra rapidement une conclusion négative. Aucun élément nouveau ne permet de rouvrir le dossier.

Aussi bien pour Joanovici que pour Piednoir et Beau, il est très difficile, quasiment impossible, de revenir sur des décisions de Justice prises en cour d'assises.

La terre promise

À Mende, l'affaire Scaffa n'a pas eu grand retentissement. Mis à part quelques curieux qui ne s'expriment pas à haute voix, on a évité le sujet aussi bien chez M. Privat que chez Mercier et même chez les gendarmes. Monsieur Joseph a fait admettre tacitement sa vérité... ses ennemis ont essayé de le mouiller mais la justice a fait son compte. Il souligne que personne, ni le ministère public, ni la défense, ni la partie civile n'a demandé à l'entendre. C'est donc qu'il n'avait eu aucun rôle dans cette histoire. Il a mieux à faire aujourd'hui puisqu'il a repris à plein temps ses activités ferrailleuses. Il faut qu'il engrange beaucoup de fric pour désaltérer le fisc et les douanes. Par l'entremise de maître Delaunay il obtient des délais en envoyant à ses créanciers des gémissements épistolaires. On veut sa peau... il est pris à la gorge... mais enfin il continue à faire face.

Il restera à Mende plus de temps qu'il ne lui en a fallu pour faire fortune dans les années 40. Mais les temps ne sont plus les mêmes, il ne peut compter à présent que sur son savoir-faire, son talent commercial dans les métaux, ça permet des marges bénéficiaires plus modestes. N'est-il pas aussi pressuré, racketté par l'équipe de voyous de la Carlingue et des tractions avant ? Dans ce domaine il ne reste aucune preuve écrite, bien sûr, nulle inculpation, nulle plainte. C'est d'ailleurs le lot de toutes ces histoires, surtout si celui qui crache au bassinet a truandé sur les mêmes terres que ses percepteurs à main armée. Il fallait tout de même que ceux-ci restent prudents, s'ils montraient leurs silhouettes dans les bourgades lozériennes, y avait de quoi éveiller l'attention de ces témoins à charge ruraux, si soucieux du bon ordre dans la République.

Le comportement de Joano en ces années un peu obscures ne paraît pourtant pas celui d'un homme traqué. De temps en temps il demande une permission à la chancellerie pour monter à Paris. Affaires de famille. Il est reçu chez Lucie, il voit ses filles... son frangin arrive de Genève... sans doute avec ce qu'il faut dans sa serviette... et il rencontre ses gens de la ferraille. Chez eux il garde tout son prestige. Cinquante ans plus tard quelques octogénaires m'en parleront toujours avec chaleur. « C'était un grand ! » « Il avait le génie de notre business. »

Peut-être a-t-il des rendez-vous plus discrets avec des gens du Milieu ? On l'a vu quelquefois au Gavroche, le bar de Jo Attia, rue Joseph de Maistre. D'après Carmen, l'épouse de Jo, les rapports entre les deux hommes étaient tout à fait cordiaux. Mais Carmen en femme de truand bien éduquée pouvait-elle me dire autre chose ?

Comme un tricard soucieux de la loi, Joseph regagnait Mende après ses *permissions* parisiennes, il y avait pris ses nouvelles habitudes entre le téléphone et les séjours à Marvejols. Mercier, depuis que Joano était son conseiller, s'enrichissait, au point que le fisc allait bientôt s'intéresser à sa comptabilité.

Joseph est en relations suivies avec tous les ferrailleurs de la région qui viennent le voir... Clément Beuque de Marseille, un certain Klein... Les affaires qu'il va monter avec eux les amèneront plus tard en correctionnelle. Ils vont être les premiers à imaginer une escroquerie à la taxe à la valeur ajoutée, notre chère T.V.A., qui n'est encore qu'un bébé. Il suffisait de demander l'autorisation à l'État d'exporter à l'étranger de la ferraille récupérée sur place, ce qui permettait d'obtenir le remboursement de la taxe. Seulement la ferraille n'était pas exportée mais refourguée à l'intérieur, ici en France. Le détournement ainsi réalisé représentera dans la fin des années 50 environ 800 millions de francs. Partage entre qui et qui ? On ne sait.

Il a peut-être gagné la partie à Mende et à Marvejols, n'empêche qu'à Paris quelques irréductibles sont toujours à ses basques. Si Mme Scaffa et Germaine Sénéchal ont renoncé à le poursuivre, le colonel Rémy, régulièrement dans la presse, demande sans se lasser son inculpation en tant qu'agent de la Gestapo. Il se promet même dans un article publié dans *Match* de l'envoyer au poteau d'exécution.

Joseph se débat, il écrit au procureur, au président du Conseil... il porte plainte. Toutes ses années de résidence forcée à Mende sont ponctuées de lettres avec accusé de réception, de menaces diverses. J'ai toute une série de longs plaidoyers de Monsieur Joseph où il ressasse ses exploits, la liste des gens qu'il a sauvés. Les autorités répondent ponctuellement à ce courrier mais rien ne bouge. Le temps a passé et, en haut lieu, je crois qu'on voudrait ne plus parler de Joanovici, d'*Honneur de la police* et de tout ce qui s'en est suivi.

Lorsque le Parlement votera en 1953 une loi d'amnistie concernant les faits de Collaboration économique, Monsieur Joseph n'en bénéficiera pas malgré tous les efforts de ses défenseurs. C'est maître Isorni, l'avocat du maréchal Pétain, qui a manœuvré à l'Assemblée nationale pour qu'un additif à la loi permette de l'en exclure. Il reste un paria, indigne national et sans possibilité de commercer légalement. Il s'est inscrit pour le fisc en tant que « courtier en marchandises ». Ça laisse tout de même de la marge.

De temps en temps, quelques journalistes en mal de copie viennent l'interviewer. Des hebdos comme *France Dimanche* et *Ici Paris* dont la clientèle est friande de ragots sur les vedettes de l'écran et de faits divers. On souligne qu'il dépense une fortune en téléphone, qu'il a repris des activités plus ou moins louches et qu'il s'enrichit encore une fois. Ce qu'il peut raconter concernant ses dettes vis-à-vis de l'État, et l'injustice dont il dit être victime, passe en second plan. Dans ce genre de presse seuls les gros titres scandaleux comptent

1955... 56... on l'oublie peu à peu, sauf le percepteur des amendes et un certain comité de confiscation qui ne badine pas avec les chiffres.

Fin 56, arrive une menace de contrainte par corps. Il a du retard dans le paiement de ses échéances avec les douanes. En catastrophe, maître Delaunay arrange le coup en alignant 2 millions qui viennent sans doute de Genève, via le frère Marcel.

Joano continue à entretenir les meilleurs rapports avec les Mendois. Comme toujours, il arrive à concilier de multiples activités. Il ne néglige aucune partie de cartes avec les clients de l'Hôtel de Paris ou avec les gendarmes. Il invite à dîner le curé, le maire, il assiste aux cérémonies religieuses ou civiles et il va soutenir l'équipe de foot qu'il finance. Il est devenu une sorte de M. Madeleine, héros des *Misérables* de Victor Hugo.

Ça ne l'empêche pas de surveiller autant que faire se peut les sociétés de ferraille qu'il dirige par personnes interposées. Le fric circule toujours par des voies souterraines qui réussissent le tour de force d'échapper à la vigilance des gabelous.

Mais la situation se bloque. Il dira qu'il se sentait oppressé... trop soumis aux règles de son assignation à résidence. Au cours de l'année 1957, il perd un peu de sa superbe. Ce n'est plus tout à fait le Monsieur Joseph hilare qui supportait la Cour de justice et la taule avec un sourire qui lui coupait la face en deux, illustrant l'expression se fendre la terrine.

Il se pourrait bien que le racket le ponctionne de plus en plus. Les hommes du Milieu français se sont mis à la méthode américaine. Au lieu de ruiner le cochon d'un seul coup, on le laisse gagner du pognon qu'on lui extirpe mensuellement. Les truands survivants de l'équipe Lafont ou Rudy de Mérode pourraient facilement flinguer Monsieur Joseph au cours d'un de ses voyages mais ça serait tuer la poule aux œufs d'or.

Schéma sous toutes réserves, on se demande pourquoi les racketteurs ont attendu que leur client soit à Mende dans une situation assez délicate, notamment parce qu'il est surveillé, plutôt que de le mettre à l'amende lorsqu'il était au sommet de sa puissance entre 1945 et 1947. Il est vrai qu'à l'époque la plupart des complices de Lafont étaient en taule et que Monsieur

Joseph avait alors une garde rapprochée de flics assez efficaces. Ceux-là se sont évaporés... on les a révoqués, certains ont été mis à l'ombre et les autres, les hommes étant ce qu'ils sont, ont disparu dans les nuages de l'ingratitude.

Il se plaint surtout de la cupidité du fisc qui n'a pourtant pas augmenté le montant de ses échéances alors qu'il est avéré que, par le truchement de Mercier et de quelques autres ferrailleurs associés, il a réussi quelques jolis coups. Par exemple, à la fin de la guerre d'Indochine en 1954, il a réussi à acheter à l'armée les obus non utilisés (du cuivre) pour les refourguer où ? et à qui ? On ne sait. Ceci à la barbe de plusieurs entreprises puissantes déjà sur le coup.

Au moment où il va se mettre en rupture de ban, rompre ses engagements avec la justice française, il est le patron souterrain de plusieurs sociétés de récupération de métaux, de deux tréfileries à Hagondange dans la Moselle. Pourtant il prétend ne plus pouvoir acquitter les versements mensuels qu'il doit aux amendes et les 600 000 francs annuels d'impositions forfaitaires qui lui sont demandés pour ses activités courantes de « courtier en marchandises ».

On dit qu'il a transformé l'Hôtel de Paris en siège de holding, ce qui relève de l'exagération journalistique... Le fameux siège du holding, c'était une chambre avec une table ronde, deux fauteuils... un téléphone sur la commode avec une pile de classeurs. Le tout vieillot, quelque peu poussiéreux.

Le 9 octobre 1957 la nouvelle tombe dans les agences de presse : « Joanovici le chiffonnier milliardaire a disparu. » Il a profité d'une permission qui lui a été accordée pour se rendre à Paris voir sa fille Thérèse. Il devait être rentré à Mende deux jours plus tard, passer à la gendarmerie pour faire viser son carnet de résidence surveillée et il n'a pas reparu. Envolé le bel oiseau ! On recherche aussi Lucie Schmidt qui a déserté son domicile à Clichy.

Le revoici de retour à la une des journaux et les spéculations foncent dans toutes les directions. On le dit en Amérique du Sud où son ex-gendre Davidson était en affaires avec lui.

D'autres le supposent en Israël, étant juif, il pourrait y bénéficier de la loi du retour. Ceux qui cernent le mieux la question le ciblent en Suisse où il a pu retrouver son frère Marcel.

Il a écrit avant son départ au ministre de l'Intérieur pour s'excuser de lui griller la politesse. Il ne pouvait plus gagner normalement de quoi rembourser les dettes énormes que lui avaient infligées les douanes et le fisc. Il étouffait à Mende. Et veuillez agréer, Monsieur le Ministre, l'expression de mon plus profond respect.

Les flics, en enquêtant s'aperçoivent que Joseph préparait sa cavale de longue date. On relève à ce moment-là de nombreuses négligences de la part des services en charge de sa surveillance qui avaient d'ailleurs relâché leur dispositif sur ordre.

À la Sûreté nationale pourtant on était au parfum des intentions de Monsieur Joseph, le commissaire Bourgeaud des R.G. de la région avait détecté que quelque chose se préparait. Il avait rédigé un rapport à l'échelon supérieur sans qu'on le prenne en considération.

Toutes les polices recherchent Joanovici disparu. C'est à peu près le titre général de tous les journaux le surlendemain. Pour faire le trajet de Mende à Paris, Monsieur Joseph avait emprunté la voiture d'un M. Richard, un entrepreneur de la région avec lequel il avait traité quelques petites affaires. On a retrouvé ce véhicule, une ID 19 Citroën, boulevard Pershing. Une autre voiture a pris le relais.

Lorsqu'il se rendait à Paris, Joseph était parfois reçu par sa fille Thérèse dans un somptueux appartement, avenue Henri-Martin, ou plus modestement chez Lucie, 3, rue Anatole-France à Clichy. On l'a aperçu en sa compagnie, deux jours avant sa disparition, dans les entrepôts de son gendre à Montreuil-sous-Bois et il a rendu visite à son avocat maître Delaunay. On suppose qu'il lui a fait part de ses intentions de se foutre en cavale, ce qui entraîne automatiquement une inculpation d'évasion et peut lui valoir trois ans de taule.

Bien entendu, toute la poulaille du territoire a reçu sa photo anthropométrique et les postes frontières sont alertés. Mais Joano a précédé le dispositif. Il est passé à Lyon chercher un peu de fric chez des ferrailleurs amis, on dit qu'il leur a emprunté plus de 5 briques et ensuite il a pris la route pour Genève. Comment a-t-il passé la frontière ?... il ne le dira jamais. Il n'avait ni passeport, ni carte d'identité, juste une autorisation préfectorale pour se rendre à Paris. Tout lieu de supposer qu'il avait de bonnes relations pour s'offrir un faux passeport.

L'enquête de police va nous apporter quelques précisions utiles. M. Sadi Mathieu, juge d'instruction à Marseille, était en passe d'envoyer une commission rogatoire à Mende pour obtenir des précisions concernant cette organisation frauduleuse à la T.V.A. Clément Beuque, qu'on dit un peu trop à la légère simple prête-nom de Monsieur Joseph, est un personnage assez considérable dans cette affaire où sont impliqués de hauts personnages et fonctionnaires varois. Il possède une villa luxueuse à Cassis, un appartement à Genève et il circule en Alfa Romeo. Quel rôle exact Joano a-t-il joué dans toutes ces opérations d'infraction aux lois sur les sociétés ? On en saura un peu plus, par la suite, lorsqu'il pourra répondre en personne au juge d'instruction.

À l'évidence, on peut penser qu'il a pris la tangente pour éviter d'avoir à se trouver dans cette situation.

On apprend que c'est un nommé Louis Tabaries qui lui a servi de chauffeur pour monter à Paris. Avant de partir, il a réussi l'exploit de taper quelques ferrailleurs locaux, pourtant méfiants de nature, en leur laissant des chèques tirés sur le compte de la Société lozérienne de métaux et il a emprunté 11 millions à Georges Mercier, ce qui va le mettre sur le carreau en attendant d'être inculpé de complicité et de se retrouver en taule.

Toujours les mêmes énigmes avec Joano. S'il est si puissant, avec un tas de relais financiers dans le monde, on est surpris qu'il ait eu besoin d'emprunter quelques millions à Mercier et à ses confrères lyonnais. Ça indique tout de même qu'il est un peu coincé. Par le fisc bien sûr et peut-être par les racketteurs du Milieu ? Mais ces derniers sont tout à fait capables de le retrouver à Lausanne où il s'est réfugié, révèle la presse quinze jours plus tard. On a retrouvé sa trace. Il loge dans un grand hôtel et il dîne dans un restaurant bien nommé, Au bec fin. On l'interviewe et il répond avec bonne humeur. Justement un journaliste ne craint pas d'évoquer ces mises à l'amende des gens du Milieu.

– Je ne suis pas une putain, répond-il, pour être mis à l'amende.

De rire. C'est du roman noir. Concernant ses emprunts chez ses confrères de la ferraille, il répond qu'il a toujours honoré ses dettes dans le métier. Simplement il avait besoin de liquidités pour couvrir quelques frais urgents. Il réglera tout ça sous trente ou quarante-cinq jours.

– Et cette affaire de Marseille ? demande le journaliste.

– Quelle affaire ? La taxe à la T.V.A. ? Qu'on me donne le temps de rembourser et il n'y aura pas d'infraction.

Il ajoute pour clore l'entretien :

– Que les autres se débrouillent. Moi, je ne suis plus qu'un courtier en marchandises. Rien qu'un petit courtier.

Et de rire à nouveau avant de vider son verre de bordeaux.

À Mende on le regrette déjà. Avant qu'on ait trouvé sa trace en Suisse, faute de mieux, les journalistes vont enquêter en Lozère. Les habitants aimaient bien Joseph. Électeurs du centre, droit ou gauche, ce personnage hors norme, ce malin qui avait volé l'État, les amusait beaucoup. L'hôtel de Paris grâce à lui avait attiré de nombreux visiteurs. Habituellement ils ne viennent que pendant les deux mois d'été pour visiter les gorges du Tarn à vingt-cinq kilomètres.

Ayant profité de ce regain de clientèle, M. Privat s'estimait tout de même le dindon de cette farce, puisque son célèbre client était parti en oubliant de régler sa dernière et énorme note de téléphone. Longtemps il ne décolérera pas lorsqu'on viendra l'interroger sur ce sujet.

La légende de Monsieur Joseph citoyen de Mende commençait à prendre forme. On racontait qu'il distribuait parfois les billets de mille, dans la rue, comme ça, aux passants et aux gosses. « Tiens, tu t'achèteras des bonbons. » Quant aux flics des Renseignements généraux chargés de sa surveillance, il les avait si bien circonvenus que c'était lui qui les faisait rechercher pour venir jouer aux cartes.

Joseph étant apatride, le gouvernement français devait surmonter quelques difficultés pour obtenir son extradition. Mais avant que tout ça soit en route, Monsieur Joseph a pris l'avion pour Casablanca. Ça s'inscrit en faux pour ceux qui pensent qu'il était traqué par les truands. En 1957 ceux-ci règnent au Maroc où ils possèdent dans les grandes villes, les boîtes de nuit, les bordels et les tripots. Ils payent leur droit de séjour en exécutant des missions pour les services secrets du roi qui est encore le sultan. On en verra l'illustration quelques années plus tard lors de l'affaire Ben Barka.

Joseph ne traîne pas au Maroc avec un faux passeport du nom de Lévy, on ne peut pas être plus anonyme pour un Juif, il s'embarque dans un cargo en direction d'Israël. Il espère bien obtenir un visa qui va lui permettre selon la loi du retour de rester sur le territoire de ses ancêtres.

Là, il a commis une grossière erreur notre malin Monsieur Joseph. Débarquant à Haïfa où il espère rejoindre sa sœur, il est immédiatement détecté par les services de police et mis au trou pour usage de faux papiers.

C'est plus qu'une faute, c'est une erreur qui aura des conséquences négatives pour la suite de son séjour en Israël. Les autorités n'apprécient pas qu'on veuille rejoindre la Terre promise sous une fausse identité. On est surpris par sa naïveté... Comment a-t-il pu croire qu'il pourrait se refaire une virginité d'une façon aussi grossière en Israël ?

On le boucle à la prison de Haïfa, et il révèle sa véritable identité. Il prend un avocat du cru, maître Josué Chmaï, qui obtient qu'on le libère sous caution de 5 000 livres israéliennes en attendant qu'on statue sur son sort. Provisoirement, il va se réfugier chez sa sœur Mme Mandel Senbelman.

Dès qu'ils apprennent la nouvelle, les journaux français brodent à qui mieux mieux. On le situe dans un palace, on titre encore sur le luxe dont il s'entoure. Je m'inscris tout à fait en faux à ce sujet. J'ai été reçu par Mme Senbelman quelques années plus tard dans son appartement à Haïfa. Elle était tout bonnement dans une H.L.M., la sœur de Monsieur Joseph. Un petit logement assez minable dans un quartier populeux où le linge sèche aux fenêtres comme à Naples ou à Bab el-Oued. Je vous ai signalé la ressemblance avec son frère. Quelque chose d'incroyable... on aurait dit que c'était lui déguisé en femme. Même face, même corpulence... Juste la chevelure mais qui trouvait le moyen d'avoir l'air d'une perruque. Aspect négligé d'une grosse ménagère trop occupée aux besognes de la maison pour se soucier de coquetterie.

C'est donc chez cette frangine, dont il n'a jamais parlé et qui jusque-là n'a pas profité de ses largesses, qu'il va se réfugier. Son mari, M. Senbelman, qui travaille dans le bâtiment, n'est pas souvent là. Les premiers jours Joseph s'enferme, il ne veut voir personne. Il est pourtant très vite repéré par des journalistes français. On se pose la question de savoir s'il va pouvoir rester en Israël. Son avocat demande qu'il lui soit accordé une carte provisoire d'immigrant en attendant de pouvoir profiter de la loi du retour. La demande reste en suspens jusqu'à ce que la Cour suprême de l'État prenne une décision.

En attendant, on accorde à Joano un visa de touriste pour six mois. Il va être sanctionné pour avoir utilisé un faux passeport mais, en principe, s'il n'est pas accusé d'autres délits relevant du code israélien, il ne pourra donc être extradé en France, Israël n'étant pas affilié à Interpol. D'autre part Monsieur Joseph est apatride. Ni la Russie soviétique ni la Roumanie ne le considèrent comme un ressortissant de leur pays. En France, après sa condamnation par la Cour de justice, il a été autorisé à rester sur le territoire en tant qu'apatride. Même la Suisse ou le Maroc dans ces conditions ne pouvaient le livrer à la police française. Et derrière tout ça, on se doute que le gouvernement israélien va se trouver devant une situation délicate. Joano lui arrive avec ses condamnations, son odeur de soufre... sa légende où le blanc résistant et le noir nazi se mélangent.

Dès sa cavale de Mende, les bulletins d'informations, sans

plus se renseigner, avaient annoncé que Lucie Schmidt était partie avec lui. Or elle est revenue chez elle à Clichy quelques jours plus tard. Entendue par la flicaille, elle a nié sa participation à l'évasion de son amant. Il était venu de Mende, elle l'a accompagné à Lyon où il avait des affaires à régler et ils s'étaient quittés là. Après, elle avait appris qu'il n'était pas retourné à Mende comme tout le monde, par la presse et la radio. Pourtant quelques feuilles s'obstinaient à la retrouver à Haïfa. Cela pour dire comme tout est encore compliqué dans cet épisode. Une certaine presse met le turbo, Monsieur Joseph fait toujours vendre du papier, alors on en rajoute et on récapitule sa carrière en enfonçant le clou de sa collaboration avec les Allemands... la fortune qu'il a faite en leur livrant tous les robinets, les comptoirs, les rampes d'escalier en cuivre de la pauvre France, pour entretenir l'industrie de guerre des nazis. Et on remet l'affaire Scaffa à la une... le colonel Rémy reprend ses attaques au vitriol. Tout ça va peser dans la balance auprès de la Cour suprême de Jérusalem, c'est pourquoi la fidèle Lucie s'active à nouveau chez maître Delaunay. Il s'agit d'expédier le plus rapidos en Israël tout un dossier de défense. On entasse tous les témoignages en sa faveur... toutes les lettres, les certificats de bons et loyaux services d'*Honneur de la police* qui avaient déjà servi pendant le procès en 1949. Joseph sait qu'il va lui falloir jouer serré s'il veut obtenir, paradoxalement, le droit d'être un citoyen juif.

Au début de l'année 58, il s'offre, si l'on peut dire, une conférence de presse. Cohabitation délicate avec son beau-frère... il s'est installé à l'Hôtel de Sion. C'est l'établissement le plus luxueux de Haïfa. Les journalistes soulignent qu'ils ne l'ont jamais vu si élégant... Costard bleu de bonne coupe, alors que même au temps de sa puissance, il en avait rien à foutre de sa tenue vestimentaire et les fielleuses langues disaient qu'il se fringuait au carreau du Temple, au « Décrochez-moi ça ». Jolie cravate bleue rayée blanc. On le trouve en bonne forme, un peu fatigué peut-être, ce qui ne l'empêche pas d'arborer sur sa face bouffie son fameux large sourire. Il est en compagnie de son avocat et entouré de quelques policiers israéliens chargés de veiller au bon déroulement de la séance.

D'abord il se présente en victime, contrairement à ce qu'on a dit, il ne doit rien à l'État français.

– C'est, au contraire, l'État qui me doit 300 millions puisqu'il a saisi injustement tous mes biens.

Et d'enchaîner sur ses états de service à *Honneur de la police* dont on avait oublié déjà le nom et le rôle. Il proteste contre ceux qui l'accusent d'avoir fait du commerce avec les Allemands pour son enrichissement personnel.

Un journaliste s'inquiète de savoir pourquoi il n'a pas obtenu la nationalité française en raison de tels services rendus à la Résistance après la Libération.

– Je ne me suis jamais soucié de la demander. Aujourd'hui je ne veux plus rentrer en France. Je n'ai que cinquante-deux ans et je peux rendre service à l'État d'Israël qui est ma véritable patrie.

C'est la première fois qu'il fait une telle déclaration concernant ses origines.

– Si je m'étais appelé Dupont ou Durand, il n'y aurait pas eu d'affaire Joanovici.

Là, il pousse un peu le bouchon, parce que en définitive, s'il se résigne à demander l'application de la loi du retour, c'est qu'il est maintenant, quoi qu'il dise, acculé à cette solution. S'il n'y a pas pensé plus tôt – il aurait pu s'enfuir de Mende dès 1951 aussi facilement qu'en 57 – ça tient sans doute à ce que les lois israéliennes ne lui permettaient pas de prospérer dans le même genre d'affaires qu'en France. S'il peut rester, il faudra bien qu'il respecte les règles du jeu. Sans doute est-il suffisamment rusé pour se glisser par les interstices de la loi dans des opérations tout de même juteuses. Il était surtout l'homme de la ferraille mais il a déjà prouvé qu'il était apte à toutes les métamorphoses surtout pendant l'Occupation.

Il fait savoir qu'une grande partie de son fric est en Amérique et qu'il reçoit une aide financière régulière de ses banquiers aux USA. Ça explique, bien sûr, qu'il ait pu quitter le logement de sa sœur pour s'installer à l'hôtel de Sion.

La police française est intervenue pour le faire extrader. Si les autorités de Jérusalem ne peuvent lui donner satisfaction en raison de leurs lois, Joseph peut tout simplement être expulsé à l'expiration du délai touristique de six mois que lui accorde son visa. Il ne lui restait alors qu'à obtenir un visa pour un autre pays.

En janvier, il n'y songe pas encore, son avocat espère bien qu'avec le dossier de résistant qu'il constitue, il finira par obtenir l'application de la loi du retour.

Les choses se compliquent... des associations de déportés ne semblent pas accepter sans restriction la présence sur leur sol d'un personnage condamné en France pour Collaboration économique. La partie va devenir d'autant plus difficile à gagner que le ministère des Affaires étrangères a entamé des pourparlers d'extradition exceptionnelle avec le gouvernement français. Le 24 janvier le visa de séjour de Monsieur Joseph expire. On annonce qu'il sera arrêté incessamment par la police de Haïfa.

Pour parer au plus pressé, Josué Chmaï fait valoir que son client a toute latitude pour demander asile dans un autre pays que la France. Finalement la Cour suprême de Jérusalem accorde un renouvellement du visa en attendant des décisions qui seront prises ultérieurement au plus haut niveau.

Le cas Joano va devenir de plus en plus un bâton merdeux pour les autorités israéliennes. De violentes campagnes l'ont dénoncé en France comme agent de la Gestapo. Pour les réfuter, il va faire parvenir au ministère de l'Intérieur israélien ce dossier de défense assez impressionnant que lui a expédié Lucie... C'est la répétition du procès de 49. Même justification, même rôle dans la lutte clandestine... en soulignant davantage les bienfaits dont lui seront éternellement reconnaissants ses coreligionnaires qu'il a sauvés de la déportation.

Beaucoup d'historiens, d'observateurs des événements du conflit 1939-1945 ont suggéré que Monsieur Joseph était un agent soviétique. À l'appui, cette inattendue citoyenneté russe obtenue en 1941 auprès des bureaux du camarade Molotov. Cet élément ne peut pas être négligé par l'État d'Israël. À cette époque ses rapports avec l'Union soviétique ne sont plus au beau fixe, et on ne voit pas pourquoi il donnerait asile à un personnage aussi suspect. Même si l'on admet qu'il n'a été que commanditaire forcé du Kominform.

Je suis tout de même surpris, intrigué par la relative mansuétude des Israéliens. Nous pouvons croire qu'une lutte a opposé les partisans de lui accorder la loi du retour et ceux qui veulent le rejeter. D'autres encore, plus radicaux, voudraient le mettre en accusation, lui demander de s'expliquer devant leur justice sur son comportement à l'égard des nazis.

Ça ferait tout de même un effet déplorable de juger en territoire israélien un Juif inculpé de collaboration. À tout prendre, il est donc préférable de l'éloigner en douceur. Le hic, c'est que toutes les demandes qu'il fait pour obtenir un visa de séjour aussi bien en Italie qu'en Belgique, en Grèce ou même en Espagne sont rejetées. Il ne fait aucune démarche du côté des U.S.A. où pourtant il affirme avoir quelques comptes en banque... Il est évident que sa condamnation en France devant la cour de Justice explique tous ces refus.

Il a pris deux autres avocats, maître Shirom et maître Novik, qui vont plaider sa cause à Jérusalem devant la Cour suprême. L'affaire sera examinée une fois... en avril... et deux fois en décembre 58. J'ai le compte rendu des audiences traduites en français. C'est un ancien fonctionnaire qui travaillait avec le ministre de l'Intérieur de l'époque qui me l'a fourni. D'un voyage en Israël en octobre 1973, je n'ai pas glané autre chose de conséquent. Il est vrai qu'à ce moment-là se préparait la guerre du Kippour, et mon enquête sur le cas Joanovici avait quelque chose d'incongru. Le fonctionnaire qui m'a reçu à Jérusalem ne se rappelait pas grand-chose. Quand il a extirpé de ses paperasses le dossier, il s'est un peu souvenu... cette histoire ne l'avait pas beaucoup marqué.

La première requête est examinée le 27 avril. J'apprends alors que Monsieur Joseph est désigné comme demandant sur son véritable blase : Yoseph Yoanovitch... l'orthographe exacte.

Il vient faire appel de la décision, en date du 2 février, du rejet à son endroit de l'application de la loi du retour. Le requérant s'appuie sur le fait qu'une telle décision aurait pour conséquence son retour en France. Or il est apatride et les autorités de ce pays ont lancé contre lui un mandat d'arrêt, ce qui reviendrait à une extradition pure et simple.

Je vous résume un peu les textes où la Cour s'explique longuement. Déjà elle signale que le demandeur est arrivé porteur d'un passeport marocain au nom de Yoseph Lévy. Arrêté pour cette infraction, il a été mis en liberté provisoire sous caution.

L'essentiel de ce document c'est l'intervention du ministre de l'Intérieur qui expose d'une façon sans équivoque la situation de Yoanovitch. Il rappelle qu'un tribunal français l'a condamné pour « avoir accompli consciemment – pendant la période s'étendant entre le 16 juin 1940 et la Libération de la France, en temps de guerre – des actions portant atteinte à la défense nationale dans le but d'aider l'Allemagne, ennemie de la France ». Suit le texte de la condamnation de la Cour de justice.

En conclusion, le ministre M. Ben Yehouda dit ceci : « Le matériel dont j'ai pu prendre connaissance m'a appris que le demandeur a un passé criminel susceptible de constituer un danger pour l'ordre public. Suite de quoi, y étant autorisé par ma fonction, je rejette sa demande d'une carte d'immigrant. »

La carte d'immigrant est la pièce essentielle pour obtenir la loi du retour. Si on en reste à cette décision du ministre, Monsieur Joseph a donc perdu. Ses avocats font une demande auprès de la Cour afin que celui-ci ait l'occasion d'exposer ses arguments et d'apporter des éléments en ce qui concerne sa condamnation en France. Il s'agit, bien sûr, des documents qu'il a fait venir de France... toute la liste des gens qui témoignent toujours en sa faveur.

La Cour ne répond pas d'une façon définitive, mais elle admet l'argument qui consiste à faire remarquer qu'une décision de refus de carte d'immigrant reviendrait pour Yoanovitch à une extradition vers la France. En définitive, on sursoit... le temps d'étudier le problème et de trouver une solution honorable pour les institutions israéliennes.

Gagner du temps, c'est déjà beaucoup avec la justice de n'importe quel pays. Joseph va se démener, frapper à toutes les portes pour éviter le retour en France. Je suppose qu'il a dû casquer au maximum pour se maintenir sur la corde raide. Mais a-t-il encore de quoi acheter tout le monde ? S'il possédait de quoi faire face à toutes les situations, même en sortant de taule en 1951, il est possible qu'il soit maintenant dans le rouge... que ce fameux racket du Milieu ait fini par l'acculer à fuir plus encore que les agents du fisc.

En France en tout cas on s'intéresse toujours à lui. Il semble que son retour serait souhaité par tous ses créanciers, ceux de l'État et les autres. Étant absent, on a tendance à lui foutre sur le dos toutes les affaires possibles en litige, celles où l'on s'apercevra qu'il n'avait qu'un rôle secondaire et même celles dans lesquelles il n'avait rien à voir. Georges Mercier est incarcéré à Mende et le juge Mathieu de Marseille qui instruit l'escroquerie à la T.V.A. voudrait l'entendre.

Les langues se délient, dit-on dans la presse. On en revient toujours aux histoires de l'Occupation. Maintenant que les communistes ont moins de poids sur la politique française, des feuilles de droite reviennent sur les liens de Joano avec les Soviétiques. À tout hasard, car on n'aura jamais de preuves dans ce domaine plutôt brumeux.

Arrive à point, le 18 mars, l'arrestation d'Yves Bayet justement pour des histoires remontant à l'Occupation... On rappelle que s'il est sorti de Fresnes après la guerre, non pas pour être fusillé en tant que pourvoyeur de la Gestapo, mais pour être nommé attaché au cabinet du préfet, c'est bien à Monsieur Joseph et à ses amis communistes d'*Honneur de la police* qu'il le doit.

C'est ce moment que choisit le père, Albert Bayet, l'ancien président de la F.N.P.C. (Fédération nationale de la presse clandestine), professeur honoraire à la Sorbonne, pour adresser au ministre Ben Yaouda une lettre élogieuse concernant Monsieur Joseph, en soulignant que grâce à lui la Préfecture de police a pu déclencher une insurrection militaire contre les Allemands.

Il termine : « Je déclare, en outre, que M. Joanovici est venu en aide avec succès pour permettre à de nombreux Israélites d'échapper à la persécution nazie. »

À préciser au passage que cet Albert Bayet, après avoir été anticommuniste au début de la guerre, est devenu procommuniste à la Libération. Bémol sur la fiabilité du personnage.

Que fait Monsieur Joseph en attendant d'être fixé sur son sort ? Des affaires ? En tout cas pas sur place, il est surveillé et je ne pense pas qu'il ait la latitude, comme à Mende, de diriger ses négociations de ferraille par téléphone. Peut-être, parfois, s'offre-t-il le luxe de faire du tourisme. On l'aperçoit en promenade sur les collines surplombant Haïfa.

En France, la guerre d'Algérie prend une nouvelle tournure. Des militaires se sont emparés du pouvoir à Alger. Tohu-bohu. On est dans une atmosphère de guerre civile que le général de Gaulle va apaiser en offrant ses services pour sauver la situation. Les journaux ne s'intéressent plus à Joano... qu'il reste ou non en Israël tout le monde s'en fout. Il faudra attendre, à la fin de l'année, son retour pour qu'il dispute un peu la une des quotidiens à notre Libérateur, élu président de la République.

Le 5 décembre, on examine sa requête à la Cour suprême de Jérusalem. Il est représenté par maître Shirom. Il ne s'agit plus à présent d'espérer la loi du retour, mais de demander aux autorités israéliennes un sursis à un ordre de bannissement qui découle automatiquement du refus de statut d'immigrant. Le demandeur fait valoir qu'une décision d'expulsion équivaudrait pour lui à être extradé en France. Mais les attendus de la sentence de la Cour soulignent que les autorités israéliennes ne se sont pas hâtées d'exécuter l'ordre d'expulsion et lui ont accordé un long sursis pour qu'il lui soit possible d'obtenir un visa pour un autre pays.

Maître Shirom répond que son client s'est efforcé d'obtenir un visa pour plusieurs pays mais qu'il n'y a pas réussi. S'il est refoulé vers la France, il y sera assigné en justice correctionnelle pour cause d'infractions fiscales et d'escroqueries. Cette décision est en contradiction avec la loi en ce qui concerne les extraditions pratiquées en Israël. En conséquence, il demande à la Cour de donner un ordre provisoire de s'abstenir de faire mettre à exécution l'ordre d'expulsion jusqu'à ce que soit rendue une décision définitive en ce qui concerne cette requête.

Il s'agit de la demande de la dernière chance et, en attendant l'ultime sentence, on alpague Joseph qui retourne à la prison de Haïfa.

Cette fois c'est la séquence finale du scénario israélien. Le 30 décembre la requête est définitivement rejetée et, dans le texte qui accompagne la décision de la Cour, on fait encore mention dans un long paragraphe de son comportement suspect pendant la guerre.

Marseille, c'est toi Marseille

Il avait déclaré, dans un moment de grande sincérité au début de l'année, devant la presse à Haïfa : « Je suis prêt à me sacrifier pour empêcher les relations entre la France et Israël de se détériorer. Alors je ne m'opposerai pas à mon extradition. »

On sait qu'il aime jouer et jouer serré. Les parties faciles ne l'ont jamais intéressé. Cette fois il a perdu... Espérait-il gagner ? Son dossier de résistant n'a pas fait pencher suffisamment le plateau de la balance en sa faveur. Les Israéliens ne badinent pas avec ceux qui de près ou de loin se sont compromis avec l'Allemagne hitlérienne. Bientôt ils dépêcheront un commando de choc, capturer Eichmann en Argentine. Son procès sera moins ambigu que celui qu'ils auraient pu faire à Monsieur Joseph.

Il n'y a pas que la trahison qui est une question de date. Dans la biographie de Joano, on est toujours confronté à des indications chronologiques contradictoires, selon les journaux, les livres et même les documents apparemment sérieux. Embarque-t-il en direction de la France sur le paquebot *Theodor-Herzl* le 27 décembre, comme l'annonce la presse, alors que la dernière décision de l'expulser est datée du 31 décembre ? On peut juste supposer que les flics israéliens n'ont pas attendu le résultat de l'ultime recours, l'affaire étant tacitement réglée.

Au point où il en est, nulle importance ! On l'a fourré dans une étroite cabine de classe touriste et vogue la galère. Galère plutôt luxueuse pour ceux qui voyagent librement en première classe.

Il n'a qu'un léger bagage... c'est pas son genre de s'embarrasser de lourdes malles lorsqu'il se déplace. C'est la période des fêtes... les bouchons de champagne sautent dans les salons, mais Joseph n'a sans doute pas envie de se réjouir avec les autres passagers, il préfère peut-être se préparer seul dans sa cabine à la cellule qui l'attend à Marseille.

À moins que... ! Le bateau doit faire escale à Naples. Un *ami* italien lui a proposé, moyennant finances bien entendu, de l'enlever en hélicoptère sur le port et ensuite il a un plan très étudié pour le faire passer à Caracas où son gendre Davidson s'est replié. On sait que le Venezuela est en dehors des accords d'Interpol. Ça facilite les rêves de ceux qui sont en délicatesse avec les argousins de leur pays.

Les hommes de la police maritime ne sont pas si nature. À Naples, ils prient Monsieur Joseph de rester dans sa cabine. N'ayant pas de passeport... interdit d'aller voir Naples, et même d'y mourir après l'avoir vu.

Le *Theodor-Herzl* accoste à Marseille le 9 janvier. Beaucoup de monde sur le quai, ceux qui attendent simplement parents ou amis, plus une nuée de photographes, de journalistes, de reporters, de curieux et une brigade de flics qui sont là pour accueillir notre héros.

Cette fois il boude, Joseph, il s'est enfermé dans sa cabine, il n'en sortira que par la force des baïonnettes puisqu'il estime son extradition illégale. On parlemente à travers la porte... un commissaire accompagné de ses délicats inspecteurs qui font la réputation de notre police. Monsieur Joseph n'est jamais grossier, mais là, il a bien envie de leur dire « merde ! ». De palabres las, ils vont enfoncer la porte à coups d'épaule comme dans les films où ça paraît si facile, lorsque surgit... eh, bien sûr, le cher maître Delaunay, l'avocat de toujours... le Zorro de Joano est arrivé ! Il sait se faire ouvrir les portes les plus blindées par la magie de son verbe... et bientôt Joseph va retrouver son sourire, le suivre dans les couloirs jusque dans le salon de la cabine de luxe où il est autorisé à embrasser sa fille Thérèse et sa toujours fidèle Lucie. Flashes des photographes. On ironisera dans les gazettes sur ce tableau familial du retour de l'enfant prodigue.

Pour les choses sérieuses, les commissaires chargés de son arrestation lui énumèrent les gâteries qui l'attendent. Trois mandats d'arrêt... de M. Chavannac à Mende pour escroquerie... M. Augier à Lyon et M. Sadi Mathieu à Marseille pour chèques sans provision et escroquerie à la T.V.A. On lui lit toute une littérature interminable d'attendus juridiques qu'il subit avec flegme.

– Les charges retenues contre mon client ne sont pas dramatiques. Croyez-moi, ce n'est plus l'affaire Joanovici, déclare maître Delaunay à quelques journalistes qu'il a pris en aparté.

Sur le quai d'Arenc la foule s'impatiente. Le bruit court qu'il ne descendra pas, qu'au dernier moment il a trouvé encore une ruse pour s'esbigner... échapper à la justice française. Mais non, bonnes gens, le voilà sur le pont et il descend de la passerelle. On entend des cris divers... quelques sifflets... de maigres applaudissements. Il salue de la main, il paraît tout à fait détendu – heureux de vivre serait beaucoup dire –, mais il fait face à l'adversité comme au poker. Il a perdu, il va payer. Avant de quitter Thérèse et Lucie, il leur a lancé :

– Ne vous inquiétez pas, la prison ça m'est égal. J'en ai l'habitude !

On l'embarque. Traction avant pour ne pas changer. Direction palais de justice pour remplir les formalités d'usage avant le bulletin d'écrou aux Baumettes.

Nous y voici. Deuxième division. Cellule 33. C'est le must de la prison... Il est bouclé entre Marius Salvatti, un caïd de la pègre, chef du gang des Blouses grises et Gaston Dominici dont on se souvient encore dans les chaumières anglaises.

Il va rester là plus de trois ans, celui qu'une certaine presse, genre *Détective*, appelle M'sieur Jo pour lui donner l'air voyou. Dans certaines villes, lorsqu'on est emplacardé longtemps dans la geôle locale, on en sort un matin... on s'empresse de prendre le train ou, si l'on est un riche malfrat, une pépée blonde vous attend au volant d'une Dauphine Gordini, voiture tape-à-l'œil de l'époque, et adieu la valise !... On a hâte de prendre ses distances !

Monsieur Joseph, de Marseille, il va surtout connaître les surveillants de la pénitentiaire, les juges, le palais de justice et bien sûr ses compagnons de misère. C'est un touriste taulard, j'ai connu comme ça des vieux potes qui avaient visité toute la France en ne voyant que des murs de prison.

Nous arrivons au dernier chapitre de l'histoire de Monsieur Joseph. Au début, il déploie encore une farouche énergie pour se défendre. En gros d'ailleurs, on va s'apercevoir que dans toutes ces nouvelles inculpations, maître Delaunay a raison, il n'y a pas de quoi l'envoyer aux travaux forcés. Mais il reste au trou surtout à cause de son image de marque. Dès qu'il ira à l'instruction ou au tribunal, alors recommencera le même refrain... Chiffonnier... milliardaire... Abwehr... Bonny... Lafont... ajoutez-y Robert Scaffa que le colonel Rémy, acharné au poste, se charge de remettre sur le tapis. Tout ça, à présent, sent le réchauffé. Joseph échange des lettres avec le colonel et il ira jusqu'à l'attaquer en diffamation sans que cette plainte ait des suites.

Aux Baumettes, à son habitude, il a séduit la matonnerie. Il a encore de quoi recevoir des mandats et certainement de quoi soudoyer quelques petits fonctionnaires. En tout cas, il s'est aménagé sa cellule pour y recevoir ses avocats et un autre détenu qui lui sert de secrétaire par autorisation bienveillante du directeur. Depuis 1949, certes il a un peu appris à écrire, il lit presque couramment mais il n'est pas capable de rédiger sans aide toutes les lettres qu'il expédie de toute part. Aux autorités bien sûr, aux juges, aux magistrats dont il dépend... à ses amis qu'il sollicite pour préparer ses défenses... puisqu'il doit passer encore plusieurs fois en correctionnelle.

L'affaire la plus sérieuse traitée par le juge Sadi Mathieu, dans laquelle l'inculpé principal est Clément Beuque, il se fait fort de s'en tirer avec un non-lieu, un acquittement. Au sujet de ses chèques sans prove à Mende et à Lyon, il sera condamné à quelques mois qu'il accomplit en préventive.

Pour le procès qui concerne la T.V.A. il n'a pas tort de spéculer dans la dentelle, mais ce qui lui reste de plus sérieux sur le dos ce sont ses dettes avec le Trésor public. Une ardoise monstrueuse avec les douanes et les impôts. Il est donc coincé. Les gendarmes sont venus spécialement dans sa cellule lui signifier sa contrainte par corps.

Toute cette première année aux Baumettes, Joseph garde le moral. Maître Delaunay lui fait espérer un arrangement avec le Trésor public. Il pourra alors sortir dans des délais raisonnables et reprendre d'une façon ou d'une autre ses activités de ferrailleur sur une plus petite échelle.

A-t-il été vraiment ruiné, mis à plat avant qu'il prenne le parti de se mettre en rupture de ban ? Ça voudrait dire que les racketteurs du Milieu seraient parvenus à leurs fins.

La thèse de ceux qui avancent cette explication ne tient pas compte d'une donnée, tout de même courante dans ce genre d'opération de truanderie, lorsqu'un homme mis à l'amende n'est plus en état de répondre à la demande, on a tout intérêt à le liquider. En Israël, bien sûr, ce n'était pas très concevable, le pays presque constamment en guerre est suffisamment policé, quadrillé par les militaires pour que les gens de la Mafia ou autres puissent y agir à leur guise.

À la prison des Baumettes, en plein fief de la haute voyoucratie française, il est plus vulnérable. Ça serait une espièglerie de boy-scout que de l'estourbir sans laisser de traces. Les quotidiens en parleraient quelques jours puis passeraient à autre chose. En 1959, les événements en Afrique du Nord donnent suffisamment de picotin aux chevaux de course de la grande presse.

Son obsession c'est la révision de son procès, il accumule des notes, il dicte à ce détenu secrétaire qui le prend en sténo avec son accent et qui se débrouille ensuite pour traduire tout en clair sinon en bon français. Que Monsieur Joseph se nourrisse encore de l'illusion qu'on va réviser son procès de 1949 dénote chez lui une espèce de vieillissement. Il va désormais sans cesse revenir sur le passé, il voudrait qu'on le réhabilite.

En attendant, on l'extrait de sa cellule pour le confronter à Clément Beuque qu'on recherchait depuis quelques mois alors qu'il était en liberté provisoire et qu'on a fini par retrouver. Devant le juge Sadi Mathieu, Beuque essaie de se décharger sur Joano.

– Je n'étais qu'un vulgaire exécutant, j'allais prendre les ordres à Mende.

Tant que Joseph était en cavale, Beuque avait belle partie de tout lui flanquer sur les endosses. Maintenant qu'il est là, il a des arguments pour se défendre. Il a rencontré Beuque, il ne le nie pas, durant la période 1953-1955, mais, assigné à résidence forcée en Lozère, il n'était pas, dit-il, en position de diriger les sociétés fantômes de cette entreprise d'escroquerie à la T.V.A.

Joseph retrouve toute sa combativité pour se défendre griffes et ongles. Pendant plusieurs heures il va réfuter toutes les accusations de Beuque qui s'appuient sur des témoignages de gens qui ne sont ni plus ni moins que ses associés pour ne pas dire complices.

Au final de cette première instruction, Beuque, qui s'était présenté librement, ressort du bureau du juge avec les menottes, il va aller goûter avec Monsieur Joseph la bonne gamelle des Baumettes.

Je ne vais pas m'étendre plus longuement sur ces affaires d'escroqueries à la T.V.A. À l'époque, la presse a titré sur Joano en le qualifiant à tout hasard de chef de gang. Il semble bien qu'on se soit abusé sur la question, d'ailleurs, on verra qu'il sortira du procès l'année suivante avec une relaxe pure et simple.

Il va rester encore longtemps à l'ombre des jeunes matons en fleur. Contrainte par corps pour ses dettes et amendes avec le fisc... et surtout victime de sa réputation de chiffonnier milliardaire ayant fait fortune avec les Allemands. On soupçonnait qu'ayant placé ses billes en Amérique du Sud il recevait du fric par l'entremise de son ex-gendre Boris Davidson avec lequel il s'était réconcilié après le divorce de sa fille

Hélène. Mais le voilà à son tour sur la sellette. Joseph va apprendre, comme tout le monde, par les quotidiens qu'il est recherché par la police suite à une condamnation par la 11e chambre correctionnelle de la Seine à six mois par défaut et 2 millions d'amende. Sans doute a-t-il son port d'attache à Caracas où se retrouvent tous les ferrailleurs français en délicatesse avec la justice, entre autres Louis Proliec, vieux copain de Joseph et complice de Boris Davidson.

Probable, Joseph rêvait-il pendant ses longues nuits cellulaires de rejoindre un jour ses amis dans cette espèce de Club Med pour brigands en cavale. Peu à peu tous ses espoirs vont s'évaporer.

Il s'étiole, se fait porter malade sans bien définir de quoi il souffre. Le médecin-chef, le docteur Poulain, constate à partir de son sixième mois de détention qu'il est extrêmement diminué, affecté dans son psychisme.

– Il était, me dira-t-il, au début très agressif, combatif. Peu à peu, il acceptera son sort, ce qui sur le plan médical signifiera la marche vers la fin.

C'est l'entretien que j'ai eu avec le docteur Poulain qui m'a apporté le plus de précisions sur le comportement de Monsieur Joseph en prison. Opinion très favorable. Sa politesse avec les surveillants lui vaut toujours quelques faveurs. Tout prisonnier n'a qu'un but : sortir. Monsieur Joseph de plus en plus s'aperçoit qu'il n'a rien à attendre d'une décision d'élargissement légale. Alors, comme beaucoup, il joue la carte de la maladie. Et là, le médecin est dans une situation difficile, il constate, après quelques examens, que le patient a des problèmes cardio-vasculaires. C'est un peu de son âge, d'autant que le docteur Poulain est persuadé que Joano est plus vieux que ce qu'il prétend. Il ne sera pas le seul à le soupçonner, d'autres praticiens experts partageront ce point de vue. Arrivant aux Baumettes en 1959, il n'aurait que cinquante-quatre ans. Il a abusé peut-être de la bonne bouffe et du tabac et son organisme est extrêmement fatigué. Il triche sur son âge d'au moins cinq ans, voire dix. Les raisons ne sont pas à chercher du côté de la coquetterie... plus certainement pour des motifs liés à ses obligations militaires dans sa jeunesse. Selon le docteur Poulain, Joseph s'est pris à son propre jeu comme beaucoup de simulateurs. Il a maigri et se plaint de douleurs de toutes sortes.

Il fait la grève de la faim plusieurs jours pour protester contre la lenteur de l'instruction. On l'hospitalise à l'infirmerie de la prison et il se rebecte peu à peu, soutenu par les visites de Lucie et de ses avocats. Et surtout il se met à écrire un long plaidoyer au général de Gaulle... trente-cinq pages dactylographiées où il raconte toutes les péripéties de sa vie aventureuse... curieux document où certains noms sont tapés phonétique comme celui du préfet Luizet en Louiset, ce qui laisse présumer qu'il ne l'a pas donné à lire à maître Delaunay avant de l'expédier à l'Élysée.

Il fait preuve d'une certaine candeur en croyant que le chef de l'État prendra le temps de le lire. On lui fera peut-être un résumé... quelques lignes que de Gaulle se mettra sous le coude, et Joseph ne recevra qu'un accusé de réception pour toute réponse. Il continue à soutenir que s'il a vu, fréquenté, les gens de l'Abwehr et la Gestapo, c'était essentiellement pour renseigner ses amis de la Résistance. Nous retrouvons tous les noms qui ont jalonné son parcours cahoteux pendant l'Occupation : Mme Campinchi, Irène de Marteau, Germaine Lemeur, Albert Bayet... et même Piednoir qu'il présente comme un héros. Il souligne qu'avant tout il a obéi au message du 18 Juin. *Il a lutté là où il était, et comme il a pu.* Voilà, lui il était à Paris, et il a saboté autant qu'il le pouvait le commerce des non-ferreux avec l'ennemi. Il revient longuement sur l'épisode où, pour passer un barrage de Feldgendarmerie avec un camion rempli d'armes pour la Préfecture de police, il sauva la situation en saluant un officier allemand d'un *Heil Hitler !* ... impeccable, précise-t-il. Le passage de sa lettre vaut d'être cité.

En cour de Justice en 1949, le ministère public ne sachant pas exactement ce qu'il avait à me reprocher, le président me fit remarquer que je reconnaissais moi-même avoir crié « Heil Hitler » et que mes voitures et camions qui transportaient des armes et des journaux clandestins roulaient couverts par des papiers allemands. Je rétorquai que la fin justifiait les moyens *et qu'ayant procédé autrement, jamais je n'aurais pu obtenir les bons résultats acquis. Le commissaire du Gouvernement me fit remarquer qu'il ne contestait pas ma lutte contre les Allemands, mais que mes moyens n'était pas* chevaleresques. *Je ne savais pas qu'il fallût employer des moyens « chevaleresques » avec les assassins d'Oradour-sur-Glane et d'ailleurs.*

C'est lui qui souligne « chevaleresque » dans sa lettre. Personne n'avait relevé le mot, en tout cas je ne l'ai pas trouvé dans la presse qui couvrait le procès. Invention de sa part ? Sinon, il y avait de quoi être surpris par la repartie du magistrat.

Sa lettre exprime une grande naïveté. Il se raconte avec un tas de détails qu'il estime sans doute indispensables. Mais comment n'imagine-t-il pas que son récit a quelque chose de choquant ? Il se présente comme victime de la guerre des polices. Ce qui est vrai en partie. Il a bel et bien servi de détonateur à Wybot pour faire exploser la Préfecture issue d'*Honneur de la police.*

Étrange aussi qu'il s'explique sur ses affaires de « surplus » américains. Il prétend avoir joué un rôle à ce moment-là pour permettre à la France de récupérer ces surplus, en fondant une société suisse, à Genève, qui permettait de contourner un interdit venant de Washington de ne pas vendre ces marchandises à la France de 1946 parce que le ministre de la Production industrielle Marcel Paul était un membre dirigeant du parti communiste.

Je sollicitai du colonel Arthur qui dirigeait le service de la vente des surplus, avec lequel j'entretenais des relations suivies et amicales, l'autorisation de vendre ces marchandises en France. Le colonel Arthur ayant adressé un long rapport à Washington pour demander cette autorisation, il lui fut répondu favorablement, et à titre exceptionnel en raison des bons renseignements que les services américains avaient sur moi.

Il argumente que pour la France cette opération constituait une sérieuse importation de devises. Seulement, après avoir enlevé toutes sortes de marchandises pendant quelque temps dans les camps américains de Gignac, Le Havre et Reims, il eut des problèmes avec une Mme Harffy du ministère de la Production industrielle qui l'informait que les autorisations de vendre ne lui seraient données qu'à la condition de lui céder la moitié des marchandises US au prix coûtant.

Bref, une magouille assez compliquée qui va provoquer, dit-il, une guerre déclenchée contre lui parce qu'il a refusé d'entrer dans cette combine avec des gens du ministère. D'où l'intervention des services de douane qui lui reprochent de récupérer les surplus dans des camps américains, considérés comme territoires étrangers tout en étant en France..., etc. Suivent plusieurs pages pour expliquer que lesdites marchandises, considérées comme *déchets* et *rebuts,* devaient être exonérées de droits de douane. Il se trouve alors dans un imbroglio d'où il ne sortira pas gagnant, le code douanier estimant que *Même le tribunal, devant lequel j'allais être présenté, n'avait pas le droit de m'acquitter ayant commis une infraction douanière et que ce tribunal doit constater l'infraction et la condamner; les magistrats siégeant étant responsables sur leurs propres biens.*

Le dernier paragraphe ne laisse pas de surprendre. Jusqu'à ce que je me plonge dans la biographie de Monsieur Joseph, j'ignorais que les douanes puissent imposer un tel ukase à la magistrature.

Ensuite, il entre dans les méandres de ses démêlés avec le contrôle économique. Des histoires de chèques qu'il avait émis à titre de prêt à un ami suisse. On lui fait savoir qu'il n'avait pas le droit de prêter de l'argent français à un étranger... d'où l'infraction à la *loi sur les changes.*

Là, il a beau se lamenter, se déclarer victime d'une flagrante injustice, il n'a pas l'air de considérer que le lecteur de sa lettre (le général de Gaulle, comme il l'espère) aura une désagréable impression avec cette affaire de fric qui passe en Suisse à titre de prêt pour un petit camarade dont il ne donne pas le nom.

Dès lors, il commence à soupçonner derrière tout cela l'influence de la D.S.T. qui a décidé de l'abattre, parce que *je gênais certains.* Là, c'est moi qui souligne; il ne désigne pas non plus ces *certains qu'il gêne* sans se rendre compte que ça laisse encore le lecteur sur une détestable impression. Ce qu'il n'a pas l'air encore de savoir c'est que Wybot, le patron de la D.S.T., était un gaulliste de la première heure et qu'en adressant ses doléances au général il mettait à côté de la plaque.

Ça me fait revenir sur les divers jugements que j'ai recueillis à son propos. Certains comme maître Delaunay, le ministre Depreux, maître Jacquet le disent très intelligent, voire génial... d'autres comme Germaine Sénéchal ou le juge Fayon font une nuance, ils le trouvent rusé, retors, extrêmement malin. Joseph étant avant tout instinctif... perd-il une partie de ses moyens devant la page blanche... ou celle de son nègre ? À considérer aussi qu'il est fatigué. Les années de taule ne l'arrangent pas, il a dépensé toute sa vie une énergie hors du commun et il lui faudra bientôt admettre qu'il a fini de jouer son rôle dans la comédie humaine.

Suite de sa missive fleuve au général : il prétend que les flics de la D.S.T. ont fait pression en allant jusqu'à la torture physique sur des anciens membres de la Gestapo française pour le charger... déclarer qu'il était des leurs. Et au milieu de tout ça, il en revient à ses affaires de surplus américains. En définitive, il tente de prouver que s'il y a eu un procès Joanovici, c'était surtout pour l'empêcher de conquérir un marché important. Des concurrents l'ont écarté avec l'appui de la D.S.T.

Ça, c'est une nouvelle façon de schématiser les choses. Il développe ses arguments avec assez d'habileté pour les rendre plausibles, mais pourquoi ne les a-t-il pas exposés devant la Cour de justice ? Sur les raisons de sa fuite en Allemagne de 1947, il soutient qu'on voulait l'abattre. Il a pris ses distances en attendant de pouvoir être jugé sous la protection de la loi.

Côté amitié, il développe longuement les mérites du préfet *Louiset*, grand résistant traité d'une façon inhumaine, et du général Barré qui a reçu la grand-croix de la Légion d'honneur remise à la Libération. Il rappelle qu'on a emprisonné son pauvre frère Marcel uniquement à cause de son nom. Le magistrat instructeur lui aurait carrément dit qu'il était retenu en otage jusqu'à ce que Joseph se constitue prisonnier.

Et revoici le bon juge Marchat qu'on a persécuté pour rien puisqu'il fut acquitté.

Il a une phrase étonnante pour définir les politiciens courageux issus de la Résistance. *Certains étaient honnêtes,* écrit-il, *mais ils n'étaient pas tous* courageux et honnêtes.

Autre curiosité de son mémoire, la comparaison qu'un magistrat se permet entre son affaire et la fermeture des maisons closes. *Il serait utile de rouvrir les maisons closes, mais pas un seul ministre ne se risquerait à proposer cette mesure qui serait une raison personnelle de l'attaquer. Eh bien ! pour vous, c'est la même chose, si un ministre levait seulement le petit doigt pour dire quelque chose de juste en votre faveur, c'est sa carrière politique qui serait en jeu.*

Comble de harcèlement lorsqu'il sort de prison, après qu'on lui a saisi tous ses biens... jusqu'à son dernier drap, il est assigné à résidence à Mende sur la demande de la D.S.T. qui estime que sa présence à Paris serait de nature à troubler l'ordre public.

C'était un pays dans lequel il n'y avait aucune industrie, dont je n'avais jamais entendu parler, et j'ignorais s'il existait sur la carte de France.

Comment pouvait-il depuis Mende s'acquitter des dettes monumentales qu'il a à l'égard du fisc et des douanes ? Dans une situation où tout lui est interdit, où il doit demander des autorisations exceptionnelles pour circuler, il essaie pourtant de faire face à ses créanciers, redresser la barre. Toutes les demandes qu'il adresse au ministère de la Justice pour qu'on le laisse travailler en paix sont rejetées. Il est sans arrêt menacé de contrainte par corps, au point qu'il décide, sur les conseils de son frère, de quitter la France.

Là, il s'arrête, il ne commente pas son expulsion d'Israël, il dit simplement que la presse qui s'acharnait sur lui est probablement responsable de la décision de la Cour suprême de Jérusalem.

Conclusion de sa lettre... il demande au président de la République Charles de Gaulle la révision de son procès. *Je demande à être jugé en toute impartialité, sans influence nocive, comme un citoyen ordinaire et non une entité pseudo-milliardaire Joanovici.*

Et d'envoyer au final le coup d'encensoir !

Le moment est venu, que grâce à Dieu, la France a enfin un Chef Intègre et Juste, un Chef indépendant des partis anciens. C'est pourquoi j'ai pris la liberté de m'adresser à vous, Monsieur le Président, en qui je mets toute ma confiance.

Je m'excuse d'accaparer vos précieux instants avec ce long mémoire, et toute cette paperasse qui l'accompagne, mais il est nécessaire que vous ayez une vue complète des faits et circonstances ayant entouré et entourant ma vie, ainsi que les preuves de ce que j'avance.

Le mystère autour de cette bafouille est de savoir avec qui il l'a rédigée et si elle a été soumise à maître Delaunay. Il est trop tard maintenant pour que je le lui demande, mais ça me paraît peu probable. À moins qu'il n'ait eu l'astuce de laisser beaucoup de maladresses afin de lui garder un ton d'authenticité. Il y a des éléments qui prêchent en sa faveur. On ne peut s'empêcher de constater qu'une fois que la dame Thémis l'a pris dans ses griffes on l'a chargé de toutes les vénalités de l'Occupation.

Le détenu Joseph Joanovici, matricule 13 058, expédie sa requête le 24 novembre 1960 à l'Élysée avec une liste pour mémoire des attestations en sa faveur.

Entre-temps, il en a à peu près fini avec les poursuites qui l'ont conduit aux Baumettes. Il jette cette bouteille à la mer, puisqu'il n'arrive plus à se sortir de prison où il est retenu en contrainte par corps. Et pourtant depuis le mois de décembre 59 il a obtenu une décision en sa faveur devant le Conseil d'État qui a estimé qu'on ne pouvait le poursuivre en raison des bénéfices des anciens établissements Joanovici frères, cette société ayant une existence juridique distincte de ses affaires personnelles.

Petite consolation qu'on ne mentionne qu'en petits caractères dans le bas de huitième page des journaux. En mai, *France-Soir* nous informe qu'à l'hôpital des Baumettes Joano rédige son mémoire au général de Gaulle. Le document, d'après l'article, doit comporter deux mille pages, mais il n'en a écrit que soixante-huit.

Tout ce qu'on publie sur lui est toujours malveillant. On le dit à l'hôpital par je ne sais quelle combine. « Parce qu'il ne supportait plus le régime cellulaire ». Il a tout de même perdu près de vingt kilos. Le poids, la rondeur, c'étaient partie intégrante de Monsieur Joseph. Lorsqu'il sortira des Baumettes deux ans plus tard, le personnage amaigri, flottant dans ses fringues, ne sera plus que le fantôme de lui-même.

Le procès concernant l'escroquerie à la T.V.A. arrive devant le tribunal correctionnel de Marseille le 17 mai 1960. À cette date Monsieur Joseph a encore bon pied bon œil... c'est ce que rapporte Jean-Marc Théoleyre dans *Le Monde.* Il lui trouve toujours du punch dans les débats... « le propos vif ». On apprend qu'au début de cette affaire il n'était pas question de Joanovici. La plainte des contributions indirectes concernait essentiellement Clément Beuque, le procès était venu à l'audience en octobre 57 sans que son nom soit mentionné. Clément Beuque retarda la décision du tribunal en annonçant que Joseph Joanovici était l'instigateur et le principal bénéficiaire de l'opération. D'où supplément d'enquête. Joseph étant déjà en cavale sur la route d'Israël, Beuque jouait sur du velours. Mis en liberté provisoire, il ne réintégrera la prison qu'à la suite de sa première confrontation avec Monsieur Joseph début 59. Ce procès serait celui d'une escroquerie banale si le nom de Joanovici n'y était associé. Clément Beuque était en relations avec lui depuis longtemps, il lui téléphonait et allait le voir à Mende.

On interroge Mme Privat, la patronne de l'hôtel de Paris à ce sujet. Malgré cette note de téléphone restée en souffrance, elle fait une déposition favorable à Monsieur Joseph. « Il était très gentil et de bon conseil. » On lui demande si elle écoutait ses conversations téléphoniques, ça la défrise qu'on puisse imaginer une chose pareille. « Et je n'aurais fait que ça toute la journée », ajoute-t-elle avec bon sens.

La mécanique de l'escroquerie qui consiste, pour des

exportateurs de marchandises, à se faire indûment rembourser la T.V.A. est-elle une idée de Monsieur Joseph ? C'est ce que prétend toujours Beuque sans preuve tangible bien entendu. Joano proteste, nie, traite Beuque de menteur. Il n'a négocié avec lui que des affaires normales. Les débats démontrent que toute la magouille partait de Marseille, les fraudes centralisées aux bureaux de la Somexport une société bidon montée par Clément Beuque.

Le procès dure trois jours. Inutile d'en narrer tout le déroulement. Il ressort tout de même que Joseph n'est pas bénéficiaire du coup. Difficile de savoir s'il a été le conseiller de Beuque. Celui-ci prétend que Joano a foutu le camp de Mende lorsqu'il a appris son arrestation à Marseille. Mais pour des questions de dates, cette assertion ne tient pas et finalement Clément Beuque sera condamné à cinq ans de prison et Joanovici acquitté au bénéfice du doute.

Le doute subsiste, c'est le cas de le dire, cette machination pour truander le fisc est tellement bien huilée qu'on ne peut s'empêcher de penser qu'il en est l'instigateur.

Il est relaxé mais réintégré le soir même à la prison des Baumettes. D'autres affaires le retiennent au trou.

Sa position désormais va être difficile. Il va peu à peu se dégager de toutes les inculpations qui lui valent la correctionnelle. Avec la contrainte par corps on peut le garder vitam aeternam au placard. À l'évidence, en fin 1960, il n'est plus en état de rembourser quoi que ce soit. S'il reçoit quelques subsides, on sait que cela vient de son frère et que celui-ci ne dispose pas d'une fortune. Il est à sec Monsieur Joseph, et toutes les démarches que fait maître Delaunay pour le faire sortir en provisoire n'aboutissent à rien.

La lettre au général de Gaulle s'est perdue dans l'énorme correspondance de quémandeurs de toutes sortes qui assaillent les bureaux de l'Élysée. Si la question Joanovici a pu se poser en haut lieu, il est certain qu'on a décidé précisément de ne prendre aucune décision. Comme naguère le garde des Sceaux André Marie qui avait classé le dossier aux oubliettes, son successeur place Vendôme, Edmond Michelet, n'a pas l'intention de l'en sortir.

On ne révisera donc jamais le procès Joanovici. Il mériterait de l'être pour toutes sortes de raisons qui tiennent à la découverte de multiples vérités sur cette époque maudite. À partir de sa condamnation que d'aucuns ont trouvée bien bénigne, il est devenu pour les chroniqueurs une sorte de bouc émissaire qui permettait de ne plus se poser de question sur tous ceux qui avaient gravité autour de lui.

La chambre des mises en accusation rejette en novembre une nouvelle demande de liberté provisoire. Ça ne fait que quelques lignes dans la presse... comme sa grève de la faim qui suit, pour protester contre cette décision. Il n'aura droit à des articles plus conséquents qu'en mars 1961, où il comparaîtra devant la 5e chambre de grande instance pour escroquerie et émission de chèques sans provisions. On dirait qu'il reprend des forces, qu'il retrouve du punch lorsqu'il est dans le box des accusés. Cette fois les plaignants sont les ferrailleurs. Joseph Navarro de Lyon et Joseph Meinstein de Paris qu'il a tapés au moment de sa fuite en Suisse et auxquels il a laissé en gage, à l'un, un chèque de 5 millions, à l'autre, un de 1 400 000 francs. Affaire relativement simple, il se défend en disant :

– Tout ça ne serait pas arrivé si je n'étais pas parti. Depuis ce temps, je n'ai plus revu Navarro et quand je suis rentré en France, je n'ai plus quitté la prison.

Le chèque a été remis à Meinstein par Lucie Schmidt. Là-dessus se greffe une histoire où le même Meinstein a vendu à Joano un lot de cuivre et de nickel non conforme. On appelle Georges Mercier à la barre. Depuis la fuite de Joseph en 57, il ne cesse d'avoir des emmerdements, Mercier. À Marvejols ses affaires périclitent. Il appuie pourtant les déclarations de Monsieur Joseph. On a même convoqué Lucie Schmidt pour confirmer qu'elle a donné à Joseph Meinstein le chèque de 5 millions. La presse titre « Joanovici aux prises avec deux autres Joseph », et maître Delaunay plaide que son client est victime d'une mauvaise légende. Finalement, il est acquitté du chef d'escroquerie et condamné à un an de prison pour émission de chèques sans prove. Le plus curieux, c'est que les deux autres Joseph sont condamnés eux aussi à six mois avec sursis « pour acceptation de chèques », tout en obtenant des dommages-intérêts correspondant à ces chèques.

En bonne logique, après cette condamnation, Monsieur Joseph ayant accompli plus de deux ans en préventive devrait bénéficier d'une liberté provisoire.

Il lui faudra encore patienter plus d'un an pour en bénéficier.

Mort d'un personnage

Son état de santé va avoir raison des gens de la place Vendôme, ça la foutrait mal maintenant s'il crevait en taule. Il sort en mai 62 en liberté provisoire médicale *dans un but humanitaire*. On l'a photographié abondamment et même filmé au moment de sa levée d'écrou. Au Monsieur Joseph pavoisant de la bedaine a succédé un vieux bonhomme sous un chapeau mou cabossé flottant dans un imperméable de couleur incertaine. Il a perdu vingt-cinq kilos, teint jaune, voûté, l'œil mort, il murmure : « C'est trop tard ! Beaucoup trop tard ! »

Sa ruine physique apporte la preuve que le docteur Poulain avait raison. Un journaliste remarque qu'à cinquante-huit ans il a l'air d'en avoir soixante-quinze.

Il a tiré sa dernière année de détention à l'hosto. Prostré, ayant presque abandonné l'espoir de s'arracher du trou. On a évoqué son voisinage avec le père Dominici qui fit lui aussi la une de la presse comme l'auteur du triple assassinat de Lurs en 1952. On prétend qu'ils étaient devenus copains. Deux innocents, comme il en est tant qui le prétendent en prison !

Monsieur Joseph est attendu à la porte des Baumettes par un vieil ami, M. Dussaud, qu'il a connu aux temps héroïques d'*Honneur de la police*. L'a-t-il aidé financièrement ? On ne sait. Toujours est-il que Dussaud lui a gardé une solide fidélité.

En attendant d'entrer à la clinique, Joano va loger chez lui, rue Sainte-Cécile.

Mme Dussaud a gardé un souvenir attendri de son hôte. Elle m'a confirmé ce que disent beaucoup de ceux qui l'ont approché, qu'il était d'un naturel facile, elle note aussi une certaine naïveté chez lui... un peu enfantine, dit-elle. Il occupe chez les Dussaud un appartement au-dessus du leur. Il va passer là quinze jours, en robe de chambre, écoutant des disques d'Édith Piaf et fumant, alors que ça lui était interdit par les médicastres. Il récupère suffisamment de forces pour jouer à la belote.

Il entre ensuite à la clinique Borely où il va une fois encore mettre tout le monde dans sa fouille. Les bonnes sœurs qui le soignent l'adorent (pas autant que le Christ, n'empêche !). Il les fait rire avec son accent.

De quoi souffre-t-il exactement ? Artériosclérose, diabète... Une déficience générale déclenchée sans doute par ses grèves de la faim suicidaires.

Par décision de police, il est autorisé à regagner Clichy chez Lucie Schmidt. Je connais un homme, un presque octogénaire, assez coté dans le Milieu, qui l'a accompagné en voiture de Marseille à Paris. À sa façon de raconter les choses, j'ai bien l'impression qu'étant un vieux pote de Joseph il a joué un rôle afin que les racketteurs lui foutent la paix. Ruiné, ils ne pouvaient s'en prendre qu'à son existence qui ne tenait plus qu'à un fil... mais à quoi bon !

Des articles dans la presse à scandale prêtent aux autorités une machination qui justifierait son élargissement. Il pourrait parler, dit un gros titre. Certes, il n'a peut-être pas perdu sa prodigieuse mémoire, mais on ne voit pas bien où tout ça pourrait aboutir. On a tout dit, tout supposé... qu'il avait été, en 41, libéré de la prison du Cherche-Midi pour devenir un agent de l'Abwehr. On l'a présumé au service des Soviets. Certains journaux ont écrit qu'il travaillait pour l'Intelligence Service. Personnage à multiples facettes, il prête aux suppositions les plus extravagantes. Mais personne n'a plus l'idée d'aller recueillir les confidences de ce vieillard qui marche d'un pas hésitant, le regard vague sous le bord de son chapeau mou défraîchi. La France a poursuivi son histoire, nous en sommes à la fin de la guerre d'Algérie... les accords d'Évian. De Gaulle règne et finira par dompter tous les rebelles. En tout cas c'est une période encore troublée d'attentats et de manifs. Bientôt tous les regards seront tournés vers le carrefour du Petit-Clamart où les feux croisés de ses ennemis vont tenter vainement d'éliminer le général de Gaulle.

Alors Joano !

Monsieur Joseph retourne à Clichy, pour ainsi dire à la case départ, dans la grisaille banlieusarde. Il n'a la force que de monter au deuxième étage de l'immeuble du 3, rue Anatole-France où la fidèle Lucie lui a installé un lit confortable. Les plumitifs de presse en mal de pittoresque le diront croupissant sur un grabat. Non, Lucie a un côté bonne ménagère avec des rideaux de couleurs, des napperons brodés et chez elle ça sent l'encaustique et la fleur d'oranger. Elle a aussi quelques connaissances médicales qui vont lui permettre de devenir son infirmière. Il pourrait peut-être se rebecter, retrouver le minimum de forces pour repartir au combat. Il en a parlé aux Baumettes à ses docteurs, à ses avocats, aux quelques malfrats qui lui manifestaient de la sympathie... qu'on lui avait proposé en Amérique du Sud, dans je sais quelle république bananière, une place de ministre des Finances. Gageons qu'il y eût fait merveille. Il a été libéré beaucoup trop tard, entre-temps une révolution avait viré le général Castagnetta qui lui avait fait ces juteuses avances.

Malgré sa déchéance, son dénuement, il a gardé de bonnes relations, voire des amitiés avec des caïds de la ferraille, des industriels. S'il tenait sur ses guibolles, il aurait tôt fait de se trouver une place où ses compétences feraient florès. Au début de son incarcération aux Baumettes, on lui a fait savoir qu'une place de courtier l'attendait chez Krupp, le géant de la métallurgie rhénane. C'était le temps où il pensait encore pouvoir rouler le code pénal dans la farine de ses ruses !

Le couperet est tombé. On lui a rappelé dans les formes qu'il devait toujours au Trésor un milliard 290 302 941 francs.

Comme depuis 1960 on est passé de l'ancien au nouveau franc, je ne saurais vous dire desquels il s'agit. N'importe, on n'en est plus à quelques zéros près, et il est hors de question qu'il puisse aligner ses quelques derniers picaillons pour apurer une dette pareille !

Il ne lui reste qu'un peu plus de deux ans à vivre. Grâce aux bons soins de la chère Lucie, il a repris quelques forces. Juste de quoi sortir du petit appartement et aller se promener dans les alentours. Des témoins m'ont dit l'avoir vu marcher avec une canne, aller jusqu'à des entrepôts de chiftirs pour saluer les uns et les autres.

Il entrait dans quelques bistrots qui n'avaient pas repeint leur façade depuis trente ans... des bougnats... des petits rades de plus en plus fréquentés par les Arabes. Comme autrefois, il serrait la pogne à tout le monde. Que buvait-il ? Je ne sais s'il faisait des entorses au régime strict que lui imposaient les médecins. Il vient un âge où pour survivre tout vous est interdit des plaisirs de l'existence.

Qu'avait-il comme revenus ? Quel messager discret venait rencontrer Lucie pour lui glisser une petite enveloppe qui ne rappelait en rien celles qu'on glissait du côté de la rue Lauriston pour obtenir les bonnes grâces de Monsieur Henri ?

Il s'installait, un peu essoufflé, au fond d'un petit café qui résistait encore aux travaux du périphérique. Fond sonore de grues et de pelleteuses. Tout se métamorphosait, Monsieur Joseph se réfugiait chez un vieux de la vieille qui avait vu passer l'armée allemande et avait prêté son établissement aux F.F.I. du secteur pour en faire un P.C. pendant l'insurrection. Il y a toujours dans ces bistrots des partenaires prêts à la dernière belote. Joseph ajustait ses lunettes pour lire les cartes... sa paluche bloblotait un peu pour abattre ses quatre valets les jours de chance. Lucie un peu inquiète venait le chercher, lui porter une petite laine quand le temps s'était rafraîchi. J'aurais bien voulu le rencontrer lors de ses pérégrinations dernières. Je pensais pas alors écrire un jour ce livre... que ça occuperait autant de temps. Un de ses potes de la ferraille prétend qu'il regrettait le meurtre de Scaffa, qu'il n'y était pour rien mais que de toute façon « on ne tue pas un garçon de dix-huit ans, quoi qu'il ait fait ».

Au bout du compte on ne saura jamais l'exacte vérité sur cet assassinat... les motivations de Piednoir et de Beau. Joseph, lui, devait savoir. Ça reste tout de même une tache indélébile sur sa mémoire... une tache nimbée de sordide, comme l'arrestation de Lafont à qui il devait tout de même quelques « gentillesses ».

Il allait aussi traîner sur quelques terrains vagues en bordure de la zone avant que les pelleteuses de l'immobilier s'en mêlent. Du bout de sa canne, il tâtait les morceaux de ferraille. Sa vie, il avait toujours aimé les vieux métaux comme Bonaparte l'artillerie. On pouvait le traiter d'escroc, de sale youpin, de collabo, il haussait les épaules, la seule chose qu'il détestait c'était qu'on le qualifie comme chiffonnier. Il estimait que ça le dévalorisait. La presse pourtant ne s'en était pas privée... jusque par-delà sa mort, il est catalogué... s'il reste un peu dans la mémoire collective, il est le chiffonnier milliardaire.

Fait-il le bilan de sa vie ? Apparemment négatif puisqu'il irait crever comme un vieux chnoque à l'asile s'il n'avait pas Lucie qui l'aime, qui l'a toujours aimé. Drôle de Juliette devenue mémère de banlieue. Drôle de Roméo à tronche de cible pour l'éducation de la *Hitlerjugend*. Quel parcours depuis le ghetto de Kichinev ! Au début il pensait surtout à gagner du fric pour échapper à la puante misère de sa jeunesse. Il prit goût plus aux moyens qu'au but. Le *jeu*. Avec le jeu et le fric plus rien ne tenait, il plaçait ses billes toujours où il fallait. Le manque de bol, d'arriver sur le terrain quand on éliminait les Juifs. Il avait déjà suffisamment de numéraire pour foutre le camp, s'échapper avec sa famille. Il savait faire du pognon n'importe où. Aux États-Unis il en avait déjà placé et il avait de la famille. Il est resté en France, peut-être par inconscience, mais surtout pour jouer avec le feu. Remettre toute la mise. Ça lui a paru la plus limpide des évidences que tous ces boches, ces nazis étaient tout aussi corruptibles que n'importe qui... donc tout aussi fragiles... que leurs chères théories de race pure ne valaient même pas trente deniers. Et là, la partie était au comble du risque. Corde raide au-dessus des fours crématoires... le funambule le plus fou !

Il s'assoit dans un square, sur un banc, où une de ses filles doit le rejoindre avec deux de ses petits-enfants. Elles viennent ses filles lui rendre visite au moins deux fois par mois. Elles lui sont restées fidèles elles aussi. Hélène n'est pas bien dans sa tête. Elle a été plusieurs fois traumatisée, on le serait à moins... l'emprisonnement de son père... l'assassinat de sa mère et son divorce... la fuite de son mari outre-Atlantique !

Joseph n'aura pas le temps d'ajouter l'art d'être grand-père à ses pompes et à ses œuvres. Bientôt, il devra abandonner son dernier bistrot à belote et les petites balades dans Clichy, ses jambes le trahissent et la dernière année il ne bougera plus beaucoup de son lit.

Quelques éditeurs sont venus solliciter ses Mémoires, il n'aurait qu'à dicter à un nègre qui se chargerait de la rédaction définitive. Il refuse, il veut qu'on lui foute la paix. Il s'affaiblit de jour en jour. Peut-être aujourd'hui, les progrès de la médecine aidant, il aurait pu guérir, en tout cas survivre encore quelques années dans cet état de vieillard assisté. Mais il avait perdu le goût de vivre depuis sa sortie des Baumettes. Il était revenu mourir dans les décors de sa jeunesse, de sa vertigineuse ascension sociale... à la façon d'un vieil éléphant qui va d'instinct vers son cimetière.

Il s'en était fallu de peu pour qu'il réussisse, ce que souhaitent tous les aventuriers de son acabit, accéder à la respectabilité. Commis quelques imprudences par amitié pour des flics qui ne pouvaient sûrement que le tirer vers le bas. Un rien, il finissait, non pas préfet de police comme le suggérait maître Delaunay, mais grossium des non-ferreux, respecté sinon respectable, une Légion d'honneur sur le coussin aux décorations de son cercueil recouvert de tricolore.

Je me suis plu, complu peut-être, en écrivant sur le docteur Petiot, à imaginer que, si le feu de je ne sais quel enfer ne s'était pas allumé en mars 1944 dans la cheminée de l'hôtel particulier où il dépeçait ses victimes avant de les brûler, il eût fini député du tripartisme... qui sait, ministre d'un de ces cabinets semestriels de la IVe République.

La légende noire a gagné aussi pour Monsieur Joseph. En annonçant sa mort, la presse, une fois de plus, a évoqué Stavisky et surtout fait le rapprochement avec Al Capone comme lui abattu par les services fiscaux. On le présente encore *Agent de Moscou... Maître du double jeu,* roumain, russe, puis apatride... quelques titres à droite à gauche.

Longtemps après sa disparition, de temps en temps on reparle de lui, notamment en 1971 lorsque Claude Lipsky, après le scandale du Patrimoine foncier, s'enfuit en Israël. On le compare alors à Joanovici. Il est vrai qu'il a œuvré lui aussi dans les vieux métaux et que son père Maurice a été un de ceux que Monsieur Joseph a sauvés des balles allemandes en 1943 grâce à ses accointances avec la Gestapo.

Ça continue. Dès que son nom apparaît, il est accompagné d'épithètes malveillantes... renégat... cruel... lâche... infâme, escroc... ignoble Monsieur Joseph... Ça fait des titres et intertitres dans la presse à scandale lorsqu'elle veut donner dans l'histoire des faits divers.

Dans une étude sur la fraude fiscale, l'ancien procureur René Cosson revient sur l'affaire de la T.V.A. de Marseille, où il a été pourtant relaxé, pour lui attribuer la paternité du montage. Ça, c'était dans les années 70, aujourd'hui son nom s'est effacé alors qu'on a retenu celui de Stavisky... un peu comme on a oublié le docteur Petiot alors que Landru avec sa barbe fait encore frémir les dames.

Il meurt le 7 février 1965, Lucie était là pour recueillir, comme il est d'usage de dire, son dernier soupir. Elle a averti ses filles et réglé le cérémonial des obsèques avec ces braves gens de chez Roblot qui aiment tant la viande froide dans le chêne massif.

On l'enterre au cimetière juif de Bagneux. Quelques vieux ferrailleurs sont venus l'accompagner et un rabbin barbu est là pour implorer Dieu de le recevoir malgré tout parmi les justes.

Quelques reporters photographes prennent des clichés... Lucie s'en retourne ensuite pour vieillir à Clichy avec ses souvenirs. C'est un jour gris... tout le monde est reparti... les fossoyeurs n'ont plus qu'à jouer de la pelle. Ah, mais voici des retardataires ! ... Ils sont dans une traction avant. Elle se devait d'être là, cette légendaire 11 CV. Ils sortent... trois mecs en imper américain, avec le chapeau mou sur la tronche. De la tire, ils extirpent une immense couronne mortuaire. Sans doute ne savent-ils pas que chez les Juifs on enterre sans fleurs. Un temps. Ils s'approchent, leurs pompes font craquer le gravier. Dans sa caisse Monsieur Joseph les entend peut-être. Ils posent leur couronne devant la fosse. Sur le ruban en lettres dorées, on peut lire :

À notre ami.
Honneur de la police

26 mars 1998

Table

Cet ouvrage a été réalisé par la
SOCIÉTÉ NOUVELLE FIRMIN-DIDOT
Mesnil-sur-l'Estrée
pour le compte des Éditions Robert Laffont
24, avenue Marceau, 75008 Paris
en décembre 1998

Dépôt légal : août 1998
N° d'édition : 39692 – N° d'impression : 45185

Imprimé en France